一月冬至要数九

绫过乏气给我喘

头要杂轿杆呢
几年轻要要呢
九天少年呢
就象箭射呢
声去的话
人有几问十八九
花开花落年年有
虽说花开点点红
寒霜一到落一层
系腰的穗穗儿抓
就像笸子刮
佛像卷心杂白菜
里长到园子外
又心疼嘴又乖

# 昨夜兰台

◎王 平 著

敦煌文艺出版社

**图书在版编目（CIP）数据**

昨夜兰台 / 王平著. -- 兰州 ： 敦煌文艺出版社，
2019. 7（2021.8重印）

ISBN 978-7-5468-1749-1

Ⅰ. ①昨… Ⅱ. ①王… Ⅲ. ①长篇小说－中国－当代
Ⅳ. ①I247.5

中国版本图书馆CIP数据核字（2019）第125422号

**昨夜兰台**

王 平 著

责任编辑：罗如琪
封面设计：陈 珂
版式设计：如 琪

敦煌文艺出版社出版、发行
地址：（730030）兰州市城关区曹家巷1号新闻出版大厦
邮箱：dunhuangwenyi1958@163.com
0931-8159371（编辑部）
0931-8120135（发行部）

北京一鑫印务有限责任公司
开本 787 毫米×1092 毫米 1/16 印张 21.75 插页 2 字数 400 千
2019 年 7 月第 1 版 2021 年 8 月第 2 次印刷
印数：1001~3 000

ISBN 978-7-5468-1749-1

定价：62.00 元

# 目 录

# 第一章

十一月冬至要数九

冻得牡丹常发抖

谁能给牡丹去捂手

——岷州花儿《十二牡丹单曲》之一

地处青藏高原东段的岷州，早在秦朝时就建县了。至于为什么叫岷州，却众说纷纭。最流行的说法是，远古时候岷州城外的满山遍野都是梅树，每年梅花盛开的时节绚烂无比，染红了山峦，映红了山脚下的洮河水，梅的清香浸透了山川大河，人们依山傍水建造了一座叫梅州的美丽古城。

梅州北面有岷山，在当地，"梅"和"岷"谐音，久而久之人们就把梅州叫成了岷州。还有一种说法是，明朝时一个王爷触犯了王法，被皇上贬到这里，被赐了个歧视性的封号——霉王。霉王到任后，没有气馁，励精图治，把这个与青藏高原接壤的地方治理的井井有条，百姓安居乐业，于是人们就叫"霉王"为"梅王"，这就有了后来的梅州城。

细心的人们考证过，岷州城外虽然没有一棵梅花树，然而满山遍野到处生长着杏树，杏与梅同属落叶乔木，性耐寒，早春开花，它们天生下来就有着不解之缘。每当花开时节，无数的杏花，你不让我，我不让你，都赶着趟儿开满了枝条，云蒸霞蔚，蔚为壮观。

花儿把一望无际的大川染成了耀眼的粉红色不算，连四面的山坡也不放过，以至于洁净的天空也被映照得绚丽多彩。杏花红得似火，粉的如天边的晚霞，羞涩地打着花骨朵的好比散落在千树万树之间的瑰丽的红宝石。花的香甜在微风中弥漫，蜂蝶在花丛里穿梭、翻飞，更是惹人爱怜，让你勾起无限的遐想。杏黄时节，家家户户都要晾晒杏脯杏干，甜杏仁大都和杏子一起被吃掉，苦杏仁除少数用来入药外，自然风干后就成了精明的主妇们用作腌咸菜的绝好配料。

杏仁腌芹菜是吃面条的绝佳小菜，芹菜淡淡的药香味，配上油香和略有苦味的杏仁，达到了珠联璧合的地步。一碗蝇头臊子面，一碟杏仁芹菜，是寻常人家招待宾客的上好美食，清淡素雅，又不显寒酸，落落大方。

岷州城是一座有着两千年历史的古城，鼓楼是全城的中心。东边是商贸区，西边是文化政治区。一条白浪起伏的大河，绕着城北自西向东流去，它就是著名的洮河，黄河上游的一条重要支流。城中的钟楼和鼓楼，古色古香，是人们最爱去的地方之一，晨钟暮鼓提醒人们日出而作，日落而息。

古城东西长约5公里多，南北宽3公里，城高20多米。东西南北四门，都是双城门。门高20多米，全部用大青砖砌而成，门扇由一尺厚的木板卯制而成，并用铁板、铁钉钉牢，十分坚固。四个城门上都建有城楼和营房，每处可住一个排的兵力。双城门之间有二亩左右的空地，东门修建有关帝庙，南门修建是火神庙。民国初年，在城内皇庙街开一小门叫作小南门，和大南门对称，前者开夜市，后者开早市，为当时甘肃南部最繁华的贸易集市之一。

呈四方形的岷州古城内的主要街道有五条：东门至西门的和平街共分三段，东门至钟楼口，称东山街，衙门口至鼓楼前称衙门街，古楼前至西门城叫西门街。皇庙街口至大南门口一段称肃政街；小南门至钟楼口因建有城隍庙俗称隍庙街；鼓楼前向南至大南门称为南门街；衙门口至肃政街称外街。岷州城内巷子主要有东门上的水洞巷，大巷子、小巷子，中楼巷。箭营一带有上、中、下三个胡同，大南门内有南门巷、王家巷、中家巷等众多巷道胡同。

姜春生的家在城西的古楼桥旁边，这是冯四爷家临街的三间低矮的平房，地处十字街头。低矮的土墙、青色的瓦，门面的铺板用城南金童山下的红泥涂抹成血红色，中间的小屋门口既是一家人出入必经之路，也是摆放穿锅和炒蚕豆的地方。左边的房子一张大火炕占去大半的面积，一步不到就是窗台，那里放着一张破旧不堪的长条桌，上面仅有一个锈迹斑斑的闹钟，这是姜春生父母的睡房。右边的那间小屋自然是孩子们的住处，仅有一个大炕，孩子们就拥挤在一个热炕上。

秋雨绵绵的季节，冰凉的雨水常常出其不意的从青瓦的裂缝中滴滴答答的掉下来，或者打在一旁破旧不堪的面柜上那青色的瓦盆，发出"哒、哒"的响声，或者在炕沿前的土地上顽皮的凿个小水坑。最讨厌的是冷冰冰的水滴，有时竟会重重地敲打在睡梦中的人的额头上，把可怜人的一帘幽梦搅散，寒意尽显的秋天自然成了这个穷苦家人最头痛的季节。说起房淌锅漏，可以说是绝大多数岷州贫穷人家的烦心事，在当地还流传着一个近似黑色幽默的童谣。

说从前有只饥饿的老虎想吃掉一对老夫妻，晚上，老虎来到老夫妻住的小屋的窗前，正要冲进去却听见老两口在谝闲话。老汉说："我啥都不怕，最怕房淌。房淌了整个屋子湿乎乎的实在是受罪死了。"老婆子却说："房淌有啥？我就怕锅漏！锅漏了，饭都吃不上，还不饿死？"老虎一听，心里一阵发怵。这时，趴在屋顶准备偷窃的小偷看见了老虎，吓得尿淌了下来，洒在老虎身上，老虎一惊，以为"房淌"来了，转身想跑，房上的贼一紧张从屋顶掉了下来，正好骑在老虎的背上。老虎更害怕了，以为"房淌"要取自己的性命，驮着贼一个劲地狂奔，跑着跑着，贼看见前面有棵大树，就飞身跳起，爬到树上。惊慌失措的老虎这才蹲在树下有了一个喘气的机会。正好一个老猴过来问缘由，老虎上气不接下气的说："太可怕了，房淌锅漏上树了，它可能要杀我。"老猴不信，爬上树想看个究竟，那知树上的贼吓得稀屎流了下来，溅了猴子一脸。老猴吓坏了，大声惊呼："不好了，锅漏来！""啪"的就从树上掉了下来，吓破了胆的老猴和老虎一阵猛跑，直到它们自己认为安全后才停了下来。可它们心里总不踏实，想弄明白"房淌锅漏"到底啥东西，于是它们壮着胆子又来到老夫妻的房前以探明究竟。

听见老汉对老婆子说："房淌锅漏说是麻缠，还比不上老鼠的气难受。"老虎和猴子正在疑惑不解时，正巧天上刮起大风，瞬间大雨倾盆而下，恐慌的老虎对猴子说："看来老鼠的气来了，快跑，不然咱们就没命了。"说罢它们就逃之夭夭了。

从姜春生家往北走，用不了几分钟就到了北城门。城外是开阔的河滩地，绿茵茵的大片草地里星罗棋布着大大小小，浅浅的水滩，就像镶在绿绒毯上的一个个亮晶晶、明晃晃的镜子。如毡的草地上开满不知名的小野花，白的、黄的、红的，犹如朗朗晴空里的繁星在眨眼。这中间最多的要属一种生着五片小花瓣的不知名的黄花，在碧绿之中露出的星星点点杏黄，显得那样的妩媚和俏丽，与不远处断壁残垣城墙的灰白色形成强烈的反差。城中有许多古老的地名，从长辈那里依稀还能听到一些零碎的掌故，在苍白的历史书中，古城的风貌还能寻找到些只言片语。

岷州过去一直是军事重镇，人们的生产生活自然和军事紧密相连，就拿每月里的二、五、八的赶集日来讲就很有来历，当地人称之为"逢营"。过去岷州一带盗贼猖獗，每逢集市经常有强盗来哄抢东西甚至杀人越货，官府不得不派一营人马去保护，维持社会秩序，久而久之人们便把赶集之日称之为"逢营日"。说起岷州集市，早在清朝年间就形成了专业市场，城东有专门经营各种面粉的面巷，城西有火巷主要买卖柴草、木炭之类的，旁边是牛营、马营专门交易牛马羊骡和家禽畜，南关有茶市、绸缎庄和专卖祭奠品的纸火铺，卖棺木的方板营，卖铁器的铁匠营。南门晚上有夜市，卤肉、烧鸡、烤羊肉、煮牛蹄、烤瞎瞎是当地的风味小吃，小南门的早市的特别早，一般在清晨七点以前就结束了，当地人又称之鬼市，那里有当地著名的小吃甜醅子、牛骨头汤、羊肉糊糊、黄酒泡穿锅，也是远近出名的花鸟鱼虫市场。

时光流转到公元1930年，爆发了以冯玉祥、阎锡山、李宗仁为首的联军和以蒋介石为首的南京政府之间的军阀大战。很快冯玉祥的国民军被蒋介石分化瓦解、溃不成军，甚至连自己的心腹也纷纷率部投蒋。深感大势已去的冯玉祥只得带着随从，逃往到山西晋中老部下宋哲元处蛰伏，等待时机，企图东山再起。而冯玉祥的另一支残部在刘郁芬的率领下，仓皇逃向甘肃老巢，途经陕西地界时被打散，几乎全军覆没。

一天黄昏，夕阳西下，尽管落日的余晖竭尽全力给枯黄的山川大地涂上了一抹暖色，深秋还是无情的把太阳洒在洮岷高原上的少得可怜的温暖驱赶的荡然无存，让苍凉和空旷主宰着天地人间。一阵阵狂风卷起漫天的黄土遮天蔽日的袭来，枯瘦的古道上行人寥寥无几。在萧瑟的秋风里，几个拖着长枪的人疲惫不堪地渐渐得向岷州县城走来，他们中间长着圆圆的大脑袋的正是刘郁芬部队里的一个排长鲁大昌。五大三粗的鲁大昌，虽然貌不惊人，可他凭着一肚子的鬼点子，终于从死人堆里爬了出来，用他自己的话说，就是多长个心眼没坏处。他领着人直接向城东商户苏掌柜家奔去，他们是换过帖子的拜把子兄弟。

一身深灰色长袍马褂的苏掌柜正独自一人在客厅里坐着，墙壁上挂着孔子的肖像画，两边的对联是用篆书书写。上联是"远小人妇人君子本色"；下联是"读四书五经英雄情怀"。见管家领着一帮邋遢不堪的人走了进来，苏掌柜眉头微微一皱，从太师椅上缓缓下来，走过去仔细瞅了半晌才认出是鲁大昌。眼前的鲁大昌尽管依旧脸大嘴阔，说话瓮声瓮气的，但比起前年意气风发的样子真是判如两人。他斜扣着烂顶子的军帽，有气无力地站着，他身后的几个随从更是个个如丧家之犬萎缩着在一旁，一副摇尾乞怜的样子。

原本生闷气的苏掌柜心中掀起一道涟漪，想笑又没笑出来，心里很不是滋味。他关切地问：

"你们这是从哪里来？"

鲁大昌扯下大檐帽使劲往黑亮的方桌上一甩，眼里凶光尽显，一屁股坐在梨花木椅子上，鼓着腮帮子，唾沫飞溅，恶狠狠地骂道：

"他妈的真倒了八辈子霉了，说是打老蒋，个个信誓旦旦的，谁想一到战场上，妈的谁也不听谁的，没上一个月我们的狗屁联军就让人家给打散了。最气人的是，我们冯司令手下的那个吃干饭的电报员，把会师河南沁阳的电文写成了荥阳，一字之差，相距几百里地，结果没有把蒋军包饺子，反让人家把我们吃了个精光，要不是老子跑得快，怕是这辈子再也见不到大哥了。"

说罢"呜呜"地哭了起来。

苏掌柜眼角一颤，心里不好受，一面把热毛巾递给鲁大昌，一面安慰说：

"只要活着就好，人比啥都重要，有人就有一切，吃完饭先住下后慢慢说。"

这时候，仆人进来说饭做好了，苏掌柜示意把饭端进客厅。很快一碟凉拌牛肉、一盘黄焖羊肉、一盆清炖鸡和一大碗红烧肉摆在八仙桌上，这些都是鲁大昌素日里最爱吃的。鲁大昌接过苏掌柜亲自递过的一碗热腾腾羊肉尕面片，蒜苗和香菜的清香和着羊肉独有的香味扑入鼻孔，肠胃剧烈的蠕动着，就连舌根也跟着不停地搅动着，口水一下从喉管深处涌上来，顺着他马勺般的嘴巴里溢了出来。这时他再也忍不住了，两行眼泪"噗簌簌"地从牛铃铛般大的眼眶里滚落下来，直愣愣、明晃晃地挂在他宽阔而又平坦的板板脸上。

真是虎落平阳不如狗，鲁大昌的狼狈样让苏掌柜心生怜悯，他示意他们慢慢吃，一面吩咐下人把上好的罐罐酒端上来。不到一会儿，精致的铜火盆被端在一旁的茶桌上，黄铜被擦得油光锃亮的，在油灯的映照下熠熠生辉。火盆里八个陶罐里装着以小麦、青稞为主要原料的自制土酒，在"咕嘟、咕嘟"的煮着，酒气从罐口袅袅升起，屋子里弥漫着乙醇的特有的芳香，给人一种梦幻般的感觉，仿佛使人进入了温柔富贵之乡。

看他们风卷残云般吃完了桌上的饭菜，苏掌柜这才热情的招呼客人，过来呷醇香四溢的罐罐酒。他把一支黄亮的小竹管递给鲁大昌，鲁大昌接过直接插进陶罐里，肥厚的大嘴搭在竹管上轻轻地一吸，那酸酸的又带有几丝甜意的液体缓缓地顺着喉管流进胃里，慢慢地舒展到每个神经末梢，整个人身心立刻有了一种如释重负的感觉，所有毛孔似乎都已张开，先前所有的烦恼顷刻之间被扫荡一空。

鲁大昌一口气扎完一大口酒后，撮巴了一下肥厚的嘴唇后长长地舒了口气，双眼噙满泪花，动情地说：

"知我者大哥，你就是小弟的再生父母！"说罢起身就要跪拜。

苏掌柜双手赶忙阻拦，客气地说："言重了，请坐。"

鲁大昌扭头命令随从把罐罐酒抬下去喝，紧握着苏掌柜的手，迟疑了一会儿后问："大哥，我们进城一路没碰上几个行人，你的店铺为啥关得这么早？"

苏掌柜一听，刚才脸上仅有的一丝笑容顿时全无，唉声叹气地说："国不可一日无君，君不君、臣不臣的，天下哪有太平的？你走了这一两年，就没过过几天舒心的日子，匪患年年，弄得连县长都没人敢来当。"

鲁大昌觉得很蹊跷，世人都说神仙好，唯有做官享福忘不了，不是说万般皆下品唯有当官高吗，天底下还真有这种好事，放着县长没人爱当，岂不真是笑话了。没等他发问，一旁的管家先哀叹道：

"哎、不当狗屁的官好！只是福存贤侄死得太冤了。"

嫌管家多嘴，苏掌柜用眼角的余光狠狠地扫了他一眼，打岔着说：

"吃软饭的东西，没有当官的命. 偏要当县长，不把小命打折上才怪哩！"

鲁大昌听了越听越糊涂，心想竟敢有人为难自己的把兄弟，真是不可思议，气急败坏地骂道：

"谁他妈找死，敢为难大哥. 这不是活腻了！"

苏掌柜下意识地扶了扶头上的裘皮帽子说："都是土匪，都是土匪闹得，你记得前年蒲县长的事吗？"

鲁大昌一听，脸"刷"的红了. 水泡眼紧张地眨了眨，表情很不自然地晃动着身子，嘴里支支吾吾的。这让苏掌柜也犯迷糊，锁着眉头不解地问：

"你又没做亏心事，嗫唔个啥？"

鲁大昌没再言语，脑海里立刻浮现出木寨岭上的那一幕来。

也是个秋天，岭上一片白雪茫茫，刺骨的寒风吹的人瑟瑟发抖，护送县长蒲宝阳的骡队缓慢地爬上了岭峰，鲁大昌带着身边的弟兄化装成的"土匪"从草丛里杀出来，他撇着一口蹩脚的四川话，把素日里和自己称兄道弟的临夏老乡给蒙住了。县长蒲宝阳实在没料想到平常对自己点头哈腰，以命相许的警员早已抱头鼠串。在要命还是要钱这个古老的命题面前，他还是选择了前者。鲁大昌剥下蒲宝阳的裘皮大衣往自己身上一披，让手下放了这位卸任县长，赶着骡子驮着满满的六口袋银元下了山。

"县长都让人抢了，谁还敢来岷州？"

"那是抢的贪官，那是不义之财，贤侄又没有徇私枉法。"

"真是甭提一肚子，说上来两肚子气。娃他大（岷州人对父亲的称谓）死得早，娃还算是个读书的料。大学毕业留在民政厅工作好好的，不知着了啥迷，咋求搞的，非要到岷州当县长，花了一大堆银圆，哎！这事做得比赔了夫人又折将的孙权还要憨. 羞死人不算，真把人能活活的给气死！"说着禁不住老泪横流，泣不成声。

看掌柜的难过，管家怯生生地说："少爷就是个书呆子，太贪图名声了，死读书，一口一个修身齐家治国平天下，以为花些钱当上县长就能为民做主，给地方上办好事，名垂青史. 他们的那个坏怂厅长不但贪财还贪色，委任状攥在手里就是不发，非要侄媳妇天黑了去取，我们的瓜侄娃子哪里知道，委任状上戴着顶绿帽子啊！"

"那后来呢？"

"那个驴日的厅长说是为了提防土匪，非要亲自送新县长上任，他们声势浩大的骑着马来到木寨岭上，不知哪个天杀的把少爷的马勾子给戳了一下，马惊了，把我们少爷，唉！活活给摔下了石崖。"

鲁大昌听完，气得把三炮台碗子重重地摔在地上，踏着斜八字步，暴跳如雷地吼道："妈的贪官比土匪还可恨，都该杀绝！"

"军爷，还是土匪坏，骚的人天天不得安生。"

"岷州真的有土匪？"

"就是东山里的杠七杠八弟兄两个。"

"啥求七阿八的，是人还是鬼？"

"那两人都是赌博贼，一个一次打麻将连杠了七次，一个连杠了八次，杠七杠八是他俩的外号。"

"就是，谁他妈养的娃没屁眼儿，给后人起这么冲心（败兴的意思）的名字！"

"都是些穷怂，好吃懒做的瞎怂（坏东西的意思）。"

"朦早（明天早晨的意思）你带路，爷们家把他给灭了。"

"唉，窝耶（好，舒坦的意思）是窝耶，就县里那么多警察都没打过他们，你这七八个人怕不是对手。"

"管家说的对，他们有七八十号人马，不能硬来。过两天是羌人的收获节，土匪要来看戏，还要到每家店铺收保护费，到时候可以智取。"

鲁大昌一听有道理，点头称赞。

农历九月的收获节是羌人留下的一个古老风俗，每逢的九月十五，人要祭拜凤凰山神，跳傩戏，拿出自己酿制的罐罐酒招待亲朋好友共同庆贺丰收。节会场所也正是未婚男女们唱花儿，寻找意中人的最好的地方。

正会的那天，人们先把凤凰山神从庙里请出来，抬着轿子围着庙在山间小路上慢慢悠悠地转一圈，这叫转山。转完山后浩浩荡荡的队伍就向山脚下走去。走在最前面的是个骑着高头大马，头戴不知哪朝哪代官帽，穿身何种官服的身材魁梧的男子。他的脸被人有意涂得乌黑，在众人的簇拥下，缓缓前行，沿途不断有人给他往嘴了漕酒，他在马上东倒西歪的，装出一副酩酊大醉的样子，故意逗人们发笑。

在他们后边跟着一队人，有的扛着各色的旗帜，有的手提铜锣不住地敲打，像是在鸣锣开道。紧跟着的是由八个大汉抬着的装饰华丽的大轿，里面坐着木头雕成的凤凰山神。八个壮汉一副武林中人的装扮，上身着红色汗褂，下身穿黑色灯笼裤，头扎红色头巾，他们走起路来忽高忽低，肩上的轿子忽上忽下像燕子在云中在上下翻飞。又如蛟龙在江河里忽左忽右，忽前忽后的翻腾。在人头攒动中行进的轿子剧烈摇晃着，好似波涛巨浪中飘荡的一叶小舟，不畏激流险滩，勇往直前。欢乐的人群里，不时爆发出阵阵欢呼声，整个县城变成了沸腾的海洋。这种声势浩大近似狂欢的祭祀活动又叫抖山神，意在祈盼山神永保一方平安。

游遍县城后，就要看神戏了。山神被抬进城西的箭营，那里的戏台早已被苍翠的松柏树枝装饰一新，只等山神坐的轿子一到，震耳欲聋的铁炮就被点燃，一阵锣鼓喧天后，大戏就开演了。坐在最前面的杠七看了一会儿戏，觉得寡然无味，叫喊着肚子饿了。他手下的土匪兵立马找到庙会的管事，管事赔着笑脸说："苏掌柜早在宝阳春饭馆准备好了酒菜，就等爷们赏光。"

杠七带十几个土匪大摇大摆地向宝阳春饭馆走去，想起黄灿灿脆生生的香酥鸡，肥而不腻的胖猪蹄，口水就直往外流。他们乐不可支地来到饭馆门口，只见店门紧闭。

杠七心中好不生气，张口就骂："狗日的，人呢？"见没人回话，他还要再骂。

突然从他身后传来一声"这儿呢！"犹如晴天霹雳，他没来得及看清是啥人，就见鲁大昌手起枪响，驳壳枪的一粒子弹正打中他的脑门，杠七的头被打爆了，带血的脑浆黏糊糊溅了一地，身子剧烈的一晃，重重地摔倒在地上，霎时发出一股令人恶心的腥臭味。

跟他的土匪吓蒙了，"扑扑通通"跪倒一地。鲁大昌一不做二不休带着自己的人在归顺的小土匪的带领下，星夜直捣东山土匪老巢。叫开山门，出其不意的打死了杠八，一下组织起了百八十号人的保安队，从此在岷州城站住了脚跟。

这天，鲁大昌的一团长拿着一份电报，上气不接下气高兴地跑过来说："报告、报告师长，中央把咱们的报告批了！"

鲁大昌抓过电报一看，并没有露出一丝欢喜，反倒口出污言秽语，骂个不停：

"娘的熊，想要马儿跑的欢，又不给马儿草吃，真他妈的个欺负人。既然承认我的新编国民军十四师，又不给钱和枪，顶个球用！"

说着随手把电报往地上一丢。一团长忙捡起电报，抖了抖后用嘴吹了吹，媚态百般地献计：

"师长，可不能小看这一纸空文，我们可以拉大旗作虎皮，从此就能名正言顺的招兵买马。再说，我们管的十一个县的税收、捐款、粮食，还不由你老人家说了算，就是北面的杨土司，也不敢不服我们的管教。"

一提起杨土司，鲁大昌的鼻子差点没被气歪，他咬牙切齿地骂道：

"去年红军路过，老蒋让我不惜一切代价消灭，说球的好听，不给钱和枪，到时候老子的人马死光了，我给谁当这个师长去，就这老子白白死了二百多人。他们本来就是些饿得快死了的，要不是他杨土司给他们粮食吃，他们哪有力气和我打仗。老蒋埋怨我剿共不出力，他把杨土司还不干瞪两眼。"

"就是只要能把共军撵出岷州就成了，犯不着拼死拼活的，我们死了那么多弟兄，不值得也太不公平了。"

一旁的一团长极力附和着。

鲁大昌越说越来气："今年共军又路过，我提出借些枪和钱，杨土司硬说没有，暗地里又给红军借钱借东西，害的爷们家让共军围了一个多月，差点丢了命。呸，老蒋说没有真凭实据，妈妈的蛋，不是他帮倒忙，共军敢围攻岷州城，你再找过他没有？"

一团长立正后，说："报告，找了几回，他说年年受冰雹灾害，没有收上钱粮，让我们再等等，我看他是诚心不想给我们借钱借粮。"

鲁大昌一听，眼里闪现出一道寒光，他压低嗓子，咬牙切齿地说道：

"那你就派些可靠的弟兄，把他做了！"

一团长连忙提醒说："他是省参议，藏民的头人，杀了怕引起民变。"

鲁大昌眼珠子滴溜一转，骂道："猪朵囊（脑袋），你不会化装成杠七杠八的人，推给土匪不就成了。"

一团长俯首领命，忙说："是，我这就去。"

后来杨家养马的哑巴老奴几经辗转来到省城，托人写状子告鲁大昌谋财害命，可是鲁大昌早在暗中使钱贿赂，加上蒋介石政府早就对杨土司暗里通共心怀不满，结果这件惊天命案，几经周折，最后却以"事出有因，查无实据"不了了之。从杨土司家抢来的钱财，足足装备了鲁大昌两个团的人马，从此他成了名副其实的师长，一个响当当的地方军阀。

有一个问题在少年姜春生的脑海里一直纠缠不清，他就是怎么也想不明白，全家人一年四季不停地忙碌，为什么自己的家还是这样穷？经常受别人的白眼？为什么别人家总有吃不完的白面馍馍？从能记事起，他就觉得吃饭是天底下最大最难的事情。他不止一次的思想过，幻想着将来一天有出息了，一定要买好多好多的白面馍，买好多好多的肉，让父母兄弟姐妹们不再为吃喝发愁。

他最看不惯同学刘家豪之类的公子少爷哥，学习差得一塌糊涂，算数一考一个零鸡蛋，学校里出了名的"老鸡蛋"。就这么个材料，就凭着父亲开了个全县最大的药材铺，花钱如流水，在同学们中间经常摆阔，一副趾高气扬样的样子。对这种纨绔子弟，姜春生时常以拳头来杀他们的威风。

那天中秋节，刘家豪抄完姜春生的作业，瘦小的肩膀一头挎着自己的大书包，一头挎着姜春生的破旧的小书包，屁颠屁颠地跟在姜春生的身后，活脱脱一副狗腿子像。走到自家大门时，刘家豪毕恭毕敬的取下书包，双手递给姜春生，让姜春生稍等，转身飞快爬上台阶，三步并作两步跑进家门。很快刘家豪就把两个雪白的、香喷喷的点心塞进姜春生的手里，转身迅速爬上台阶，双手叉腰站在大门口，扯开嗓门，趾高气扬地喊道：

"谁家娃吃点心哩，往前面站，爷们家给你们送。"

看见一群穷孩子好奇停住了脚步，翘首期盼的样子，他得意扬扬地拿出一个点心向空中一抛，急速飞起一脚踢了出去。点心被踢出去变成了碎块散落在孩子们的身上和地上。看见孩子们在街上像无头苍蝇一样，乱跑乱转着哄抢点心，刘家豪更来劲了，一个接一个的踢点心，点心一个个跌地碎了，没有谁能接住一个完整的。一旁的姜春生实在看不下去，来了大步跨栏，一把接住空中飞来的点心，转身一个精准的投篮动作，把点心准确无误地砸在刘家豪的脑门心上，刘家豪被打蒙了，傻乎乎地望着愤愤离去的姜春生，像被魔法定住一般一动不动。

提起糕糕馍，姜春生是又恨又无奈。那是用青稞面做的一种面食，黄兮兮、黑乎乎的、粗糙涩酸，难以下咽的食物。吃到嘴里，像是在吃干抹布，要不是底下的肚子饿得慌，他真不想吃这种酸兮兮甚至有些苦涩的食物。因为贫穷，难免会遭到一些同学的白眼，于是他就和他们据理力争甚至动手打架，他企图用自己的拳头来教训那些小看自己的同学。他苦爱学习，优异的成绩让老师和同学们对这个打架大王又不得不心生欢喜。然而最让他生气的是自己的二阿舅也经常打磨他。姜春生想，他不就是个开药铺的掌柜，花了一笔钱买了个商会会长，置了百十亩地，仗着口袋里有几个臭钱骂自己这个穷外甥是胶皮户（岷州人对外地来的穷人的蔑称）家的贼儿子。胶皮户又咋哪，要不是因为母亲的阻拦，早就想给这个眼里只认金钱的舅舅一点颜色瞧瞧。

新学年到了，又得花钱买笔墨纸张。一提到钱，姜春生的母亲就开始唠叨："钱钱，钱都让你大吃成大烟了，哪有钱？"

姜春生望着斜躺在炕脚边的老父亲，心里就觉得有许多说不出的委屈。他父亲有些不好意思地摸了摸头上的黑布瓜皮小帽，从黄瘦的小脸上努力挤出一丝尴尬的笑容，像做错了事的孩子，可怜兮兮的替姜春生求情：

"娃爱念书是好事，洋人办的学堂不交学费，书也免费，就买些笔墨纸张。"

没等男人把话说完，一旁的妻子眼里早已燃起火焰，她涨红着脸，横眉冷对，愤愤地骂道："你还有脸放闲屁，干拌皮嘴能当钱花，有本事把大烟戒了比啥都好！"男人被妻子狠狠地将了一军，似泄了气的皮球，"簌"的一下蔫了，不自在地扯了扯身上的破棉袄，勾着头窝在炕角里不再吭声了。知子莫如母，姜春生的母亲懂的万般皆下品、唯有读书高的古训含义，何尝不想热爱读书的儿子也能有朝一日出人头地。

看着倔强的儿子还杵在原地，放缓口气说："娃，你要知道，人舔的有的，狗咬的丑的，人穷志短，该看的脸式（岷州方言脸色的意思）还得看。你二阿舅喜欢写写画画，看看人家有没有用旧了的毛笔，记住千万不要顶嘴。"

二舅家住在城东，东关的"旸顺和"药铺就是二舅开的。这是一座前店后院式的百年老宅。后院大门坐北朝南，漆着朱红色的生漆，最让姜春生厌恶的不仅仅是令人望而生畏的大门，而门前那对脸色铁青，长着一副狰狞恐怖的面孔的石狮子更是他最不愿看见的东西，每当想起它就不由联想起舅舅那张可憎的脸。有次少年气盛的姜春生，一时没把牢嘴，竟然在母亲面前失口痛骂二舅是"狮娃脸"，激怒了火爆脾气的母亲，差点挨了一巴掌。临行前，母亲一再嘱咐不能直接去南大街约铺面找二舅，要从北街的后大门进大院，绕过后堂去找。

姜春生不情愿地来到二舅家的后大门口，轻轻叩门，伙计打开门，示意他进去。跟在伙计身后跨进大门那一刻，就闻到门两边丁香花勾魂的丝丝幽香，这让他郁闷的心情一下变得好许多，他张大鼻孔深深地吸了口清清爽爽的香气。他们沿着鹅卵石铺的小路往前走不远就到了照壁处，小路由此分开成左右两条，照壁上镌刻着两个遒劲的行书大字"怡情"，壁下一丛紫色芍药花开的十分茂盛，散发着缕缕甜香。穿过照壁，沿着右边小径往里走，路旁的荷包花挂着一个个粉红色的精巧的小荷包在风中摇曳，犹如十里洋场风情万种的舞女。再往前走，眼前出现了一座大花园，牡丹芍药、丁香月季开的姹紫嫣红，香气袭人，院里有凉亭，有鱼池假山。继续往前走就是二舅住的正房，东西两侧厢房和正房之间留有通道，穿过通道就能直接去药铺，药铺面对着繁华的南大街。

正是风和日丽，百花盛开，蝶飞蜂舞的大好时节，戴着金丝边的圆镜片的眼镜的二舅，正躺在太师椅上，悠闲地晃着圆圆的大脑袋，哼秦腔《小姑贤》，一副怡然自得样子。姜春生趋步上前，低声叫了三声"阿舅"。半晌，他二舅缓缓坐端身子，双手慢慢地举过头顶，嘴巴轻轻一张，长长地伸了一个懒腰，接着有事没事地用右手在黑色绸缎做的长袍上拨拉两下后，很不情愿地瞥了姜春生一眼，打着哈欠懒懒地问：

"是不是又没吃得了？"

姜春生被噎得一时说不出话。他最看不惯阿舅这副盛气凌人的样子，深深地憋了一口气，心里不停地说"要稳住，千万不能发脾气，为了能上学，啥都得忍"。

稍微停了一会儿，他涨红着脸低声地说："我妈说，嗯、想要些、你写过的毛笔，还有，再给些草纸。"

他觉得自己说话蚊声蚊气的，声音小得连自己也听不见，可一旁的阿舅却听听得真真切切、一清二楚。姜春生的二舅是个出了名的舍命不舍财的主，素日里一张废纸也舍不得轻易丢弃。他嘴里的口头禅是："骨头要上房（晒干了好卖钱），稀屎（稀牛粪）要上墙（晒干了好煨炕），废纸好引火（点火）"。

听清来意，阿舅的圆脸"刷"地拉长了，撇了撇了嘴，阴阳怪气地说：

"我就知道胶皮户的儿子来就没有好道场，不是偷梁就要盗铆。"

姜春生急了，生气地质问："你是长辈，咋能随口说人是贼呢？"

见穷外甥竟敢犟嘴，做阿舅更来了气，眼睛一瞪，开口骂了起来：

"一家子穷怂，读屁的书。尕娃娃你听着，书到今生读已迟，还不如早早回家拾马粪去！"

姜春生的自尊心被深深刺痛了，他红着脸，冷眼直视着阿舅，针锋相对地说：

"谁家娃天生下来就是读书的种子？出水才能看见两脚泥，阿舅你不要门缝里看人，谁知道三十年河东，四十年河西。"

阿舅一听，"噌"地从太师椅上弹起，一双干涩的眼睛直愣愣地盯着他，仿佛惊奇地发现了他身上有无数的虱子，在密密麻麻的行进一样。姜春生努力克制住自己，用牙齿紧紧咬着下嘴唇，耳旁又一次响起母亲可怜巴巴的话语，"横竖他也是你的阿舅"。说真的他恨不能冲过去，在这个人眼前，狠狠地唾几口唾沫，挺直腰板，"啪、啪"的踩几脚。可眼下他却只得深深地咽下这口恶气，努力做个深呼吸，让自己的几乎失控的情绪得到一丝的缓解。

眼看讨要无望，正要转身离去，却被阿舅叫住。阿舅接过伙计拿来的写秃了的几支毛笔和一叠麻纸，眼皮也没抬一下生气地扔了过去。姜春生眼泪不停地在眼眶里打旋，他痛苦地忍受着来自亲人的侮辱，缓缓地俯下身子，捡起散落一地的纸和笔，转身飞快向门口跑去。

他急匆匆地行走着，伤心的泪水再也难以抑制，顺着眼角汩汩地淌了出来。他怕人看见，奋力用衣袖抹眼泪，谁知泪水没有被拭干，泪珠儿却像断线的珠子一样"哗啦"一下全洒落下来，犹如从细密的沙石里不断潮涌出的泉水一样汪汪地流淌了出来，长时间压抑着的情绪恨不能瞬间全部顷泄出来。此时此刻他满脑子只有一个愿望，就是立刻回到家里，把所有的委屈和悲愤一股脑儿向母亲诉说。他快步如飞地穿过大街小巷，一脚踏进门，就听见母亲温婉亲切的说话声，心中的怒火和满腹的酸楚，顿时散去了大半。就在轻轻撩起门帘的那一刻，温暖迅速包围了他。他看见难得有闲时间的母亲，正和三个小弟妹们盘坐在炕上一起做游戏，优美的岷州歌谣从母亲的口中轻轻地哼出，小屋弥漫着少有的恬静和温馨：

　　打箩箩、磨面面，亲戚来了做啥饭，杀鸭鸭跳揣呢，杀公鸡叫鸣呢，杀母鸡下蛋呢，擀白面舍不得，擀黑面丢人呢，你说难心不难心？脚力脚力盘盘，一盘盘到南山，南山哥哥会射箭，一射射了个马鸡蛋，拿回家里叫娘看，把娘吓了一身汗，牛蹄马蹄，挲过娃的一只……

# 第二章

月亮出来簸箕大

星星出来碗口大

刀子斧头不害怕

只怕你把我闪下<sup>注</sup>

      —— 岷州花儿

  姜春生出生时家道已衰落，他排行老三，从他七岁那年起，生活中喝洋芋拌汤是家常便饭。保证家里的柴火供应是要强的母亲给他下的死命令，夏天他得去洮河里捞浮柴，秋天里拔别人田里丢弃的秸秆，春上搂蒿草，冬日里去东山马场拾马粪。

  这天，姜春生已经往山下背了九背篓马粪了。这时过来一个兵痞，嚷着非要姜春生喊他大爷，不然就不准再背马粪。姜春生就是不叫，两人就这样怼赌着，从夕阳西下熬到月上柳梢头。寒气袭人的时候，姜春生还没下山，他的母亲找到马场时，姜春生还木呆呆地站在马厩旁，那个大兵啃着大饼，时不时用些不干不净的下流话地训斥几句。姜春生的母亲哪里咽的下这口恶气，她跑步冲走上前，一把推开大兵厉声质问：

  "为啥欺负人？"

  当兵的吓了一跳，缓过神后恶狠狠地反问：

  "谁允许他拾马粪来的？"不甘示弱的姜春生的母亲怒睁着双眼，面红耳赤的活像一头被激怒的恶狼，两眼闪烁着骇人的光芒，一甩大手，扯开嗓

---

注：闪，甩掉。下，读作哈。

子高声大骂：

"看你破铜烂铁的球样子，我儿子帮你们扫马圈，没要你们工钱，就便宜死你们了。你个狗吃的军犯娃，吃屎的倒把巴屎的鼓住（讹住）了。你嚣张啥，屁大点儿人芽芽，你是谁的爷们家，走找你们师长说理去。"

一听要见师长鲁大昌，兵油子亡了神，脸色变绿，捂着肚子喊疼溜走了。姜春生和母亲背着马粪回到家里已是深夜了，可他母亲气愤不过，也顾不得劳累，硬是只身一人闯进县衙，嚷着要见兼任县长的鲁大昌。

鲁大昌刚看完堂会，还在兴头上，嘴里哼哼着秦腔，坐在大厅里悠闲地刮着盖碗茶。听师爷说穿锅大娘求见，一时没想起是何人，用手挠着大脑袋，不高兴地骂道：

"谁他娘的这么扫兴？"

师爷俯下身，俯首贴耳、小声禀报："先前城南茶庄梁掌柜家的那个尕尕娘娘，面色红润，眉间长着个习痣，岷州城有名的穿锅大娘。"

看他还是想不起来，又仔细解释说：

"梁掌柜和苏掌柜是世交。岷州人的老观念里大姑娘是不能轻易出门，更不能随便在外抛头露面的，不然会让人说缺少家教，遭人耻笑的。有一年来了两个洋人，在城西建了座天主教教堂，起名叫福音堂。他们办学堂，免费收学生，还收女学生。苏家大小姐嚷着非要上学去，苏掌柜拗不过自己的掌上明珠，就以信教的名义把她送进了福音堂，梁家的小姐跟着一块去了。"

经他这么一说，鲁大昌似乎想起了什么，可还是不太明白，紧锁着八字眉问："啥尕娘娘大小姐的，又是穿锅大娘的，瞎扯啥蛋？"

师爷叹了口气，惋惜地说：

"城南陕西人姜人杰是做绸缎生意的，苏、梁两家大小姐喜欢的料子都是姜家提供的。姜掌柜常出门，家里的生意大都由他的侄儿姜至诚打理。姜至诚时常带着伙计给苏、梁两家送绸缎，天长日久，和两个大姑娘混熟了。到了谈婚论嫁的年龄了，提亲的人踏破了门槛，梁姑娘都不满意。有一天姜掌柜突然来拜访，这让梁府上下都很惊讶。一个月后，梁家姑娘成了姜至诚的妻子。姜掌柜分了一份财产给了侄儿，姜至诚精明能干，梁姑娘泼辣，善治家，小两口的生活不但过得有滋有味，生意也很红火，三两年就积攒了不少家当。岷州人有个爱显摆的臭毛病，男人们有些钱就喝酒打麻将吃大烟，姜至诚也染上了吃大烟，整天周旋在烟馆里，昼伏夜出，变成十足的烟鬼，不到三年，家产就被挥霍殆尽。他的孩子又一个接一个来到人世间，他先是变卖了绸缎庄，接着又变卖了城东的房产，租下城西破旧的铺面，一家人全靠媳妇做穿锅，给别人做针线活、浆洗衣服过生活。"

鲁大昌还是觉得有些蹊跷，将信将疑地问：

"她会做穿锅，这可是个苦活？"

师爷继续说："我的个爷，这你老就不知道了，她是随娘改嫁到梁府的。她的生父姓王，也是个商户，跑尕白狼（农民起义军）那年，老子让白狼的土匪兵打死了。说也怪那王商户舍命不舍财，也该是上辈子就欠了人家娃的一条命。别人听说土匪进城了早跑光了，可他就是放心不下这点家业，照旧开铺子做买卖。一个土匪兵过来拿了包烟就要走，他问人家要钱，那兵痞不给。他就缠着人家不让走，拉拉扯扯几个来回，兵痞惹火了，抬起一枪就把他给打死了。她娘改嫁到梁家时，她还没生下来，娘做人家的填房，女儿的身价也金贵不到哪里去，她从小就学会了针线活，说来也是个苦命人。"

正说着，姜春生的母亲不顾佣人阻拦，风风火火地闯了进来。鲁大昌带着好奇的目光仔细瞅了半晌，真不敢相信眼前这个徐娘半老的村妇打扮的人，就是昔日岷州城里长得如花似玉的尕娘娘。鼻子哼哼唠唠了半晌，然后装腔作势地问：

"你是谁，胆子也太大了吧？"

姜春生的母亲也没客气，挺直腰板，双目紧盯着鲁大昌，不卑不亢地说：

"人说落架的凤凰不如鸡，虎入平川也遭犬欺，大师长咋会记的买穿锅的穷人呢。"

鲁大昌大嘴边的赘肉一抖，笑嘻嘻地说："噢，好厉害的嘴，刀刀见血！尕娘娘，是啥风把你给吹来了？"

姜春生的母亲爽朗地一笑，毫不畏惧地说："我儿子给你家的马圈大扫除，舔屁股舔到痔疮上了，干活没人给工钱也就算了，还要挨打挨骂。你手底下一个小兵也敢让娃喊他爷爷，我娃就比你小一辈，你也没让叫过大爷，他一个新兵娃娃就让一辈的人喊他大爷，这要是你军队上的规矩，还不真要把活人往死里羞人吗？"

鲁大昌一听，蒜头子鼻子一耸，匀气地大骂道：

"他娘的操蛋，吃了野豹子胆了，给爷们家拉出去打二十板子，看他娘的再敢当大爷，老子让他连娃的爹也做不成！"

姜春生的母亲看鲁大昌真发火了，又怕打坏当兵的，连忙说：

"别太为难娃们，管管就行了。"

鲁大昌笑着说："我们的尕娘娘心软，好好，教训教训。来给尕娘娘给些扫马圈的工钱。"

姜春生的母亲说："不要了。"

头也不回地走出了衙门，她前脚刚到家，后脚鲁府就派人送来钱，再三推辞不过，她才收下了。

吃完晚饭，姜春生的母亲就的和上三大酱盆面，这是她每天必须要做的活，关系着全家老小的吃饭问题。白面是姜春父亲在集市上粜的。和完面，她还要缝缝补补，直到深夜才能入睡。鸡叫头遍，她就的起来生火，一面做穿锅，一面做馒头。姜春生母亲做的穿锅属锅盔的一种，但却不同于撒椒盐葱花的圆饼形的陕西锅盔，也不似加入芝麻呈半圆形的山西锅盔，更和湖北、四川等地的放入肉馅以及其他佐料的条形锅盔不一样。每当黎明时分，她照例把醒好的面摊在案上，随机调配好酵面和生面，反复揉搓，然后把面分成一坨一坨，擀成饼叠加一起后做成牡丹花或菊花状，每个锅盔犹如一个大蛋糕，把它放在特制的铜锅里，顶上涂上清油后，把铜锅盖盖严实后埋在热炕的炭灰里烤制。这时灶头上的大锅里的水也开了，她有条不紊地把面抟成大小一样的馒头，整齐在摆放在锅里去蒸。

天亮时，外皮焦黄香脆，里瓤酥软咀爵劲道十足的穿锅出锅了，犹如一朵朵盛开的金黄色的牡丹花。与此同时，白花花的馒头也蒸好了，散发着面粉特有的恬淡的香气，让人垂涎欲滴，只可惜姜春生一家人大都无缘享受这种充满着麦香的美食。忙完了这些，她就给孩子们蒸青稞面的糕糕馍。新的一天开始了，孩子们爱读书地去了不收学费的义学上学，不爱读书的就跟着大人做家务。

岷州人常说：穷人家娃多，奚户家钱多。姜春生的母亲身体健壮，一连生了十三个孩子，两个孩子一出生就夭折了，另外三个婴儿因为没有奶水被活活饿死在褓褓之中，留下了姜春生他们五男三女八个兄弟姐妹。

姜春生的大舅一直没有娃，只好从姜春生二舅家抱养了一个女孩。一九四八年春上，姜春生的大舅母终于生了一个男孩，这可高兴坏了一家人。姜春生的大舅一年前就开始收拾老宅。大院门头换上了省城著名书法家刘尔炘用苍劲的隶书书写的"德福门"三个大字的匾额，大门上面缠绕着大红的绫罗绸缎结的吉祥图案，红红的大灯笼早已高高挂起。走进深邃的大门，原前宽畅的前大院早已被杏黄色的幔布围住，里面摆放着订制好的褐色的棉蒲团，为僧人订制了吃斋的鎏金的铜钵盂。还特意邀请藏区的嘉木样活佛主持孩子生日那天的法事活动。着一身红袍的喇嘛足足来了一百〇八位，他们终日在院子里打坐念经，一个偌大院落俨然变成了一座佛学院。

从两面的回廊向里走去，过了偏门就到了中院。正面五间大瓦房坐北朝南，每间屋子都换上崭新的用阴山椴木精雕细刻的门扇，每扇图案分上中下三幅图，依次是祥云宝剑、丹凤朝阳、双子连心、喜上眉梢、麒麟双狮、福瑞降临、孔雀牡丹、五子登科、双禄来临。东面的一间精美的厢房是为新生儿准备的，风水先生说，朝东寓意着朝气蓬勃，适合后生今后创业。紫气东来，东方才有祥和之气，使儿孙后辈生生不息，富贵发达。按照风水先生的指教，屋内摆放着雕刻精美的小儿专用床，床沿四周分别雕刻着牡丹、莲花、梅花、菊花和梅花鹿、丹顶鹤，寓意着福如东海，长命百岁。核桃木的四角柜和衣柜放在墙脚，紧挨着是一对精致的藤椅和梨花木的小茶桌，整个家具用土漆漆成了褐红色，给人一种丰润安静的感觉。穿过走廊来就到了后院，那片空地同样没闲着，依旧用褐色的幔帐围了起来。中间设了三米高的祭祀法坛，整日焚香洒水。从城南二郎山请来的穿清一色青布长袍的道士九十九位，在白胡子老道长的带领下喃喃地念起经来。姜春生的外婆尽管年事已高，还是乐此不疲地带领着一帮女眷，整日指挥着长工们在临街的铺面前支起锅灶忙这忙那，给过往的行人提过免费的饮食。姜春生的外爷还嫌不够气派，又派人到省城请来戏班子在城隍庙的戏园子里演唱了一个月的秦腔。

九九八十一天终于过去了，喧闹了好一阵子的岷州城终于重归于平静，一切又恢复了从前的老模样。俗话说得好，麻绳爱从细处断。姜春生的大舅老来得子，虽说是喜从天来，却不想这小孩从生下来就爱啼哭，体质孱弱，一副病恹恹的模样，这更是愁坏了一家上上下下。为此他寻遍了远近的名老中医，也不知给孩子为了灌多少汤药，可孩子身体一直没有多大的起色。转眼到了秋上，这天，嘉木样活佛又一次来到岷州，做完法事后，他对姜春生的大舅说："缘起性空，要广结佛缘，多做善事，色即是空、空即是色。"临走时给小男孩赐名——慈利。

说也怪，活佛走后，向来热衷于官场往来的姜春生的大舅突然关心起乡里的公益事业来，把店铺交给了火计经营，一心专做善事，人比以前也和善多了。他的儿子从此也不再整日哭闹了，虽然说不上茁壮成长，但也是一天一个样的在成长着。岁月的河流犹如匆忙流过的洮河一样一去再也不复返，不变的依旧是青山绿水，日夜变幻甚至转瞬即逝的却是肉身凡胎的人和他们一手创造出来的社会。

天有不测之风云，这年春上在省城读大学的姜春生二舅的大儿子突然得暴病不治身亡，二舅带人从省城把心爱的儿子的遗体运回来，伤心地埋在自家的后花园里后辞去了县商会会长一职，出家当了和尚。姜春生的外爷望着灰蒙蒙的天空，嘴里不住地说，天要变了，天要变了。姜春生的外爷不顾家人的反对，变卖了一百亩田地，捐给了城东的同善社，整日吃住在那里。半年后就去世了。没过几天，姜春生的外婆也跟着丈夫驾鹤先去。姜春生的大舅就把剩下来的一百亩地索性也给卖掉，为父母亲办了一个体体面面的丧事。

转眼就到了一九五二年的春天，土地改革结束了，姜春生的家被定成了贫民，生活还是那样的贫困潦倒。可姜春生的父亲却喜欢苦中作乐，时不时哼上几句秦腔，兴致来时照例要几句唱岷州花儿，他最爱唱的要属《十朵莲花》。每当他唱到"二朵莲花倒下挂，平贵西凉招驸马，宝钗受的磨难大，宝钗受磨难着呢"这一段，正要神情饱满地唱完"来时还情愿着呢"这句他最心醉的唱词时，就撞上脾气火爆的妻子，接着就是一顿劈头盖脸的臭骂，这让他大为扫兴而抱憾不已。

这天，原本整天为一家老小吃喝犯愁的妻子，肚子里早就窝满了火，看见自家的大烟鬼洋洋自得，又摇头晃脑的唱野曲，怒气就一股脑往头顶冲，她撒泼似的张开大嘴，高喉龙大嗓子地叫骂起来：

"穷的屁也夹不住，家里吃了上顿没有下顿，你还有心情唱浪歌，皮嘴张的像个烂杏似的高兴个球！"

姜春生的父亲也不生气，习惯性的歪着头，近乎恬不知耻地说：

"娃他妈，你骂甚咧，要不是我抽大烟，咱还不是像娃他舅一样被公家人抓起来了，最轻也得天天挨批斗哩，弄不好连命都保不住。"

一听男人嘲笑自己娘家的哥哥，女人顿时双眼往外直冒火，像发了疯的泼妇似的，声嘶力竭地叫骂起来：

"放屁，大烟鬼、赌博贼，锈了心的坏怂（坏人），个家（自己）没球本事，还好意思龇着白牙笑话别人，当心出门让马踏死、跌倒阴沟里窝死。"

男人倒不生气，嬉皮笑脸地说："你生那么大的气有啥意思，你听我把话说完，我吃大烟是不对，吃大烟吃光了家产，咱家才评成了贫民，没有戴上地主富农的尖尖帽，这不是因祸得福。"

"福、福、福你妈的屁福，多少年了，家里还是吃了上顿没下顿，穷的屁都夹不住，还福个屁！"

看父母又是吵闹又是咒骂，机灵的姜秋生无话找话地说："今天箭营里又枪毙人了，十几个呢。"

一家人听到这个消息，神情立刻变得紧张起来。姜春生好奇地三弟问：

"都是些啥人？"

姜秋生神气地说："反革命，恶霸地主，好像还有土匪特务。"

大妹姜春娥有些伤感地说："春燕大也被枪毙了。"小妹姜月娥瞪着杏眼，瓜兮兮地说：

"叔叔常给我糖吃，是好人！"姜冬生白了她一眼，轻蔑地说："去、去、馋嘴子就知道吃，他给志愿军尽卖长了白毛毛的牛肉还不该死！"

姜春娥执拗着说："我常去春燕家，他家收的牛肉可都是好牛肉，雇了好多的人加工，不可能有坏牛肉。"

他们的母亲叹息道："秋天的阳婆（太阳）弱，煮的的牛肉是很难晒干，拉到朝鲜不坏才怪哩。"

姜秋生转过身对姜春生说："听说刘家豪的老子也被枪毙了。"姜春生若有感悟的说："刘家豪一家就是太张扬了，就说上前年，为竞选国大代表，天天摆宴席请客，整整吃了大半年，把城南的富人文杰山硬给比输了。"

姜秋生乐了："凡是去给刘家投票的一人一块大洋，我们俩还挣了两块袁大头哩。"

"有钱不知道享受，死了打个金棺材有啥用！"姜春生的老者大（岷州人对父亲的称谓）幸灾乐祸地说。

一旁的妻子又来了气："你好，一点钱财都抽光了，你舒心了，全家跟着受冤枉。不过也是，刘老汉也太啬皮了，媳妇们一年做双鞋的布他都要亲自量，抠门死了。"

男人马上顺着妻子的话茬乖巧地说："你可别说，那老怂可真够啬皮的，家财万贯，可从不乱花一分钱。他的口头禅就是'善财难舍'，就拿每年腊月三十年吃年猪肉来说，嫌盐价贵就不让全家人放盐，还念念有词地说，'吃肉调盐就像吃腊肉下油饼，是有福重享，在造大孽'。白水煮肉，不放盐多难吃，儿孙媳妇们当面应付一下，都跑到厨房里偷吃搛盐的肉，只有他老怂一个人在堂屋里吃着没盐的肥肉，还以为又省了一笔买盐的钱哩。"

父亲的一席话把孩子们全都给逗乐了。他们的母亲也收敛起满脸的怒气，正色道：

"行了行了，人啬皮也闹不出人命，关键是人轻（岷州方言，轻狂的意思）祸出来，他们一家就连看门的下人都蛮横不讲理，得罪的人太多了。花钱买国大代表不光是为了显摆，光宗耀祖，还想挣更多的钱。人心不足蛇吞象，国大代表又咋样，这不，天一变人头照样落地！最可惜的是老家伙被枪毙时，头上还扣着那顶戴了几十年的，渗透了头油的黑条绒小帽，真不知图了个啥？"

看着孩子们不谙世事的憨模样，母亲双手拍了拍，命令道：

"吃饭吃饭，吃完了还有活干。"

俗话说"商户惯骡马，穷人惯连娃。"好不容易等着母亲和完面，孩子们就缠母亲讲故经（讲故事），母亲拗不过，给孩子们说起岷州的往事：

箭营在明清时候是官家操练士兵的地方，民国时期鲁大昌也在儿这练兵。民国廿四年红军路过岷州，吓坏了城里的商户，鲁大昌就下了一道死命令，男人都要守城，挖战壕。你大把早先做生意挣下的一些家当都吃了大烟，落下个病身子，出工累得半死，我三番五次的找鲁大昌，又托你大阿舅求情，才把人赎回来。红军一到晚上就在四面城墙外放枪、喊话，守城的兵们一阵胡乱放枪，每晚都被乱枪打死打伤几个。红军把岷州城围了四十多天，眼瞅着城里许多人家就要断粮了，鲁大昌的人也撑不住了，据人说他都做好了自杀的准备，可就在这时候红军突然撤走了。红军一走，鲁大昌高兴坏了，在城里大摆了三天宴席，吹嘘自己是打红军的英雄，也怪蒋介石还真派人给他发了块麻布奖状呢。听人说当时围城的红军头头叫朱德，他知道我们岷州城南的金童山又叫二郎山后，说狼会吃猪，才决定就不打县城。红军一走，鲁大昌就把掉队的红军抓住出气，那些日子哭声喊声，叫人不敢听，从那以后人们不敢到箭营去。

正在这时，门"咣当"一响开了，"阿、鬼！"孩子们吓得尖叫起来。只见从门外走进一个蓬头垢面的人，他穿着一身破旧的白色西服，背着一卷行李，脚穿一双张着口子的黑皮鞋，一头乱发遮盖住大半个脸。一来门，就"朴桶"一下跪在地上，带着哭腔说："妈，我回来了。"母亲上前一把刨开他的凌乱长发，才看清这个灰头土脸的人正是三年前逃壮丁的大儿子姜夏生。

"军犯娃，你不是做官享洪福去了嘛，你进了岷州城就没回过家，隔壁景爷家的大女婿是县公安局里的大官，还隔三岔五地看老丈人哩，你的官有人家大吗，不孝顺的忤逆贼，你还知道回来？"

"唉！丢死人了，我被下放回家了！"

"贪赃枉法了，还是欺压百姓了？"气愤不已的母亲脱下自己的鞋子，狠狠地砸了过去。

"人家怀疑我是叛徒，众口莫辩，那死婆娘也告我反党，我被不要了。"

"不管好自己的烂嘴，尽放闲屁！从小就油嘴滑舌的，这下吃大亏了。"

"私下里谝的闲话，谁想这也算数？"

"行了、行了，这都是你娶了新娘忘了老娘的报应。"

"都是儿子不孝。"说着姜夏生抱头痛哭起来。

姜夏生是在德国人办的教会学校里读过几年书，十六岁那年，正赶上国民党抓壮丁，有人把他也列了进去。本来上面给岷州下的二百个招兵任务已经完成了，可鲁大昌看准了邻近的河州人的钱，做起了贩卖壮丁的生意。不愿当兵的人出钱，一个兵员出二十个大洋，鲁大昌得了钱就在岷州抓人来顶河州的壮丁。姜夏生听到自己也被定成壮丁，顾不得回家取东西，穿了一件汗衫逃出了岷州城，星夜赶往省城。由于有老师李林的介绍信，不久他加入了共产党的外围组织——青年学生会。

火红的山丹丹花漫山遍野盛开的时候，姜夏生作为向导跟着解放军六十二军一起来到岷州。解放军里许多人都是放羊娃出身，不识字的人很多，部队首长让姜夏生当文化教员。岷州县级人民政权建立后，部队继续南下在毗邻的县建立了地委机关，接着迎来了新中国成立。姜夏生被调进了地委讲师组，参加了干部宣讲团，经常深入农村广泛宣传，组织动员群众。

洗完脸，姜夏生把两檐水的分头又梳得光光的，双眼皮也不再耷拉着了，人精神了许多。姜春生两眼愣愣地看着他，心生好奇地问：

"大哥，听说在城里你西装革履，戴顶头盔帽，挂着大墨镜，还擩着文明棍呢？"

"那当然了，文化人嘛，没有斯文样不行。"

"你娶的洋学生很俊吧？'

"这……是吧，"

"你给当官的都讲些啥谋？"

"共产党的政策，讲的是真理，你应该看看。"

"看、看、看书能当饭吃！你看的连吃饭碗都没了！"一旁的母亲冷不丁地回了他一句。

姜夏生脸色潮红，右手抓了一下脑门前的头发，又扯了扯有些发皱的西装的衣角，一脸的不自在。

他母亲并没有因为儿子难堪就此罢休，继续冷讽热嘲毫不在乎地说："别开口张口就马渴死、牛渴死的。整天东跑西跑的，就是铁打的人渴不死，也会累死。人不吃饭会饿死，这才是真正的大道理。你就是好卖派（好逞能），自以为喝了几天洋墨水就高人一等，好为人师，耍嘴皮子。蜜蜂没心尽用屁眼伤人，啥时候得罪了人自己不知道，被人害了还傻愣愣地说瓜话。三儿，你少听他在那里放闲屁。'

望着母亲走出了门，胆小的兄弟姐妹们，也跟着走了。满腹疑惑的姜春生却不肯离开，看了一眼表情凝滞的大哥，关切地摸着他修长、冰凉的手指，低声细语地问：

"大哥，你一定吃了不少苦吧？"

缓过神的姜夏生端详着弟弟稚嫩的脸庞，一股暖流"哗"地涌上心头，泪水禁不住汹涌出来。

是啊，多少个日日夜夜，他多么希望有人轻声问一声，关切地看自己一眼，停下匆忙的脚步，静心地听一听他的心声，哪怕只有短暂的一瞬。有时候他觉得自己就像茫茫黑夜里孤独的行者，时时刻刻处在悲观、彷徨、恐惧和极度的痛苦之中。他多么想停住脚步歇歇脚，可是死神就像在身后，踏着"咚、咚"的脚步声一刻不停地紧紧相逼着，自己是那样的渺小和不堪一击，哪怕是突然传来的一个小小的声响都会把他重重的打翻在地，让他陷入万劫不复的深渊。他觉得这个冰冷的世界里只要有一束光亮，哪怕是微弱一丝光线，就会点燃他生活的信心和勇气。然而任凭光阴流转，茫茫人海，大千世界，没有人给他投去一瞥关爱，哪怕是一丝怜悯的目光，这让他感到无限的失望和悲伤，他甚至有了一死百了的念头。

弟弟真挚的话语犹如投进他几乎快要死寂的心田里的一粒石子，瞬间激起了他心灵深处的那一丝热情，就像冬日里那缕温暖的阳光，照亮了他眼前的路，于是他习惯性地一甩风头，给自己的弟弟倾诉起那段不堪回首又刻骨铭心的往事。

去年他和同事老李到偏远的少数民族聚集地开展宣讲活动，正赶上乡里往藏区转运物资。乡党委书记兼民兵营长马金英忙得不可开交，顾不上听他们的汇报，就把他俩也编进了工作队。从早到晚不停地装卸物资，直到天色已晚，把最后一批马队送走，他们和乡上留下的同志才开始吃夜饭。马金英一边吃饭，一边听老李传达上级的指示，老李把从贴胸内衣里掏出来的密封信郑重地交给书记，马书记小心翼翼地拆开信一看，神情立马严肃，用责备口气说：

"坏了、坏了，你们咋不早说？小张，麻利通知大家带上武器，立刻转移。"

话音刚落，就听一声凄厉的枪声划破了漫漫的黑夜，姜夏生不由自主地打了个颤。

就听身旁的马书记脸色骤变，机警地喊道："土匪来了！"这时整个院场四面八方响起了密集的枪声，只听见有人在黑暗中恶狠狠地咆哮着："往死里打，一个也不留！"

老李把姜夏生推到门背后，揞着枪和书记一起冲了出去。枪声停了，几个蒙面大汉闯进屋里，一个土匪一把揪住门背后的姜夏生，举起鬼头大刀就要砍，近乎绝望的姜夏生紧闭上着双眼，心"咚、咚"一个劲的狂跳着，他感到一股凉煞煞的冷风扑面而来，心想这次是必死无疑了。

就在这当儿听有人说："少迳些孽，还是个尕娃。"

接着另一个人，大概是这伙二匪的头厉声说："收拾东西，快走！"

转眼间，这伙土匪就消失的元影无踪了，偌大的乡政府变得死一般沉寂，姜夏生感到眼前一阵眩晕就跌倒在地上。刺骨的寒风把一股股刺鼻的腥臭味不断地吹进他的鼻孔，朦胧中他只觉得胸口沉闷，一阵阵的恶心，他吃力地睁开眼，发现马书记直挺挺地躺在自己的身边，一双大眼直愣愣地瞪着天空，胸口开着一个大洞，一片血污变成成了黑红色，在冬天里苍白软弱无力的阳光下显得格外的刺眼。

大院里横七竖八的躺满了死人，他努力支撑起身子，寻找老李的身影。最后发现大门口斜躺着一个人，凭着那身熟悉的蓝色制服，他断定那就是老李，他伤心极了。这时又一股血腥味扑鼻而来，他恶心极了，干呕着，想吐又吐不出来，眼前霎地一黑又昏了过去。

等他再次苏醒时，他已经躺在静静的病房里。乡政府十二个人加上老李全牺牲了，唯独活下他一个，组织上再三询问情况，他怎么也说不出个子丑寅卯来，于是他成了怀疑对象，被停止了工作、接受组织审查。这一审查就是半年多。因为一时找不到真凭实据，鉴于他平日的表现，这天，领导决定先让他回家好好反省反省。他拖着疲惫的步伐从政府大院里出来，神志恍惚地往前走着，心里乱糟糟的，觉得自己很冤，比窦娥还要冤。十五岁上参加革命，冒着杀头的危险传送情报。解放岷州城，自己和同伴最先潜入城里，摸清楚了鲁大昌在城里的布防情况，及时送到部队首长那里，使部队攻占县城时的伤亡大大减少。搞土改、镇压反革命，宣传共产党的政策，样样走在前面，这一点老领导，现任的地委书记孙彪是再也清楚不过的。

他越想越来气，怨恨这些昔日的战友同事为什么不站出来为自己说话，哪怕是给自己一点点同情和安慰。他就这样胡思乱想地走着，不知不觉的来到了自家的小院门口。竹篱笆上爬满了郁郁葱葱的牵牛花，院里的月季花在明媚的阳光下开得依然妩媚耀眼，蜜蜂在飞舞着，"嗡嗡"地吵闹个不停。蓝莹莹的天上时而有几只鸟儿急速划过，空中传来它们欢快的鸣叫声，花香弥漫在温暖的空气当中，使他感到有些醉意朦胧。当他迷迷茫茫地走进小屋时，从纸糊的窗户里传出女人喃喃地调笑声。他定睛细看，窗花上的颜色还是那样的新鲜，中间贴的七仙女和董永的剪纸活灵活现的浮现在眼前，四周贴的牡丹花、菊花、梅花还是那样栩栩如生，和着女人娇滴滴的声音，让他近乎麻木的心酥软了。

就在他靠近贴满窗花的窗户的那一刻，他的心猛地往紧里一抽，浑身上下整个血管都要爆炸了，他分明听见还有一个男人细如蚊虫般的哼哼唧唧声，他扶着窗棂往里仔细一看，只见两个赤条条男女正搅在一起，蠕动着，滚动着……那是他多么的熟悉的身影啊！眼前的这一幕来的是这样的突然，让他一时无法接受，他觉得胸中有一团炽热的烈火往上喷涌，一双眼睛在不住地往外喷吐火苗，两颊滚烫，浑身燥热，整个人就像一座即将爆发的火山。

他张口大骂一声："婊子！"转身飞起一脚踢开门，妻子吓得从男人身上滚落下来，大张着嘴巴，惊恐万分地望着他，仿佛他是天外来客。那男人反应倒快，一把抓过床边的西式短裤，迅速套在腰上，光着脚就往外跑。姜夏生一把拉住他的胳膊，施劲往屋里拽，那人顺手慌忙拿起墙角的小圆凳，往他的脑袋上砸去，他被打蒙了，手一松，那人借机飚出门外。

他怒不可遏，正想不顾一切地追赶，却被妻子拦腰死死地抱住大腿，她嘴里还不停地叫喊着：

"嫖客，你打死我、打死我好了。"

听自己的老婆骂自己是嫖客，他的气更大了，照着她那张粉嫩绵软的脸狠狠的一个耳光。这一巴掌下去，他自己都觉得手掌有种火辣辣的痛感，妻子立刻松开了手，停止了哭嚎。她好像被打醒了似的，麻利地穿上粉红色的连衣裙，双手捋了捋凌乱的头发，泪汪汪的大眼睛表现出冷酷的迟疑和胜利者满足的神色，摆出一副视死如归的样子，狠狠地窝了他一眼，跌跌撞撞地跑出了门外。

傍晚时分，仍不见妻子去回来，姜夏生心里又急又恨，开始坐立不安起来，正打算出门去找妻子。这时，院里突然走进两个身着公安制服的警察，一番严肃的询问后，他们让姜夏生跟他们去一趟公安局，说有人举报他是"现行反革命分子"。姜夏生被稀里糊涂带到县公安局后，才知道不忠的妻子为了掩盖自己红杏出墙的丑行，恶人先告状，揭发姜夏生经常发表反动的言论。一波未平新生一波，领导一气之下发了狠话，姜夏生被下放回原籍，到农村接受改造。

神情忧郁的姜夏生说着说着突然停了下来，过了好长一会儿，冷不丁的对姜春生说：

"百无一用是书生，书不能念得太多，念多了就成糊涂蛋。自古以来都说红颜祸水，可他偏胡诌说'男人是泥做的骨肉，女儿是水做的骨肉，山川日月之精华只钟于女儿，须眉男人不过是些渣滓浊沫而已。'可他哪里知道，女人中有几个是林妹妹、贾迎春？有的倒是王熙凤，林之孝家的、金桂、秋桐之类的悍妇娼妇，唉！女人就是女人，尤其是披着美丽画皮，举止轻佻的女人，大都水性杨花，美玉天仙的外表下包藏着一颗毒蛇般的心。老三，你知道这个世上啥最毒？不是毒蛇、蜈蚣、蝎子炼就的五毒，也不是见血封喉，是负心女子的心啊！我劝你，人后找媳妇，千万不要把花容月貌当首选，心地善良最重要，漂亮的婆娘人人爱，谁不想多看一眼，那是公众的情人。美若天仙的妻子不管是贤惠善良还是风骚妩媚都会招至飞来横祸。"

说着他仰天一声长叹：

"哎，时也命也！"

看见弟弟充满稚气的面子上，惊讶、迷茫、好奇等多种复杂神情交织在一起，姜夏生也觉得说这么多，对不谙世事的小弟有些残忍和多余，自觉无聊又无味，只得打住话头。

# 第三章

开开园门折青禾

来了一对小鹦哥

鹦哥你把乏气缓

缓过乏气给我喘<sup>注</sup>

      ——岷州花儿

终于回到家了，姜夏生总觉得自己像在做梦一般。眼前的一切既让他感到陌生，又让他觉得熟悉。西门街的肃正街小学，虽说已改名叫人民路小学，可学校的模样却丝毫没有改变，红红的大门柱子鲜艳如新，四周是整齐的大教室，正北方的二层教学木楼前的孔子像还屹立着，它的前面是空荡荡的操场，那里是学生们早操、打球锻炼身体的地方。在那里发生的事还历历在目，同学们的音容笑貌，甚至举手投足，装扮过的一个鬼脸，说过的一句玩笑话，还是那样清晰可辨。睹物思人他不由得感慨万千，脑海里突然浮现出斗争校长杜永福的情景，一想起这往事他就忍不住哑然失笑起来。

那是一个夏天的早晨，副校长李林一早就来到姜夏生他们高年级班郑重宣布，新任校长杜永福要来给高年级学生训话。说话间，只见一个长得白白胖胖，个头高的年轻人，在学校的几位负责人的簇拥下走进了教室。督导主任谦和的把他让在讲台中央，煞有介事地介绍道：

"同学们，这是县上给我们派来的新校长、杜博士，大家欢迎！"

一阵热烈的掌声响过后，他接着说"杜博士在上海的复旦大学专攻古典

---

注：喘，说话。

汉语，并且取得了博士学位，他是我们岷州人的骄傲，他的家就在我们岷州的东山区，是我们岷州的第一个高材生。"

姜夏生细细一瞅，只见杜博二穿着一身褐色的燕尾服，葱白的脸上挂着一副墨镜，黑里咕咚的，看不清镜片背后的眼睛长得是啥样子。他那微微有些翘起的嘴角始终挂着浅浅的微笑，给人一种神秘莫测的感觉。

顿了顿，督导主任继续说："同学们，本来杜博士已经留在省教育厅了，是水厅长亲自给杜博士谈的话。"

一旁的杜博士撇着带有明显岷州口音的拗口的国语，突然张口说：

"是的，高山仰止、高山仰止，水厅长亲自接见了鄙人，见笑、见笑。"

插完话，他摘下礼帽装腔作势地朝督导主任点点头。

督导主任接着说："杜博士在省上一定会大展宏图，可他心系家乡教育，一心要回到岷州办教育，这是岷州莘莘生学子的幸事，只是屈了杜博士的大才。"

没等督导主任讲完，杜博二已摘下黑色的礼帽，频频鞠躬施礼，逗得同生们前仰后合的笑个不停。事后，学生们都觉得这位新校长搞笑滑稽，有人还给他起了个外号叫"鄙人"，并惟妙惟肖地学着他有些扭捏、假惺惺、文绉绉的样子，在同学们中间相互取乐。后来老师李林对姜夏生说，这个杜永福是个中看不中用的绣花枕头。他父亲是东山区的土豪劣绅，和军阀鲁大昌是拜把子兄弟，他在上海过着花天酒地的生活，经常出入舞厅妓院，平日里是花钱雇人替自己上课，考试花大价钱雇的枪手，肚子里没有一丁点墨水，是个十足的草包。

大学毕业后，省教育厅长是个爱才的前清贡生，听说杜永福是复旦毕业的，还以为他一定是学富五车、满腹经纶谦谦君子，没想到一连问了几个对子，他竟一问三不知，而且开口闭口就是鄙人长鄙人短，老学究便知此人是个冒牌货，所以不到一个月就以支持乡村教育为由把他给打发了下来。李林暗地里借此发动学生开展反对杜永福的斗争。

这天下午，课外活动时间，杜永福走了过来，把姜夏生他们召集在一起，一本正经地说：

"同学们，鄙人初来乍到也有半年零四个多月了，我记得上个月，我给你们班特意授课，你们是知道的，我，也就是鄙人，作为校长是轻易不能初出茅庐的，为学生讲课的，为什么呢，这个这个，这个，谁记得我讲的是什么呢？"

他摘下墨镜，眯着眼巡视了一遍，自问自答："孔子杏坛讲《礼记》的事情，记得有个古人说啥来，对'师道之不存久已'。为什们会久也呢，鄙人给你们说过，想当年孔老夫子办学还要收十斤干腊肉哩，这就是礼啊。'礼'是个好东西啊，'礼'不存何以处世立身，又怎么修身立命，又怎么治国平天下，礼坏乐崩是多么可怕的事啊。如今讲究新生活运动，你们看本校长，西服也破了，礼帽也坏了，皮鞋也烂了，这是多大的悲哀啊！"

人群中间的姜夏生，早就听说这个道貌岸然的校长在低年级学生中经常出没，死皮赖脸的要钱要东西的不良行为，没想到这家伙竟然恬不知耻的要到了高年级班，真是贼胆比天还要大。他早就看不惯这个白伙食，心里一直想着找个合适机会整治整治这个牛二一类的泼皮无赖。

于是就高声叫喊："杜博士，你上大学花了不止十驮子银圆吧，现在又是校长，文明人，不会比我们穷学生还穷吧？"

杜永福用脏兮兮的手绢擦了下苍白的脸，干咳咳几下，有些难为情地说：

"鄙人那时真是花钱如流水，如今时局艰难，戡乱救国之时，不能再向家里开口，你们不妨察看，是不是有碍观瞻？"

说着他抬起了右胳膊，胳吱窝下开了个白花花的大口子，露出了粉红色的肉，他带着哭腔说：

"作为校长，鄙人是不是太寒酸了！"话音刚落，姜夏生就把脱下的烂布鞋砸了过去，正打到他的塌陷的鼻梁上。他只觉得眼前一黑，双手急忙捂住脸，一股热乎乎、黏糊糊的液体就顺着鼻管流了出来，还没来得及喊鄙人，就被蜂拥而上的学生们围了上来。大家你一脚他一拳，这个一掌，那个一腿，三下五除二就把校长打倒在地，待他还在嗷嗷叫唤的时候，学生们早已作鸟兽散状，跑得没了影行。

就在这条街上，姜夏生和伙伴们还智斗过国民党时期的保甲长苟长图。这家伙长得其貌不扬，可满肚子尽是坏水，专爱欺负穷苦人家。他负责督促每家每户清晨打扫街道卫生并撒上清水，晚上查夜监管沿街住户给路灯添清油。就这点权利也被这种人用到了极致，如果平常不给他一些小恩小惠，他就专门找茬，给人家难堪。比方说你刚刚扫完地，那天他没吃成你往出卖的炒豌豆，他就记下了，揣一把马粪趁人不注意，丢在先前扫得干干净净的地上，逼着你重新扫马路。有时候一个早上会反反复复让你扫几次，骚的你做不成其他的事。

过去的路灯一律是清油灯盏，国民党县政府规定，路灯用的清油得由居民提供。苟甲长从不会放过每一个发财的机会，谁家如果提前给他一块钱或者别的小恩小惠，那么那晚上他家负责的那盏路灯就不会灭，他们一家老小就会睡个安稳觉。姜夏生知道母亲是舍不得出一块钱的，因为一块钱在市面上能买七八斤清油，而夜间点路灯所需要的清油也不过二三两，况且一块钱对他们这样一个穷苦人家确实是一笔不小的开销。因为没有贿赂苟甲长，问题就来了，凡是轮到姜夏生家直夜，他母亲负责的那盏油灯，不论先前清油添的多满，不到十二点就灭了。半夜三更苟甲长就会扯着沙哑的嗓子一边叫喊着，一边拿脚使劲地踢门板。姜夏生一家被吵醒了，他母亲只得穿上衣服，去给路灯添油，再一次把油灯点亮。回到屋里，刚睡下不久，就听见砸门声，又得起来去点油灯盏。所以每逢姜夏生家点油灯的那晚，他们一家常常是在恐慌和不安中度过的。

姜夏生的三弟姜春生是个暴脾气，那天他在街上碰上苟长图，擦身而过时骂了一声"狗日的！"被苟甲长逮住，拧着姜春生的耳朵，就要往警察局里走，正好被姜夏生和同学们看见，他们一拥而上才把姜春生抢了过来。苟甲长脸气的蜡黄，破口大骂着，跑到姜夏生家里吵闹了一通。晚上，姜夏生弟兄五个自然又被母亲骂了一顿。姜春生哪能咽下这口恶气，第二天硬拉着姜夏生哥几个，神不知鬼不觉的来到城西苟长图家的后院菜地里，把一个长势正好的大南瓜切开一个小口，挖出里面的瓜瓤，然后把哥几个的大便放进去，又盖上瓜皮，乍一看南瓜完好如初，依旧在地生长着。

经过一番周折，姜夏生终于在东山区的一个低矮的窝棚里，找到了在县当归药材站当站长的老师李林。师生二人绝没想到他们会在这里见面，要不是别人介绍，他们差点到了纵是见面不相识的地步。在姜夏生的记忆力，老师是那样的风华正茂，年近而立之年，正是意气风发之时，不应该早生华发，白皙的脸庞更不该过早地爬满一道道梯田似的皱纹，脸色变得焦黄甚至有些黧黑；风中瑟瑟发抖的李林，努力挺直有些佝偻的身子，眯着眼细细地端详着眼前的学生，他做梦也没想到这个曾经的翩翩少年，怎么也一身病态，满脸的忧郁和憔悴，美丽的额头不再熠熠生辉，明亮的双眼不再炯炯有神，目光里流露出来的是猥琐颓唐、自暴自弃的神情。师生走进低矮的房屋里相对而坐，互相又对视了好一阵子，还是老师先开口了：

"听说你在地委讲师组干的好好的，咋回来了？"

姜夏生的脸红一处白一处，不好意思的纠结了半晌才回答：

"老师、学生不才，给你丢脸了，都怪自己上学时没有学好。"听了他坎坷的经历后，李林苦笑着说："说实话学习好坏与官做得好不好没多大的关系，更与官的大小没有关系。记得一位外国的总统回访他的母校时，一些学习成绩不好的学生问这位曾经成绩不佳的总统有何感想，总统爽快地说学习好的同学可以当专家学者，学习差的同学可以当总统。你看中国历史上的皇帝，有几个是读书的种子。汉高祖刘邦是乡里的无赖，他的孙子刘备没多大本事却三分天下有其一，就连老人孩子都知道刘备的天下是哭出来的。皇帝当得好，并不见得学问最好，他们的最大长处就是会驾驭别人，说白了就是擅长权术，从秦皇汉武到唐宗宋祖没不如此。李世民是个弑杀亲哥哥的狠心人，却开创了贞观之治。赵匡胤是个无赖赌徒，输打赢要的亡命徒，却是个好皇帝，他的孙子宋徽宗文学修养和绘画本领具佳，却是个亡国之君。你记得南唐的李煜父子吗，爷俩都是写词的高手，可就是缺乏心机，更不懂得知人善任，没能力有效的治国安邦，结果是七斤养了个六斤的——一代不如一代。皇位传到李煜手里，短短几年就丢了，落得个只能在寂寞的深秋夜里哭吟'一江春水向东流'的悲惨境地。官场如战场，不懂得'厚黑'二字就难以混下去，要想左右逢源，做个不倒翁，那还得学些官场'畜牧学'。比如要会吹牛，善于拍马屁，像狗一样巴结奉承，像羊一般温顺听话，似猴子一样机敏过人。明哲保身这样的世故学问在哲学和历史教科书上是难以学到的。"

姜夏生有些不解地说："但是这也有些太绝对了，啥事情总得一分为二的看吧？"

李林点点头，并没言语。姜夏生以为老师被自己难住了，倒豆子似地说："我以对待任何事物都应该一分为二，凡事有阴就有阳，有利就有弊、有好就有坏，一个人是这样，理论上说也这样……"

眼看着学生还要滔滔不绝的说下去，思维敏捷的老师再也按捺不住了，用力摆摆手，制止道：

"别说了，我知道了，接下来你一定会说，再英明的帝王将相也应该一分为二的去看待。领袖是人不是神，凡是人就会有缺点错误，所以照此推理下去，人家没把你打成反革命就万幸了。"

姜夏生听得目瞪口呆，不由在地张了张嘴巴，可又没说出话，样子活像一个在褓褓中眯着眼四处寻觅母亲乳头的婴儿。他万万没想到老师竟然把自己想要说的话给一口气全说了出来。

李林不紧不慢地继续说道："其实官场上最实用的就是'三不主义'，不与上级争锋、不和同级争宠、不同下级争功。你真有些聪明反被聪明误。《西游记》里的菩提老祖在送别孙悟空时说，不求日后报答，但求日后别惹祸牵连师傅。你知道他被老师赶走后，少学了一个克敌制胜的真功夫是啥，七十二变只是皮毛，大智慧才是走遍天下的真本事，哎！你真不适合在官场上混。"

姜夏生一听就不乐意，心想有啥样子的老师就有啥样子的学生，你不也是越混越没名堂了吗，于是不服气地调侃道：

"您太高看晚生了，我可没有弼马温的本事。老师，你不是中共地下党吗？像你这样老资格的别说干个团长师长的，做个县委书记也不过分。"

老师又急忙摆手，平静地说："大多数人知道我是国民党三青团干事长，却无人证明我是中共地下党员，我的直接上级在省城解放前夕牺牲了，那一个间接了解我的情况的领导又在岷州解放时被敌人暗杀了。我成了名副其实的'孤儿'，被人怀疑，一来二去，下不了结论，就被安置到了当归实验站。'李广难封'，有时候我真怀疑父母起的这个名字有问题，看来这可能是命里早已注定了的吧，有人说我是学农的，这样可以更好地发挥我的特长。也好，哪里不是干革命工作，比起死了的人，我们有啥不知足的。现在想来，当初我们风来里雨里云，不顾死活的干，还不就是为求一个安稳的日子。三国时姜维母亲思儿心切，寄去了一包当归，可一心想建立不朽功业的姜维最终却死于非命。古人张翰喜爱的是家乡的那口鲈鱼烩莼菜，岷州的当归炖土鸡也是人间美味，当归当归，当归就好。"

见老师还是这样风趣幽默，姜夏生觉得自己刚才话说的有些唐突，不好意思地说道：

"我就是太骄傲自满了，还是愧对老师的教诲。"

李林看了一眼心爱的学生眼里禁不住流露出无限的惋惜，他突然话峰一转问：

"你知道咱们岷州两千多年前叫啥名字吗？"姜夏生晃了晃有些笨拙的圆脑袋没有回答。

李林认真地说："西周时期，咱们这一带生存条件很差，是一个弱小的诸侯国，有能耐的都去逐鹿中原了，咱们这儿的国君是靠贿赂才从周天子那里得到了封赏，周天子也真会戏弄人，就给这个小小的诸侯方国赐名字"宕"，这可不是跌宕起伏的意思，它的寓意就是行贿送礼，也有些"典当"的含义。南北朝时有个羌族首领，趁中原大乱之际，在这洮岷高原也建立了一个小的附庸国家，国王同样采取称臣纳贡的办法求得自身的生存，有十药九归之称的当归就是主要的进贡物品。行贿受贿可以说是官场的家常便饭，对这一行在教科书上是没有的，还得在社会这所大学里学，不过现在看来你我都成绩很差！"

姜夏生尽管心里不服气，可面对一向尊敬的老师，也不敢再辩驳。转眼夕阳西下就到了黄昏，李林让姜夏生去灶头生火，自己麻利地在案板上和起面来。夕阳里，老师高挑的身子优雅地晃动着，擀面杖在案板上匀速转动着，发出富有音乐节奏的响声，不一会儿一张圆圆的面皮被擀好了。他又灵巧地抓起切刀，熟练地切了起来，锅里的水开了，纤细的长面条也起好了，下到锅里煮熟后，放上炝好的葱花，一碗油泼葱花面就端了上来。小炕桌上摆上四个小碟，腌韭菜、苦梗菜、苦杏仁和蒜白菜，师生二人边吃边聊，姜夏生心情渐渐开朗起来，一连吃了三大碗饭。吃了晚饭，接着叙谈，最后一同住下，度过了一个美好的一个夜晚。

# 第四章

斧头要剁轿杆呢
人合年轻要耍呢
能当几天少年呢
光阴就像箭射呢

————岷州花儿

贫穷对于苦难的人就像套在脖子上的无形的枷锁，让人既感到折磨和痛苦，又觉得是莫名的耻辱和悲哀，某些时候，贫穷更像一条无形的鞭子，时不时在人身上抽几下，那种痛楚，虽然鞭鞭不见血，却直往人心窝里戳。贫穷就像染上艾滋病的病人，让你的身份从此一落千丈。

姜春生对此有着很深的感触，他母亲靠做穿锅维持一家生计，尽管她老人家的年龄在逐年增大，在年老年少的人眼里母亲的辈分始终难以增高。母亲是岷州城出了名的穿锅大姨就很好的证明了这一点。姜春生做梦都想着有朝一日有出息了，也能挣足够多的钱买上好多的粮食，让一家人过上好生活，起码能吃上白面馍馍。

经常被饥饿困惑着的姜春生，最大的嗜好就是读书，他对读书没有多大的功利性，就是喜欢，爱闻书中淡淡的油墨香，再苦再累，只要有书相伴心里就有了极大的满足感。而他的母亲却是个实用主义者，尽管一家人的生活过得捉襟见肘，她还是十分努力的让孩子到免费的义学堂去念书，为的就是今后能改变一下这个极端贫困的家庭的命运。没钱买墨水，姜春生就借同学的，谁不借，他也有自己的杀手锏，考试时不让他抄自己的试卷！没有圆规就用墨水瓶的盖子比着画。糕糕馍吃不下就换富家子弟的白面馒头，谁不换，那下次打篮球就不要谁。日子过得苦，可学生岁月总是美好的，也是最愉快的。一转眼就要初中毕业，姜春生多么想考上省城的大学。

篮球场上，姜春生是一员生龙活虎的猛将，做前锋敢冲敢拼，左冲右突陷入敌阵，三步跨栏出神入化，看得人眼花缭乱；当中锋稳扎稳打，协调配合有方，作后卫更是安如泰山。课外活动是姜春生最开心的时刻，他在球场上闪电般奔跑着，在三分球界外一个远投，"噗"的一声球进了，全场激起一片热烈的欢呼声。就在他得意的时候，从身后猛地蹿出一个高大的身影，用铁钳似的手死死地卡住他的手腕，他回头一看，母亲长长的脸正涨得通红，神情凝重地盯着他，气喘吁吁地厉声命令他："走！"

他试图挣脱母亲的手，生气地问："干啥嘛？"

母亲大声说；"给全家找吃饭碗！"

他试图从母亲粗大的虎口里拔出手，但没有成功，灵机一动，索性双手吊在母的右臂上，一副赖着不走的架势。他还没来及蹲下身子就被母亲"呲溜"地一把扯起，连拉带拽地带着他往前一阵小跑，姜春生的双脚有些离地，身不由己得随着母亲跑了起来。

一路上任凭他乱喊乱叫，母亲头也不回地拉着他一个劲地往前猛跑，直到他被母亲稀里糊涂地拉到县民政局。

见到局长后，母亲赔着笑脸低三下四地说："局长爸爸（岷州方言、叔叔的意思）行行好，给我儿子报个名。"

局长热心地问："你儿子念过书吗，什么文化程度？"

姜春生低着头不吱声，

母亲急了："军犯娃，哑巴了，局长爸爸在问你哩！"一旁的姜春生歪着头还是一声不吭。

她母亲怕局长生气，忙说："他爸爸，别把你气着，娃是初中生。"

局长仔细瞧了瞧眼前这个大个子的文质彬彬的后生，乐呵呵地说："天体饱满、地角方圆，人长得麻利，白面书生，不错，像个有文化的知识分子嘛！"

姜春生的脸"唰"地红了，不好意思的低声嘟哝着："初中还没毕业呢。"

母亲一听紧张地慌了神，急忙吼叫道："他爸爸别听哇胡说，他过几天就能领上毕业证了。"

"想当秘书吗？"局长和蔼地问。

一心想念书的姜春生心里很不情愿参加工作又不敢说出来，满脸的迷茫和忧伤，一直低着头不语。

他身旁的母亲急了："瓜怂娃，秘书就是师爷，对吧局长领导？"

局长乐了，笑着说："对，那就给县长当师爷，明天填好表就来上班。"母亲深深地给局长鞠了个躬，欢喜地拉着姜春生走出了县政府。

回到家里，姜春生望着桌上的表格发呆，他实在太想上大学了。母亲看儿子执拗着不填表，生气了，脸色开始泛红，渐渐地红到了长长的耳根旁，眉梢间的那颗黄豆般大的肉痣亮闪闪、红通通的，转瞬间她的脸色变得一片蜡黄，她两眼通红，仿佛有火苗在炽热地燃烧。突然，她把自己的头往身后的柱子上猛地磕去，顷刻间她的额上就鼓起一个明光光、亮晃晃的血包。

躺在炕上的父亲连咳带骂道："军犯娃，你不想要你妈活了！"

两个弟弟吓得在墙角处发抖，两个妹妹抱着发疯似母亲的大腿，撕心裂肺的哭喊着，孩子们纷纷跪在地上乞求母亲。

父亲含着泪说："你真忍心看着一家人受冻挨饿，就不想天天有白面馍馍吃吗？人们常说'宁当城里的狗、不当乡下的有'，在衙门里做事，起码不会被饿死，你看你妈累死累活的，就少念些书吧。过去书生十年苦寒窗，为的不就是有一天登上天子堂？咱们是穷人家，可不能做赔本赚吆喝的事。你看邻居尹进士，读了一辈子的书，把那么大的家业都给花的快完了，终于考上了进士，好不好，好么。听老人们说，披红戴花，好不热闹，还参加了皇上的御宴，末了只捞了个候补知县。为啥，还不是没花上银子，读书为做官，到死也没当上官，这就太不划算了。"

事情说到这份上，姜春生已知一切已无法挽回了，他痛苦地答应了母亲，像个不愿出嫁的弱女子，为了一家人的生计，最终还是顶上了红盖头。

夜深人静的时候，母亲轻轻地摸摸姜春生的头，她觉得白天的做法着实让儿子很受委屈，心里很是过意不去，低声的劝道：

"读书为做官，千里上做官，还不是为了吃和穿，师爷可厉害着哩。早年你远方的堂阿舅的儿子在县政府给县长当师爷，那年你堂阿舅到乡下收当归，在梅川集上，马惊了踏死了人，还不是你堂哥的一句话，官司没吃，给那家人一斗粮食就了结了。再说你大阿舅结拜兄弟景爷，把花骨朵似的三小姐景娥嫁给了土改工作组的组长，一个半老汉的陕北家，要长相没长相，大字认不下几个，后来还不照样当了公安局长，吃香的喝辣的不算，就连老丈人也跟着沾光，地主没划上就算了，成分定成中农，和咱家的贫民没多大区别！谁不知道景爷家大业大，咱们哪能和人家比！人家在1949年前卖掉的那一百亩地就攒下了几缸缸银圆，我们穷得连裤子也没穿的，三间铺面还是租下他们亲戚冯四爷家的。虽说现在公家不收房租了，可是冬天漏风，雨天漏雨，房梁东倒西歪的，墙上四处张口子，像叫花子的嘴。你大哥到乡下去了，你大姐出嫁了，可全家的生活还是过不下去呀。"

说着母亲"嘤嘤"地哭泣起来，姜春生心都让母亲哭软了，哭碎了，他暗地里痛下决心，不想再让母亲为这个贫困的家过度的操劳。

副县长刘庚源是山西人，打过日本鬼子，是个老八路，粗识字。长着一副细麻秆样的身材，可一开口声如洪钟，有一种气吞山河的气势。他讲话从不要麦克风，宽大的操场上，站在最后面的人也能听得清清楚楚，人称"刘大炮"。一般场合他也不要稿子，他对人说纸上写的那东西看着费劲，不如自己随口讲着方便自在。他的讲话言简意赅，有条有理，说得人心服口服，更没有客套话，人们都爱听。跟素来讲话啰里啰唆的有些文化的李县长相比，大家私下里叫刘县长是"刘干脆"，李县长是"李黏黏"（啰唆的意思）。懂几句俄语的干脆给李县长起外号"黏牙啰唆夫斯基"，甚至有人编顺口溜说，"不怕天爷打雷下刀子，就怕李黏黏来讲话"。

一次省上开电话会议，县里是李县长主持，会议是夜里十二点开始的，只有半个小时。由于线路不太好，县里的电话会议室听起来也很吃力，传到各乡的分会场效果就更差。会议结束后，李县长不放心，决定给大家把自己听到的精神再传达一遍，他一讲就是几个小时，许多乡党委书记困得不行，趴在电话机旁睡着了，他还"这个这个"地讲个没完，县委书记提醒他已是夜里三点了，他才不得不停下来。

第一个月的薪水发了，总共是三十六元五角整。姜春生的母亲给他五元钱上机关大灶，说这样就可以减轻家里的负担。他想要点零花钱，母亲不同意。他说住机关得买香皂、牙膏，母亲思谋了大半会儿，不情愿地抽出一元五角丢给姜春生，不冷不热地说：

"工作了几天就臭美开了。"

在崭新的时代，周末年轻人看电影、下馆子、跳交谊舞、逛市场是常事。因为手头拮据，姜春生不想和同事一起吃馆子，也很少去看电影。实在憋不住了，隔两三周独自一人出去，在大南门的夜市上溜一圈，花一角钱买上十个鸡爪子，小心翼翼地揣好，偷偷地溜回宿舍，三下五除二连骨头带肉把它消灭掉。这次他照例狼吞虎咽地吃掉了十个鸡爪，原本安安稳稳的肚子不知怎的反而越饿了，他就强迫自己上床睡觉。可是一闭上眼，那黄澄澄的卤肉、流油的烤羊肉、香酥的烧鸡、散发着泥土芳香的烤哈哈不住地晃动。他知道那烤瞎瞎是不同一般的野味，它是鼹鼠的一种，常年在地洞里怕见光，两眼眯的如条细缝，人们戏称它是瞎子。"瞎"字岷州当地人读做"哈"，故而这种小动物就被叫成哈哈。庄稼人一般用自制的夹笼套住瞎瞎，卖给城里的小摊贩。小摊贩们把宰杀后的瞎瞎褪去毛，洗净用小木棍把它的四肢微微撑开，放在配好调料的水里腌制一两个小时，最后用木棍把瞎瞎的四肢撑开犹如展翅飞翔的鸟儿，再拿到集市上为食客现烤现卖。瞎瞎边烤边刷油，边刷油边烤，当瞎瞎被烤得焦黄透亮时，会散发出特殊的香气，一道美食就做成了。金黄色的尤物，咬一口脆生生的，嚼着香喷喷的，让人恨不能一口吃完。

想到这里，姜春生实在睡不着，口里只咽唾沫。脑海里又浮现出几年前随母亲去鲁大昌的府衙送做好的针线活的一幕，厨师老张把刚从席上撤下的半只烤乳猪塞到他的手里。乳猪被烤得黄灿灿的，皮焦肉嫩，肥而不腻，真是天下少有的美味。

脸上有白麻子的刘庚源是个孤儿，日本人占领太原那年，他的父母惨死在鬼子的的屠刀下，是舅舅把他送到了延安。解放军西进，他又和舅舅一起来到了大西北。对穷人刘庚源生来就有一种同情和怜爱，更喜欢有文化的读书人。第一次见到大个头的姜春生，他拍拍姜春生的肩，一连叫了三声好，往后的日子里姜春生受到了他许多父亲般的呵护，姜春生在他心里无疑成了下到凡间的文曲星。

　　县政府设在原来鲁大昌的官邸，是一座典型的大四合院，成"目"字形。四周是红墙青瓦的高大院墙，穿过大门是一道照壁墙，院子当中的大花园里道路、水渠、池塘井然有序，大花园中里面种着造型各异的梅树、梨树、杏树、李树，还夹杂着造型古怪的松柏树，花园中间的小花园里整齐地栽着一丛丛牡丹芍药，有红的、黄的、白的、粉的、紫的、更有罕见的黑牡丹和绿牡丹。往前走不远是一排高大宽敞的大瓦房，正厅曾经是鲁大昌会客开会的地方，耳房供警卫居住。正厅后面又是一个大花园，有两条绿树掩映的石子路通向前方。园中道路错落有致，每隔一段就有亭台楼阁回廊供人们休息赏花。穿过花园，中间有条被丁香树簇拥着的青石板铺成的路直通二道门，穿过二道门堂，一座影壁又出现在眼前，绕过影壁，映入眼帘的是一座蝴蝶状的二层小洋楼，过去是鲁大昌和妻妾们居住的地方，现在这里成了县长们的办公楼。院子中央建有假山、水榭、凉亭、回廊，在参天古树掩映下，显得异常的幽静。这里一年四季有鲜花盛开，有鸟儿和鸣，小桥下清溪潺潺，曲折小路旁杂树婆娑摇曳，好比江南的拙政园。

　　这天，几个衣衫褴褛的人闯进县政府，门卫没挡住，他们吵闹着冲进后院。姜春生出门一看，只见走在最前面的那个人斜戴着一顶破帽子，帽舌头都折了，油腻的帽子分不清究竟是黑色、黄色还是蓝色。再看他的上身，都是五月天了还穿着裸露着棉花的黄色的破旧棉袄，下身裹着油垢连片的单裤，像是有意卖弄自己富得在流油。他宽宽的脸庞从眉毛以上突然来了急刹车，往上猛地一收缩，变成大蒜头似的。那张红黑色的脸上栽着一根硕大的蒜头鼻，鼻子下面的那张小扁嘴，"吧嗒、吧嗒"地说着不冷不热的风凉话。姜春生一看就来气，不客气地喝诉道：

　　"二贵喜，有啥事到信访室去说，不许在这里瞎吵胡闹！"

　　二贵喜把头一偏，阴阳怪气地说："谁不知道你是胶皮户家的孬怂娃，猴勾子还红着呢，也想在这里冒充齐天大圣，哈哈哈！"

　　众人随即附和着笑成一片，姜春生腮帮子鼓得圆圆的，眼角溢满了泪水。

　　办完事的刘县长回来听到竟敢有人欺负自己的秘书，顿时来了气，就连脸上的麻子也闪耀着可怕的光亮。他解开中山装上的风紧扣，抹下头上的帽子，猛地往桌子上一甩，怒不可遏地大骂：

"妈妈的蛋，龟孙子吃了豹子熊心胆了，敢骂我的师爷，老子非枪毙了他不可！"

说着就提起枪，喊上通讯员小李，一把拽起坐在椅子上的姜春生，直往门外冲去。三人走到县政府门口时，正碰上来汇报工作的民政局方局长，刘县长嘴里骂着，手里的枪在空中乱舞着。方局长拉住刘县长的胳膊，一个劲地苦苦哀求，到后来几乎是流着眼泪在规劝：

"老首长，你可不能再走刘人长的老路啊！"

副县长刘庚源先一愣，浑身打了一个寒战，接着脖子一歪，还是死活不听，奋力甩开方局长的手，命令小李带路，执意要上二贵喜家抓人。

前年，县公安局刑警队的刘队长看上了岷州城里的"一枝花"——城南一个商户人家的女儿。他带着人几次上门求亲，女孩子的父母不喜欢吃粮当兵的，死活不同意，争执中刘队长突然掏出手枪朝墙上开了一枪。行伍出身的刘队长原本想吓唬一下未来的岳丈，不料子弹头被墙里的硬石头弹了回来，弹头正好打进了老人的脑颅内，瞬间要了未来丈人的命。结果刘队长婚没结成，先做了囚犯。后来多亏山西老乡们帮忙，才没吃官司，卷铺盖走了。

听说县长要枪毙人，一时间小县城像炸开的锅，立刻沸腾起来了。胆小的人早吓得跑得远远的，大胆的好事者尾随其后，想着要把热闹看个究竟，更有好心人早已给二贵喜们通风报信，几个泼皮立马跑的杳无踪影。

看见怒火冲天的刘县长，二贵喜的小脚老娘的魂都吓跑了一大半。她"扑通"地跪在街上，不住地磕头，张着没牙的嘴、不停地含糊不清地求情：

"县太爷饶命，县太爷饶命！"

胆大的邻居告诉刘县长，二贵喜的娘是个病坛子，守了一辈子活寡，身边就二贵喜一根独苗。前两天发救济粮，落下了二贵喜家的，这几个二流子不懂事，冲撞县政府，还请县太爷多多原谅。正在气头上的刘庚源一听穷人在挨饿，心里就不舒服，转身大骂方局长：

"你当个什么县民政局局长！为啥看着老百姓有困难不解决？"

慌忙中的方局长说出了一连串的理由，刘庚源更生气了：

"尽扯闲蛋，发救济粮，快给老人家补上，再给上十元钱！"

方局长一走，刘县长指着姜春生对大伙说，这是我的师爷、现在叫秘书，乡亲们有啥事找我，我不在就给他留个话，有事好商量，可就是不能骂人欺负人。从今往后谁再敢欺负小姜，姜大秘书，就是跟我过不去，就是找死，别怪我翻脸不认人。

说罢他转身温和地对老人说："大娘你要让儿子自食其力，不能做死狗二流子，以后千万不能再到县政府来闹事，再胡闹，逮住了就法办！"

二贵喜的娘一听又惊又喜，又要下跪，被眼疾的刘县长一把扶住，说：

"好好过日子，大娘。"

说完头也不回的走了。望着副县长刘庚源干瘦如柴的身影慢慢地变小，二贵喜娘那干瘪的双眼湿润了，那张枯瘦的嘴唇不住的蠕动着，半晌终于喊出一句话："青天大老爷啊！"

生活就是这样的让人捉摸不透，一场闹剧眼看就要以悲剧收场，却又出人意外地以喜剧的方式结束了。

# 第五章

花开花落年年有
人有几回十八九
旦说花开点点红
寒霜一到落一层
　　　　——岷州花儿

　　1956 年是一个丰收年，平川里的小麦穗子结的特别的大，颗粒饱满，半山上的洋芋收成更好，亩产超过了一千八百斤，比一个成人拳头大的洋芋更是比比皆是，许多跟粗瓷碗口一般大，不少乡村甚至挖出不少一个就有四五斤重的洋芋。高山上的蚕豆、大小燕麦、青稞成了，薄地里的红芪、大黄、党参、猪苓等药材也喜获丰收，牛羊肥壮，骡马成圈，家家户户猪肥仔多，人人都掩饰不住喜悦的心情，欢声笑语随风飘荡在希望的田野上。秋收后家家都分足了小麦，过去一直是庄稼户人的命根子的洋芋不再是掌上明珠，也不再是养家糊口离不开的金蛋蛋，丰衣足食的人们很快就忘记了忍饥挨饿的日子，都不喜欢吃洋芋，没办法，村上的干部只好半夜带人把洋芋堆在每家每户的大门口。清晨勤快的家庭主妇推开门，突然看见一大堆洋芋，就抱怨起来，是谁这样缺德把洋芋倒在了我们家门口，然后不情愿地把洋芋用背篓背到院里。社会上人人都在谈论将来社会的美好前景，真是无法用"仁者见人、智者见智"这样的成语简单归结。机关上的人想象着说，将来的共产主义社会自然是楼上楼下，电灯电话；普通居民们想不出没有人剥削人，人人富裕想要什么就有什么的社会究竟是啥样子，思谋着那时候一定是遍地黄金，就来小便池也用金砖铺上才对；孩子们想的最现实，以为想玩这、想吃啥都能实现就最好，爱吃糖的姜春生的小妹想当然的认为天天吃糖就进了共产主义社会。有一位老大爷说得更具体，到那时候，每家都有满满的三大缸胡麻油，床上铺的是新织的细密的羊毛毡，地上铺的也是羊毛毡，门背后还立着备用的羊毛毡，成天喝着普洱茶，吃着和着蜂蜜的下茶（这里读作哈茶，一种油炸的呈长方形的面制品、地方小吃），日子过得比他们村里过去的大地主的还阔就是共产主义。

这使姜春生不由得联想起曾经读过的《阿弥陀佛经》里，有关极乐世界的描述。佛陀说西方极乐世界到处用黄金、白银、琉璃、玻璃、车磲、赤珠、马瑙装饰，那里的人们都成了菩萨，没有忧愁更没有痛苦和悲伤，也没有人压迫人、人欺负人的丑恶现象，人们愉快的生活着，整天有美妙的音乐伴随，空气中充满其妙的香味，一派祥和美满的景象。

他这么幻想着，忽然记起了领袖的教导，竟然吓出一身冷汗来。佛教怎能和马克思主义的真理相提并论，他心生负罪感，在心里暗自毒骂自己是可耻的犹大，决心要好好地学习，绝不能做革命道路上的的糊涂虫。不过他弄不清楚《太阳城》所描绘的社会主义是不是就是自己今天所处的社会，更猜不透想不明白，幽灵在欧洲大地上游荡？幽灵是什么，在普通的中国人的心里是一种不祥的东西，最普通的解释应该就是迷信中所说的鬼魂。他不理解可又不敢四处询问，于是在心里郁结成了一个结。

夏季是岷州最好的季节，远处的雪山在灿烂耀眼的阳光照耀下闪着银光，湛蓝的天上漂浮着洁白的云朵，群山苍翠，河流碧波荡漾，林中小鸟啾鸣，鲜花绿草间彩蝶蹁跹，蜂儿歌唱。这天，姜春生正在办公桌旁写读书笔记，他正在为写好入党申请收集材料，李主任什么时候进来也浑然不知。李主任神情严肃地宣布开会，他才放下了手中的笔。刘副主任宣读完中央和省委关于开展打退资产阶级右派猖狂进攻的文件后，李主任高声说：

"刚才，刘主任念了中央和省委的文件。同志们啊，天下并不太平，我们不但要赶英超美，还要和苏联老大哥竞争，要提前进入共产主义社会。社会这么好，我们有白面馍吃，有了电灯电话，实现了神话传说中的千里眼和顺风耳，这是过去想都不敢想的，可总有一些人不知好歹，吃了五谷想六谷，吃饱了撑得慌，说没有自由，天天反对这个反对那个的，正是蚍蜉撼大树、痴心妄想。别以为那个叫匈牙利的，捷克的一些人上街游行，就可以打倒新社会，颠覆无产阶级政权，复辟蒋家王朝，不知好歹的东西，呸！"

办公室静悄悄的，每个人的心都提到了嗓子眼上，脑子一片空白，谁也想不出谁该是那个十恶不赦的"右派"，更不想当那个可怕的"右派"。沉默，死一般的沉默，时间是那样的漫长，众人面无表情地坐在座位上，每个人的心就像被无数的蛆在噬咬着一样备受煎熬。也不知过了多长时间，李主任清清嗓子，又开始了义正言词的讲话：

"坏人在我们内部隐藏多年，香屁臭屁一起放，时间长了人都熏晕了，也难分辨好坏。"

这时有人开始偷偷地笑了，李主任拍拍桌子说："严肃些，上面是英明的，定了具体的标准。"

他从兜里掏出小本，翻了几页后停了下来，提高嗓门认真地念道："右派一般学历高，有文化，经常借各种机会向党进攻……"

半个小时后，结果出来了，眼镜李以最多票当选县政府办公室的"右派"。

这个可怜的上海人，1949年前在上海上的大学，热心帮助别人，也爱在会上给领导提意见，他众望所归的成了"右派"。他呆呆地坐在椅子上，绝望地望着大家，眼里逐渐变得湿润，泪珠儿缓慢地滴下来。他脸色苍白，显得万般的孤立无助，一副失魂落魄的样子。姜春生心生怜悯，不敢再看他，就像自己偷了他的东西似的，低头趴在桌上。很快，就来人把眼镜李带走了。

很少回家的姜春生拖着疲惫的身子回到家，多日不见的大哥也在家里，看他脸色难看，他打趣地问：

"大师爷又被谁欺负了？"

他白皙的长脸拉得更长了，一屁股坐在椅子上，一双大眼睛紧紧关闭着如泥塑的一般。正忙着的母亲以为他病了，小心翼翼地走过来，俯下身子关切地询问，姜春生不耐烦地拨开母亲满是老茧的粗大的手，闷声闷气地说："没病。"

看母亲高大的身影在低矮的门外消失后，他才懒样样地坐端身子，愤懑地对大哥姜夏生说：

"我原先弄不明白，也想不通，毛主席他老人家那么伟大，是他和共产党领导我们翻身做了主人，让我们过上了幸福生活，谁敢反对毛主席共产党？我心思谋着就是有坏人，也在别处，至少是大地方，不可能在我们这些小地方。"

姜春生的大哥一听哈哈大笑，手臂在空中挥舞着，来回不停地走动着，摆着高谈阔论的架势，在阴暗的小屋里演讲道：

"在重大的政治旋涡中，不及一粒芥豆的小人物，随波逐流还来不及，别蚂蚁上秤砣妄想称大象。当初就凭我那臭婆娘一句话把我打发回来了，那死娘子跟人胡混被我发现了，恶人先告状；说真的谁吃饱了撑得慌，我爱都爱不够哩！根本就说不上反对，可是你有理由跟谁讲，谁又会相信你？"

姜春生心里总认为自己乡愿情结深重，够不上正人君子，满腹的愧疚。又觉得大哥在仕途上备受劫难，心肠也变硬了，言谈举止有些疯疯癫癫，于是很不满地瞅了他一眼，懒得再搭理他。看三弟愁眉苦脸的样子，姜夏生就耐着性子规劝：

"官场就是名利场，贪图名利就会有无穷的隐患。从古到今官场上有几个是讲良心的，戏里的勾心斗角、尔虞我诈、背信弃义、卖主求荣的奉承东现实社会里随处可见。再说良心又值几个钱，甭说昧着良心说瞎话了，恩将仇报的事也屡见不鲜。有权就有了一切，失去了权力就失去名誉、地位、家庭甚至生命，自古以来成者为王败者寇。有时候让无辜者受罪，替自己背黑锅。官渡大战时曹操为啥要杀军需官，军中缺粮是实情，大战在即，如果把这个真实的消息告诉的士兵，还不引起大乱，为了战争，为了最终的胜利，曹操不得不对军需官说'我要借借你的人头'，而且给这位忠心耿耿的下级军官，堂而皇之地安上了一个贪污军粮的罪名后把他毫不留情地杀了。岷州有句谚语说'在当官的和驴子的身边不要站地太近。'你说那个军需官冤不冤，我看一点也不冤，谁叫他是军需官呢。

"战争是政治的延续，政治就是这样残酷而又无情。南小路小学的张校长，认识吧？"姜春生无精打彩地说：

"就是长得像笑和尚一样的那老头，"

姜夏生拍拍大腿，差点没跳起来，他手舞足蹈着说：

"对！他也给评成了'右派'了。"

这让姜春生感到非常吃惊，他知道张校长是出了名的好人。

"正因为他是个好人，他思前想后，没办法把这顶黑帽子送给别人，只好把县里分配给学校的唯一的一个指标留给了自己。这下好了，老婆也跟他离婚了。听说都要到河西的农场去劳动改造，这才叫冤枉啊！"

这倒是姜春生没想到的，尽管有大哥姜夏生在一旁循循善诱的开导，姜春生仍然感到忐忑不安，心里深处不断地自责自己不是正人君子，不该做下落井下石的事。思想上一时无法解脱，真是苦苦寻觅，就是找不到一个忏悔的地方求得慰藉，从而在内心深处背上了沉重的道德包袱。

小县城里县一中是知识分子最集中的地方。年轻的县委组织部副部长岳阳对从各单位抽调来的年轻干部说："今天我们去县一中开会，大家一定要记住你们只需认真地听认真地记，谁也不许发言否则后果自负。"

姜春生第一次见到和长着长方脸留着大背头的岳阳，他穿着一身很合体的黑灰色的中山装，眼神里流露出庄重和威严，即使隔着层厚眼镜片也能让人感受到不寒而栗。

到了会场姜春生就觉得情况跟往常有些不一样，这个名义上的座谈一开始就充满着一种不祥兆头。会议初期老师们的发言还算温和，可是说到后来言辞就越来越激烈，充满着牢骚、哀怨甚至怨恨。有位教历史的老师说家乡的一位村上的小干部欺男霸女，比《石壕吏》里说的恶吏不差上下。他刚说完，教数学的老师就坐不住了，毫不留情地说我们的一些基层干部官僚主义严重，只知道贪图享受，和农村老家的婆娘没有离婚就娶了城里的洋学生，干工作大而化之，脱离群众当官做老爷思想严重。更有人愤愤不平地说过去的县长蒲宝阳还知道每个月上街巡查一次，半年检查一回学校，我们如今的县长、局长一年到头来见不上一面，真是师道之不存久也。十年树木百年树人，不尊师重教，焉有不人去政息之理。

那天的会开了大半天，到吃晚饭时间才不得不结束。回到单位上，岳阳立即收回大家的笔记，眼角挂着肃杀的寒意，蹙着眉头、阴森森地说：

"山雨欲来风满楼，真是杀气腾腾啊！大家回去一定要保守机密，泄密者严惩不贷。"

　　欧阳文明是姜春生的中学老师，祖籍湖南，毕业于上海交通大学数学系。他的数学讲的特好，即使枯燥乏味的对数运算也被他讲得津津有味，能够牢牢地吸引着学生的注意力。作为数学课代表的姜春生也是欧阳老师最喜爱得意门生。

　　姜春生一直很佩服自己的老师，他知道老师喜欢《周易》，经常写一些研究文章，发表在国内的重要刊物上，受到好评。他苦读《诗经》，深钻《论语》。曾写文章说《周易》《论语》充满了朴素的辩证法，进而驳斥了国内外某些学者说的古代中国没有哲学的说法。他大胆的为孔子张目，认为对孔子的认识从汉代以后就出现了明显的偏差，以后全面否定孔子更是不对。指出孔子提倡"为政以德"，并不排斥"依法治国"，直截了当地说，孔子认为法制加上执政执者凭良心办事，公正执法，不徇私枉法这才是真正的"以德治国"。建立健全法制体系，实施依法治国才能实现民主共和。文章发表后，引起了很大的反响，轰动一时。

　　在经济学方面也有自己独到的见解，他撰写文章，旗帜鲜明的提出社会主义的本质是要大力发展生产力，极大的满足人民群众日益增长的物质文化需求，共产党的任务就是带领全国人民走共同富裕的道路。他得出最终结论是贫穷不是社会主义，社会主义并不是越穷越好，勤劳致富最光荣，实现社会主义的根本条件就是创造丰富的物质文化产品，最终实现全社会共同富裕。

　　好景不长，"反右"运动一开始，欧阳文明成了县里最大的右派分子。他被发配河西劳改农场前，对偷偷来看他的姜春生说，自己没什么牵挂的，只希望有朝一日见到他的儿子时，遇到难处，能帮就帮一把。这让姜春生感到纳闷，觉得自己一个参加工作不久的毛孩子，能给人家办啥事，况且他的儿子在部队里当兵。

　　青布长衫的老师已是满头花发，他摘下眼镜，抹去眼角的泪花，语重心长地说："人生一世免不了为名利奔波，为情所困。西楚霸王一生为名而累，为情所困，鸿门宴上就是怕遭一个千古骂名，心一软，放了刘邦，结果反被刘邦打得兵败乌江，最终又怕江东父老嗤笑，自刎江边；自古官场贪财图名，身败名裂之徒不胜枚举，而被情所害的也不乏其人，要吸取唐明皇钟情声色犬马，家败亡国的教训，更不要做痴心的杜十娘，为一个不该爱的人怒沉百宝箱，末了换来的只能是凄婉悲切的一声哀叹。我们老家长沙岳麓山上有个半云庵，明末清初，烧火僧李模改过一首有名的《半半诗》被方丈收为衣钵弟子。他说'看破浮生过半，半生受之无边'，一个人，尤其是男人心胸要宽大，大肚能容天下难容之事。人心大了，边框也就大了，边框大了，留给心的余地也就大了。心胸辽阔，有容乃大；大象无形，大音无声。发上等愿、享下等福；从高处立、向宽出行；学立道通、自然素贞；圆行方止、聊以从容。古人说'直如玄死道边，弯如勾又封侯'，你要好之为之啊，最好不要做老鼠舔猫屁股的傻事！"

姜春生听着，心比针扎的还难受，却又说不出来。转眼一想，西去阳关无故人，自古又有几人征战归，不禁为年过花甲的老师前途担心起来。老师听后莞尔一笑，睿智的大眼睛充满光亮，仿佛蕴藏着无穷的洞察力。他用炯炯有神的目光看了姜春生一眼，淡定地问：

"还记得唐朝的白居易吗？"姜春生困惑点了点头，又哀伤地摇摇头。老师接着说：

"白乐天在当杭州太守时，慕名去拜访一位在树上结巢而居的鸟窠禅师。见大师正端坐在树上，不无担心地说，'禅师，你住在这里真危险。'大师微笑着说，'太守，你的处境才比较危险哩！'白居易笑着说，'我是朝廷命官，哪会有什么危险呢？'禅师说，'正因为你官位在身，官场沉浮，尔虞我诈，钩心斗角，危机四伏啊！'白居易听了觉得禅师言之有理，又问，'那敢问大师，什么是佛法大意？'鸟窠禅师回答'诸恶莫做，诸善奉行。'白居易失望地说'这个连三岁小孩子都知道的道理呀！'大师意味深长地说'三岁小孩都会说的道理，却是八一老翁都办不到的事呀！'"

欧阳文明说完转身向羁押的院子深处走去。姜春生觉得人生无常，世事难料，想不通为什么命运总是在捉弄人，好人得不到好报，诚实善良的人总是被欺负和侮辱。一想到这些他就想哭，可又哭不出来，像个画地为牢的囚徒，无奈地望着灰蒙蒙的天空发呆。

# 第六章

妹象卷心尕白菜

园里长到园子外

人又心疼嘴又乖

指头一弹水出来

——岷州花儿

　　阳光明媚的日子里，人人都陶醉在幻想的春天里。大凡有思想的人都盼着那美好的一天早日到来，更确切地说是想看看天堂般的社会究竟是啥模样，那心情不亚于新郎官等不得宴席结束，心急火燎地想着掀新娘子的红盖头，唯一不同的是后者好坏有一个活人在，而前者只是个美丽的乌托邦。为了响应中央提出的"大炼钢铁"的号召，县上的一号炼钢炉就建在城郊乡，不到一个月县城周围的树就被砍光了，上了年纪的老人看见一棵棵粗大的松树拉在车上，穿城而过运去当炼钢的燃料时，心痛的只摇头，不少人低头悄声地在骂：疯子、败家子。

　　一夜之间所有的乡都成立了人民公社，上面说食堂是人民公社的心脏。于是县上立即组织起工作队，深入到农村发动社员们到人民公社食堂统一上大灶，男女青壮劳动力则全部参加炼钢生产。由于矿石不合格，前一月就没炼出一点铁，更别说能炼出钢，县上领导怕被上级拔白旗、受处分，于是下发红头文件明确要求全县每人至少捐十斤铁。为了完成任务，许多人家把做饭的铁锅、铁勺、铁火盆甚至连切菜刀、饭勺子、衣柜和门上的铁锁铁扣都卸下来交了出去。

第二个月，全县的钢铁生产有了突飞猛进的飙升，受到了上级的表扬。为了不辜负领导的期望，县里决定全县每个大队都要修建炼铁厂，一时间村庄农户房上不见了炊烟袅袅，而如雨后春笋冒出的炼铁小高炉，却彻夜不息的向苍穹喷吐着浓浓的黑烟。

广袤的田野上依旧是丰收在望的庄稼，留守的儿童和年老体弱的老人稀稀拉拉的在地里劳作。一家一户的厨房都停火了，人民公社的社员一律上了集体的大灶。吃大锅饭，人们都显得空前的阔绰，做厨师的不像给自家做饭那样，能节省的尽量节省，而是放开手脚，十分的大方。每顿饭油使劲的放，佐料尽量的备齐，餐餐都炒菜，顿顿离不开肉，谁也不用精打细算，更不必操闲心油盐米面的价钱贵贱。千百年来渗透在骨子里的梁山情结，在每个人的身上或多或少的释放了出来，略有不同的只是没有再现大碗喝酒，大秤分金壮观场面罢了。

吃臊子面看似简单，其实照样麻烦。由于每个大灶吃饭的人都有五六百之多，前面的人一碗面条吃完了，没吃饱又得重新排队，等第二碗面条盛到自己的碗里时，已足足等了两三个小时，第一晚饭早消化了。要是遇到那天柴草不干，做饭的时间会更长，人们就得一天到晚都忙着吃饭，外出找矿家里选矿冶炼的时间自然就更少了。

令姜春生感到诧异的是，人们吃完饭都不再舔碗筷了。过去老人们看到这种情形一定会痛骂儿孙暴殄天物，大逆不道。姜春生记得脾气火爆的母亲教孩子们舔碗时非常有耐心，看着弟妹们没把碗没舔净，反倒弄的鼻子额头上到处是面汤，她从不生气，伸出舌头做示范，一个一个手把手认真地指教。每当这时，她还会柔声慢气地哼唱起那首古老的歌谣：吃饭饭、舔碗碗，舔不净，羞脸脸。

这天晚上姜春生怎么也睡不着觉，他想得很多很多。记得在读《法兰西内战》一书时，他就对巴黎公社产生浓厚的兴趣，尽管各种教科书一律采取肯定赞扬的方式，可从发现的史料来看，公社并不是十全十美的，充其量只能说是人们不同以往的一次社会实践活动。而眼下在中国广大贫困农村实行的人民公社取代过去的乡镇管理形式，实行生产小队为基础，分级核算，统一管理的体制，实际上把农村变成了高度统一的组织军事化、生产战斗化和生活集体化的大农庄，这是明显不符合社会发展规律的。"一大二公"说是人民公社的特点，可恰恰是致命的弱点，这种平均主义的分配方式，尤其是无偿调拨生产资料和生活资料，势必将影响人们的生产劳动积极性，长此以往，后果将不堪设想。他越想越后怕，禁不住长长地叹了口气。

火红的年代人人都忙得不可开交，县审查干部办公室只好派姜春生一人去四川搞外调。

坐了一天一夜的火车，姜春生来到了四川省的内江地区。

下了火车，映入姜春生眼帘的第一景象是，暴烈的夏雨过后，浑黄浩荡的沱江水便为内江的城中区划出一个硕大无比的窄长的黄圈。长天没有朗朗的晴开，日头也不知躲在那里了，天气闷热的厉害，整个天空是雾蒙蒙的。

姜春生乘车来到市区，看见街上几位卖花的中年妇女。她们拿只小板凳，安静地坐于街边的树下，身前摆着一个不大的竹篮。篮子盖上铺着块湿毛巾，毛巾面上放着十几串黄桷兰的花朵。她们从黄桷兰树上摘下那些将开未开的花朵，然后用针线穿过花朵的根部，三五朵缀成一小串，十来朵缀成一大串。爱美的年轻女子从卖花人的手中买两串黄白色的花环，别在自己胸前精致的钮扣上，或者套入自己柔细的手腕，抑或如项链般戴在自己白皙的脖颈上。戴花的年轻女子从街头巷尾款款走过，有一种独特的风韵，为美丽的甜城增添了几许淡淡的幽香。

内江的房屋大多是用灰砖砌成，外墙基本不粉刷，不贴瓷片，整座城市因而显得较为灰旧。在中央街的大众食堂，他停住脚步，打算住在这里。生得粉嘟嘟的川妹子甜甜地招呼着，姜春生递上介绍信，她麻利地登记完就要领着他上楼，姜春生有些纳闷，有些傻傻地问：

"你们的店咋没标房价？"

姑娘格格地笑着说："我们这里早就进入共产主义了，收啥子钱嘛。"

姜春生惊骇的嘴巴半天没有合拢，见身轻如燕的姑娘帮他提走行李时，才恍如从睡梦里醒来，讷讷地说："我们那里农村正在吃食堂。"

说这话时姜春生明显感到自己的底气不足，就像小时候尿了炕最怕被大人在人前提起，招别人嗤笑一样。

调皮的川妹子笑盈盈地对姜春生打趣道："听说你们那里一年四季刮大风，房子上压的都是大石头，我告你们那儿，连人民公社都没的哩。"

姜春生感到身上一阵阵燥热，觉得很伤自尊，不高兴地反驳道："毛主席说骄傲使人落后，同属一片蓝天下，谁人不会唱《红旗歌谣》，我们和你们一样在积极建设共产主义哩！"

姑娘意识到自己话说的有些过头，玩皮地吐了吐舌头，扮了个鬼脸，慌忙放下行李，转身一溜烟跑了。

下午，姜春生来到宽敞明亮的饭堂，他要了一盘回锅肉，一碟麻婆豆腐，一盆米饭，大口大口地吃了起来。一块块猫耳似的回锅肉焦黄油香很合口味，加上麻辣鲜香爽口的豆腐吃的姜春生满口喷香、大汗淋漓，好不快意。刚吃完饭正在意犹未尽时，笑靥盈盈的女服务员一阵风似地走了过来，他以为她是来收钱的，一面从兜里摸钱，一面后悔只顾点菜没问菜价，这是他生平第一次点着这样又贵又好吃的菜。面色白净的女服务员根本没有向他要钱的意思，近乎殷勤的双手递给他一个本子，让他填写意见，他问饭菜的价钱，她却热情洋溢地说：

"都共产主义了，提啥子钱不钱的，多俗气，有啥子意见，多提些。"

姜春生万分惊讶，瞪大着眼睛，激动地说：

"没有，只是这也太神奇了吧，奥，好得很！"

女服务员得意地说："那就给我们写份表扬信吧。"

姜春生爽快地答应了，这时店里的领导来了，他见姜春生写的一笔游若惊龙的行书且文笔流畅，恳请他用毛笔写在大红纸上，说他们要贴在墙上去。姜春生这才发现，原来整个饭堂的墙壁上早已贴满红红的表扬信。

听饭店里的梁姑娘说沱江西面的西林寺的风景最美，姜春生决定去看一看。这是个星期天，一大早梁姑娘就来敲门，姜春生洗漱完毕，就跟着她往城外走。穿过曲里拐弯的巷道后来到江边，眼前的沱江足足有六七百米宽，有自己家乡三个洮河的宽度。一夜暴雨后，汹涌的江水绵延不断地翻滚着白浪，吐出无数的碎末，显得更加气势磅礴，势不可挡。江边的芦苇地旁停着几只乌篷船，凝望着深不可测的江水，在洮河里游惯泳的姜春生也有些担心小船的安全性。一旁的梁姑娘似乎早已看透了他的心思，一把拉住他细长的手，甜笑着说：

"怕啥子，没得事。"

说话间已把他用劲拽上船，接着轻轻一推，他有些趔趄地走进船舱。看梁姑娘用会说话的双眼，不住地微笑着打量自己，姜春生有些不好意思的痴笑起来。一种触电般惊喜的感觉在心头猛地划过，一股暖流迅速流进心田。想起梁姑娘白生生、嫩藕似的手臂，细腻绵软富有凝脂感的小手，一种美滋滋、甜蜜蜜、晕乎乎的，从未有过的人生体验涌上全身，心里比吃了蜜还要甜。第一次触摸到姑娘软滑光洁的纤纤巧手，让他既兴奋又感到意外，心儿随着波涛起伏的江水一起荡漾。他没想到看似波涛汹涌的江水竟比家乡的洮河出奇的平静。

江水有节奏地拍打着船帮，发出让人心微微发颤的，令人心醉的细碎的响声，小船犹如躺在母亲温柔的怀抱之中，又好似置身在舒适的摇篮里一般，让人身心有了一个极大的放松。江上的薄雾慢慢散开，红红的太阳已从天际边滚滚而来的江水里冉冉升起，身前身后是浩渺无垠的血红血红的江水，左面是美丽的甜城，右面是绵延不断的青翠的丘陵山冈。如诗如画的山水彻底的感染着姜春生，他的心头立刻涌出那句耳熟能详的诗句：

"江山如此多娇，引的无数英雄竞折腰"。

船儿在不知不觉中靠岸了，跳下船，踩在湿漉漉青石板上，姜春生的心情还像江水一样起伏不定，他回望了一眼身后犹如一条巨龙的莽莽苍苍的沱江，深深地吸了一口清新的空气，脱口而出：

"气蒸沱江水，波撼内江城。欲览众美景，更上一层楼。"

梁姑娘扑闪着灵动的双眼，深情地望着身材高大，英俊魁伟的姜春生调侃道："吆，想不到大个子还是个诗人！"

姜春生被说得有些不好意思，不敢正眼看她，就觉得的两颊有些微微发烫，身不由己地跟着她一起继续拾级而上。山路两旁被茂密的竹林、葱绿的芭蕉和许多不知名的草木簇拥着，空气里弥漫着泥土的芳香，悠扬的钟磬声从山顶飘落下来，姜春生禁不住赞叹道：

"真是曲径通幽的福地！"

"我们这里禅房花木深，比常建诗里说的还美哩，上去看看。"梁姑娘说着，连上几个台阶，把姜春生远远地抛在了身后。

登上山冈，一道牌楼式的黑白相间的建筑高高伫立在面前，中间的白墙上是"西林寺"三个苍劲古朴的大字。走进大门，一条石子铺就的小径直通现里面，小路作为中轴线两边的花圃里种满梅花、玫瑰、茶花、月季等许多花木。炎炎夏日里，栀子花和茉莉花开得正热闹，满园弥漫着奇特的花香，熏得游人仿佛走进了天国仙境。中间的大殿供奉着观世音菩萨，菩萨的雕像是用上好的汉白玉石雕成的，通体洁白无瑕，观世音优雅地站在莲台上，给人以出淤泥而不染的印象，它左手持净水瓶，右拿柳枝向人间普撒甘醴。菩萨衣带飘摇，柳丝迎风舞动，活灵活现。

梁姑娘虔诚的行了个注目礼后，很专业地说："这是典型的宋代石刻艺术造型，线条流畅，造型优雅，清俊秀丽，跟唐代造型的雍容华贵、气势磅礴有着显著的区别，是和大足石刻一脉相承的艺术瑰宝。你看菩萨眉清目秀、慈眉善目的样子像不像我们川妹子。"

经她这么一提点，姜春生仔细的端详一番玉肌雪肤的梁姑娘，他越发觉得菩萨有种似曾相似的感觉，菩萨婀娜多姿的身材，秀美的脸庞，尤其是那眉宇间透露出的那种典雅妩媚的气质，浅薄而灵动的嘴唇边流出的似言似语，似笑非笑的神态更让人捉摸不透，就在他百思不得其解之际,梁姑娘甜甜地说:

"宋代以前观世音的造型可一直是男人身，宋朝以后就出现了大量的女观音造像，她不但有求必应，送子送福，还是爱的象征，担负着东方维纳斯的职责哩！"

姜春生扭头一看，仔细端详着她白里透着粉红的鸭蛋脸，尤其是微微上翘的好看的下巴上忽然发现了新大陆似的，惊喜地叫喊道：

"你该不是她的模特儿吧！"

梁姑娘的脸霎时连腮带耳红了，她娇羞地瞪着一双毛茸茸、水灵灵的俊俏的双眼，竖起两道似蹙非蹙的柳叶眉，似怒非怒地说："就你也会野狐禅，造下口业，当心将来下拔舍泥犁。"

姜春生不由得暗地里越加佩服眼前的这个姑娘，觉得她绝非等闲之辈，只可惜性起缘空，一时间感到心里有些空荡荡的，只是嘴里依旧不服软，低声细语地说：

"我才不怕下地狱呢，革命者就得有我不下油锅，谁下油锅的精神，难道我们还不如地藏菩萨。"

梁姑娘"咯咯"地笑了起来，姜春生被她笑的头皮发麻，一时不知所措，一个劲地用手挠后脑勺，以为自己又说了错话。梁姑娘也不说话，扯住姜春生的衣襟，拉着他欢快的往后面的另一个大殿奔去。

他们穿过一片竹林，来到一座宏伟的殿堂前，门楣上高悬着巨大的匾额，镌刻着隶书书写的遒劲庄重的四个大字"慈航永渡"。大殿中央供着的菩萨雕像正是地藏菩萨。这是用川东地区最常见的青石雕刻而成，满脸慈祥的菩萨端坐在莲花宝座上，头戴毗卢冠，一副身披袈裟的出家僧人的装扮。他一手持锡杖，一手持幡幢，似在暗暗发誓，不度尽众人誓不出地狱。

梁姑娘示意姜春生跪拜，姜春生傻笑着就是不肯屈膝。她倒爽快，"扑通"跪在铺垫上，连磕三个响头。

热辣辣地看了他一眼，说："千江有水千江月，万里无云万里空，你怕个啥子？"

姜春生却也并不慌张，心平气和地说："心有灵犀一点通，真性情不拘泥繁文缛节，只图个形式花样。"

梁姑娘也不甘示弱，佯装生气的样子说："好个见性成佛，就怕口是心非，打诳语的乡愿。"

姜春生笑着坦然道："板荡识忠臣，日久见人心。"

一席话说得两人都开心地笑了起来。梁姑娘转身指着院里的佛塔问：

"姜哥哥，你看这座宋代的砖塔好吗？"

姜春生看了她一眼，张口称赞道："精美绝伦，不同凡响。"

梁姑娘听后有些惋惜地说："好是好，就是七层低了些，显不出高大庄严来，建上八层十层的才好。"

姜春生听后笑着说："这可不行，无规矩不成方圆。其实单数，符合美学标准，而双数就反倒不协调了。"

这时，从长廊里走过来一个老尼，向他们合掌致意，二人忙点头回礼。老尼显然早已听到了俩人的谈话，她用慈眉善目细细打量了一眼姜春生，轻声说：

"贫尼看小施主相貌堂堂，定是知书达理之人，与我佛有缘，阿弥陀佛。"

姜春生难为情地笑了笑，面目清爽的老尼又说："佛塔建七层是有来历的，佛说入胎经上说，人是父精母血合成的，人在娘胎里每经过七天就有一次变化，人这个肉身有眼、耳、鼻、舌、身、意六识和末那识，所以人死了要燃七层之灯，这叫心灯不灭。释迦牟尼佛生下来就朝东西南北各走了七步，脚下步步生莲花，他舍身饲虎，供养的也是七只老虎，他的父王就在当地建了七座宝塔来纪念他，七是一个神奇而吉祥的数字。"

姜春生听完兴奋地说："那诸葛亮临死时点七七四十九盏灯也和这个有关了。"

老尼平和地说："诸葛先生是位一生谨慎博学的道教徒，但大道相通。施主风流倜傥，面相和善，定是心地善良之辈，须知害人之心不可有，防人之心不可无。人生不满百，常怀千岁忧，施主风华正茂，日后当切记，不可陷入偏见，不可太执着，七七四十九是个坎，阿弥陀佛！"

姜春生一时无法理解，但看老尼满脸认真的样子，心里觉得怪怪的，一时低头不语。看老尼走远后，他嗔怪道：

"怎么把人领进尼姑庵呢？"

梁姑娘一仰头，嬉笑着、调皮地反问："众生平等，难道共产主义者也分个男尊女卑不成？"

姜春生赶紧说："不二法门，大道归一。"

一席话说得两人都开心地笑了。眼看中午，肚子开始咕咕叫了，梁姑娘有些生气地说：

"又该吃饭了，好烦人。"

说着她一扭头，又俏皮地说："要是人不吃饭就省事多了。"

姜春生眼前一亮，若有所思的说："有种饭吃了以后保你永不饥饿。"

"你该不是要教人家学道家的辟谷法吧？"

"不是，佛祖说在我们这个星球的上方很远很远的地方有个叫香积佛的国度，那里有一种好吃的饭，吃之不竭，而且是越吃越多。那里的饭吃了以后不但百病不生，而且吃了饭的人生心愉悦，身上的毛孔都会发出奇特的香气。"

"你在哄小娃儿吧，姜哥哥？"

"我可不愿下地狱，释迦牟尼给这种饭起了个雅致的名字叫'思食'。"

"啥子？""有点像现在报纸上说的，精神食粮吧。"

"人没的精神不行，可精神不能当饭吃，你说哩领导？"

"不许别人打诳语，自己却信口开河，真是只许州官放火、不让百姓点灯，我可不是啥子领导。"

"假正经，不为当官，你跑到县政府作啥子？"

"我，还不是为了吃饱肚子，当然包括更多的人都能衣食无忧，安得广厦千万间嘛，唉、要是天底下真有取之不尽、用之不竭的饭就好了。"

"好了书呆子，日暮苍山远、落日游子归，瞎想顶不了饭吃，回吧。"

傍着夕阳的余晖，两个年轻人怀着依依不舍的心情，慢慢地向山下走去。

姜春生回到省城，出了车站，他就搭上了回家的班车。在车上他惊喜的发现十里公社的万秘书，他正在座位上打盹，活像个笑和尚，听到姜春生的喊声，才吃力地睁开双眼，姜春生问他咋到省城了，神色疲倦的万秘书说：

"我们给'引洮工程'送粮，领导让我顺便去省城办些事，我就打发生产队的人赶着马车先回了。"

姜春生一怔，满腹疑惑地问："三四百里地的远路你们就赶着大车？"

万秘书笑着说："全县才几辆汽车，不赶大车还有啥车。"

"你们走了几天？"

"也就五六天吧。"

万秘书感慨地说："我还从来没见过那么大的场面，几百里的路上，到处人山人海，红旗飘飘，高音喇叭震天的响，听说把咱们这洮河水引到中部干旱地区，全省的口粮问题就能够解决了。"

"应该没问题吧，你们的社员都好吗？"

"我还没见一个，那么大的地方，到哪里去找！"

"没见人，你们把粮食往哪里送？"

"为了节省时间，就近找了个大灶卸下就完事了。"

"那你们可不成了《西游记》里说的胡烧纸了？"

"你可不能这么说，反正都是人民公社，社员都是向阳花，别的县的运粮队员也是捡近处卸粮，只要运到会战工地上就成了。"

　　"工程今年能完吗？"

　　"不知道，炼钢任务还大着哩，我们还得赶紧回去。"看万秘书困倦不堪的样子，姜春生也不再多问了。

　　回到家里，姜春生发现自家门上的铜门扣不见了，正在纳闷时，母亲急匆匆的回来了，很是痛心的说，门扣剜下来，大炼钢铁去了。她不无惋惜地告诉他，农村里家家户户的铁锅铁勺，只要是金属制品都上交了，自己娘家带来的明朝的紫铜宣德小香炉也被街道居委会来的干部强行拿走了。姜春生听说小香炉不见了，心里隐隐作痛，感到很可惜。然而全县人民大炼钢铁的热情还是深深地感染了他，第二天他就上班了。领导派他去十里公社蹲点，他高兴接受了新的任务。

　　石崖旁挖土砌成的炼钢的土窑上空冒着浓浓的黑烟，劈好的松木棒子被一车车丢进巨大的窑口里，就像蘸蜡般转眼间就化为灰烬。劳作一天后的人们食量出奇的大，可是饭桌上已不见肉菜，一人一份炒白菜，两个馒头，姜春生吃了觉得肚子还欠欠的。那些五大三粗的壮小伙个个情绪很大，嚷着吃不饱。伙食管理员照例出来解释一阵子，人们才不满地离开了。姜春生感到自己家乡的食堂与四川比真是相差十万八千里，不由暗自笑自己是井底之蛙，联想起在川妹子跟前说的话，两颊就发烫。

　　早点的洋芋拌汤变成了清汤汤，到后来竟然清得可以照出人的影子来。待了一个多月，姜春生实在支撑不住了，请假返回县城。没想到机关食堂的饭菜也变得清汤寡水起来，不到二两的黑面馍馍每人每顿定量两个。听同事说，南方农村提出"忙时吃干，闲时吃稀，不忙不闲时半干半稀"的粮食节约计划，得到了有关部门的肯定。县上早在三个月前，也制定了机关节约计划，号召节省粮食支援炼钢生产第一线。县委大灶上还发明了粮食增量法，厨师们在和面时加入大量的水，蒸出的馒头个头大斤头又重，只是吃上一个这种水发面的馒头不一会儿就饿了。人们开始纳闷，不明白先前说的那么多的粮食都去了哪里。

# 第七章

说了声去的话
眼泪就拿袖口儿擦
手把系腰的穗穗儿抓
心上就像篦子刮
　　　　——岷州花儿

县城北面八个公社的自然条件十分严酷，那里最先传出有不少人得了浮肿病。得这种病的人起初头昏发晕、四肢无力，接着浑身肿得像气球似的，一连十多天卧床不起，茶饭不思，浮肿一旦消退，人就跟跑了气的篮球一样，迅速干瘪下去，不出三天就命归黄泉。

这是1960的春天，与往年比这个春天来的步履蹒跚，季节变换的是那样的缓慢。严冬似乎没有丝毫退却的意思，冰冷刺骨的寒风依旧肆无忌惮的横行在瘦骨凌峋的大地上，它张牙舞爪着，狂笑着，怒号着，想要吞掉整个大地山川河流似的。树木没有吐露出一丝半星点绿意，赤裸裸的山石黑乎乎的显得异常的丑陋，时不时显露出狰狞的面目，没有返青的枯黄草木，枝条如钢叉铁丝一般刺向天空，像在问苍天：春天在哪里？生命在何处？绿色去了哪里？听年长的老人说这种恶虐的天气，比最寒冷的清朝末年还冷。

那年，江南一个中榜的状元来到岷州做知县。上任数月后，他家的娇妻捎信给他，问他当地风土可好，也想到他的任所享享福。知县回信，说这里的气候，"五月柳才绿，八月既下雪，风大如狼吼，因此上把春夏秋冬一笔勾。"在形容当地妇女的容貌时说，"黑面钢叉手，脸红如关公，腰板大如柱，因此上把天下美女一笔勾。"他的妻子接到信后不敢来了。不久，这个出身江南的知县也受不了苦，弃官而云。

一连几个月全国各大报纸上都在"放卫星"，全省各地的粮食产量记录不断地不刷新，许多县的小麦单产突破了千斤大关，洋芋主产县的亩产达到了万斤。为了接待好省上领导，县上召开了专门会议，大家商量后一致决定让曾经给鲁大昌府上当过红案的张师傅来掌勺，做二十四道菜，再由白案名厨唐师傅做二十四道面点。

这天，省委张书记亲自带着工作组来到岷州。省委办公厅主任拿着县委书记牛润递过来的菜单，仔细地看了一遍，不高兴地说："首长有糖尿病，你们不知道？"

说真的啥叫糖尿病，牛润还真不清楚，一脸的迷茫。主任有些不耐烦了，直截了当地说：

"糖尿病就是营养过剩，也就是三多一瘦，要注意控制饮食。你们做的烤乳猪、手抓羊肉、黄焖羊肉、溜牛柳、香酥鸡、狮子头、烩海参这些都不行，清蒸鳜鱼和这些素菜还可以，鱼是活杀的吗？"

牛润信心满满地说："这是岷州特产，出自本县东面的闾井一带，清朝时候就是皇家的贡品。"

"那好吧，除了鱼和素菜，别的荤菜就不用上了，记着面点不要放糖，以杂粮为主，银丝卷、黄金大饼之类的就不要了。"

领导们在吃饭，牛润拿着新华社记者采写的"高寒阴湿的岷州小麦亩产过千斤"的长篇通讯，看了一遍又一遍，心情越来越沉重，一旁的记者一次次催问他看完了没有，他眼色朦胧只会漫无目的摇摇头。记者等不及了，急匆匆地走出了会议室。不一会儿，省委张书记走了进来，牛润连忙站了起来。张书记严厉地问他为什么不签字，他像个受了委屈的孩子，带着哭腔说：

"岷州土地贫瘠，气候恶劣，最好的川坝地小麦亩产也就五百斤左右，一千斤实在产不出来。"

张书记没想到眼前的县委书记这样顽固不化，不由得剑眉倒竖。他手抖着指着牛润圆融的脸，咆哮着质问：

"全省八十六个县就你牛大书记牛皮，有本事跟上面较劲。办公厅催了你几次，你今天拖明天，明天拖后天，就你忙就你一个人能，就你在天天下乡，别人都是吃干饭的。这次我们专门来岷州拜访你这个土皇帝，看能不能拔下你这杆白旗！"

说着他指了指自己手腕上的表，不容置疑地说："今天是最后一天，完不成任务，拖了全省实现小麦亩产过千斤的宏伟蓝图的后腿，你就是千古罪人，所有后果得由你一个人负！"

牛润额头上早已渗出了豆大的、密密麻麻的汗珠。见气得面皮紫胀的省委书记，好像要一口吃掉自己的样子，他吓得浑身发抖，终于支撑不住了，感到身体有些虚脱，眼前开始恍惚，心脏激烈地蹦跳着，只觉得一阵阵的眩晕。他觉得新华社记者带给他的那篇文稿仿佛就是自己的死刑判决书，手里的钢笔好像比素日握的打炮眼的钢钎还要重得多，让他签字就像是在上断头台，可是形势逼人，众怒难犯，孤立无援的牛润终于还是向权势屈服了。

时隔不久，省报上又刊登了岷州县委报道组姜继高采写的"岷州县十里公社洋芋亩产超十万斤"的通讯。这篇报道在全国引起了反响，很快省里传来指示，说波兰朋友要来参观学习，县委书记牛润一听慌了神，不得不下命令，公社干部组织群众连夜在地里挖了个三米深的大坑，把几个生产队产的洋芋埋进去才勉强凑够了十万斤。县委一班人感到惴惴不安时传来消息，说外国友人到另一个县小麦亩产超万斤的县参观去了，相对于小麦，洋芋只能算杂粮，所以意义不太大。外国朋友不来不了，大家这才如获大赦似的松了口气。

转眼到了交公粮的时候，按照秋上上报的产量，岷州得多缴近亿斤粮食，任务层层下达后，许多生产小队的干部为了完成任务，不得不把预留下来的籽种充当公粮交了上去。第二年春上，可怕的饥荒就来了。中央文件传达下来，说这一切都是苏联修正主义分子和国内的阶级敌人捣乱破坏的结果。于是农村基层以大队党支部为核心，白天开大会，晚上开小会，深挖埋藏在农村的阶级敌人。

这天从县城开完会后，姜春生就往十里公社赶，正值腊月天，西北风刮在脸上刀割似的痛，它呼啸着，上下串腾着，往他的脖颈里灌冰凉的风，朝他的袖口裤管里直钻，像个顽皮的孩子把他原本就不平整的棉衣脚不住的掀起，还企图高高地挑起。姜春生手忙脚乱地一会儿用手捂耳朵，一会儿又忙着扯衣领，一会儿双手抱着腹部，活像个耍杂技的小丑，样子十分狼狈又滑稽。他打算跑回去，可脚底下软绵绵的，刚一抬腿，心里发慌，额头上冒虚汗，这才想起没吃午饭。冻僵的手从口袋里摸出一个冰冷的土豆来，土豆刚放到嘴边，他发现前面不远处，一个人栽倒了。他吃力地走过去，把仅有的一个土豆给了倒地的农民，看着那人狼吞虎咽般吃掉了自己的午饭，他的双腿却怎么也站不起来，一屁股瘫坐在地上。他双眼迷离地看着眼前的农民渐行渐远，感到身子很疲惫，想好好地睡一觉，想着想着就不知不觉的迷迷糊糊地躺在了地上。

他依稀看见夏日温暖的阳光里，一望无际的田野中当归、燕麦、青稞等许多庄稼在疯似的生长着，洋芋翠绿、壮实的枝干上，浓密的叶子把整个地皮遮得严严实实的，状若五角星的洋芋花全开放了，紫色的、白色的小花正散发出诱人的淡淡的独特香气。在微风中洋芋花又疑似一串串紫色、白色的铃铛在轻轻摇摆，发出美妙无比的声音，渺渺茫茫的。饥肠辘辘的他放学回来，掀开锅盖，一锅刚煮熟的洋芋皮层干裂，俨然如盛开的白莲花。他想用手去抓，可怎么也抓不到手，他努力张大鼻孔，恍恍惚惚又闻到了一股洋芋搅团的清香，真切的听见了"砰、砰"声音，那是母亲用硕大的木槌在凹形的木槽里一槌一槌砸洋芋搅团发出的耳熟能详的声音。母亲娴熟的把白生生、黏糊糊的搅团用木铲铲进小碗里，放入事先兑好的有花椒、蒜泥、葱花、姜末、精盐、香醋等调料的调料水，最后浇上红红的辣椒油，白花花的搅团在一碗红、黄、绿各色调料的衬托下立刻就勾起人的食欲。搅团冰凉爽滑而又带着淀粉的香甜、和着恰到好处的香辣酸味，实在是再好吃不过的美食。他连吸带咽吃了一大碗，又喝了一碗温暖的酸留溜的浆水，温凉的浆水从口中流入，缓缓地流进胃中，一种回肠荡气的感觉传遍周身，他觉得很安逸，这才舒舒服服地睡着了。

当姜春生醒来时，已是第二天的中午，屋外下了一场白茫茫的大雪。同事说，你已在炕上睡了一天一夜，这让姜春生觉得脸红，觉得自己不该是这样的娇气。躺在热炕上的姜春生问医生："浮肿病能治吗？"

老中医说："多休息，营养跟上就好了。"

年轻的小张大夫忍不住了，气冲冲地说："啥浮肿病，就是个吃不饱的病，多吃两个馍馍就好了！"

这让大家都很震惊，不过谁都明白其中的原委，就是不敢说出来。姜春生再也坐不住了，他决定写个报告，一定要把真实的情况报告给上级。

三天后副县长刘庚源来了，他顾不上歇脚就让姜春生把他领着去走访农户。

村东头的李二娃家是个四口之家，一家人的生活很困难。生产队干部推开他家的烂门，李二娃双手捂着有些肥大的臃肿的大襟棉衣迎了出来。听说县长来，他原本麻木的脸上猛地一抽搐，掠过一丝惊喜，木纳地站在一旁，仿佛雕像一般。副县长刘庚源问了一声，他的嘴巴像被泥黏住了似的，嗫嚅着动一动，却不说话，眼睛间或机械的眨一下算做回答，也只有这样才能证明他是个活着的人。姜春生把刘庚源让到炕头坐下后，李二娃的媳妇磨蹭了好长时间，黑乎乎的双手才端上一碗能照出人影的野菜拌汤，她颤抖着把碗放在炕桌上，然后头一低就退了出去。刘县长看见脏兮兮的土瓷碗里的拌汤发绿发黑，老远就散发着一股浓浓的刺鼻的酸臭味，觉得一阵阵的恶心。

他扭过头问："洋芋也没有吗？"

李二娃用浑浊的目光迅速愁了一眼刘庚源，局促不安地点了点头。刘县长提出让炕里面睡得包的严严实实的老人起来也吃点，李二娃一时慌得六神无主，磕巴地说：

"我、我大，他、吃过了。"刘县长不高兴了，犀利的目光盯得他心里直发虚，他生气地说："吃了就吃了，你慌啥嘛！"

李二娃站在原地，皱巴巴的脸上努力挤出一丝笑意来，样子比哭还难看。

这一年，野狼出奇的多，而且胆子特别的大，经常到村庄子里叼牲口吃人，这是过去从没有发生过的事。

初春的夜晚，天气依然很冷，凉凉飕飕的风吹得人不住地打寒战，从公社开完会，老李满是老茧的双手笼在棉衣袖口内，勾着头一路小跑地往家赶。月亮特别的圆特别亮，像一只挂在天上的硕大银盘，惨白的月光把大地照得一片白茫茫的，如水一般的月光照在人身上就像把冰冷的水泼在身上一样，远处不时传来狼的悠长凄厉的嚎叫声，这让老李心里更加发怵，他不顾一切地低着头往前跑，生怕有野狼串出来。他知道上一月，野狼跑进张二宝家，把睡在热炕上的孩子给叼走了，张二宝的妻子给吓疯了，整天在庄里头疯疯癫癫的闯荡，嘴里不住的哭喊着孩子的奶名。就在前两天，为了尽可能地减少活动量，尽最大努力节省一份口粮，杨发富和家人正蜷曲在炕上消磨时光。一只吊额的疯狼闯进院里，一声低沉嚎叫声，把正在打盹的杨发富惊醒了，他下意识的拾起身子，趴在窗台上往外一看，只见一只硕大的老狼正衔着他家的唯一的一只猪仔往院门口跑。他慌了神，大喊一声："狼！"连滚带爬地跳下火炕，跌跌碰碰往外冲。受惊吓的狼从杨发富的身边擦过不顾一切的向院墙边跑去，一跃翻过了一米多高的土墙，把已经咬死的小猪丢在了墙脚边。

老李一路胡思乱想着稀里糊涂地走到一个小土坡上，紧张的心情才舒缓了下来，他知道下了这道坡就到庄口了。突然，一双毛茸茸的抓子搭在了他的后肩上，一只湿漉漉的鼻子已触及到了他的右耳根上，他甚至清晰地听到野兽急促的令人毛骨悚然的喘息声，心里大吃一惊，浑身泛起鸡皮疙瘩，汗水从毛孔中渗了出来。凭着以往老人们传授的经验，他预感到这是只经验丰富的老狼，它想趁人回过头看个究竟之际，好一口咬断他的喉咙，达到一招毙命的效果。老李猛地停住脚步，快速伸出双手突然抱住狼头往下用力一按，一弯腰，使出全身得劲，把后背上的狼重重地摔向山坡下，狼被摔死了，老李也瘫倒在了冰冷的地上。

老李一连在床上昏睡了三天三夜。当他醒来时合衣躺在自家的热炕上，妻子给他用热毛巾擦完脸，惊喜的发现他苏醒了，流着热泪对他说："你命真大，那天要是遇上的不是一只饿瘪了的金钱豹，肯定没命了。"

老李这才知道自己把一头豹子给摔死了，他想笑可又实在没有力气笑出来，最后吃力地说：

"豹子不挨饿，也就不会到人庄上找吃的来了。"一旁的妻子听了，又是摇头又是点头，禁不住眼泪流了出来。

一个小小的公社总共有干部职工十三个人，也分成了几派，时不时地要斗一下，这让姜春生觉得心很烦。常想着这也许正是我们这个民族的劣根性，肚子才吃饱了个七分就想着窝里斗。

清水公社杨书记的老乡观念十分强烈，总是不放心其他干部，把单位当成了自己的家。而副书记吴有德虽说和杨书记不是同乡，但他摸准了杨书记的心思，于是拼命地讨好巴结一把手，甚至无中生有地说些公社管委会主任王德成的坏话，时间一长，书记和主任的矛盾也就越来越大。一个单位主要领导不和，底下的干部也就卷入其中的争斗之中，作为县里下派的挂职干部姜春生看在眼里，更是急在心上。在姜春生看来，一把手杨书记工作能力强却喜欢独断专行，工作中有时会胡来甚至动手打骂群众。而公社管委会主任王德成为人忠厚老实，做事情唯唯诺诺，老好人思想严重，前怕狼后怕虎，给人窝窝囊囊的感觉。公社秘书柳国志长着三角形的小白脸，整天像只摇尾乞怜的哈巴狗似的围着杨书记转，干部职工们对他又气又恨又怕，如果不小心得罪了这个白脸奸臣，说不定啥时候就会被领导莫名其妙的骂一顿。

姜春生刚来时和柳国志一起搞调查，晚上住在大队党支部书记家里。看天色还早，支书拿出前年自家酿的罐罐酒招待他们。才喝了几口酒，面色寡白的柳国志就盛气凌人地叫喊起来：

"来来，胶皮户家娃，爷们家敬你一盅酒！"

姜春生看他斜着那对老鼠眼，一副不可一世的样子，正想照着呲着的门牙上给狠狠地砸一拳，转眼一想人家是受人奉承惯了的大秘书，岁数又比自己大，就装着没听见只顾埋头喝自己酒盅里的酒。一旁的支书早已察觉到了姜春生的脸色在悄悄地发生着变化，机智地扯了一把柳国志说：

"来我敬大主任一碗。"

可是骄傲自满惯了的柳国志却不肯咽下这口气，以为姜春生不给自己面子就是有意给他难堪，于是牛皮轰轰地端起酒盅，粗声大气地说：

"地主、商户家的外甥，胶皮户家娃，来，跟爷们家喝一盅！"

一时间整屋子鸦雀无声，众人的眼睛都紧盯着姜春生。姜春生此刻想起了二舅为富不仁的样子，心中怒火立刻串腾了上来，他一把拿起桌上的酒碟，连同倒满酒的酒盅一起，以迅雷不及掩耳之势，劈头盖脸地朝炕桌对面的柳国志脸上砸过去。柳国志杀猪般的一声惨叫，双手捂住了巴掌大的小脸，鲜红的血从手缝隙间汩汩地溢了出来。他痛苦地叫喊着："反了，胶皮户家娃打人！"

姜春生见他还在谩骂，一把掀翻了小炕桌，跳下土炕，抡起拳对准柳国志的头上又是一顿疾风暴雨式的殴打。众人原本就对柳国志不满，更对公社杨书记有怨气。平时敢怒不敢言，今天见姜春生痛打落水狗，自然只是虚张声势的叫喊着，谁也没有实际出手阻拦一下姜春生，只等姜春生打乏了，柳国志有气无力的呻吟时，才象征性地把姜春生拉到热炕头坐下，扶起瘫在地上的柳国志到外面擦洗去了。从那以后，柳国志见了姜春生就躲，他避之不及就一个劲的点头哈腰。这让姜春生也觉得好笑，父亲说过的话又浮现在耳旁：有些人就像娃娃们打的泼牛（贱皮子也叫陀螺），吃硬不吃软，越打越转的欢。

一个县饥饿严重，引起了上面的高度重视，很快上面派出了工作队。乡上来了工作组，姜春生就成了联络员。由于房子紧张，工作组的陈组长和姜春生挤在一个屋子住下。姜春生的床板上铺了四张狼皮，那是前一段日子带领民兵打猎的战果。他想人家从首都来西北高寒阴湿的地方帮助我们工作太辛苦了，怕陈组长受潮得病，就把自己的床铺让了出来。

这天很晚陈组长才开完会回到房间，他对姜春生说上面很快就要下拨救灾粮了。睡在床上他又悄声说，根据上面的安排还要整顿基层干部的作风问题，自然灾害是一方面，干部的工作作风更是一个重要原因。他还说上面把基层干部分成了五类，一类是有官僚主义作风的，第二类是工作华而不实的，第三类是贪图享乐的，第四类是阳奉阴违的，第五类是蜕化变质的坏分子。根据你们领导的意见和群众反映，公社主任王德成属于四类干部。听了这消息，姜春生惊了一身冷汗，他暗自庆幸自己不是公社的干部，不然就可真麻烦了。

第二天刚起床，就听公社大灶的大师傅大呼小叫地砸杨书记的门，原来公社主任王德成昨晚不知从哪旦听到自己被化成了"四类"干部，喝了仓库里的敌敌畏死了。他的桌子上放着遗书，说人活着真累，实在忍感受不了这种无休无止的钩心斗角，想清静清静。

一个月后，工作组走了，姜春生也该回去了，他想给家把那四张狼皮带回去，可是床上只有光光的松木铺板，狼皮早让陈组长带走了。姜春生看着白花花的床铺觉得有些刺眼，他这才意识到上面下来的人也不阔气，满脑子漂浮着一个词——贫穷。

刘庚源的小儿子急性阑尾炎发作，疼的在床上打滚，当刘庚源风风火火赶到县医院时，孩子疼的已经休克了，小脸蛋没有一丝血色，一片蜡黄。孩子的母亲早已哭成了泪人，看到丈夫刘庚源来了，一屁股坐在地上，磕头、哀求着，"救救我的娃娃！"仿佛刘庚源就是观音菩萨似的。见县长来了，院长迎了过去，虔诚地汇报，我们已经成立了手术小组，就等你签字了。刘庚源一甩手，恶狠狠地骂道："搞球啥名堂，快做手术不就成了。"

院长递上手术通知单，刘庚源又骂开了：

"我不识字，签个屁！"

院长还是指给他具体签字的地方，刘庚源一把夺过笔，写下了三个歪歪扭扭的大字。院长和医护人员匆忙进了手术室。

不到一分钟，门开了，主刀大夫带着哭丧的脸走了出来，他一把抹下头上的白帽子，往地上一扔，嘴里骂着："混蛋，这不是把人往死里坑吗！"刘庚源见过这个从北京大医院来的中年人，应该属技术好的一类，他纳闷他为什么骂骂咧咧地出来，不给自己的儿子做手术呢？没容他细想，门又开了，这次走出来的是院长，他面色苍白，好像刚才进去的病人就是他似的。他神情麻木地走了过，呆呆的看了看刘庚源，嘴角蠕动着，却没有吐出一句话来。刘庚源急了，用拳头戳了院长一下，高声质问：

"不做手术，都跑出来干啥？"

院长眼角流出了豆大的泪珠，他回头大喊："夏建仁，出来！"

见里面没有动静，院长提高嗓门，又喊了一声：

"夏建仁，滚出来！"

这次门"嘭"地一声开了，走出一个戴着眼镜、穿着白大褂的男子。他蹒跚着走到刘庚源的面前，身子不停地摇晃，双腿一直在打战，脑袋晃悠着沉默不语。院长用拳头捣了一下，狠狠地说：

"你自己说！"

麻醉师夏建仁浑身发抖，双手颤颤巍巍地摘下大口罩，吞吞吐吐地说："刘县长，我、我真的不是故意的，天打五雷轰，我可以给你发誓，"

刘庚源越发糊涂了，喘着粗气问："我娃怎了，快说！"

夏建仁像背课文似的念念有词的、吧嗒吧嗒地辩解着：

"我认真查阅过资料，我是认真的，没有丝毫的掉以轻心，我可以发誓……"

估计孩子出了意外，孩子妈哭喊着冲进了手术室。刘庚源的耳旁"嗡"地一响，只觉得天旋地转一般，身子离地失去了重心，像在虚空中飘荡。那双充满血丝的大眼睛，突然失去了光泽，他盲目地看着周围神情紧张的人们，好想不认识似的，又好像遇见仇人一般。

院长在一旁不住地检讨："我们工作没做好，紧张过度，给孩子用的麻药过量，请求组织处理。"

说着右手又狠狠地拽了一下身边的夏建仁。夏建仁不再自言自语了，木讷地向前走去，瑟瑟发抖地来到在刘庚源面前，猛地抬起手，"啪、啪"地自己搧起耳光来。刘庚源仰仰头，努力控制自己的情绪，伤心的泪水还是流了出来。他用粗状的手指抹去眼角的泪水，哽咽着说：

"哎，老天爷啊！这也是他的造化，由事不由人，你们也算尽了人事了。"说着他用拳重重地在院长的肩上捶了一下，头也不回地走了。

# 第八章

二郎山的松柏树

松柏树的膊子多

去给隔山姊妹说

叫她把我打听着

她不打听我不活

一码爬到清水河

清水河里淌着去

隔山姊妹想着去

——岷州花儿

城南的金童山也叫二郎山，是岷州八景之中最著名的景点。相传古时侯年年闹水患，后来人们按照修都江堰的李冰父子的治水办法治理好了洮河，为纪念李冰父子，人们在县城的金童山修建了二郎庙。也不知何时，从甘南草原上来了两位喇嘛，他们在山上的窑洞里避雨时洞塌了，他们被压死在里面。后来一些大户人家的老爷夫人说自己经常看见夜间山上有灵光闪现，认为是喇嘛显灵，就提议捐资修了喇嘛庙，庙里的香火一直很旺。说来也有意思，香火旺盛的喇嘛庙里住的管事却是个道人，人称张爷。

他自称是张三丰的后人，留着一缕长长的胡须，头戴青布做的瓦楞帽，一副神仙的模样，老一辈人对他可以说信到了骨头里。

姜春生的外祖父在世的时候就给孩子们经常讲张三丰的故经（故事）。说有年冬天，张三丰一个人在庙里煮泔茶，他把罐罐仰起往嘴里空（倒）油面茶时，有个年轻人进来开玩笑说。亏你还得道成仙了，有真本事把油茶罐的里子翻出来一舔不就完事了。这本是一句揶揄取笑的话，没想到张三丰二话没说，双手捏住罐口往外一翻，真的把罐子的内胆给翻了出来，而后他悠闲地用舌头把罐壁上的油茶舔舐得一二二净。看到这一幕，年轻人当下佩服得五体投地，一面磕头如捣蒜，一面诚恐诚惶地说，过去常听老人们说只有神仙在冬天里吃黄瓜，能把油茶罐罐翻过来舔，我们不相信，今天真的大开眼界了。当他抬起头时，更让他吃惊的一幕出现了，眼前的张三丰正"格吧、咯吧"地吃着清脆碧绿的黄瓜。

姜春生对此一直感到不可思议，他经常尾随在还愿的人群后面，试图看个真伪，可总是一无所获，他也不止一次央求张爷表演一番他的前辈翻罐子绝技，却总是被他以各种理由拒绝了。不过功夫不负有心人，这天，姜春生终于发现了一个惊人大秘密：每次人们送来还愿的公鸡，张爷都会一本正经的做完法事，然后扔到庙背后的鸡舍里。他抹着下巴上稀稀拉拉的花白胡须，神情庄重的告诉施主，放心去吧，三天以后，祭品就被天神享用了，你许的愿就一定会实现。然而当天晚上，张爷就把公鸡杀了，所谓的神吃祭品，其实全让张爷一个人吃了独食。他把这件事对母亲认真地讲，不想母亲惊吓的嘴巴张得大大的，半晌没有合拢，骤然间双眼爆发出愤怒的目光，高声尖叫道："狗吃的军犯娃，你要找死啊，你忘了前些年江县长是咋死的！"

接着他被母亲迎面恶狠狠地啐了一口，还险些吃了一记耳光。姜春生仓皇的逃出家门，找到同学朋友跟前哭诉委屈，不但没有赢得同情和理解，反倒招来许多人的白眼甚至憎恶，这让他很是伤感。

1949 年前夕，岷州来了一位姓江的县长。他上任伊始，就极力推崇新生活运动。提倡开大小会议一律喝白开水，不喝茶。当然会餐赴宴更不能喝洋咖啡和饮白酒。岷州地处高寒阴湿之地，人们喜欢吃热量高的牛羊肉，自然又爱喝解油腻的酽茶，这个倡议一提出，首先就受到肠肥脑满的达官贵人的坚决抵制，这让江县长感到极为不快。时间转眼到了农历五月十七，人们早早地把街道打扫干净，用黄土铺垫平整，并撒上清洁的井水，准备迎接十八路湫神塑像进县城。岷州的诸湫神都有本庙及司职地域，并各有神池及漱池。

湫神崇拜是一种集体意识表现、来源于人们对水神的崇拜。湫神有男性十身，女性八身，他们不仅有名号，而且还各有渊源。就其原型来看，男神均为历史人物，上起西汉，下至明代，全是当地老百姓心中的忠臣良将；女神有神话人物和地方传说人物。十八位湫神的形象各有特点，其中男神戴金冠或纱帽，着龙袍，蹬朝靴，脸谱为红、白两色。胡须皆五络，其须形结构为须一髭二髯三，很是威武潇洒。八位女神头戴金色凤冠，身披红色霞帔，脚穿凤头绣鞋，一律粉脸，蛾眉杏眼，盈盈欲笑，表情俊俏和善。

惊天动地的铁炮声，把正在批阅公文的江县长惊的一时六神无主。当他得知人们把各路神仙用八抬大轿抬进县城，沿途还不断鸣锣开道，护卫的仪仗队手持各色的旗、牌、幡、伞遮天蔽日，真比封建社会的封疆大吏出巡还要隆重。心里就生出无明火，白净的胖圆脸立刻气得发紫发青，一口一声"真是愚昧至极，目无国法！"他咆哮着，立即纠集警察，命令把所谓的南川大爷、王家三爷、关里二父、花儿娘娘、龙王爷，太子爷、大王爷、五莊爷之类的十八路神仙通通抓起来，关押到肃正街的小学里。

人们因为自己供奉的神像被县长关押了起来，神情都很低落，人来人往的庙会一时间变得冷冷清清。江县长一看，非常兴奋，以为自己办了一件移风易俗的大好事，一时心血来潮，便带上警卫到城东河边去遛马。江县长骑着高头大马走过石桥时，突然，马受惊了，他被甩到桥下活活摔死了。县长一死，警察赶紧把十八路神仙都放了出来，一时间，城里有关县长的死因传出了神乎其神的各种版本。南川人吹嘘说他们南川大爷宗泽的神力无边，一扇子把江县长打下马摔死了；北路人不服气，有板有眼的说是他们的花娘娘娘功德无量，只动了动嘴皮，轻轻念了一句咒语，就把江县长咒死了；东山区的人根本不理这个茬，信誓旦旦说是他们的龙王爷，在空中一尾巴把江县长打死的；王家庄的人更不甘示弱，四处叫喊，他们的三爷姜维最攒劲，无影刀一挥，就把江县长给斩下马来；信奉喇嘛教的人一脸悲悯地说，江县长是被两个嬉闹的喇嘛不小心撞下坐骑摔断气的……

姜春生偏不信邪，工作后他找了个机会，带着公安局民警半夜上山，终于把深夜偷吃鸡的张爷逮了个正着，二郎山的喇嘛庙的香火渐渐熄灭了。姜春生自以为干了一件好事，可母亲却一脸的不高兴，认为儿子冒犯了神灵，在自家设起佛龛，供奉起观音菩萨来。

生活在这里的百姓是十分有趣的，没有皇帝时想皇帝，有了皇帝又想着反皇帝；就拿信仰来说，就充满着诡秘神奇而又不可思议，在有神论者眼里，百姓们是个没有信仰临时抱佛脚的实用主义者，甚至根本就谈不上信仰，许多地方是儒道释并列受到膜拜供奉，从天上的玉皇大帝到人间的帝王将相名流清官，乃至各村各寨各个山头的神灵鬼怪都是崇拜对象，显得杂乱无章，甚至有些混乱不堪，荒唐滑稽。所谓龙多了不治水，最后还是人说了算。在无神论者眼里，他们更显得荒诞不经，表面上说是不信鬼神，从来不相信神仙皇帝，可凡事总爱找个偶像，问卦占卜一番。于是子虚乌有的黄飞虎被封为东岳泰山天齐仁圣大帝，执掌幽冥地府一十八重地狱，败走麦城的关老爷成了生意人心中的神，多子善生的青蛙成了女娲神，分明是男儿身的观音也成了送子保平安的大神，既善解人意而又面容娇俏、婀娜多姿。

岷州城南的二郎山，就是这样一个众神汇聚的人间道场。更是一个带有浓厚的实用主义色彩精神统治场所。二郎山最热闹的时候，要数每年的农历五月十七，这一天，人们会抬着他们信奉的十八路湫神的塑像出游，也有人还会把自己崇拜的文曲星、花娘娘、张三爷、二郎神、关老爷等等心中的神仙的木头雕像请出来，汇集到熙熙攘攘的人流中，共同进行全民狂欢。二郎山的花儿会，属于更加古老的湫神祭祀活动的一部分，相传来自古羌人的"五月会"。

也有人考证说，大宋年间，岷州一带的羌人占山为王，人称鬼章王。鬼章王时常出没烧杀抢夺，使这一带的各族人民不能安居乐业，朝廷就派大将种谊破鬼章，鬼章抵挡不过，就死守自己的巢穴铁城不出，种谊多次派兵进攻伤亡很大。后来，鬼章王以"悬羊击鼓，饿马摇铃"的战术迷惑宋军，然后暗修地道逃出城。种谊发现后，猛追猛打，终于活捉了鬼章王。于是人们就在农历五月十七集会庆祝，祈求风调雨顺，年年五谷丰登。青年男女则借唱花儿抒发情怀，追求心中的爱人。用花儿歌颂心中的喜悦，同时排泄心中的郁闷和生活的悲苦。

岷州花儿属南路花儿，与北路的莲花山花儿同种但不同类，它曲调高亢嘹亮又粗犷，带有明显的羌藏等少数民族风格。每到这个时节，禾苗青青，天空碧蓝如洗，山丹丹花儿开得红艳艳，田野里、山坳中、江河畔，勤劳的人们在锄田拔草之际，心中的花儿就汩汩流淌出来，盛开在广袤无尽的原野之上。劳动的间隙，那些歌唱能手站在山风之中，一曲高亢嘹亮的"啊欧怜儿"就撒向满山满坡，回荡在沟沟梁梁之间，整个山川为之动容。

正会的当天，四里八乡的人都会拥向城里，先是城里人山人海，接着各股人流一起奔向山上，不一会儿，黑压压的人群打着花花绿绿的伞爬满了整个山冈，一声声"啊欧怜儿"此起彼伏。这歌声有唱甜美爱情的、有歌颂劳动和幸福生活的、也有吐露怨气和心中不平的，更多的是人们向神灵许偌未了的心愿，求神灵保佑实现自己的梦想。有首花儿唱得好：

"五月十七二郎山，娃们甭引（带孩子的意思）门甭管，油缸倒了也不管，心宽宽儿的浪（逛）三天"。那一声突兀的"怜儿"声从一个山头传到另一个山头，如果对面唱家听见，便有一声长长的回应，伴随着徐徐吹来的凉风，人们内心深处的蕴藏的激情刹那间得到绽放，禁锢的情思恣意的挥散。那一声声的"怜儿"无疑就是歌者心中的早已有的心上恋人。

这是一个难得的艳阳天。一大早，姜春生就被好朋友，县文化馆的小尹叫出家门，他们上到半山间就再也挤不上去了，山上已堆满了人，只好找个落脚的地方停住。小尹的爷爷就是岷州有名的尹进士，看他年纪轻轻就对岷州花儿挺有研究的，姜春生揶揄道：

"我以为进士的后人只精通四书五经八股论文，没想到你对乡野俚曲也这么捻熟，你这家伙酸梨大的多囊（岷州土语，脑袋的意思）咋就装得下这么多的东西哩！"

小尹笑眯眯地说："我爷爷常说处处留心皆学问，只要虚心学习，日积月累，没有记不住的东西。当年他考中进士参加皇上的御宴，他和江南来的才子们坐一桌，大大的圆桌上，每个人面前摆着一副碗筷和一个圆形白瓷的饼状器皿，爷爷从没见过这物件，不知道是做啥用的，怕闹出笑话，就静静地观察动向。他思谋着江南人杰地灵，英才辈出，不像岷州穷乡僻壤，世世代代就没出过一个进士状元，人家的后人一定是见广识多。等到宦官说开始用餐，他发现同桌的南方人拿起象牙筷子，轻轻地在碗跟前的白瓷圆饼上蹭了蹭，才开始夹桌上的菜，而且是每次夹菜前都要在圆饼上把筷子蹭一下。

于是爷爷也照着人家样子做，席间闲谈时爷爷不失时机地感叹：此物为何都是圆形的？身旁的南方人洋洋得意，摇头晃脑地说：齐柱石何论方圆，进了皇宫不讲礼数成何体统。只有新科进士状元才有资格参加皇帝的御宴，这叫皇恩浩荡。象牙筷子的寓意是擎天柱，它和齐柱石一起，预示着我们都是国家的栋梁，当齐心协力，竭尽全力报效朝廷，天地方圆，江山一统永固嘛。

"爷爷记住了那圆瓷饼叫齐柱石。后来爷爷回到家里一直候补县令，岷州知县是花钱买的。一次在乡绅宴会上，他取笑我爷爷的朝靴破旧了，爷爷自然看不起这种不学无术的酒囊饭袋，可又不能公然得罪人家，就不卑不亢地说：我这靴子旧是旧了，可底子厚着呢。他就这样一语双关的嘲讽了无耻的知县，弄得他干气没奈何。"

就在这时，不远的山坡上飘来一声清脆的"啊欧怜儿"，仿佛从遥远无际的天边传来一般，人群中立刻爆发出雷鸣般的掌声，有人激动不已的尖叫着，呐喊着，人头攒动着，山似乎也在颤动着。

小尹激动地说："这是白牡丹，绝了！"

顺着他瞅的方向，他看见那嘹亮的声音就是在那一朵红油纸伞下发出来，只可惜看不见人，他趴在小尹的背上极目望去，突然看见在红油伞旁边站着一个身材苗条的姑娘，睁着一对毛野野的大眼睛正羞答答的四处偷偷地张望着，他的心头猛地一热，浑身感到阵阵的燥热。


开开园门搬西瓜，

西瓜地里绿蚂蚱，

先前把怜儿没落下，

一来怪了我个家，

二来怪了我的阿妈，

过了再不说后悔话。


小尹晃动着瘦小的身子说："这是多句散花儿，表现男女爱情最为精彩，用地道的岷州方言才能唱出那如痴如醉的爱的韵味来。"

姜春生正看得出神，随口应了一声，眼睛却痴痴地盯着正前方。这时从另一个黄伞下传出一声高亢雄宏的男高音：

> 把怜儿比如阴山林里红樱桃，
> 把我比如阳坡山上的鞣革条，
> 革条缠住红樱桃，
> 缠去容易绽时难，
> 把你要缠十八年。

"听听，这是花儿王闵有录在对唱，太贴切了！"

小尹说着激动地用胳膊猛捣一下姜春生的胸，戳的姜春生胸口隐隐作痛，他才收住了野性的目光。这时女声再次响起，

> 黑云里闪出月亮了，
> 来到怜儿家门上了，
> 心里的花儿该唱了，
> 像大海翻开波浪了。

歌王也不示弱，唱道：

> 尕壶壶儿里提红酒，
> 想你一步一跟头，
> 就像阎王把魂钩，
> 阎王钩魂还好呢，
> 心上好像刀割呢。

人群里再次爆发出疯狂的叫好声，小尹情不自禁地用双手连拍几下姜春生的肩膀，只打得姜春生双肩生疼。他全然没有看见好友在身边咧着嘴。只顾自己高兴，仍旧一个劲地催问：

"唱得好吗？"

姜春生抬眼望去，正好和刚才那位窈窕淑女般的姑娘回眸的柔美眼神相遇，姑娘的脸蛋上顿时红霞飞舞，羞涩的低下了头。那是从一双明媚纯情的眼睛里面，放射出的明快动人的眼神，虽然只是含羞的一瞥，刹那间就把姜春生的心给深深的钩住了。

姜春生忘情地拉住小尹的手说："看，那个姑娘多俊。"

小尹好奇地问："哪里？"姜春生说："就在白牡丹的伞跟前，鸭蛋脸，白白的，长着一对丹凤眼，大大的，像只美丽的丹顶鹤。"

小尹笑了："她是白牡丹的亲表妹，陈家庄的一枝花，叫陈月华，也是个文艺爱好者。咋样？看上了，不过她可是农村户口。"

姜春生不好意思地说："只要人心好，对我父母好就成。"

小尹有些不以为然地说："爱是相互的，不要总强调结婚以后人家女方一定要孝顺你的父母。子曰'己所不欲，勿施于人'，只要你做到了，就不怕别人做不到。"

说着他拍拍自己的小胸脯引吭高歌："花儿就像一条红线线，能使有情人团团圆，杨宗保恋上穆桂英，好事全包在老尹身上。"

姜春生脸一红，迅速用手捂小尹的嘴，两人勾肩搭背，笑嘻嘻地钻进人海深处。

# 第九章

场里大麻东倒西
受了苦的毛主席
爬雪山来过草地
你为穷人办好事
　　　　——岷州花儿

　　救济粮终于运来了，除了少量的玉米、荞面外，大都是长着绿毛红胡子的变质红薯干，尽管难吃，但是很快就分发完了。姜春生的衣兜里也揣着薯干。饿得不行了，他就咬两口，这时他不由地思念起糕糕馍。那酸酸的味道不再令人厌恶，他多么奢望着能美美地吃一个大大的糕糕馍。正在想入非非时，一个人影一闪进入房里，姜春生抬头一看，是一个穿着破黑棉袄的社员。他战战兢兢地说：

　　"主任爸爸，求求你们给我开一张去北京的介绍信吧！"

　　公社刘书记冲了过来对姜春生说："别管他，在农村社员们见了不认识的干部都叫主任。"

　　说完他拦住那个农民，黑着脸高声呵斥："你这大脑不亮晶（意思是脑子有毛病）的又胡搅蛮缠来了，还不滚出去！"

　　那人畏缩在门旮旯处赖着不走，刘书记对姜春生说："这家伙皮脸式比城墙还厚，硬说他救过总理，要到北京找总理，总理是能随便见的？"

　　老农不很服气，执拗着说："长征时候红军到我们这里，我们家住过姓周的红军大官，他伤好了走时说将来有难处就找他，眼下乡亲们过得这么苦，我就要找他去！"

姜春生记起来了，这位老农叫周长才，就苦口婆心地劝刘书记高抬贵手行行善，并一再保证一旦上级追究下来责任由自己一人承担，绝不连累别人。刘书记家在农村，对失去亲人的痛苦感受并不比别人差，他只是怕担这个责任。眼下有姜春生这个愣头青往前冲，他心里感到不再孤独，而且即便是要剐要杀黄泉路上也有个做伴的，这正是他求之不得事。刚才他只不过采取欲擒故纵来激将县里派的这个年轻干部，所以在姜春生面前，他尽力装出害怕为难的样子，最后在半推半就的情况下同意给农民周长才开外出介绍信。

周长才走后的第三天，姜春生翻开老一辈写的回忆录，越看心情变得越紧张，他真怕闯下大乱子，可事已至此，也只好听天由命了。为了努力克服心里的忐忑不安，他更加严格要求自己，更加勤奋的开展工作。

这天吃完晚饭，刘书记悄悄问姜春生："你知道那周长才是咋变成二瓜子的吗？"

姜春生摇摇头，他深有感慨地说："这老人说来也是个命苦人，1935年红军来时，他的唯一的儿子跟红军走后再没有音信。第二年又来了一批红军，临走的时候把一个小红军娃留在他的家里养伤。他们老两口身体不好，红军娃全靠他女儿照顾，大男大女的，日久天长自然产生了感情，后来他干脆把红军娃认成了女婿，一家子的小日子也算过得还不错。可谁想鲁大昌搞善后、办清乡，大肆抓捕流落失散在岷州的红军，他让自己的挂格子（岷州方言，血缘关系不太亲的意思）娃阿舅给告发了。他被抓到城里死活不承认，原以为让女婿装成哑巴就可以骗过鲁大昌的还乡团。谁知他回到家里，就发现女婿被人捅死在了院子里！"

姜春生听到这里，觉得有股恶气顶在心里难受，愤慨地说："世上也有这种禽兽不如的阿舅！"

刘书记接着说："其实他娃阿舅也有自己的难处，他是国民党乡邮电所的职员，红军一来，他被吓的早早跑回了老家，他怕鲁大昌治自己擅离职守的罪。当年被红军从邮电所拿走的那些报纸，对当时的红军真是起到了意想不到的作用，后来许多人在回忆录中都提到过那些国民党报纸的作用。说真的鲁大昌或者蒋介石当时真要知道，正是这些报纸对红军最终把落脚点选在陕北发挥了至关重要的作用的话，他娃阿舅就是有十条命都完了。他娃阿舅心里有鬼，怕有个红军外甥女婿受连累，自然要告发他。不过他娃阿舅也没得到好报，1949年后又被别人揭发了，后来被以历史反革命罪判了二十年有期徒刑，最终病死在了狱中。世事难料，这真是害人如害己啊！"

一个月后，去北京的周长才回来了。他高兴地告诉姜春生，他怀揣着公社介绍信去了北京，国务院负责信访的工作人员接待了他，并把他的要求转告给了总理。总理得知此事后，一面吩咐工作人员给他安排好吃住，一面叮嘱有关部门开展认真细致的调查工作。

原来当年在他家住过的那位姓周的红军，当时是贺龙的警卫员。他是在第二年跟红二方面军长征时住在周长才家的，新中国成立后成了一名将军。红军走后，鲁大昌为了消除红军的影响，强行命令废除原有的地名，把这个有着千年历史的古镇改名为白龙。

尽管是老农记忆上的错误，可是总理从自己的工资中取出一部分，派人送给周长才，指示有关部门给岷州这样的缺粮县调去大量的救济粮。

在人民公社当工作组组长的姜春生，经熟人介绍认识了陈月华一家人，一来二往，两个年轻人就很快陷入了热恋之中。不知不觉一年就过去了。这天，姜春生把结婚的想法告诉了父母亲，双亲初听感到狠惊喜，接着又觉得有说不出的伤感和惆怅塞满胸间，一惊一喜之后，愁云就很快爬满了他们的饱经沧桑的脸庞。一向要强的母亲竟然窸窸窣窣地哭起来，让幸福冲昏了头的姜春生，全然没有察觉大人的情绪变化，更无法知晓他们的内心感受，以为母亲是喜极而泣。姜春生高兴得长方脸上绽放出了一朵花，脸颊上一下子露出了许多平常不大看得出的皱纹。他努力合拢嘴唇，故作深沉地说：

"男大当婚人之常情，看把你高兴得像吃了蜂蜜一样。"

他母亲仍在默默流泪，一旁的父亲瞻前顾后地想着，因为吸食大烟而觉得自惭形秽，显得懦弱胆怯。他也恨自己没有决心戒掉大烟，让一家人跟着吃糠咽菜、受苦遭罪。他的良心严厉地谴责着他，末了又老调重弹，悲哀地说了一通无用的大实话：

"瓜娃子，你妈不是高兴的哭了，是愁没那么多钱为你娶媳妇啊！"

父亲的一句话无疑给神情亢奋的姜春生当头一声棒喝，他禁不住打了个寒战，身子不由自主地晃动了一下。

须发斑白的父亲愁绪满怀地说："说起来岷州是个多民族杂居的地方，婚丧嫁娶没有咱们老家陕西那么多的繁文缛节，但要娶个媳妇也不容易。如今虽然信奉新社会的号召，自由恋爱，新事新办，可老祖宗留下的'父母之命，媒妁之言'还是不能少的。先得找个现成媒人去和人家女方家商量，单送个小酒咱们穷人家就折腾不起。小酒得提上四色礼，四斤洋糖、四斤茶叶，四斤糕点，四斤好酒。小酒送过后，表明双方大人们同意你们可以大大方方的来往了。咱们这样的人家，四色礼是一笔不小的开支。送完小酒就要送落话酒，还是四色礼，不同的是礼品的档次要比第一次高些，送过落话酒就说明双方正式承认了这门亲事，接着就要送大酒。送大酒就是要商量结婚的日子，怎么体体面面的办婚事。送大酒不但包括上好的四色礼，还要给新媳妇以及女方的父母和女方的姊妹兄弟按人头扯一身街面上流行的布料。大户人家自然少不了绫罗绸缎和金银首饰，讲究的人家还要讨要离娘钱、针线钱、姊妹钱、奶子钱，结婚那天还要给你未来的娃阿舅们给一笔可观的赎箱钱。"

"这干脆就是在买卖人口，像啥结婚嘛！"

姜春生越听越气大，冲着父亲发起无明火。他父亲并不介意，勾着头只管说着："就说订婚那天吧，你的阿舅爸爸（叔叔）姨夫得请上，社会上的体面人，同族的长者也得请上，时下流行请单位的领导，这样三算两算就是十一二个人。订婚宴咱们这面去了几个人，人家娘家到时候参加婚宴就来几桌人吃吃喝喝，那还是一笔不小的花销。"

姜春生听到这里，实在憋不住了，生气地说道："这不明摆着吃大户嘛，简直就是死皮赖脸的白吃白喝！"

姜春生的母亲早已听得心烦意乱，可又不知朝谁撒气，一转脸冲着自己的老汉骂道：

"好了，就你老怂知道得多，一张烂嘴，叭叭地拌个不停，要不是你吃大烟，一家子能跟着你受穷！"

看老伴横眉倒竖，姜春生的父亲忙收住话头。夹在他们中间的姜春生的心早凉了大半截，他厌烦了父母之间一说起钱的事就无休无止的相互的攻击和毫无原则的争吵，起身走出了家门。

县委书记牛润在领导全县农村开展生产自救的同时，也要求各单位也要兴办农场，改善干部职工的生活。

金色秋天在人热切的盼望中来了，地里的洋芋被刨出时，许多人激动地扑上去，双手紧紧地捂住黄澄澄的洋芋，禁不住热泪流淌，放声大哭起来。有人把脸紧紧地贴在带着泥土的洋芋上久久不愿放下。县委机关的农场也丰收了，每个人分了一百斤小麦，五百斤洋芋，人人脸上都堆满了久违的笑容。县委常委会结束时，办公室主任谨慎地询问，机关的农场还余下三千元钱，看怎么处理？有人提议上缴县财政，大多数人没有表态。有人低着头沉默无语，有人时不时瞅瞅牛润圆融白皙的脸，似乎想从他的脸上找出最佳的答案。

副县长李友富低声说："咱们这县长常委的家境大都不太好，娃娃多，日子过得紧，看能不能再给困难家庭多分一些。"

话音一落，会议室立刻热闹开了。说了一大阵，谁也没提出一个让大家都接受的方案，最后河南口音的牛润开口说：

"李县说的有道理，常委县长们都不容易。刘县长大冬天还没有一件像样的大衣，前年'引洮水利'工程下马后，退下来一批物资，我让他拣了一件大衣穿上，也不知谁把这点鸡毛蒜皮的事捅到了上面，我不得不让刘县长在大会上脱下大衣，太伤人心了。"

他停了停，看见对面的刘县长有些不自在地挪了挪干瘪的身子，忙调转话头，继续说："赵县长家也很困难，老婆又是个病坛子，娃娃多，五儿子去年就是营养不良没了的。"

说到这里他觉得嗓子眼象有啥东西堵住似的难受，鼻尖一酸，哽咽住了。会议室突然变得非常安静，只有墙角的热水壶"嘶、嘶"的冒气声在空中回响着，领导们都陷入深深的思考之中。

过了很长一段时间，牛润接着说："人是铁饭是钢，一顿不吃饿得慌。说一千道一万，吃饱穿暖是头等大事，我们是一起共事的革命同志，阶级弟兄，我们心里要时刻装着普天下的劳苦大众，但我们也不能眼睁睁地看着我们的兄弟家人受苦坐视不管，天底下没有只许马儿跑得欢，不许马儿吃草的道理。我看让办公室核算一下，在平均分配实物的基础上，再给每位县级干部多发点福利，三百元，大家看如何？"

会场又沉默了，眼看天色已晚，作为县委书记的牛润最后斩钉截铁地说：

"没人反对就算全票通过，下来大家就去财务上领福利，散会。"

报纸上长篇累牍地批判"阶级斗争熄灭论"，生性好动的县委报道组长姜继高显得异常兴奋，进进出出于每个办公室，像只猎犬敏捷地搜索着自己认为的每个可疑的角落，不愿放过蛛丝马迹。功夫不负有心人，他从多嘴的牛书记的老婆那里，得到了一个惊人的消息。他努力控制住自己，按捺住激动的心情，连夜给省委写了一份揭发材料。材料是写完了，可那一夜也是姜继高最难熬的一个晚上。牛洼书记和蔼可亲的面容总是在眼前晃动，几次刚刚入睡又很快就被牛书记愤怒地骂声惊醒，一整夜他躺在床上辗转反侧无法入眠。他自己也不知道多少次咒骂自己不是人，是忘恩负义的贼，卖主求荣的小人，痛苦时他狠狠地扇了自己一个耳光。可转眼一想，像自己这样出身卑微的人，何时才能混出个头，又怎样才能得到领导重视，这又是眼前最现实的问题。这些年牛书记尽管待自己像亲生父亲一样，可一提到提拔这个关键问题，他老是以怀疑的眼光看问题，以还需要锻炼为理由，把自己一次次提拔的机会给耽搁了。为此姜继高内心深处没少埋怨，尽管他表面上没有显山露水，可心里总窝着一股难以宣泄的无名火。他想自己是党的培养的干部又不是私人家丁，怎么就是背信弃义，不忠不孝呢。

这么想着，对牛书记以往的怨气立刻转化成了怨恨，由怨恨又迅速上升成了切肤之痛。此时此刻一种崇高的使命感和责任感又突然袭上心头，为了革命的事业就应该摒弃儿女情长，敢于上刀山下火海，虽有万死而不辞。于是他立马觉得自己是一个顶天立地的英雄，一个敢于直面与邪恶势力做斗争的壮士，为数十万岷州人民争取光明的普罗米修斯。他暗暗的鼓励自己，为了革命的事业，就不得不割舍个人的自私自利的小资产阶级的情感，千万不能为个人的小恩小惠而忽视的大义，只有这样才能干出气贯长虹的千秋大业来。

这么想着他越觉得自己是个大义灭亲的大义士，大丈夫，大男人，一个无愧于时代的英雄豪杰。不过这一夜着实让姜继高难熬，莎士比亚笔下的哈姆雷特说过的那句名言："生存还是毁灭"反反复复在他的耳旁回响，慢慢的长夜几乎要让他疯狂和崩溃。终于迎来了黎明的曙光，仰望着初升的朝阳，姜继高战胜了内心的怯弱和犹豫，丢弃了诚恐诚惶，鼓足勇气，义无反顾地向邮局走去。

省城的五月正是桃红柳绿，莺歌燕舞的季节。作为县委书记的牛润被大好形势深深感染了，他满怀豪情地来到省城参加党代会，在金城饭店报完到后，就直接向黄河边奔去，面对黄河边上旖旎的田园风光，他彻底陶醉了。省城南北两山的草木已染上了鹅黄绿，青凌凌的黄河水由西向东穿城而过，河面宽阔，河水荡漾。河南岸那个叫雁滩的地方，一望无际的桃花全开了，似天边霞，云中燃烧的火，比起在延安的小桃园，真有天壤之别。近处嗡嗡的蜜蜂辛勤忙碌，彩蝶相伴相随。牛润痴迷地看着在花丛里匆匆忙忙的蜜蜂，只见它们一会儿在这朵花上停停，在那朵花蕊中嗅嗅，不辞劳苦的采集着花蜜，没有显现出丝毫的疲惫和倦怠的神情。

他在心里默默吟诵起古代诗人的绝句："采得百花成蜜后，为谁辛苦为谁忙？"而就在这时，不远处欢快的燕子在波浪翻滚的河面上展翅滑翔，或在半空中相互啾鸣，或在追逐着比翼齐飞，或在林梢差池掠过，转而飞向高空。暖暖的微风把阵阵花香吹进鼻孔，也把丝丝香甜送到了牛润的心间，让他如痴如醉，禁不住暗暗问自己，既使桃花源里的美景也不过如此吧。他想白居易诗里说的大林寺里的桃花，既使再美艳和馥香应该比不上眼前这片鲜活明亮、绵延数十里的桃花。

由此他又忽然想起了大同世界，这是千百年来多少人的向往和追求的远大理想。当第一次读到王小坡在起义军面前喊出说"均贫富"时，他的内心真是无比的激动。一个耕者有其田，人人有饭吃、人人有衣穿，没有剥削和压迫的社会该是多么美好的世界啊。然而这些年的做法使他陷入了深深的矛盾之中，痛苦的现实一次次教育和提醒着他，使他渐渐认识到，过度的拔高生产关系，并不一定能够促进生产力的发展，相反还会破坏生产力。这就是这些年表面上看，人人都绝对平等的占有了生产资料和生活资料，可是人们的积极性却大大地受到了挫伤，农村出现了出工不出力的怪现象。幸亏及时发现了问题，调整了相关政策，农村经济才又重新焕发出巨大的活力。

第一次参加省党代会，牛润心情心的格外的激动，走进了宽大明亮的会场，他还不敢相信自己这个曾经流浪街头的穷学生真的走进这个庄严神圣的会场，这一切就像梦一样，可又是那样的真实。他刚坐在柔软舒适的椅子上，就有两个身材高大的年轻人，神情严肃地朝他走过来。其中的一个轻声告诉他，说他们是省委的干部，想找他了解一些情况。牛润吃了一惊，心"咚咚"地直跳，不知所措地跟着两人离开了会场。

回到饭店后，那两人脸色立刻变了。其中的那个高个子，冷若冰霜的说：

"牛润，根据群众的检举揭发，经省委研究，决定即日起对你进行隔离审查，你不必参加党代会，要认真交代自己的所有问题。"

牛润一下感到自己仿佛掉进了无底的深渊，直觉得浑身冰凉，两腿发麻，双眼发黑，脑海一片空白，他就像即将被枪决的死囚犯一样，早已被吓得魂飞魄散。牛润呆若木鸡的枯坐着，一言不发。

"牛润，你听清楚了吗？"这声提问犹如炸雷，把牛润惊醒了。他困惑的说："我犯啥错了？"

"你要老实对待组织对你的关心，最好把你私分县委机关农场的公款的问题讲清楚，不要抱有任何幻想，只有老实交代。"

"那是，那是常委会上，集体决定的。"

"不要狡辩了，你要深刻检查自己的罪行，争取宽大处理，我们党的政策你不是不清楚吧？"

说着"啪"的一声，那人把一叠稿纸扔到牛润眼前的茶几上，命令道："你要认真写交代材料，晚上我们来拿。记住，不能随便出门。"说完两人走了。

牛润万万没想到，一念之差竟成了千古罪人，他不敢想象自己也将被批斗。前几年张子善、刘青山被绑赴刑场的画面老是在眼前出现，他的肠子都要悔青了，恨自己贪图一时的享受，犯下这样一个低级而又不可饶恕的错误，白白葬送了一世的清白，真是聪明一世糊涂一时。在延安的时候，那么困难，几乎天天吃的是黑豆面，谁也没叫一声苦，几十个人住在一孔土窑洞里，夏天空气难闻，冬天里半夜常常被冻醒，也都熬过来了。院子里的一块长石条，即是书桌又是饭桌，过的照样畅快，人这东西就是个贱痞子，越是被糟践，越是受虐待，生命力越旺盛，越是日子好了却活的越是不自在。

他忽地想起了自己的第一个上级肖玉壁，一个跟随红军长征过来的身经百战，战功赫赫，身上留有90多处伤痕的老红军。1940年，正是陕甘宁边区经济最困难的年头。一天，中央首长去中央医院看望住院治疗的干部战士。当他看到老战士肖玉壁病得皮包骨时，心情很沉重，便问医生："我们的这位老战友患的是什么病啊？"

医生马上回答："肖玉壁的病，从外表看是百病缠身，其实非常好治，只要给他吃一个月饱饭就行了。"

中央首长当场决定给肖玉壁每天半斤牛奶。那场景把当时在场的许多人感动哭了。这样，由于营养得到及时补给，在医生精心的关照下，肖玉壁很快恢复了健康。肖玉壁出院以后，组织上考虑到他的身体状况安排他到清涧县张家畔税务所当主任。肖玉壁却利用职权之便，贪污受贿，还把根据地奇缺的粮油卖给国民党部队。案发后，边区政府依法判处肖玉壁死刑。

想到这些，他哭了，那是无声的呜咽。也不知哭了多长时间，他觉得身心憔悴，疲惫不堪。于是，铺开纸给妻子写了一份诀别信。

红霞吾妻：

当你看到此信时，已是为夫与你和爱子永别了。

原谅我，我实在没办法，我真不能接受这残酷的现实。我知道我忘记了按党员标准严格要求自己，忘记了共产党人"先天下之忧而忧，后天下之乐而乐"的神圣职责。贪图享受，给自己和家人脸上抹了黑，玷污了党组织的形象。我真不明白，为什么没人早早出来制止我的错误，却暗底里告状，让我连改正错误的机会也没有。你一定会怨恨我为什么这么狠心。我伤心地要告诉你，一个人苟活于世，如果声名狼藉，走在路上身后被人戳脊梁骨，活着还不如一条赖皮狗，哪还有啥意思？我知道一个县委书记因为私分公款是多么的臭名昭著。可以想见，我死了以后，你和儿子的处境是何等的艰难，你们会被从县委大院赶出来，流落街头。你没有工作，生活没有着落，儿子会受到别人的欺辱，一想到这些我就心如刀绞。河南老家还有叔伯，庄子说要齐生死。你不要管我尸骨漂流何处，人死了就是一个臭皮囊，管它是狼吃还是狗啃，横竖一个样，你照顾好自己，有可能就改嫁吧，这样我死也可以瞑目了。

你要对咱们的儿子讲，不要埋怨任何人，我的死与任何人无关，更不要对组织心生怨气。将来不管儿子有没有出息，记住一条清清楚楚做人，明明白白做事，做个平头百姓最妥，守着一亩三分地和老婆孩子热炕头。

出门时，咱家门前的红牡丹正羞涩地打着骨朵，估计现在已开放了。一想到你独自一个待在花前，泪眼问花花不语的情形，我恨不能狠狠地抽打自己，立刻变驴变马来赎我的罪过，是我害了你和儿子啊！世上有卖后悔药的话，我一定要做个老实本分的庄稼汉。可世事难料，不是时事所逼，谁愿意舞枪抢棒，奔赴沙场，远走他乡，误入官场呢。回头，人生回一次头咋就那么难？

回头，默默回头，回头就看一眼！看到的是浓浓的不舍与留恋！

你只有流泪，流泪！我想为你抹去泪花从此无缘。我想劝你不要伤心，更不忍心看你哭泣。你的泪会勾起我阵阵心痛与不忍，我心中装的是无奈！想我也只能向前走去，才有可能摆脱不幸和耻辱，我的天空是灰暗的，只有期待来生的万里晴空，带上我们梦想的翅膀在蓝天白云之下翱翔！

路漫漫且长远，走过的山不说话，路过的水也无语，没想到竟有这么一天，我终于走到了天尽头！欲哭无泪，欲言无处！泪眼里我依稀看到了你挽起秀发独坐梳妆台。我真想回到你的身边，听你轻声地问画眉的深浅。

莫、莫、莫，错、错、错！唉，我的梦破灭了！与君相逢日，惹来潸然泪下，离别的影子依旧，消失的是你的红颜，我不想说也说不出什么，只怕那冰冷的眼泪抛给伤心欲绝的你。我明白了，我知道了，我相信你，我了解你！我们彼此的眼神从来没离开过，风雨我们一起走过，只在乎天地间的你我！他日与君共枕时，却是来生来世。

回首往事，你我结为夫妻，一晃就十八年了，"十八年来堕世间"，人生有悲欢离合，此事古难全。一想到这些，就觉得肝肠寸断！此时此刻，只有忍受最遥远的距离与无法再重逢之日的痛苦！回首灯火阑珊处，看到的是那不尽的相思之恨，可惜！可怜啊！孤坟冈、断肠处，相对无言，唯有泪千行！我无脸苟活于世，咱们的故乡在黄河边，月是故乡明，我要到黄河里去向马克思报到了。

别了，如果有来世，就来世再见吧！

### 浣溪沙·恨别离

一夜寒霜落岷州，牡丹凋谢过五更，落花无情随风去。

故园何处话凄凉，相对唯有泪千行，断肠声里雨霖铃。

夫绝笔

省委的文件下来了，牛润被定为"反党分子"，自绝与人民，死有余辜。县里的几名常委和副县长被通报批评，大大出乎许多人意料的是省上任命原县委副书记岳阳担任了县委书记。

# 第十章

月亮出来点灯哩
听见我怜儿喘声呢
傻在黑云眼里呢
黑云眼里白云彩
天底下爱下你一个
尔像牡丹耍头牌
——岷州花儿

1962 年的春天，是姜春生的春天 。在春光明媚的时节里他即将结婚了，而且被任命为官鹅羌族藏族人民公社的党委书记。古人说三十而立，因为家境贫寒，尽管人长得一表人才。可许多女孩子的大人们一提起姜春生的家就摇头，谁也不愿意把女儿嫁给一个穷得叮当响的胶皮户的儿子，守一辈子穷。

十里公社陈家庄生产大队的陈梓西，第一次见面，就认准了姜春生。他硬是不顾老婆和亲戚们的反对，一将山羊胡，明亮的小眼睛一瞪，掷地有声地当众宣布要把小女儿月华嫁给充满朝气的姜春生。亲戚们都知道他的牛脾气，看他那毅然决然的姿态，谁也没再反对。

春光灿烂的一天，姜春生一行八人在媒人的带领下来到了陈月华的家吃订婚的酒席。这是一座典型的西北农家小院，正屋三间大瓦房坐北朝南，左右两边的厢房比正房略低一些，正房后边是一间小茅房，旁边是猪圈和牛棚。因为要办喜事，院里早已被打扫地干干净净，乌黑油亮的大门被擦式的明光锃亮，大门口通向堂屋小径上的一颗颗石头，也被洗的亮光光的，两边牡丹和芍药开得十分灿烂，散发着让人陶醉的缕缕幽香。穿戴整齐的陈月华的父亲站在大门口，热情地把客人们迎进堂屋。根据媒人的介绍，陈梓西把副县长刘庚源、姜春生的父亲和他的几个叔叔阿舅，让到新铺了羊毛毡的热炕上，炕沿边上依次坐着陈月华的叔叔阿舅。双方十六个人坐定后，红光满面的陈梓西让媒人郑重地再一次介绍了一遍男方来的客人的身份，而后又一次给客人们引见了在座的自己家的亲戚。这一切程序完结后，他示意媒人坐下，神采飞扬地抚摸着自己的羊羔胡子，开门见山地说：

"这几年闹饥荒，我们活下来的就都是命大人。我们就不再讲究那么多的礼数和规矩了，娃娃们愿意，我也看好未来的女婿，只要娃们将来日子过得好，财礼的多少都不重要，你看哩，县太爷。"

一席话说得众人十分兴奋，刘庚源高兴地说："陈爷，看来你没有落伍啊。现在新社会了，讲究的就是男女平等，可不能再搞封建的包办婚姻和买卖婚姻，那就把日子定下来吧，早结婚早抱孙子嘛！"

陈梓西热情地斟满一碗黄酒端给刘庚源，然后给自己也满上，笑逐颜开地说："刘县长也是个爽快人，有你老人家给年轻人做主，我就放一百个心，只要娃娃们幸福比啥都好，来，我敬你一碗！"

刘庚源坐端身子，用深邃的目光看了众人一眼后豪爽地说：

"来的都是客，大家都满上酒，一起共举好不好。"众人纷纷叫好，端起炕桌上的小碗，在刘庚源的带动下齐刷刷的喝下了第一碗酒。在中国就是这样，无酒不成席。酒一旦喝下去，人与人之间的距离顷刻之间就拉近了许多，酒仿佛是粘合剂，瞬间能使不相知的人快速粘在一起，又像是速化剂能在最短的时间里消除人们彼此间的陌生感，更像是润滑油，能够很好的冰释人们之间的误会和隔阂。

一碗酒下肚后，语言的闸门就被打开了，先前还由于陌生而显得拘谨的人们很快就有说有笑，俨然似亲如一家的亲戚。酒过三巡后，陈梓西涨红着脸向刘庚源问好，伸出热亲的双手握住刘庚源的大手，乐呵呵地说：

"今天是个好日子，刘县，我敬你几拳，划拳拳好不好？"刘庚源握着对方的手，一时搞不清楚，愣愣地望着姜春生。

姜春生忙说："抟拳是流行在岷州一带的一种喝酒猜拳的酒令，"说着他转脸朝老岳丈说：

"姨夫（在岷州女婿对丈人的称谓），刘县长不会划抟拳，你跟我二爸划，我给刘县长慢慢解释。"

于是，隔着炕桌相对而坐的两位老人划起了抟拳，其他人也停止了喧哗，把注意力放在他们抑扬顿挫的叫喊声上。

姜春生低声对刘庚源说："抟拳相传是清代宫廷内部的酒令，雍正年间一位叫赫赫的道台把抟拳带到岷州。划拳时双方先抱拳行礼，伸出大拇指恭敬的指向对方，以'高升'起令，呼出特定的令语，同时作出规定的手势，要连续出指对呼，一旦猜中，便一气呵成。比如刚才我丈人叫的是'贝子一个双杯请酒'语气不能停顿，声音要洪亮，同时要伸出大姆指，做个标准的动作。对方如果抱拳或呼其他令语就算输，就得罚酒两杯。划抟拳一般先划四个抟拳，另外再叫六个大拳，也就通常划得数字拳，这就是人们常说所谓的'抟四叫六'。抟拳特定的手势和叫法共有十九种，抱拳就可以叫，内侍、贝子、半边月亮、四红四喜四种；出大母指可以叫，贝子一个、双眼花翎、黄马褂子、顶戴大红四种；出大姆指和食指可以叫，半边月亮、黄马褂子、团团月亮、二五七子四种；出四个指头可以叫，四红四喜、双红双喜、大红顶戴、九门提督四种；出五个指头可以叫，外侍、五二七子、九门提督三种。"

刘庚源越听越糊涂，催着说："喝酒就喝酒，不管他张四友，扯啥封建社会官场上的狗屁的顶戴花翎？"

姜春生笑着说："这正是抟拳的魅力所在，内侍外侍就是皇家的侍卫，九门提督相当于现在的北京卫戍区司令，黄马褂子、大红顶戴、双眼花翎正是清朝官员的服饰，划拳的人每次叫喊要做到字正腔圆、手势到位，稍有不慎就会输拳遭到处罚。"

正说着，只听陈梓西叫道："亲家，你错了，得喝窝子酒。"

姜春生说："抟拳拳令要求严格，如果错呼令语、错代杯或绕口停顿都要喝罚酒，叫喝'窝子'。窝子分红、白、青、蓝四种，刚才我二爸拳赢了，可他在叫'内侍内侍双杯请酒'把'请'字给落下了，所以得喝窝子酒。"

刘庚源似乎听出了些门道，一边眯着眼睛看着别人划抟拳，不时地喝着自己碗里的酒，也不似先前一头雾水，觉得很有意思，内心深处感到这里真是个不可思议的神奇的地方，连喝酒划拳都有那么多的讲究，竟然把皇帝老子赏人的乌纱帽和御用物件也搬到了酒桌上当下酒的佐菜，他喝着喝着就不知不觉地睡着了。

婚后的生活是甜蜜的。这天，姜春生饶有兴趣地问妻子陈月华："咱老岳丈穷地叮当响，为啥成分还是个地主？"

面色红润的陈月华闻后杏眼一竖，佯装生气地反问："你家不是绸缎庄的大老板，咋就成了胶皮户呢？"

姜春生嬉笑着说："胶皮户，指的是没根没底外来的穷人，我们哪能和你们大户人家比。"

说这话时他故意把后半句话的语气压得很重，陈月华一屁股坐在床上，小嘴一翘，不高兴地说：

"还不都怪我大的那张得理不饶人的嘴，尽惹是生非。听我阿妈说，新中国成立的前两年，我大就把上百亩好地换成大烟吃光了。她嫁给我大的时候，家里就剩下几亩薄地和一头老牛了，我妈整日的劳作，手上磨下厚厚的老茧，手指的骨节都变了形。我大爱抱打不平，动不动就领着人去打棒棒捶（岷州方言，打群架的意思），到处多管闲事，得罪了不少人，划成分时就被定成了地主。"

姜春生急了："地都没有，还当啥地主？"

陈月华回眉一笑，手指轻轻戳了一下姜春生宽敞明亮的额头，得意扬扬地说："所以才叫破产地主呀。"

姜春生又一次不得不承认，自己孤陋寡闻。

南面的官鹅公社与四川省接壤，是羌族和藏族群众世世代代的居住地。这里群山环抱，山水独具特色，峰回路转，只见翠峰叠嶂，草木茂密，犹如绿色的海洋。河谷地带土地肥沃，物产丰富。农田地的尽头，山脚下百花芳草随手可摘，山涧的溪流"哗哗"流淌，一汪汪浅池深潭碧波荡漾 。山风驰过，山腰间松涛阵阵如海浪拍岸。再往上行走是高山草甸，绿草如毡，美丽的天然绿色牧场一望无垠。山的最高处是万古不化的冰川雪峰，即是七月天，冰雪皑皑的山顶也依旧熠熠生辉。朝阳初照，雪峰极顶宛如镶嵌在千山万峰之巅的精美的王冠，闪烁着耀眼夺目的光芒。

人们依山傍水用泥土和石头建起屋子，分上下两层，人住在楼上，家畜养在楼下，屋顶一律覆盖着松木板子，上面整齐的压着一行行白色的石块，当地人把这种房屋叫踏板房，也称作木板屋。这里曾经是西周时期秦国和西戎等少数民族政权的边界地。曾几何时，一队秦国贵族在士兵的簇拥下，沿着蜿蜒崎岖的小路巡逻，夜深了就宿营在踏板房里。屋外不时传来呼啸的山风声，淅淅沥沥的雨点打在木板做成的房顶上，发出"嘀嘀、哒哒"的响声，禁不住勾起了终年征战的将士们的思乡情，于是他们忧伤的唱道："在其板屋，乱我心曲"。

当地男人们的穿戴与汉族没有多大的区别。倒是妇女们的服饰却保留着鲜明的民族特色，她们一般穿一身红色或蓝色的大襟衣衫、黑色的裤子，有的罩件坎肩，有趣的是越是里头的衣衫越长，以显示家庭的富有；黑黝黝的粗大的辫子直垂腰际，两块黑白双色的布帕在发间扎成外黑内白的"羊耳状"。《说文·羊部》解释说，"羌"的意思就是西部的牧羊人，这种打扮正体现出他们民族的生产方式和对羊的崇拜。当姜春生他们走近鹿仁大队党支部书记苗张代存家门口时，他看见一个年轻的后生手拿猎枪迅速迎了出来，接连朝天空放了几枪，吓了姜春生一大跳。年过半百的苗支书笑着解释说，这是他们的民族风俗，每当贵客来临，都要鸣枪表示欢迎。

有些不好意思的姜春生接过他的话开玩笑道："我还以为你们把我当成黑熊了呢。"众人听后笑声一片，苗支书热亲地拉住姜春生的手，领他就往楼上走。屋子中央有一个四方形的火塘，铁三角上的铜锅里正煮着洋芋。

苗支书抱歉地说："这锅专炖羊肉，等生活好了煮上一锅黑紫羔羊，手抓羊肉尽饱啖（岷州方言往饱里吃）。"

说话间他硬把姜春生让到锅庄里面的火炕里头上坐下。女主人端上了黑色的陶罐，里面是小麦、大小燕麦、玉米、高粱、青稞煮成的酒，上面插着一支空心的竹管，这是当地有名的"罐罐酒"。罐子还是滚烫的，沁人心脾的醇香已飘洒着钻进人的鼻孔，用嘴含住罐里的插着的竹管轻轻一咂，那醇香甘美的玉液就缓缓地流进了喉里。正赶上松花蜜收获的季节，白生生的正透露着芳香的蜂蜜和裂的如十字莲花般的煮熟的洋芋被端到炕桌上。苗支书有些遗憾地说："要是有白面馍馍，蘸上蜂蜜就更好了，现在只能将就着吃洋芋蘸蜂蜜。

姜春生饶有兴趣地问起庄稼的收成，苗支书按捺不住激动的心情说：

"这两年政策放宽后，社员们能吃饱了，只是林区的小麦长势不好，吃白面还得从外头买哩。"

姜春生高兴地说："那你们就大力发展多种经营，钱多了，还愁买不到好东西。"

苗支书的伯父捋着花白的胡须还是有些不放心地问："不知道政策再变不变了？"

姜春生自信满满地说："好政策人人欢迎，变啥？你老就把心安安稳稳地放到你的肚子里去。"

一席话说得整个屋子的人都开怀大笑起来，这欢声笑语穿过屋顶，直上蓝天白云间，久久回荡在美丽的山村上空。

时光流转的很快，转眼间又一个春天来临了。这天，县委办公室打来电话说县委书记岳阳要到基层蹲点，姜春生想只有鹿仁村条件好些，决定把领导带到那里去。

忙乎了一上午，总算有了眉目，吃完上午饭，姜春生和苗支书来到村口的鹿仁湖畔。早知道鹿仁湖的风光秀美，可姜春生还没有真正放松心情好好地欣赏过。

微风佛面，满目的苍翠，清新的空气，能把人的五脏六腑洗得干干净净。湖面非常平静，如果是月光皎洁的夜晚，想来一定是山高月小，水波不兴的人间仙境。在姜春生清澈明亮的眼睛里，鹿仁湖的美，就在那一汪深绿的水，她静静地躺在峡谷里，犹如一面明亮的镜子，映照着周围的山川。湖面的凉风清爽宜人，那丝丝凉意沁人心脾，置身湖光山水之中，能忘却尘世的所有烦恼，断了各种欲念。俯首倾听大自然恬淡的声音，来一次彻底的身心放归，真真切切的皈依，在他看来鹿仁湖就是能照人心胆的秦宫明镜。当然鹿仁湖的美还远不止此，她身边的翠绿的古木，青青的芳草，绚丽多彩的野花都充满着勃勃生机，美丽无比。

草木把湖染绿，装扮的比天仙还美，而湖水又把草木滋养的富有灵气。

如果说鹿仁湖是圣洁硕大的荷叶，无疑她周围的树就是亭亭玉立的美少女。鹿仁湖有佛的清净，道的超凡脱俗，也有道的大美纯真。醉情于湖光山水的姜春生突发奇想，《无量寿经》里有"三忍"的说法，而据史书上说这个村曾叫"六忍"，就饶有兴趣地问道："你说说鹿仁是啥意思？"

苗支书好像猜到他话里有话，憨厚地微笑着说："我们这里过去上千年来就没安生过，常遭别的民族的欺负，往远说就被吐谷浑、匈奴、契丹、鲜卑等民族烧杀抢夺过。唐宋时期我们这儿让吐蕃占领了，宋朝后灭了又让元鞑子杀惨了，明朝建立后才渐渐安定下来，朝廷看我们长时间受吐蕃人统治，把我们也当成了藏民，建立了土司制度，让一个姓马的土司管辖，据说他的先人就是汉朝时候的名将马援。鹿仁也没啥典故，不是藏语的音译，更不是羌人的土话，是你们地地道道的汉话，原来叫'六忍'，就是一二三四五六的'六'。过去我们这一带地名都是以每一个族的族称来命名的，牙坪村住的牙坪族，还有瓦舍坪、岳藏普、立界、阴坪这些地名都是由族名汉译译音得来的。就说官鹅吧，也是音译，按我们人的话说，意思就是两条平行的沟沟，我们这一族族名叫'阴坪'，住的这条沟就叫阴坪沟，南面的那条沟叫新坪沟。

"据老人们说，当年元朝的蒙古兵在阴坪沟一带追杀村民，滥杀无辜，寨子的头人就冒死去和他们评理，元鞑子的头目被头人大义凛然的气节感动了，下令停止肆意的杀戮。为了确保能和元朝统治者和睦相处，羌族头人就为族人立下了"六忍"戒规，即见了官兵要忍，见了官家要忍，挨饿受冻要忍，官打民要忍，心生歹意要忍，看见刀枪要忍。元朝统治者很高兴就把这阴坪沟改称六忍沟。至于把'六'读做'l u'是因为明朝的时候，有一个叫王玉琏的大将来鹿仁沟围剿藏族村民，此人是四川人，念'六'为"l u"。解放后，是人民政府把'六忍'改成了'鹿仁'。"

说起王玉琏，也真是命苦人。当年他被朝廷派来打羌族首领木龙大王，木龙大王被打得溃不成军，退缩到了鹿仁沟老巢里，坚守不出。王玉琏进沟几次追剿，苦于山大沟深，林木茂密、沟壑交错，都没有取得大的收获，两军相持不下。一次，木龙大王趁着夜色，在山寨前的一片开阔地设下陷马坑，在第二天，王玉琏遛马骑射时，不慎掉进了陷马坑，埋伏好的人立即将王玉琏生擒。木龙大王要杀害王玉琏 他的女儿三花公主却看上了王玉琏，要父亲刀下留人。木龙大王爱女心切，也不想再与朝廷作对，就对王玉莲说，只要他娶了自己的女儿，他就愿意归降朝廷。王玉琏见三花公主心地善良，人也长得貌美端庄，心想同意了这桩婚事也可尽早结束战事，免得更多的生灵无辜遭殃，就答应了。王玉琏婚后的第三天，一只大雁落在军营外的一棵大槐树上，不停的叫喊着，被守营的士兵一箭射了下来，士兵发现雁翅下有一份书信，忙送给王玉琏。王玉琏一看正是远在四川的结发之妻写的家书，书中诉尽了离别之苦。王玉琏看后心中十分难受，就派人把大雁埋在了鹿仁湖畔，还修了一座砖塔，起名叫'修修格'，意思就是'孤雁坟'。事后，王玉琏决定回朝复命，送别的路上，三花公主执意要和丈夫一起进京，王玉莲因入赘招亲没有请示朝廷，害怕招来杀身之祸，不愿带上公主，公主听到实情后，哭得像泪人一样，他趁王玉琏不注意，突然拔出宝剑自杀了。"

说到这儿苗支书停住了，他感叹了一会儿后接着说："关于鹿仁村，我们老祖先还留下一个更加优美的传说，说在远古时候还，鹿仁一带是茂密的原始森林，山坡上是绿色的草地，草地上盛开着美丽的各种各样的鲜花。每当鲜花开时，从远方就飞来俩个人，男的英俊潇洒，女的秀美端庄，他们说起话来象唱歌一样好听，他们走到那里，那里的鲜花就开放，天空总有五光十色的丽鸟跟随他们。每当他们从林海走动的时候，总有一头牦牛和黑虎从天上飘来，男的骑着牦牛，女的骑着黑虎，传说牦牛是天上的太阳，黑虎是天上的月亮，是日月二帝。这俩人就是玉帝的孙子，是羌人的祖先，男的叫吉苏，女的叫勒梅。"

走遍天下，最美的是故乡。说起家乡的美，再不善言谈的人都会打开话匣子，如数家珍般娓娓道来，只可惜时间就这样飞逝而过，姜春生只得中断他们这次轻松愉快的交谈。

下午三点多，一辆黄色的吉普车开进公社的大院，身着灰色中山装的县委书记岳阳从车里一出来，姜春生就迎了上去，他们边走边聊起来，岳阳习惯性的用手理了理自己的分头后说：

"姜书记，汇报就不听了。中央号召在全国农村开展社会主义教育运动，我来是做调查研究的。没有调查就没有发言权嘛，咱们多看看，多听社员群众的意见吧。"姜春生认真地点了点头。

在姜春生的带领下，一行人来到了大队部转了一圈，然后就往苗张代存家走去。鹿仁大队（村）党支部书记苗张代存从来没见过这么多的领导，也没见过县委书记这样大的官，他激动得有些不知所措，更贴切的说是受宠若惊，站在门口呲着大嘴一个劲的傻笑。两只大手在胸前不住地干搓着，像是有多少泥土或污垢搓不完似的，又好像只有这样施劲进的搓手才足以表达自己对领导到来的感激之情。看到老实人傻傻的憨样，姜春生喊了一声："老苗，快让领导们进屋。"

苗支书这才意识到自己硕大结实的身子正挡在了大门口，忙把身子往里一缩，这个出乎意料的滑稽的动作把大伙儿都给逗笑了。

上了二楼，穿过火塘，领导们依次坐到了炕上，岳书记盘腿坐在炕里头。小炕桌擦得明光锃亮，不一会儿，苗支书把筛好的第一碗鹿肉酒献给岳阳，小碗正冒着淡淡的醇香，这是用五谷杂粮酿制，再加入切碎的马鹿肉经过时间的锻造得到的奇特的液体。岳阳忇着眼，厚厚的嘴唇微微一张，小酌一口，感到有酒的清香，又有特殊的肉香伴随着独特的植物香。热热乎乎的液体随着喉管慢慢流下去一直流到胃里，微微的发烧，别样的舒服，万般的惬意，很快旅途的疲惫消失得无影无踪。

他精神焕发地和公社里的干部谈起了工作，趁着这个空档姜春生忙把苗支书叫出来，悄声给他安排了一番。这是岳阳作为县委书记第一次到少数民族村寨，他好奇地问：

"苗支书是啥民族？"姜春生告诉他："苗支书是羌族，叫苗张代存。"

岳阳又问："这不像少数民族的名字？"

姜春生说："这里秦汉三国时是羌人和氏族、吐谷浑杂居的地方，唐朝末年被吐蕃占据，原来的土著居民大都被藏族同化，宋元以后中原汉族大量涌入，当地又受到汉文化的影响，以致渐渐失去了本民族的鲜明的特色，目前他们只在自己人相互交流中使用本民族语言。男人的穿着打扮已基本上和咱们汉人没多大的区别，家族的姓氏也汉化了。当地人给娃娃名字一般喜欢在本姓后面加上别人的姓来命名，代存、照代、朱代之类的是名字，前面的张王李赵之类的是别人的姓，苗支书的本姓是苗，张代存是说他小时候认了一个姓张的成年男子为干大（干爹）。旧社会医疗条件差，穷人家的小孩生病后昼夜哭闹不停，大人们怕难以养活，据说找一个成年人让孩子认作干大或者干妈就容易长大成人。小孩哭闹时民间最普遍的做法就是在黄裱上写下'天灵灵、地灵灵，我家有个夜哭郎'之类的东西，贴在巷道街口，据说也挺灵验的。过去的那个年代，这里的生产生活条件差，人们温饱难以解决，小孩子营养不足，加之医疗条件太差，孩子生下来经常啼哭，甚至夭折是常事，无可奈何的人们才想出这个没有办法的办法。"

岳阳正听得很入迷时，苗支书蹑手蹑脚走进到姜春生身旁，轻声告诉他，饭熟了。岳阳微笑着点点头，示意可以开饭了。

苗支书麻利地端上一碟碟农家菜。一盘黑木耳炒鸡蛋，一盘蜡黄的野苦苦菜腌制的咸菜，一盘香气扑鼻的凉拌香椿，一盘炒土豆丝，最后是一大盘清油烙的油饼。菜散发着诱人的香气，一下勾起人们的馋虫。金黄色油饼又脆又香，吃起来特别的过瘾，就着木耳炒鸡蛋可谓是有福重享了。间或吃点咸菜，荤素搭配更是相得益彰。

就在桌上的食物吃的差不多快完时，手擀臊子面好了，细细的长面条浇上蝇头般大小的臊子汤，撒些切的细碎的青蒜苗，一看就让人胃口大开，这是苗支书老伴的拿手绝活。爽滑的臊子面在岳阳的嘴里蠕动着，一碗饭快吃完时他似乎想起了什么，突然放下手中的筷子不吃了，随行的人赶紧三两口刨完自己碗里的饭，默默做等着书记的决定。岳阳让秘书把饭钱留下，对姜春生认真地说："到社员家看看。"

姜春生领着众人一连走了十户人家，家家不是吃的燕麦面饭就是煮的洋芋，大多数人家的锅里连一点油星子也不见。岳阳脸色阴沉，生气地质问姜春生：

"为什么一个党支部书家的生活这样好？"

姜春生急忙解释，这是自己特意安排的。岳阳一听气冲胸间，指着姜春生直楞楞的鼻梁，带着几分怒气和不满严肃地问道：

"农村贫富分化如此严重，你却浑然不知，还在想方设法享受，你不要让裹着糖衣的炮弹吃软了嘴，忘记了一个共产党人的职责！"

姜春生一听懵了，万万没料想到一顿饭会招来出这么大的麻烦。不停地解释，苗支书是好干部，这只是个误会！岳阳尖尖的鼻子习惯性的雏了雏，目光敏锐地扫了一眼，武断地一挥手，不耐烦地说：

"毛主席教导我们，没有调查就没有发言权。好了，事情是真是假一查就清楚了，明天县委工作组就进苎鹿仁村。"

回去的路上任凭姜春生怎么辩解，岳阳纹丝不动地端坐在坐在车子副驾驶位子一句话也没再说。

怒气冲天的岳阳趁着夜色赶回县里，遵照上级的文件精神他要亲自安排部署，在全县农村开展以"清账目、清仓库、清工分、清财物"为目的的"四清"运动。

按照县委书记岳阳的指示，姜春生不得不把苗张代存带到大队会议室，暂时由民兵看管起来。苗张代存哭着说：

"为了让领导们吃上油饼，我让老婆把鸡拿到集上卖了才籴来五斤白面、半斤油。十几年了，我没多吃多占过集体的一点东西，你们不能红口白牙的诬陷好人啊！"

内心深感愧疚的姜春生万毁无奈地说："清者自清，要相信组织上会还你清白的。"

苗张代存快要被气疯了，他深知所谓的组织调查，他也参与过不少这种以组织调查为名置人于死地的行动，双眼怒睁着高声叫骂着，头不住地往冰冷的墙上磕，姜春生实在看不下去，黯然神伤地离去。

天渐渐地暗了下来，最后几个看热闹的调皮孩子，随着一遍遍呼喊着吃饭，在母亲们的催促声中走了。一钩残月斜挂在天上，透过黑黑的窗棂把冰冷的月光散在空荡荡的屋子里，四周死一般的沉静，让人不由得恐惧和可怕。

苗张代存哭乏了、也喊累了，他呆呆的坐在长条凳上，细细的梳理着思路，怎么也想出自己究竟错在哪儿，只觉得一肚子苦水在肚子里翻腾，眼前又浮现出前年在这间屋子前的空地上批斗冒尖户的情景来。

眼看着家家户户都揭不开锅，上级派来工作组说是冒尖户把集体的粮食贪污了，号召广大社员批斗冒尖户。村里的地主富农早在几年前就没有了，人人都知道他们的家庭实际上属于全村子最贫困的。相对而言剩下的上中农就属于富裕户了，于是人们就强行开挖这些上中农家的地窖，找不到粮食，又挖这些人家的隔墙，还是没有找到粮食，最后的办法就是批斗。

　　大黄是岷州出产的一味道地中药材，别称将军，属于蓼科的多年生草本植物。大黄长有三角形的大叶，叶柄肥厚。花形细小，聚集成花序，颜色从绿白色到玫瑰红色。它的粗壮的根茎可以入药，用于治疗实热便秘、热结胸痞、湿热泻痢、黄疸、淋病、水肿腹满、小便不利、目赤、咽喉肿痛、口舌生疮；但凡胃热呕吐、吐血、咯血、衄血、便血、尿血、蓄血、经闭、产后瘀滞腹痛、症瘕积聚、跌打损伤、热毒痈疡、丹毒、烫伤都有很好的疗效。大黄根茎质地细密，晒干后外皮十分坚硬，要去掉外皮很困难。

　　当地药农发明了一种省时、省力的简洁办法，他们把大黄装进密闭的木筐中，几个人来回不停地用力摇晃木筐，半小时后大黄的皮被碰撞得干干净净，表面变得光滑黄亮，大多呈现出圆锥形或腰鼓形，俗称"蛋吉"，这种对大黄进行初级加工的方式叫"撞大黄"。用"撞大黄"的方式批斗冒尖户，就是你一言他一句的例述其罪行，同时你推他搡，一会儿就把被批斗的人整的头昏脑涨，这时个别不怀好意的人还会借机脚踢拳打。一想到这些往事，苗张代存觉得头皮都发麻，心情变得极度的紧张。夜色越来越暗了，月亮也不知躲到哪里避清闲去了，黑暗渐渐向他袭来，他的心里害怕极了，真不知道该如何度过这可怕的慢慢的长夜。

　　姜春生找到县委书记岳阳，还想替苗支书叫屈。他情真意切地说："苗支书搞包产到户生产上去了，社员也吃饱饭了，是个好基层干部。"岳书记没想到这个脑门宽阔，温文尔雅的年轻的公社书记说话棉里藏针，而且有一股犟劲。

　　他板着脸严厉地说："他们这是在瓜分集体的财产搞单干，属于严重的走资本主义道路，你学了中央文件没有！别的社员吃杂粮，他家为啥有白面？还是白面油饼，多吃多占、腐化堕落，哼、油饼臊子面真会享重福！"

　　姜春生一听，极力争辩道："苗支书为了让领导们吃好专门跑了几趟才买了些白面！"

　　岳书记一拍桌子，方阔的脸变得异常恐怖，两道八字眉拧成了疙瘩，声色俱厉的呵斥道："你要注意自己的阶级立场，不要再替腐化变质的农村坏分子张目。跑黑市就是走资本主义道路，就是在挖社会主义墙脚，别吃了人家的嘴软，中了糖衣炮弹还不知道怎么倒下的！阶级斗争并没有熄灭，公安局已经查过了，还从苗张代存的家里搜出了十三本苯苯教经书，他的爷爷就是反动道会的头目。你让一个传播讨建迷信的坏分子的后代当村党支部书记，纵容他们一伙以搞集体副业的名义走资本主义道路，从事黑市交易，投机倒把，本身就犯了严重的路线错误，你要好好地反省一下。"

姜春生不服气，脸色变得苍白，他努力申辩。岳阳气得用手掌猛烈地拍打着自己面前的办公桌，暴跳如雷地骂道："混账东西！你还敢替阶级敌人叫屈，大肆宣传封建迷信不成，剥死撑着犟板颈往绝路上走。"

姜春生觉得有理无处说，气得直跺双脚。

刘县长不客气地批评了姜春生，这让他感到很委屈。看他脖子撑得老长的样子，刘县长瞪了他一眼，毫不客气地指责道："你大小也是个领导，不同于一般群众，不能由着嘴胡说。明明知道有封建迷信的群众在跳神神弄鬼，没有出面制止，你要记得自己是一个地方的党委书记。"看姜春生还要辩解，他一挥手说道："你听我说，你就不应该搞特殊，再说一个干部有没有问题得查，你吵啥？还敢跟书记顶嘴，长能耐了。你这就像岷州人说的'狗咬鞋匠，攥着要挨楦头。'做检讨又不是撤职，这也算对你从轻处理了，就不要得了便宜还想不开，去去！"

姜春生愤愤地说："我不是为自己的，我是，唉！"刘县长烦躁地说："成了成了，回去休息，别再跟自己过不去。"

从刘庚源的话里，姜春生似乎听出了领导的话外之音。真是隔墙有耳，领导们连自己看鹿仁村人跳"凶猛舞"，求雨的事也知道了，不由得惊出一身汗来。

那是去年五月间的事，一连四五十天没有效降水，庄稼快被旱死了，人畜饮水也成了问题。山上的树木大面积枯黄，鹿仁河水变成细细的溪流。就在众人束手无策的时候，有人建议让村里年迈的苯苯出来组织祈雨，苗张代存来请示，姜春生没有同意，也没有明确反对，这就有了后来人们跳凶猛舞的一幕。

姜春生知道过去这里的人们一直过着刀耕火种和渔牧狩猎的原始生活，物质生活极度匮乏，人们经常受到疾病、野兽的侵袭。为了驱邪祈福，族里的苯苯（巫师）便结队行法，祈求神灵护佑。在漫长的演变过程中，逐渐形成了带有浓厚的宗教祭祀色彩的舞蹈"凶猛舞"。据说由于舞蹈者戴的面具看上去十分凶狠，样子很让人害怕民间有人就给这种舞蹈起了个形象的名字"凶猛舞"。每逢羌藏民族传统节日或重大宗教祭祀活动，苯苯们就结队跳起了"凶猛舞"，行法祈佑族民平安健康，年年风调雨顺，五谷丰登，六畜兴旺。

在一片空旷的原野上，燃起了熊熊的篝火，村民们围在四周，神情严肃地观看着这种原始宗教舞蹈。一阵锣鼓声响过后，十五个身体强壮的男子在领舞者的带领下依次出场，他们当中有乐队五人，手拿大小皮鼓，牛角喇叭和铜乐器；舞蹈演员有十人，其中前五人披戴五官佛，手 拿骨卦、碟铃和牛角喇叭，后边五人头上分别戴牛头马面面具，反穿皮祆，腰间系一颗大铜铃，双手持木刀。

领舞者的属相必须和当年的属相相同。舞蹈的队形排列按人物顺序，领舞者称老大，名叫"贡巴"，他头戴熊皮帽，身穿黑长袍，帽上插有锦鸡羽翎，胸前戴一串玛瑙项链。左手拿翻天印，右手持拨云剑。老二名"苟巴、苯苯"，他头戴毡帽，身穿蓝色长袍大襟衫。右手拿棒当鼓，左手拿铜制碟铃；老三、老四、老五各显五方神灵，他们披戴五官佛，手 拿骨卦、碟铃和牛角喇叭。后边五人舞蹈的动作特征是以腿部为主，上身前俯，双手握刀，双腿屈膝形成半屈蹲状，随着节拍，双腿屈膝抬脚拧身，连续循环，组成一组舞蹈。

单调的动作再配上简朴的节拍，更显出舞蹈的原始、粗犷、雄浑、古朴、端正。"凶猛舞"是纯粹的男性舞蹈，当地人又称之为"脑后吼"。

天麻麻亮，一阵急切地敲门声把姜春生你从睡梦中叫醒，他迷迷糊糊问谁，门外的人慌慌张张地说，苗张代存昨晚上吊死了。姜春生吓的出了一身冷汗，忙穿上衣服，向鹿仁大队奔去。

姜春生吩咐干部料理好后事，让他们给苗支书家多发些救济粮，把一家列入五保户。目不识丁苗支书的老婆不但没再提过多的要求，含着泪不住地点头。这倒让姜春生觉得过意不去，毕竟人命关天，他认真地向县委书记岳阳提出，要按因公殉职对待苗张代存。

岳阳听后勃然大怒，大声地质问姜春生：

"一个自绝与人民的人，你是不是还想给他评个烈士，你有上天的本事，你往省上报！"

姜春生没想到结局会是这样，只得垂头丧气地离开。

陈月华看姜春生在家里闲得慌，就拉着丈夫，带上儿子一起回到娘家。月华的娘家只剩下三间大瓦房和不大的院子，走进院里，陈月华的母亲正在剁猪食，看到女儿一家突然来了，先是一愣，马上高兴地喊道：

"死老汉，娃们回来了！"里屋传出陈月华父亲苍老的声音："姜春生来了吗？"姜春生忙回话到："姨夫，我们都来了。"说着，姜春生穿过不大的堂屋，掀开门帘，只见丈人坐在炕上的火盆旁独自煮茶，他坐在老人的对面，丈人把煮的沸腾的黑茶罐从炭火旁挪出来，熟练地把黄亮的茶水筛到一个白瓷小碗里，笑笑呵呵地招呼女婿自己调盐。

姜春生拿起用猪腿窝里的一根细骨做的小勺，窝了一点盐放在茶碗里，呷了一口，不由赞叹，好喝！丈人不满地说："好喝咋不常来。"

姜春生有些不好意思，支吾着说工作忙。丈人将了将胡子，眯着小眼睛看了看姜春生，不解地问道："肚子才吃饱，刚刚才安稳了几天，就忙着批这个斗那个，瞎忙啥哩。"

姜春生忙说："闲谈没说国事，防人之心不可无啊。"

丈人很不在乎地说："我就一个老社员有啥怕的，我听广播里说北京出了个姓吴的坏人，听说犯了死罪，拉住了要枪毙去哩，咋又给蹭脱（逃脱）了，最后还撂没了，连人影影都寻不见了？"

起初姜春生没明白老丈人在说啥，联想起报纸上的报道，细细一想乐了。他笑着对丈人说：

"那个姓吴的叫吴晗，另外两个，一个叫邓拓、廖沫沙，并不是你说的蹭脱了，撂没了。他们是三个人纠集在一起搞了'三家村'"

老人听了也大笑起来，转身一想，还是觉得还是有些离奇古怪，又冥思苦想了一阵子，才若有所悟地感叹道："这三人还真攒劲（有本事），才三个人就能整出一个村子来，真是人中凤，水里的龙，吃劲（厉害）得很！"

姜春生知道老丈人又理解错了，耐心的解释这个"村"是不是咱们庄稼人住的村子。老人似懂非懂地点了点了头，那晚，翁婿两人谈了好长时间。

# 第十一章

急水高山簇野花
石田风味似中华
角号战垒荒烟里
却向行人说木家

——明朝·刘世经

晨曦微露，小鸟们和着一声声鸡鸣在村庄的上空来回自由的飞翔，鸽子鼓着胸脯在咕咕低语，驴子在院里不时嘶鸣着，把姜春生从香甜的睡梦中叫醒。这一夜他睡得真香，院里的梨花开的如耀眼的白丝绸，树枝上新生出的嫩叶更显得妩媚动人，让姜春生不由想起自己孩子们稚嫩脸蛋的俏模样。

在树旁涮完牙，就听丈人喊着上炕喝油茶，一种温馨的感觉暖暖的爬上了他心间。两杯香喷喷的油茶下肚后，老丈人亲切地问：

"想不想跟我去挖洼泥？"

姜春生忙问："啥是洼泥？"

"瓜子，就是火盆里烧的泥炭。"走进屋的陈月华笑着说。

老丈人怕姜春生不好意思，责备起女儿："就你知道得多，"回过头笑着对姜春生说，"都让她妈惯得失教了。"

话音刚落，陈月华妈就冲进屋，虎着饱经风霜的脸，装着生气的样子说：

"好事没有我，坏的都有我，看把你能得！"

看她忙出去又忙进来的样子，丈人和姜春生开心地相视着一笑。丈人笑着告诉他，这洼泥就是年身长（年份长）的草根在洼地里形成的泥炭，现在挖回来，过一个夏天晒干后，烤火煮油茶，添炕好得很，烧下的灰又是最好的农家肥，上到当归地里，栽子（当归苗）长的大，还不怕虫咬。听丈人这么一介绍，姜春生来了兴趣，高兴答应出去一趟。

小舅子已经套好了两架驴车，丈人让姜春生坐在他赶的后面的一辆车上。太阳爬过山腰时，他们出发了。

小舅子的外号叫"大刀片"，匼为他的脖子细长细长，和长长的后脑勺连在一起出奇的平整，从正面看，他的一对小眼睛长在长脸的上方，就像在细长的柱状冬瓜的偏上方开的一对小洞。当地人说脖子长的人都是牛脾气，很倔强，可眼前的这个人性情很温顺，在长辈面前从不顶嘴，大人们吩咐的事也是说一不二的照办不误。

坐在后面驴车上的姜春生看这小舅子的后背，越看越觉得有意思，不由得独自偷偷笑了起来。小舅子原来在新疆当工人，干得挺欢的时候，却赶上苏联跟中国闹别扭，老人家既怕边界打仗，更怕自己的儿子找一个少数民族姑娘做媳妇，死活不干，硬是把儿子招回家，做了一个地地道道的农民。同村的小伙子没有回来的，如今都已在乌鲁木齐成了家，成了拿工资吃供应量真正的城里人。

金色的阳光洒满葱绿的大地，和煦的阳光好似母亲温暖的手在抚摸着人们的脸庞，田野里不时驰过凉爽的风，散发着泥土和青草的气味，风儿撩动着姜春生的衣襟，沿途开满雪花般的花朵的梨树和开的如天边的云霞似的花朵的杏树随处可见，不知名的鸟儿一路追随着姜春生他们的驴车，忽而在头顶盘旋嬉戏，忽而又吵闹着，互不相让地冲向前去。

地里的当归苗长得绿油油，升腾起的薄雾里散发着淡淡的药香。姜春生的丈人高兴地抚摸着花白的胡须，微笑着说：

"你看这当归长得多好啊，你说说当归为啥要用柳条捆扎？"

只顾欣赏沿途旖旎的田园风光，没想到丈人突然间问起这样一个问题。姜春生知道，当归从地里挖出来后，药农清理掉土后就用柔软的柳树枝条把它捆好码放在房梁上，经过长时间的烟熏，放置半年以后才能出售。至于为啥要用柳条捆扎，却没留意过，他一时想不出答案，只得摇摇头。

丈人也没在意，和蔼地说："还有一阵路程，我给你说说药王爷的古经吧。"

姜春生点了点头，老丈人晃动着身子慢慢地说：

"听老一辈人讲，在年家庄东面有个药王洞。药王就住在洞里，他是个身穿红兜兜、绿裤子，头扎羊角小辫的小男孩。别看他小，可有几千年的岁数。很多年以前他就和咱们这里的古羌国的国王打过交道。羌王是个暴虐无道的昏君，烧杀抢夺，鱼肉百姓无恶不作，他吃得肥头大耳，大腹便便，上气不接下气，得了病，请了不少名医都没能治好病。一天夜里，他做了个梦，梦见自己走过一座深山老林，眼前出现一片开阔肥美的土地，那里四周常年长满绿树，野果累累。清清的河流透明见底，鱼儿在游来游去。再往前走，看见一座小木屋，房前屋后载满了一种开着白色小花，散发浓郁药香的植物。他让眼前神仙般的景色吸引住了。

"突然，在药丛中跳出一个乖巧伶俐的小男孩。他边跳边唱：'山里生，土里长，我的名字叫药王，当归调经活血脉，治疗百病有良方'。小孩的歌声把羌王听迷了，他想一把抓住小孩，一口吃了他，然而不管怎样他就是抓不住他，他猛地向前一扑，从梦中惊醒了。于是，他就下令全国寻找药王，可是一晃几年过去了，药王连个影子也没发现。

"有一天，一个人报告说，在乡下有个老药农无儿无女专给穷人看病从不收钱，他还收了一个干儿子，病看得比老头还好。羌王想，这肯定是自己梦中遇见的药王。这天，药王和老药农正在为一位妇女熬药，羌王趁他们不注意，派人把药王五花大绑了。说也怪，药王一摇身子，身上的绳子就断了，羌王就命人换上铁绳，结果铁绳也断了，一个奸臣出主意说，得以柔克刚，用柳条绑一定有效。最后柳条越捆越紧，药王就被活活捆死了。老药农心痛地说'我的娃，你死了那么多的穷人咋办呢？'药王断断续续地说：'阿大，别难过，我就是变成干草也要给穷人治病。'话没说完就变成了一把用柳条扎起来的干当归了。"

姜春生听得正上了瘾，丈人一声吆喝，驴车停住了，他才知道到了目的地。跳下驴车，姜春生兴奋地朝四周放眼望去，这是一处开阔的大盆地，四面被绵延不断的馒头似的长满青草的小山包围着，土路是逆着正前方流来的一条溪流向里延伸着，在盆地的中央密密麻麻盖着许多房子。

丈人捋着花白的胡须颔首笑着告诉他，这就是年家大庄，村里住着二百多户人一千多人。姜春生惊呼，这里真不愧是全县最大的村子！

驴车离开土黄色的路，向右驶进如毡毯般的草地里，速度明显慢了下来，不一会儿车停了，大家都下了车。姜春生漫步走在绿茵茵的草地上，小草刚刚没过鞋面，纷纷摇落的晶莹剔透的露珠撒在鞋上，一股弥漫着泥土和绿草特殊的清新气味就直扑鼻孔，让他感到浑身清爽，十分的惬意。

草地上开着五颜六色的知名的和不知名的野花，大的如掌、小的如米粒，五彩斑斓，竞相绽放着生命的光辉。面对着秀丽的高原风光，姜春生觉得就像走进了屠格涅夫的《猎人笔记》里描写的美丽草原。

眼前是一片被开垦过的草地，露出了黑黑的、油叽叽的泥土，就像一张无边无际的绿绒毛毯上挖了一个个大洞一样难看。柔软的草地让人不忍心践踏，一铁锨下去，就能铲上一大块方形的黑洼泥，湿漉漉、油汪汪的。姜春生拿在手里觉得洼泥并不重，仔细端详，发现一大块洼泥，几乎全是稠密的草根编织而成，没有多少泥土。

姜春生有个毛病，一到山野郊外，就有要解手的冲动，干了一阵活后，他说自己想解手。

丈人笑着说："其实也没啥累人的活，一个人就能干完，带你出来就是让你出来散散心、透透气。"

姜春生看挖洼泥的活也倒轻松，就独自向前面的山坡走去，他爬过山冈，站在软绵绵的草地上痛痛快快地撒了一泡尿。极目放眼望去，眼前是一片无边无际的绿油油的草地，空气格外的清新，太阳照在身上暖洋洋的，露水被早已晒干。

他一屁股坐在软绵绵的草地上，尽情地在弥漫着满草香的松软的地上打了几个滚滚，就像一匹释去羁绊在大地母亲怀抱里尽情撒欢的骒马一样。开心的放松了一会儿后，他枕着自己的双臂，扯展身子长长的躺在地上，望着蓝格盈盈的天空，想起了许多许多的往事。他知道，人世间变幻莫测的事总是让人目不暇接，甚至连思考的时间都没有。

西方的谚语里说"人类一思考，上帝就会发笑。"可正是如此，饱经沧桑父亲的头发给想白了，当年劳作的丈人的脊背也给想弯了，母亲和岳母的额头也由于日思夜想堆满了一道道刀砍似的皱纹。这一切都使他感慨万分！

此时天边吹来一阵疾风，轻轻滑过他的全身，拍打着他的脸颊。他知道风儿能把一个个村子吹旧，太阳能把一个个人晒老，雄鸡能把沉睡的村子叫醒，鸟儿能把岁月的河流搅乱。一年年草青草黄，一枚枚树叶舒展卷起，人间冷暖变化和大自然的四季交替有着异曲同工的效果。他这样想着，倒不如作天地间的一股吹来吹去的风。这样就可以无忧无虑，自由自在，从春吹到夏，又从夏吹到冬。

今朝串到这个村子，明天又光顾另一寨子，随心所欲，无忧无虑，无牵无挂。生气时咆哮肆虐，怒吼着掀起江河湖泊万丈巨浪浪，卷走千年黄土和亿年的积雪，让飞沙走石发出令新鬼烦冤旧鬼哭的声响。恬淡宁静时，浅笑低吟，一副和风细雨不须归的温柔，活的个潇洒痛快。

也不知胡思乱想了多长时间，听到小舅子的叫声，他才起身往回走。不到两个时辰，洼泥已装满了驴车。丈人让儿子原地休息一会儿，拉着姜春生，让他陪自己到前面的庄子去转转。看丈人执意前行的样子，姜春生只得跟着他一同前往。一路上，丈人的话匣子又打开了。

"你可不要小看这个村子，三国时候，这儿是古战场，诸葛亮司马懿没少来过。"姜春生就爱听老人们讲故经，丈人也知道女婿的嗜好。他问姜春生："你知道为啥这里叫年家大院吗？"

姜春生摇了摇头。丈人就饶有兴致地对他说："清朝雍正年间有个将军叫年羹尧，他当陕甘提都时候杀人如麻。后来江山平定了，他就骄傲了起来，把谁都不放在眼里。朝廷里的一些大臣告他谋反，雍正皇帝一听，起了杀心，派兵去抓他，他喝了皇帝赐的毒酒死了。年家上百口人都被满门抄斩了，幸亏一个忠实的老管家，把他的孙子揣在大裆裤里趁乱逃了出来。一路不停地奔跑，最后跑到这里才安顿下来，保住了年家的独苗。这个庄的人大都姓年，所以叫年家庄。"

姜春生以前真不知道有这么一段血腥的故事。看他听得很认真，丈人话锋一转说："庄上的年老先生很有学问，是个老学究，我带你去见识见识。"老丈人随手指了指东面远处的大山说："那就是雪儿岭。"

姜春生放眼望去，只见远山如黛、郁郁葱葱，蓝天白云下，群山之巅露出耀眼的银光，那是万古不化的雪峰，他一时看得入了迷。身旁的老丈人说："你可不要小看那半山上的小村子，唐宋时期可热闹着哩，是有名的茶马古道。这里最早居住着羌人，也就是羌人木家七族的居住地。老县志上说宋朝初年，羌王木令征被俘获，宋朝皇帝给木令征赐姓赵，从此这一带的羌人改成了赵姓。后来宋朝军队败了，这里又让吐蕃人占领了。他们把当地的羌人给制服了，从此以后山里的居民就变成了藏民。"

说话间，他们已经来到一个青砖砌成的大门口，长满苔藓的墙基处，幽幽地开着一朵不知名的小蓝花，门前的两旁两株巨大的白丁香正开地灿烂辉煌，成千上百的小喇叭一起朝四面八方齐吹，销魂的幽香从细小的花蕊中飘散出来，散发在清新的空气中，沁人心脾。

乌黑的大门正中镶着一对金黄色的门环，丈人上前，轻轻叩了三下，不一会门开了，出来个眉清目秀的年轻人。姜春生的丈人轻声问："年老先生在吗？"

后生有礼貌地点着头，把他们让进大门，轻声说："我爷爷在堂屋里。"大大的院子里种满了各种鲜花，说话间，前方堂屋的门帘掀开了，传出洪钟般地声音，

"陈爷来了。"

姜春生的丈人忙说："来了，年先生好嘛？"

老者爽朗答道："好着呢，来栏台上喝茶。"

姜春生觉得满院香气袭人，不由暗自赞叹，屋里衣香不如花香！右边的花院里尽相盛开着白色、红色和粉红的牡丹，左边的院里的芍药、荷包花开的争奇斗艳。姜春生跟丈人沿着院子中间用石子铺的小路来到屋檐下，宽敞的房檐下早已摆着一张明亮的方桌，上面放着两只雪白的小茶碗和一把褐色的紫砂壶。

走到廊下的老人鹤发童颜，精神矍铄，他正怡然自得地将着长长的白胡须，笑盈盈地注视他们，俨然一副飘飘欲仙的感觉。他又像伟岸奇崛的不老松，光彩四射，挺拔傲人。姜春生翁婿二人拾级而上，刚一落座，年轻人就提着一壶开水来泡茶。老人笑着说："你忙去，我来用刚烧开的牡丹水招待老朋友。"

白瓷杯里放的是三炮台，老人拎起小茶壶，把翻滚的开水慢慢注入两个

茶杯，迅速盖上茶盖，尔后轻轻揭开自己用的紫砂壶盖，往里点了一些水。他掀开洁白如玉的茶盖，再次添水，只见碗中片片茶叶和鲜红的枸杞、黄亮的葡萄干，红红的大枣、褐色的桂圆，在杯子里尽情的翻滚，随着茶叶慢慢地舒展开，氤氲的香气袅袅升腾出来。

他语气平缓地说："年轻人们大都茶瘾小，喝不惯又苦又甜的三炮台。其实人生就像喝茶一样，苦尽甘来，要不然给少年泡杯宁康产的春蕊茶。"

姜春生忙说："不用了，喝的惯。"

一旁的老丈人也说："他连大叶子茶都能喝，就不用再麻木（岷州方言麻烦的意思）了。"

老人家也就不再客套，闲谈之间他揭开了紫砂壶盖，拎着水壶如蜻蜓点水般往茶壶里点了一点，立马盖上了盖子，接着他又一次揭开两个白瓷茶杯的盖子，把水一次添满，盖上茶盖。过了一会儿，姜春生掀起茶盖，只见青青的茶叶的清香随着热气扑入鼻孔，轻轻小酌一口，暖暖的茶水就流入喉管，给人以苦中带甜、清新爽朗的感觉。

老人问："这就是姑爷吧，"姜春生微微点了点头。他用如电的目光看了一眼姜春生，很欣赏地说："天庭饱满，地角方圆，有福之相；双耳垂肩，眉目端详，菩萨心肠啊！"

姜春生丈人谦虚地回道，老先生过奖了，后生们见识短，还望前辈多指点。

年老先生像没听见，继续说："福禄寿禧命中有，有福之人不用忙，无福之人跑断肠。有运无命，你享受不了，有命无运，你白忙乎一场。那就先占一卦看看。"

说罢他走进房里，不一会儿端出半盆清水放在早已准备好的香案上，净了净手，又让姜春生也洗洗。接着点燃桌上放着的三株木香，郑重地插在一个精美的小铜香炉里，把双手在袅袅升起的青烟上虔诚地熏了熏，这才在香案上小心翼翼地铺上一块大红条绒布，从香案上的一个精致的木匣里取出三枚黄锃锃的铜钱认真摆放在上面，然后嘱咐姜春生掷铜钱三次。姜春生只觉得眼前熠熠生辉的铜钱照得有些头晕目眩，他从来就不相信命运的说法，读了辩证唯物主义原理后，更觉得所谓的算卦相面都是无稽之谈，认为那都是街头好吃懒做之徒混口饭吃的骗人的伎俩。相信为有牺牲多壮志的英雄气概，坚信世间没有神仙皇帝，命运从来就掌握在自己手中，什么成事在天，谋事在人统统是骗人的鬼话。

一听两位老者要给自己算运呈就反感，可又实在不好当面驳老丈人和眼前这位温文尔雅的老者的面子，亡不好流露出半点不高兴，将就着稀里糊涂的掷了三下。一旁的老岳父把每次投掷情况认认真真的记在纸上，双手恭恭敬敬的交给老人。老先生认真地看了一会儿，微笑着说："姑爷得的是乾卦，把生辰八字给我。"

姜春生的丈人忙从衣袋里掏出一张黄表纸片小心翼翼的递了过去，虔诚地说，早准备好了。姜春生这才明白，丈人让他来挖洼泥，说是出来散心，其实是醉翁之意不在酒。他心里有些不愿意，甚至有些后悔，可又不能说，只得听之任之。

一会儿，老先生从里屋出来，捧着一张杏黄色的黄表纸出来了。他郑重其事地望了望姜春生，一字一句地说："姑爷属兔，兔是可怜弱小的动物，常受侮辱，稍有不慎就有性命之忧。你占的乾卦，天行健，君子当自强不息，暗示着你要向天学习，作为男人就要敢担当，勇于负责。你出生平民，仕途上就得有贵人提携。和乾卦相对的是坤卦，初爻和第二爻都是地道，乾卦说'潜龙勿用'，坤卦说'履霜，坚冰至'，你的地位很低的时候，人微言轻，多话无用，多说不如多听，广闻博记就能弥补不足。一定要切记，祸从口出，说话遭灾祸者从古到今不在少数。究其原因，无非爱逞利齿，论人长短。最冤枉的是那些本无心之语，被人道听途说、断章取义，招致千古之恨。

"古人说君君臣臣，夫为妻纲，实际上指的是男循乾道，女守坤规，你在前面干公事，屋里老婆就要做好家务。一个家庭就像一辆车，男人的责任就是把握方向，女人要协同好丈夫，确保既定的目标实现，常言说得好，家有贤妻、丈夫在外不遭横祸。再看九五阳爻'飞龙在天，利见大人'，这是你人生最得意的时候，有人在护佑你。不过凡是有利就有弊，乐极生悲，这也是最危险的时候，再往上'亢龙有悔'，说的正是物极必反的道理。人到中年，一定要小心行事才好，不然就会遭受牢狱之灾。

"再有，正直、心善、重义，这是为人处世的最高标准，却也是为官之大忌。看你面相庄严，给人以畏惧感，可听你老泰山说，你有地藏菩萨般的心肠，好是好，只怕好人不一定能做好官。别误会，老朽倒不是说你会做贪官污吏，古话说'慈不掌兵，善不为官'，说的就是这个道理。"

一旁的老丈人又说："他还是个犟板筋哩，遇事不知道打弯。"

老汉一听，严肃地说："这就麻缠了，做官就得顺着上级，连好听的话都舍不得给人家说，人家能给你好果子吃，这可是不小的弱点。"

一句话说到了姜春生的痛处，他的脸"涮"的一下红了。两个老人们看到了这一切，也就不再多说，转而闲聊起了别的。

时间过得很快，该到吃午饭了，不管主人家如何挽留，丈人还是带着姜春生离开了年家庄。

回家的路上，姜春生猛地想起了一个人，他觉得县农业局的年忠和刚刚见过面的年老伯不但在长相上，而且在言谈举止上有几分相似。他们的右眼角都微微向下耷拉，说话的声音几乎一模一样，并且每次说都爱把鼻子耸一耸。

第一次见到年忠，是在去县农业局核实全县农村受灾情况表时的事情。干完工作后农业局长不让走，硬把他和几个业务骨干留在办公室里，拿出一瓶白酒，说年终了好好喝几口。正在这时，年忠拿着待签发的文件走了进来，局长签了字，给年忠递给一杯酒说："喝完就去印文件！"

年忠接过酒盅，一仰头把酒喝光了，看他意犹未尽，恋恋不舍地样子，局长明显高兴了，他有些生气的命令道，还不快忙去！年忠咧咧嘴、尴尬地笑了笑走了。

姜春生见局长很不礼貌的对待一位老同志，心里很不是滋味，以为局长是个势利眼。旁边的小赵悄声说："老年是个烂酒客，喝上一点酒就惹麻烦，不把自己喝的烂醉如泥不罢休。还说他酒醉了一连几天躺在床上，不吃不喝，被褥让尿尿得比世界地图还花，房子里一年四季被尿臊气包围着。"

姜春生这才明白，原来是遇上了坊间传说的酒家，很好奇的是这样一个酒徒是如何当上县农业局的干部的。

小赵悄悄地告诉他：年忠从国民党的警官学校毕业后就到省警察厅当了警官，是个破案高手。新中国成立后，他成了留用人员，在破获国民党特务案中立过功，可在一次执行抓特务的行动中却意外失手，这引起了一些人的怀疑，加上他过去的经历和地主家庭的成分，组织上开始对他进行严格的审查，查了一年多也没个结果，就被下放到了咱们县公安局，他一直想不通，就终日借酒浇愁。有一次，局里让他和几个同事抓大烟犯，地点是城南的宝阳春饭馆，他们几个很早就去蹲守。饭馆的老板见他们来了，热情的递烟倒茶，在闲聊中精明的伙计又拿出了一壶老酒，说天寒暖暖身子。一闻到酒香，年忠的酒瘾就被勾了出来，说是喝两盅不碍事，谁知一杯下肚就收拾不住了，他拉着几个同事一起喝了起来，也不知何时把一壶酒喝得精光，更不知道自己说了些什么，总之他们几个都喝得酩酊大醉，酒醒后才发现老板和伙计早跑了，原定抓的大烟犯连人影也没捞着。事后，年忠背着行政记大过的处分从公安局调了出来，成了农业局的一名留职察看人员。

姜春生听得正有兴趣，觉得后背上被人用手捣了一下，一抬头才发现局长把一杯酒端在他的面前，他忙站起接住酒杯，一饮而尽。

局长笑着说："这烂酒客的笑话比牛毛还多，三天三夜都讲不完。"

对面的老胡咳了咳嗓子，急切地说："可不，那家伙右手食指跟别人的都不一样，喝醉了还舍不得放下酒瓶子，把食指戳到酒瓶子里，醒来后拔出手指，接着又'咣'一气，过完酒瘾后把食指又戳到瓶口里，人在炕上睡觉，瓶子在脚底下不倒，哈哈哈！"

想起这一幕，姜春生忍不住问："这个年老伯在城里是不是有亲戚？"

岳丈摸了摸头顶上的小帽，惊奇地说："有个兄弟，在县政府里做事，人很有本事的，不知咋的，后来变成了酒罐子，喝烂酒，老婆都跟人跑了。"

听丈人这么一说，姜春生本来想说，年老伯不是能掐会算吗，干吗不给自己的亲弟弟卜一卦，让他免遭一劫。只是话到嘴边他又收了回去，心想着人生无常，神仙都难预知今生前世后世的事，这也正是人生充满无穷无尽乐趣的缘故吧。

# 第十二章

三轮磨，水缠呢

我不爱你时你粘呢

如今我愿意时你嫌呢

叫我心上阿么<sup>注</sup>了然呢

——岷州花儿

　　一夜之间，大大小小的群众组织遍布城乡，大街小巷随时可以看见敲着锣鼓，高呼着口号的游行队伍，尽管每个组织相互冲突，可他们却拥有一个共同的目标，那就是誓死保卫毛主席。"文化大革命"全面开始了，最初的大辩论，大字报，大批判逐渐升级。很快县城里就剩下了两个组织，前者简称"革总"，后者简称"联总"。县委报道组组长姜继高在"革总"里当头头。两个组织都三番五次的动员姜春生参加他们的队伍，姜春生都不感兴趣，推脱孩子小，婉言谢绝了。

　　这天，县委的大礼堂里的高音喇叭照例一遍又一遍的播放着《大海航行靠舵手》的歌曲。姜春生抱着儿子坐在门前的躺椅上打盹，矮个子的姜继高领着几个五大三粗的汉子，急匆匆地走过来，没等姜春生反应过来，姜继高一把从姜春生怀里夺过孩子火急火燎地说：

　　"别再儿女情长了，开大会去！"

　　接着不由分说，几个大汉架起把姜春生就走，姜继高在他身后高声喊：

　　"你儿子我会交给你老婆的，放心！"

---

注：阿么，怎么的意思。

　　大礼堂里早已坐满了人，黑压压的一大片，姜春生被稀里糊涂地推上主席台。台上的灯光很刺眼，使他感到有些眩晕，他忐忑地朝下看去，台下烟雾缭绕，人声鼎沸，他的内心很激动，真不相信自己也坐在这个往日领导们坐的位置，心跳得更厉害了，他甚至能听到自己心跳的声。

　　会议主持人宣布开会，会场一下安静了，扩音器立刻传出愤怒的吼声。

　　姜春生感到一阵阵的的头晕眼花。姜春生紧闭了一会儿双眼，就在他睁开眼睛的那一瞬间，忽然瞅见了一张似曾相识的面孔，觉得很眼熟，就是一时想不起来。他仔细分辨后，记忆之门终于被那一声声曾经非常熟悉的公鸭般的声音打开，那声音猛地刺痛了他的神经，使他猛然想起来了，这不就是过去和鲁大昌的三少爷打得火热的胡家二少爷，人称"胡二杆子"的胡二！这家伙不是个驼背吗，咋伸直了腰，个子也高出了许多，过去一副缩头缩脑、猥猥琐琐样子看来都是装出来的。以前胡二经常跟在鲁大昌的三少爷的身后，弓着麻秆腰，溜肩斜挂着一把盒子枪，一副精狗流星、贼头贼脑的样子，走起路来直往前窜，人称锦鸡窜。

　　想当年他狗仗人势，没少在岷州城欺男霸女、强买强卖，祸害过老百姓。岷州解放不久，鲁大昌的三少爷被枪毙了，这家伙也被抓了起来。没想到这种人也革命了、造反了，这让姜春生糊涂了。也不知过了多长时间，最后姜继高用略带沙哑的河南腔宣读他们的任命决定。

　　姜春生听到自己也被任命为新的县级政权的负责人之一，更觉得云山雾罩的，仿佛在梦中一样，自己的整个身体就像小小的一片树叶在汹涌的水面上漂浮，不知道何处是岸，更不知能不能重新回到坚实的陆地上，一整天他都在恍恍惚惚中度过。

　　县一中的礼堂背后打伤了一个学生，这是县上两派群众组织由大辩论、大批判后伤的第一人。姜继高提出必须扩大武斗规模，这样才能有力地打击联总和走资派的气焰。几个年轻人争先恐后地吵着要立马制定方案。姜春生劝姜继高放弃计划。姜继高不以为然地把小嘴一撮，嘴角的烫伤的疤痕犹如一块破抹布那样难看，他坚定地摇摇头，双眼流露出不容更改的坚毅的目光。

　　姜春生痛心疾首地规劝说，你这是在造孽啊！

　　姜继高大怒，气势汹汹地用手指着姜春生吼道："你不是革命派，胆小鬼，再敢胡闹，就把你抓起来！"

姜春生脸都气得煞白，"啪"地把门一摔，怒气冲冲地离去。一路上，他再三叮咛自己一定要制止这种鲁莽的行为。可是让他心急如焚的是一时竟找不到合适方法把消息传递出去。就在这时，迎面过来一队群情激昂的群众，一张似曾相识、稚气未脱的面孔一晃而过，他努力的回忆着。忽然心头一亮，真是老天有眼啊，他妻子的一个远房表弟，想到这儿，他加快步伐，飞快跑回家。

姜春生脱离了姜继高一伙人，一连几天躲在家里没出家门。这天他坐在菜园边，仔细地阅读着陈月华拿来的宣传单。一首《战歌》吸引住了他的眼球："骑战马、跨长枪，翻过喜玛拉雅山，饮马莱茵河畔，我们不怕血流成河，一定要把红色的旗帜高高地插在白宫顶上。"

读到这里，他鼻子里闻到的仿佛不再是淡淡的油墨味，而是让人心惊肉跳的血腥味，不由眉头紧锁。姜春生把它和"二战"时德国的《旗帜高扬》对比一番，觉得这两首不同年代产生的歌词有异曲同工之处，浑身禁不住打了个寒战。过去读到时并没有多么深刻的认识，甚至有一种麻木不仁的感觉，如今却感到不寒而栗。《礼记》中说人类的美好社会是"大同世界"，而马克思说的共产主义应该是最美好的社会，是不可亵渎的最美好的人间天堂，那里的公仆都是些温文尔雅的圣贤，他们就像苏轼、欧阳修等许多名流一样，时时把百姓的疾苦放在心上。那里的民众就是桃花源里的和睦相处的善良劳动者，没有剥削和压迫，也没有钩心斗角、更没有血腥的杀戮。可眼下的形势让姜春生越发糊涂，晕头转向。当初说的好好的是一场文化上的"大革命"，却越来越没了文化的气息，变得到处充满了火药味。让姜春生感到心灰意冷。姜春生苦苦思索着，却怎么也找不一个令自己信服的答案来。

望着篱笆边的菊花在明灭的夕阳里惨淡地开着，就像是百病缠身的病人那张缺乏血色的苍白的脸。他忽然想起了历史上许多令人肃然起敬的千古风流人物，觉得乡下是自己最好的去处。于是在心中默默吟道：

"秋有菊花不言愁，星星点点燃心头。千山万山看不倦，缕缕清香扑鼻来。"

吟罢，姜春生又感到有些滑稽，笑自这样卑微的小职员，充其量就是个古时候的师爷，穿梭在兰台中间的一个不入流的幕僚，既没有傅公的潇洒飘逸，更比不上愤世嫉俗的五柳先生。

没踏进丈人家门，就听见屋里传出陈月华母亲悲悲戚戚的哭声，姜春生急匆匆的走进里屋，只见老丈人沮丧的坐在床上的火盆旁，无精打采地捣着油茶罐，丈母娘在床里头正伤心的抽泣着。半晌，老丈人才说："你小姨没了。"

陈月华像一头受惊的小鹿，身子突然一晃，仿佛被人从身后猛推了一把。瓜子脸变得煞白，那双楚楚动人的丹凤眼由于恐惧而睁得大大的，薄薄的、失去血色的嘴唇吃惊地大张着，过了好一会儿才号啕大哭起来。陈月华的突然举动把身旁的儿子吓坏了，孩子被唬得哭了起来。陈月华的母亲慢慢地从床上抬起身子，和女儿孙子抱成一团，哭得更凶了。姜春生问起小姨的死因，丈母娘更是悲愤不已。

陈月华的小姨不识字，长的却美丽端庄，而且聪明贤惠。她白皙鸭蛋脸上总是挂着浅浅的微笑，从来没跟庄上的任何人怄过气、红过脸。陈月华的小姨夫是个典型的三棒子打不出个屁来的人，他生来胆小怕事，从来不敢在众人面前说笑，是乡亲们眼中出了名的老实人，人送外号"不中用"。

那晚吃毕晚饭，孩子们都出去玩耍了，小姨和小姨夫坐在堂屋的八仙座旁，一个借着昏暗的油灯钠鞋底，一个在堂屋里拾掇农具。这时，有人在门外喊着到生产队会议室开紧急大会，传达最高指示。小姨忙放下手中的针线活，随手把针插在墙上的毛主席画像上，就匆匆出了门。小姨夫出门时就着桌上的灯盏点烟，下意识瞥了一眼墙壁，这一看可把他给吓坏了，原来那苗针不端不斜正好插在画像右眼睛中。老实巴交的小姨夫吓出了一身冷汗，他不敢拔下针，没头没脑地往大队会议室一路小跑，然后悄悄地溜进会场，趁人们不注意凑近支书耳畔，神色慌张地把这件事告诉了大队党支部书记。

他以为这桩无意中犯下的错误，只要向领导说明原因就会原谅他们一家的。可伶的老人想的太天真了，支书当下就派民兵连长获取罪证，一块"现行反革命"的大木牌就挂在小姨纤嫩的脖子上……

鸡叫三遍，陈月华就起来了。她默默地把几件换洗的衣服塞进米黄色帆布提包里。这时，姜春生也起来了，他洗完脸，抓起一块干馍吃了起来，看见妻子把一只完整的当归小心翼翼地放进了提包，他不解地问：

"我一个大男人，你装当归干啥？"

妻子莞尔一笑，眼角挂着无法掩饰的寒意、嗔怪着问："你听过当归的传说吗？"

姜春生自以为是的张口就说："不就是三国时候，居住在陇上家中的老娘思念在蜀中做大将的儿子姜维，给儿子寄了一包当归的故事嘛。"

陈月华深情地看了丈夫一眼，低着头轻声说："很久很久以前，咱们岷州一带生活着一对恩爱的夫妻。妻子后来得了病，当郎中的丈夫用了许多药总不见妻子的病情好转。这天，他对妻子说：我一定要走遍千山万水，找到能治好你的病的药。不过，我这一去，有可能回不来，如果我三年过后仍不能回家，说明我或者掉进了悬崖峭壁下，也可能被豺狼虎豹吃了，你就不要再等我了，找个好人改嫁了吧。

"郎中义无返顾地走了。一晃三年过去了，苦命的妻子不见丈夫回来，迫于生活，只得改嫁。谁知改嫁后不久，郎中竟采药回来了。妻子后悔不已，觉得有愧于钟情的前夫，一气之下把他带来的药材大量服下，打算一死了之。谁也没想到，企图自杀的妻子没有被毒死，多年血亏缠身的疾病竟然奇迹般地痊愈了。满腹遗憾的郎中就给这种让他痛失爱妻的药起了个伤心欲绝的名字——当归。你看这当归，就喜欢生长在高寒阴湿环境恶劣的地方，种熟了的庄稼地里反倒容易生麻口病。当归的籽子也要到高山草甸里新开的荒地里秧（繁育）才能避免病毒感染，吃苦坚贞，矢志不渝，这就是当归的秉性。"

听完妻子的一番话，让本来就有些伤感的姜春生，心中又平添了几分莫名的惆怅，只觉得头皮有些发胀，心上有被抓挠的痛、有种说不出的难受。看他痴痴地站着，妻子催促道：

"快走，还等着天亮了人家抓你！"

姜春生这才麻利地穿上丈人的羊皮袄，打扮成放羊人的模样，迎着料峭的春寒朝往门外走去。

姜春生不敢回头，生怕眼泪会掉下来。这时，他的身后忽然传来妻子唱的低沉凄婉的花儿：

走哩走哩走远了，
伤心的眼泪落满襟，

当归应归你不归，
把怜儿的眼睛哭瞎了！

走哩走哩走远了，
伤悲的眼泪淌满地，
当归立归你不还，
把怜儿的心儿哭软了！

走哩走哩走远了，
伤痛的眼泪淌成了河，
当归应归你不回，
把怜儿的肝花哭碎了！

姜春生忍着离别之痛，低着头忧伤的继续往前走着，他打算翻过东山赶往省城，然后再搭上东去的火车到陕西老家去住上一阵。

丈夫走了，工资也停发了。陈月华每月得拿出十元钱贴补婆婆一家的生活，剩下十六元钱养活两个孩子和自己实在困难，没办法只好把女儿送到乡下娘家去，带着不满三岁的儿子姜苇航从县委大院搬出来，另租了房子在城里艰难度日。

陈月华只能每天把儿子带到单位，尽管领导多次表示不满，她实在没别的办法，只得一次次赔上笑脸。有时候她都觉得自己的脸皮也变厚了，一想起这些就不由得两颊发烫。一天早上，领导再三叮咛陈月华，不能带孩子到单位上来。中午下班时，还悄悄地嘱咐她，下午开大会怕孩子看见会受刺激，反复叮嘱她不要把孩子带上。陈月华在和儿子吃午饭时就一次次地哄他，让他好好地待在家里，儿子倒很听话，没有哭着要和她一起走，这让她倒觉得很心酸。临行时，陈月华还是不太放心，她带着孩子上完厕所后，就把他锁在二楼的屋内。

母亲走了没一会儿，小苇航一个人在屋子里急了，就趴在阳台的木栏杆上向街道四周眺望。他看到了寂寥空旷而悠长的街道，以及两旁栉次鳞比的灰色瓦房，远方是辽阔的长空，蓝蓝的天，洁白的云，天空中有鸟儿在自由自在的飞翔。对面街道的店铺大都关了，桔红色的门板，在阳光的照耀下显得格外刺眼。一想到正对面那家糖果店的牛奶糖，孩子就馋得直流口水，他想起了爸爸，不明白为啥老出门，而且一出门就这么长的时间。不回家看看自己也就罢了，也不给自己带好吃的牛奶糖。

一想起这些，孩子怨和气一起涌上心头，觉得一阵伤心，眼睛就湿润了，泪水打湿了他的眼眶。这时，楼下突然响起了一阵敲锣声，惊起栖息在屋檐下的一群鸽子"扑棱棱"地飞上天空。孩子伸长脖子向下张望，只见一行人走了过来，最前头那个人左手提着铜锣，右手拿着木柄，边走边敲着，跟在后面的几个人，步履蹒跚，有一个走起路来一瘸一瘸，活像马戏团里的小丑。看了好长时间，直到这些人消失在视野里，他才感到累了。回到屋里，躺在床上，小苇航还在不停的想，这都些大人们在干啥，姜苇航隐隐觉得眼前看到的这些人大概和外爷一样，可是他们咋没有外爷们那么老，也没那么土气，应该是城里的地主吧，想着想着，他迷迷糊糊的睡着了。

窗外传来卖浆水梨老汉抑扬顿挫的叫卖声，姜苇航被吵醒了，他经不住那富有磁性的叫卖声的诱惑，打开母亲陈月华放钱的抽匣，取出一张纸币，撬开窗户跳出去，飞快向楼下跑出去，追了好长一段路才赶上卖梨人，买了一瓜皮帽的浆水梨。

姜苇航记得每次感冒发烧后，茶饭不思，大人们就拿出几颗弥足珍贵的乌黑发亮、冻的硬邦邦的浆水梨，把它们放在一碗清水里，不一会儿浆水梨的外围就结晶出了一层晶莹剔透的冰灯笼，轻轻地敲碎薄冰，提起浆水梨像吃灌汤包那样，把软软的梨皮轻轻咬破，慢慢地一吸，一股冰冰凉凉，甜中带酸，酸中裹含着的香甜的梨水，沿着火热干燥的喉管轻轻地滑过，直到心田深处的，使浑身乏力的病人霎时感到神清气爽，透彻骨髓，有一种难以名状的脱骨换台的感觉。

姜苇航高兴坏了，他从来没有过这么多的浆水梨，边走边搽帽子里的浆水梨上粘的灰尘。乌黑的梨，散发着出淡淡的酸甜味，摸上去有些粘手，孩子一次次咽着口水，他想给妈妈一个惊喜，要和妈妈一起分享这么多好吃的酸酸甜甜的浆水梨。

　　终于等到母亲回来了，姜苇航满怀欢喜地兜着梨子迎接母亲，见一向温婉的母亲气恨恨地站在屋里，凤眼圆睁，粉脸带怒，声色俱厉地问：

　　"谁让你拿抽屉里的钱的？"

　　孩子吓坏了，像一只受到意外惊吓的小鹿，浑身上下不住地颤抖。他从没见过善良的母亲发过这样大的火，战战兢兢地回答：

　　"买梨——妈——妈——好多好多的浆水梨。"

　　陈月华生气地喝诉："贼胆子越大了，也敢偷着花五毛钱了！"

　　看母亲愤怒的样子，孩子心理防线彻底崩溃了，可他不明白，心想自己买下又多又好的梨，应该得到表扬才对。于是就鼓足勇气，像个得胜凯旋的将军似的，一副得意扬扬的样子，一双小手高高捧起装满酸梨的帽子。陈月华的脸发青，嘴唇不停地颤动着。她一个箭步跨上去，伸手打了孩子一巴掌。

　　没防备的孩子被打蒙了，怔怔地望着狂怒的母亲，两颊火辣辣的痛，失声痛哭起来。一旁的陈月华忍不住也哭了起来，见一向要强的母亲哭了，姜苇航心里更加难受，哭得更厉害了。母子俩痛哭了一阵，伤心的陈月华轻轻抹去儿子稚嫩的小脸蛋上的泪水，疼爱地抚摸着儿子圆圆的脑袋说：

　　"瓜娃子，五毛钱要买好多东西哩。"

　　在省城的刘庚源听说岷州也成立了"革命委员会"，以为再不会有人随便打人了，不顾同伴的劝阻，毅然回到了岷州。一回到县上，刘庚源就被一群不明身份的人装进了麻袋里，他迷迷糊糊地觉得自己被抬往高处，隐隐约约听到有人说"摔死老杂毛，他可把我坑苦了。"他觉得这韵味十足的京腔耳熟，好像在那里听过，可就是记不起，就在他努力回忆的时候，装他的麻袋被人从空中掀了下来，他心一惊一抽的，身子如同坐着飞机在向下俯冲，犹如做自由落体实验的钢球在飞速下降，耳旁呼呼作响，脑海一片空白，也就是几秒钟，他就被重重地摔在了地上，剧烈的疼痛，使他顿时失去了知觉。

　　从县委的蝴蝶楼路过，要去找熟人的陈梓西正好看到了这一切。他把昏死的刘庚源背回女儿的家里，让外孙子姜苇航尿了一泡童子尿，撬开他得嘴，把童子尿给他灌了进去，总算把他从阎罗殿里抢了回来。在陈梓西父女俩的细心照料下，刘庚源渐渐恢复了元气。半年后，他的伤痊愈了，在老战友，新来的县武装部长兼县委书记的关心下，重新回到了工作岗位上。

# 第十三章

骑着驴骡思骏马
官居宰相望王侯
　　　　——岷州民谣

　　姜继高被提拔成了地委宣传部副部长，这一年他三十出头，心高气盛的他根本不明白社会上流传的"身在宣传部天天犯错误"这句话透露出来的玄机。为了在人前头显得沉稳老练，他不再留小平头，改留大背头，经常穿一身黑色的中山装，一支"英雄"牌钢笔总是端端正正地插在上衣兜里。

　　部长石元元是位抗美援朝下来的老军人，四川人，粗识字，开口总爱戴脏字，办公室里的人都很怕他。姜继高一改他当年造反时候的做派，变得小心翼翼起来，一副文质彬彬的样子。每次石部长开会的发言材料他都亲自准备，遇上石部长不认识的字，他就特意在一旁注上部长认识的同音字，提前给部长指出以免到时出差错。天长日久，姜继高成了石部长最信任的身边人，全机关谁也没听见部长元元骂过姜继高。不过俗话说得好，再好的夫妻也有拌嘴的时候，何况时时刻刻身处钩心斗角的人们呢。

　　这天召开宣传教育系统干部职工大会，台下坐满了听众。会议开始后姜继高跟随着部长石元元走上主席台，一片热烈的掌声响过后，姜继高就率先坐了下来。看姜继高先坐了下来，石元元心像被锥子扎了一般不舒服，一股恶气直往外喷，他盯着姜继高像要一口把他吃了似的，恶狠狠的骂道：狗日的龟儿子！见一向善于察言观色的姜继高还没有反应过来，石元元严厉地命令道："姜继高，站起来！"

姜继高红着脸、慢慢腾腾地站了起来，双眼朦朦，傻傻地看着怒目圆睁的石元元，像个小学生一样咧着嘴，右手挠着自己的头皮，不知自己犯了什么错。

看姜继高傻傻地站着，石元元这才慢慢腾腾地坐了下来。姜继高仰望着会议室的天花板上的晃晃悠悠地旋转着的电风扇，心里七上八下的。不见石元元再说话，他不敢坐更不敢离开，只得又低下头苦苦地瞅着桌上的茶杯发愣。

石元元不耐烦地说："姜部长，开会了，站着搞求啥子名堂？"

台下发出阵阵笑声，脸色难看的姜继高这才不自然地坐了下来。那一刻，姜继高觉得颜面尽扫，几乎到了无地自容的地步。这是他生平受到的最大的侮辱，他感到万分的悲痛，更恨得咬牙切齿。恨不能一拳把眼前的这个死胖子打得七窍流血，体无完肤，再用脚踩上成千上万次。可眼下不行，他努力克制至自己难于言表的的痛苦心情，在最短的时间里，努力熨平刻画在脸上的不满和愤怒，暗下决心要好好报复身旁这个不知天高地厚的死丘八。

此时此刻，姜继高埋藏好心中燃烧着的仇恨的火焰，眯着有伤疤的小嘴，像念咒语似的默默地在心里诅咒道：叫你狗日的石元元一定要知道马王爷的厉害！

开完会后，姜继高还觉得脸发烫，浑身都不自在，他等所有的人都走了才闷闷不乐地离开会场。当晚，他来到要好的朋友家连哭带骂地诉说了白天发生的一切。朋友听后笑着说："亏你白念了那么多的史书，连半君如伴虎的道理都不知道。"

他不服气地说："石元元算屁的君，充其量就是个兵痞文盲。"

朋友笑着说："政治和学历没有必然关系，并非书读得多政治手腕就有多高，历史上有名的后赵皇帝石勒的出身还是个奴隶呢。权力分大小，可站在权力宝座上的人都共有专断的禀性却是如出一辙。就说秦末农民起义军首领陈胜吧，一个地地道道的农民，打了胜仗自封了王就骄傲了起来。这天他儿时要好的朋友找上门，他们听说陈胜做了大王，想让陈胜也给自己也封个官做。陈胜见到发小自然很高兴，就先让他们在大营里住了下来，答应日后封他们官做。这几个朋友整天在军营里吃喝玩乐，高兴至极、自然少不了会说起往事，甚至肆无忌惮地说起昔日里和陈胜一起干过的偷鸡摸狗的丑事，还时不时地呼喊陈胜无人知晓的儿时绰号。此事很快传到大王陈胜的耳朵里，陈胜觉得自己很没面子，找了岔子就让手下的人把这几个儿时的玩伴给杀了。《诗经》里说'战战兢兢，如履薄冰'。身处官场，切忌得罪顶头上司，处处谨慎才会不出大错。"朋友的一席话深深地触动了姜继高，不由得从心底里更加敬佩这位至交好友。

人就是这样一种自以为是的动物，喜欢自作聪明，尽管嘴里说要避免重蹈覆辙，可又常常犯相同的错误。地委机关召开大会，姜继高像往常一样为石元元写好了发言稿，他就是咽不下那口恶气，把朋友那晚的嘱咐忘得一干二净。使起了小聪明，故意把成语"忠心耿耿"中的"耿"字的两部首距离拉开，结果不解其意的石元元在大庭广众面前，把很普通的成语念成了"忠心耳火耳火"，逗得满堂大笑，挨了领导一顿狠批。石元元很恼火，在和老婆谈起此事时，脖子上的青筋暴露，眼睛里充满无法遏制的怒火。他信誓旦旦地说要整治整治姜继高，这让妻子感到很害怕，她小心翼翼地劝丈夫，让人一步天地宽，忍一忍算了。石元元两撇扫帚眉一拧，鼻子"哼"了一声，"嘭"地把门一摔，生气地走出了家门。

石元元一个人沿着江边走着，怒火在心中燃烧着，他越想越气愤，几乎整个人都要被无名的怒火引爆。无限的愤怒让他一时丧失了理智，他恨不能拿一把利刃捅死或者一脚踢死姜继高，把他那圆不溜秋的脑袋一把拧下来，把那张圆圆的、敦实的、皮笑肉不笑的橡皮脸扇烂扇熟才解恨。恨之至极，他又恨自己小时候不听父亲的话，不好好学习，尽吃没文化的亏。

那年，他替父亲送货，对方收下货后打了个欠条，人家早知道他是个大字没识下几个的睁眼瞎，把原本欠他们石家的1000块的货款，写成了"欠与石家1000块银圆"，石元元竟然没有发现其中的猫腻，稀里糊涂地收下了这张有问题的欠条。多写了一个"与"字，欠条的文字就有了岐意，事后对方赖账不算，还告上了公堂，赊账人反倒成了欠账人，双方各执一词，闹得不可开交。白纸黑字，石元元家折了货亏了钱，还输了官司，老父亲气得大病了一场。怒不可遏的石元元，趁着夜深人静的时候，操起杀猪刀，翻墙进了仇家的内宅，一刀结果了仇家的性命，尔后外逃他乡，直到后来参加了革命队伍。

　　回想起这些痛心疾首的往事，石元元心中的万丈怒火似乎又被从心底涌上来的愧疚和自责浇灭了不少，加上这些年的机关上的磨炼，也使他多少增长了些见识，一时发热的头脑猛地醒悟了许多。这时，江面上恰好吹起阵阵凉风，使他感到一阵的惬意，他又冷静地思考了一会儿，觉得自己再也不能像过去那样鲁莽行事，以暴制暴绝对不行。对于姜继高这样的文化人还得用文化的办法整治，用他们文人的话讲，就叫以牙还牙，以毒攻毒。这是上一月他从报纸上才学来的，也是姜继高教会他的。

　　想到这里，他会心的一笑，觉得自己进步了，有水平了，也成了文化人了，于是骄傲地昂起头，迈开坚实的步伐大步流星地往回走。

　　地委大院发现了"反革命分子"，据那晚最先发现的宣传部的秘书小吕说：他和石部长一起到单位上加班，发现办公室平房前的樱桃树下有个人影在晃动，石部长用手电一照才看清是姜部长，嗷、不对，是姜继高。石部长把手电筒往树上照了一下，树上挂着一张画像，还是石部长心细，他让我走近看看，我上前仔细一看，可不得了啦！原来这张崭新的领袖画像，让人用毛笔在脸上打了个大大的黑叉。姜继高最先到的单位，他不进办公室，在树下鬼鬼祟祟的肯定没干好事！姜继高嫌疑最大，又没有人证，他被隔离审查了。向来积极的姜继高成了"现行反革命分子"，这令许多人感到无法理解。

　　有人说是石元元约姜继高晚上八点加班，石元元也有重大嫌疑，后来从那张被胡画过的领袖画像上发现了指纹，经过鉴定是石元元留下的，于是石元元被请到了公安局，很快他就承认了一切。

　　入狱后的石元元脾气变得越来越坏，他就像一头暴躁的雄狮，双眼布满血丝，不停地在狭窄的牢房来回走动，胡子八叉的大嘴不住地咆哮着。还不时用脚踢牢门，用硕大的拳头击打结实坚硬的铁窗。同监室关押的强奸犯、杀人犯看不起他，鄙视他，找茬欺负他，他哪里受的了这种欺辱，奋起反抗，可是年龄不饶人，每次他都被挑衅者打得遍体鳞伤。看守们本来就痛恨"反革命分子"，石元元不但不低头认罪，反而天天和人打架，结果是时不时又招来看守和办案人员的辱骂，石元元的心情渐渐坏到了极点，他开始胡乱骂人，到后来竟然真的骂起了中央领导。

　　宣判的那天，天上下着毛毛细雨，很快就到了宣读石元元的判决书的时刻，当听到对自己的指控时，石元元大喊起来："我不是反革命！"这让全场都感到震惊。

干瘦如柴的刘庚源进地委大院快一年了，他总感到不习惯，他看到进进出出的工作人员总爱低着头，微微弓起腰，见面客客气气的寒暄问候，可从那一双双流离顾盼的眼里流露出来的目光并不真诚。人们脸上挂着不是发自内心的笑容，显得很机械僵硬，就像好看耀眼的塑料花，尽管美丽无比却没有生机，更无法打动人心灵。他尤其看不惯那些男人，不理解他们也配称作男人，在领导面前说话低声低气，甚至有些猫声猫气的，确切地说应该是有些娘娘腔，就像《法门寺》里的贾桂。多少次他发现，在墙角旁在屋檐下甚至在厕所里，这些人总是在窃窃私语，说一些某某某如何如何之类的闲话，个个都像长舌妇一般。机关的这一切让他感到恶心和不舒服。他爱到基层转转，和普通百姓聊天拉家常，认为那里的空气清新，那里才是生活的真天地。

# 第十四章

锄草锄了整一天
眼看太阳快落山
扯根葛条绑太阳
草不锄完不下山
——宁康山歌

宁康是全省最南端的一个小县，亚热带气候使这里有了小江南的美誉。这里青山常绿，清水长流，一年四季鸟语花香，瓜果飘香。作为地委组织部的副部长，刘庚源是第一次来到宁康下乡。一路上群山连绵，吉普车始终穿行在茂密的森林包围着的高山和峡谷之中，山路崎岖，坎坷颠簸，车子一会儿爬行在蜿蜒的山峰上，一会儿又一头栽进幽深的谷底，坐在车里看不见周围的一切，映入眼帘的是浓得化不开的绿。行进在群山之中，看不清一座座山峰，也看不见蓝天白云，耳旁喧嚣着激流的哗哗声，车子仿佛走进了绿色海洋的最深处。越走越热，坐在小车里面就如同蒸笼一般。

车子终于爬上一个高山顶上，太阳犹如挂在天上的火炉子，把空气烤的热烘烘的、刘庚源喊着要透透气，于是车子停在了山顶的一处草坪上。缭绕的雾气已经散去，火辣辣的阳光晒得人周身发烫，人人都觉得有缠绕在身上的热气不断地从脚底下向上升腾着，浑身被汗水黏住，口干舌燥，胸闷气喘、酷热难耐。这时不远处传来阵阵悠长的尖叫声，司机小张说："那是猴子的叫声。"

刘庚源正好奇地听着，突然"扑棱"一声，他回头一看，一只美丽的锦鸡已落在了汽车的引擎盖上，小张激动地叫着，张开双臂扑上前去就要去抓，锦鸡机警地把头一点，身子一跃，"噗"的一声飞进了油桐林里，很快就消失在万绿丛中。

快到县城时，沿途出现了稀拉拉的黑色大瓦房，偶然有缠着黑色头帕子的中年男女人在河边的地里劳作，他们的头被黑帕子缠了一层又一层，远看就像一顶小磨盘，又好比一朵朵黑色的硕大的蘑菇。一身黑衣黑裤，在炎炎的夏热显得十分的刺眼，给人以热烘烘的燥乎乎感觉。刘庚源揣想着，这里的年轻人该不是这样的打扮才好，不然就太煞风景了。就在这时，眼前忽然出现了几个年轻小伙和姑娘，说说笑笑地向着车子这边走了过来。男孩子们有人穿着白衬衣蓝裤子，也有人穿背心短裤，女孩子们花衣花裤，也有着鲜艳的花裙子的，说着带有四川口音的方言，这让他感到很诧异。

开完座谈会后刘庚源从县招待所出来，一转身来到一墙之隔的县委大院。县委办公室在一座砖木结构的二层楼上，楼后面的两间平房就是县革委会办公室主任姜春生的家，他打算和自己的这位老部下好好叙叙旧。

也就一两年的功夫，岁月已使曾经意气风发的军人硬绷绷如钢针似的黑发变得灰白，瘦长的脸上那对圆眼睛显得异常的大，他炯炯有神的双眼睛里依旧流露着果敢坚决、宁静机智的目光，这让久别重逢的姜春生鼻子一酸，双眼不由地泛起潮红。他紧紧握着刘庚源枯瘦如柴的手，半晌才喃喃地说：

"你瘦多了。"

刘庚源笑眯眯地说："吆，戴上眼镜啦，额头的头发都脱了，俗话说聪明的头上不长毛，哈哈哈，知识分子就该是这样子！"

陈月华沏好茶，莞尔一笑，出去了。早已剪掉了长辫子的陈月华，留着齐耳的短发，这引起了刘庚源的极大兴趣。他忽然想起了一件事，笑着问：

"我看这里山清水秀，人长得蛮像四川人的，我就不明白为啥说这里'山清水秀人不秀，鸟语花香饭不香'呢？"

姜春生告诉他，这里在秦汉以前是氐人的聚集地。"氐"是一个古老的民族，现在不少地方还是刀耕火种劳动方式，前年才通汽车，当地人过去连自行车都没见过，把它叫洋马，可笑吧。

刘庚源把头一偏，眨了眨明亮有神的眼睛有些调皮地说："总没有你老娘把你叫军犯娃可笑吧？"姜春生笑着说：

"对对，军犯娃，也有它特定的含义。宋代以后，岷州一直是中原王朝和吐蕃、西夏的边疆，有许多充军的人被发配到岷州屯守边关，这些人被老百姓称作'军犯'。军犯在岷州民间是一句骂人的狠话，他们的后代自然就叫'军犯娃'。言归正传，那句话里的'人不秀'意思是指，宁康县的各级机关里没有多少是当地土生土长起来的干部，当领导的更少得可怜。"

刘庚源听着，剑眉一拧，生气地说："当官又怎么啦，我还是个流浪儿哩，难道非要以做官的大小把人分出个三六九等不成！"

姜春生瞅了厚道的老领导一眼继续说："地方干部多，说明当地经济文化发达，人杰地灵。再说那第二句的含义，主要指的是当地人，尤其是家庭主妇饭做得不太好，当然这也跟当地的出产有关。由于玉米多，人们的主食是玉米面，锅塌塌你没吃过吧？那是用玉米面做的锅贴，酸酸的，第一次吃真的不好咽？"

刘庚源好奇地问："为啥不做成像我们山西的窝窝头那样的？"

姜春生说："我也感到很奇怪，以为他们很笨。后来才知道以前由于交通闭塞，碱灰运不进来，做馍馍没碱和面当然就酸了，他们祖祖辈辈吃酸馍已经养成习惯了。"

不过当地的油面茶却是一绝。茶是采自自家后山的茶园中上好的绿茶，花椒等香料也是自家地里出产的。清晨上山前，主妇生起火，在茶罐里放些雪白的猪油，然后依次放入花椒、食盐、核桃粉、芝麻等不停地翻炒，煸出香味后再放入豆腐丁一起炒，最后放入清水一起煮。油茶煮好后倒入碗中，喝一口清香肥美的油茶，吃一口酸酸的包谷面做的锅塌塌馍，即耐饿又饱口福。一块锅塌塌下油茶，保准管到中午前不知饥饿。上山劳作的男人们，饿了一般先吃些自带的锅塌塌馍，渴了喝口清澈的甘甜的山泉水，等到日落时回到家里，再喝一气香飘飘的油茶，或是吃上几碗酸菜面，那才真叫解乏气。

这些年省城的知识青年到宁康的农村接受贫下中农再教育，起初他们嫌煮油茶的土罐熏的乌黑发亮，觉得脏兮兮的不愿喝，后来喝上了瘾，竟然到了天天离不开的地步。他们套用当时流行的一首富有藏族韵味的流行歌曲《金珠玛米呀咕嘟》的曲调，重新填词调侃地唱道：

"我们喝的罐罐茶哎，我们吃的锅塌塌，知识青年们下乡来啊，请喝一碗罐罐茶。"

宁康天气湿热，吃酸的有助于防暑解毒，人们喜食酸味远近闻名。农家人早上出工吃酸锅塌塌，喝油茶，午饭和晚饭一般吃酸菜面，就是偶尔吃米饭也用酸菜洋芋汤浇着吃，一年吃不上几顿炒菜，也很少有人会烧炖蒸煎炸炒。刘庚源却不这样认为，有条有理的说：

"你们县招待所的菜色香味美，这不是很矛盾吗。"

姜春生解释，那都外地师傅做的。刘庚源忽然明白了，思谋着怪不得炒菜麻辣鲜香，川味实足。

横丹人民公社尚德生产大队离县城只有十几里地，不通车，沿着羊肠小道，刘庚源一行足足走了一个多小时才到大队党支部书记肖思仁住的小山村。这里，秦汉时期是氐人居住的地方，虽说现在的居民在户口本上大都填写自己是汉族，可在他们身上还多多少少保留着祖辈的风俗和生活习惯。

当地人把"横"读作"混"，把"尚"读作"丧"，初来乍到，如若询问他们，就会得到这样的答复"我们是混蛋（横丹）公社丧德（尚德）人"，异乡人一定会感到莫名其妙。一条狭长的沟，两面高耸的青山像一把把利剑直插天空。阳山上以青杠树为主，夹杂着楸木、桦树等和核桃、板栗、银杏、香椿之类的经济林木，阴山上高出是油绿的松树，半山坡里生长着楠木、红椿、莲香、梭罗等许多名贵珍稀树种。

山脚下是成片的楠竹、毛竹、慈竹等竹木组成的绿色海洋，走过清溪上的石桥，就到了肖思仁的家。他家大门前有一棵高大、枝叶繁茂的核桃树，屋后面是一片葱绿茂密的竹林。这是一座石墙黑瓦、四合院式的建筑。紧贴着院墙边生长着一大丛郁郁葱葱的芭蕉树，院子的大门是自西向东侧开着的，木门油着乌黑发亮的土漆。走进院里，屋檐伸得很长，房檐下的走廊有一米宽，使院子显得有些狭小，院子的中央有两座建造精致的坟茔。肖思仁带着民兵到山涧抓娃娃鱼去了，说是为省军区的司令员治病，他的妻子热亲地出来招呼着。这是一个年过半百的矮个子女人，长着一副扁平的黑面孔，就连脸中央的鼻子也是扁平的。高耸的黑布缠头压过头顶，她的脖子像是被肥大的头颅深深的挤压进一节到了胸腔里面，显得十分的短粗，让人看了有一种局促、压抑得透不过气的感觉。

刘庚源第一眼看到她，就在心底里担心她的那张过于平直的黑脸会被硕大的黑布缠头压垮。虽然是初秋季节，可天气依然炎热。女主人为客人泡完茶后又开始忙碌起来，秋天的太阳早把热烘烘的金色地毯铺满不太大的院子。女人一伸手把黄豆荚从屋檐下抱下采，快步走到院子里，胳膊轻轻一抖，豆荚就均匀地铺在地上的竹席上，阳光就迅速亲吻上了这些黄土地的宠儿。做完了这一切，女人又轻快地走进厨房，说要煮新酿的黄酒。刘庚源一行就坐在房檐下的竹躺椅上纳凉，一边等着肖思仁。

刘庚源心生好奇地问："娃娃鱼能吃吗？"

公社左秘书说："娃娃鱼其实不是鱼，应该是水陆两栖动物，长得样子很难看，就像大蜥蜴，它的前爪子很像月娃子的手，尤其是叫唤的声音和月娃子的声气像得很，所以我们叫它娃娃鱼。这家伙吃水里的鱼，也吃山里的野果子，老鼠和虫虫子，饿极了还吃死娃娃的肉。我们祖祖辈辈没听说过有人敢吃娃娃鱼，嫌脏。"

一旁的秘书小王说："后山的那一片林子被砍得太可惜了，那么多的青杠棒子没有点种木耳菌，朽的太可惜了。"

左秘书听后眉头一蹙，惋惜地说："前年为省城的动物园抓猴子，我们全公社的社员忙活了几天几夜，又是砍树又是烧林又是撒网，才捉了十几只猕猴，把人忙死了。说起抓猴子，还是地质队上的那些南方人厉害，那些家伙在猴子必经的路上设下套子，一晚上少说也能套一只猴子。"

小王惊奇地问："他们捉猴子做啥？"

左秘书不屑地说："这些南方人皮嘴真他妈的馋，啥都吃，和野人一样。他们住了几个月，我们这里河里的鱼让他们用鱼头精快闹（宁康方言毒死的意思）死完了。他们每天晚上拿着手电筒抓螃蟹，半夜三更的油炸螃蟹吃，还到处抓蛇，我们山上的黑乌稍、银环蛇、菜花蛇，那么多的蛇都被他们吃遍了。最恶心的是他们还吃猴子！"

刘庚源很纳闷，听人们常说猴肉是苦的，有啥好吃的，他抬眼迷茫地望着左秘书。

左秘书接着说："他们不吃猴肉，吃猴脑。据这些人说，猴脑的味道并不像人们心目中的豆腐脑那样，有些腥气却很爽滑。关键是吃猴脑图的就是这种不同反响的感觉。"

刘庚源听着听着气就上来了，嘴皮发颤，愤愤地骂道："这简直就是些畜生，还算人吗！"

看领导生气了，司机小张机灵地挤了挤眼睛，扮了个鬼脸对左秘书说：

"厉害、厉害，我还以为你们这里像水泊梁山上一样，大白天也敢杀人掠货，生吃人肉哩！"

左秘书给逗笑了，他慌忙解释："我们这里的风俗是老人过世后，就埋在自家的院子里头，这可不光是图上坟祭祖方便，主要是想和先人们生生死死在一起，永永远远不分开。你们看坟前的墓板，那可是上好的香樟木雕刻的，很讲究吧，先辈们院里埋不下了才往房后面的山坡林地里埋。我们这地方说也怪，山清水秀的，物产也丰富，可就是怪毛病多。麻风病、大骨节病、瘿瓜瓜（甲状腺肿大）就不用说了，关键是我们这里的婆娘们一个水灵灵、白嫩嫩的，就是怀不上月娃娃。小娃娃生下后一旦得上脑膜炎这类病，十个里面就有九个活不成，实在是太伤透人心了。老一辈人说小娃娃死了不能装棺材，也不可以直接埋到土里。如果把死娃娃埋了，不吉利，会变成害人精到处害人，以后还会死更多小娃娃的。"

听左秘书这么一说，刘庚源心里猛地一震。他觉得人的一生有时还真不如这山上的竹子，实在太无助可怜了。婴儿从娘胎里出来就哭天叫地的，长大了，又不得不一次次的远离父母家乡，甚至终生没见过父母一面。来的路上就听当地的山民说，一丛丛慈竹就是一个大家庭，小竹子一生一世都紧紧围绕在大竹子身边生长，大竹子死后又化成泥土供养小竹子，它们生生死死在一起，一想到这些，刘庚源就在心里好一阵的叹息，双眼感到有些潮乎乎的。

忽然，他又想起了去年秋上的一件往事。

那天，下着绵绵细雨，天色昏暗，临近黄昏，整个天空就被黑黑的乌云挤满了，秋风呜咽着从四面八方吹来，让人觉得天要塌了似的。刘庚源沿着湿滑泥泞的土路来到老乡王振华家门口时，只见门口黑压压地已站满了人，人人神情忧郁，沉浸在悲哀的氛围之中。

县革委会的房子紧张，身为副主任的王振华只得借城郊社员的房子居住。这是临街的由三间小屋组成的土木结构的瓦房，面积虽然不到六十平方米，进出却方便，对面就是供销社的门市部，买生活用品十分便利。那天王振华参加完县委常委会很晚才回家，一进低矮潮湿的屋子，见几个婆娘正和妻子一起有说有笑的纳鞋底，另一间屋子里时不时传出孩子们的打闹声。王振华早已习惯了这种吵吵闹闹的生活，朝婆娘们微笑了一下，就径直向东边的屋子走去。他还要再认真地修改一下第二天全县四级干部大会上的发言材料。也不知过了多长时间，妻子走了进来，上床铺被子时他才看了看腕上的手表，已过了十二点，这才想起招呼孩子们睡觉。他和妻子一同走进西屋，发现孩子们睡得正香。

忽然，眼尖的妻子惊叫道，六闺女不见了。忙叫醒老大询问，大女儿睡眼惺忪，一手揉着眼睛，懵懂地只顾摇头。其他的四个孩子陆续被叫醒后都说没见老六。半夜三更的不见了最小的女孩，两口子这才慌了神，打着手电筒出门漫无目的四处寻找。

两人边走边喊，在只有五百多米的街上来来回回走了几遍也不见孩子踪影。天上还在下着淅淅沥沥的秋雨，黑黑的夜空里时时回荡着他们两人悲悲切切的呼喊声。王振华妻子凄惨的哭叫声惊动了左邻右舍，众人纷纷出动帮着找孩子。后来有人发现原先立在王振华家屋檐下的架子车白天靠窗户立得好好的，咋就倒在屋檐下的达沟里了。那位有心人觉得有些蹊跷，走上前，用手电筒一照，吃惊地看见架子车扣在渠沟上，底下压着一个小女孩，那正是王振华的六女儿。

刘庚源原想送送可怜的孩子，再安慰一下同乡。没想到王振华说孩子已被扔进附近的死娃娃沟了。他很生气地埋怨老乡不该按照宁康人的风俗把孩子扔在荒山野岭。一面派人做了一副小巧的小棺材，一面带着秘书上山找孩子的尸首。他们在向导的带领下，沿着崎岖的山路艰难的行走了半个多小时，穿过一道茂密的青岗林。

刘庚源和秘书走近孩子身旁，发现孩子小脸蛋成了铁青色，小小的身躯斜卧在沟边，一道清凌凌的溪水稀里哗啦地流过她的头顶，穿过她的脊梁，从她的娇小的脚下流出，刘庚源用小棉被卷起小孩，紧紧地抱着她，一直把她抱下山。

秘书小王充满敬畏的对刘庚源说，肖支书可是名人哩。同行的县委组织部的杨干事抢着说："肖支书的事迹上了省报，还有配发了大幅照片，是地委宣传部副部长姜继高写的。"

小王兴奋地叫道："对、对，是姜部长写的，叫《社会主义的豆苗》。"

看刘庚源很感兴趣，小王说："六月份的一天，姜部长到尚德大队，正赶上下雨天，就坐在在屋檐下看书，坐在一旁的肖支书悠闲地抽老着旱烟，猛地他看见自家的房檐水下，浸泡着一株黄豆苗，他把它起了出来，准备把它移到集体的大田里。肖支书的老婆不愿意，硬要他把豆苗栽到自留地里去，说种子掉在外面，又是我们发现的就应该种到自留地里，肖支书坚决不同意，说这是集体的种子发的芽，应该移到集体的地里，不能损公肥私。"

司机小张一听，讥讽着说："路归路桥归桥，根本不是那么回事。"

话音刚落，杨干事急了，极力矫正道："你注意自己的革命立场，不能往先进脸上抹黑！"

刘庚源不以为然地说："要实事求是，不要乱给人上纲上线。"

小张稚嫩的脸上渗出一层细密的汗珠，小脸涨得通红通红，有些结巴地说："嗯、听老乡说，那天支书的老婆上山割猪草去了，根本不在家。肖支书在他家门外的路边发现了一颗黄豆苗，长的很胖实，他怕被过往的行人或牲口踩坏，就用手把它起了出来，打算移到屋后的自留地里去，正好让住在他家的姜部长看见了。姜部长说这是集体的种子长出的豆苗，就应该移到集体的地里去才对，肖支书虽说有些不情愿，但是地区的领导这么说了，只好把豆苗移到了集体的大田里，事情就这么简单。不信你们看看，这里人都把自家的祖先埋在院子中间了，小小的院里，埋上几座坟，哪有长豆苗的地方！"

刘庚源又问："八月份省报上刊登的自己出钱买毛主席著作，让社员们学习的照片上的主人公也是肖思仁了？"

小张正要回答，肖思仁的老婆端着冒着热气、滚烫的苞谷酒走了过来。洁净的白瓷碗里的血红液体正冒着喷鼻的酒气，刘庚源就像第一次见到人参果的唐僧那样满脸惊异，热气腾腾一碗黄酒在手里，却没马上喝。

小张急忙解释道："这是我们当地的苞谷和高粱酿的土酒，高粱多了黄酒就成了血红色，苞谷多了黄酒就成金黄色，红酒最养人。"

刘庚源屏住气，轻轻地押了一口，热辣辣酸溜溜的黄酒一入喉管，就呛得他差点没喘过气来，幸好从小吃惯了醋，不然肯定会呛得咕咕嘎嘎。一旁，肖思仁的老婆早已满脸的愧疚。大概是听到他们刚才的对话了，急切地表白：

"我家可没有那么多的闲钱，那都是城里来的姜部长带来的书，他和我家掌柜的商量了好长时间才定下的。吃完中午饭他们俩就忙着把姜部长从县委宣传部要来的一百多本书分头藏在麦垛子里，等下午社员们上工的时候，有人在取连枷，有人在拿铁叉时就轻轻松松地发现了红宝书。早在一旁守候的姜部长就出来，让我们家掌柜的拿起书，和大家一起照了张相，其实一点意思都没有。"

说完头也没回就离开了，几个年轻人面面相觑，不知再说什么好。而刘庚源此时只觉得浑身发热，大汗淋漓，一双眼睛紧紧地盯着碗里血红色的酒发愣，院子里显得出奇的安静，只有树上的麦蝉仍在不知疲倦地"知了、知了"地叫个不停。

这时，门外传来一声洪亮的声音"领导们辛苦了！"说话间一个中年男人走进了院子，来者正是肖思仁。他长着一对骨碌碌转着的亮眼睛，不说话时好像总是在偷看人。他的右脸颊有一块疤痕，据说是在孩子的时候被一匹受惊吓的马蹄擦伤的，远远看去给人的感觉老是在微笑，人送外号笑和尚。不等杨干事的介绍完，他乐呵呵地就迎了上去，粗大的双手紧紧握住刘庚源细长无肉的手，嘴里不住地念叨着"领导辛苦，领导辛苦。"

刘庚源努力挣脱被卡住的双手，不冷不热地问：

"今年生产队的农业生产搞得怎样？

肖思仁半眯着眼喜气洋洋地回答："欢得很（宁康方言，好的很的意思）！"

刘庚源又问："有多好？"肖思仁骄傲地拍拍胸脯说：

"粮食产量能过黄河，亩产超千斤不成问题，明年我们要争取跨长江，学习昔阳县，建设大寨式生产大队。"

刘庚源似乎对他的回答不感兴趣，关切地问："你们这里出产木耳、核桃、板栗、银杏、还有天麻、杜仲、桐油、有这么多的赚钱的东西咋不大搞些副业生产呢？"

刘庚源的一连串不同以往的提问，使一向在领导面前善于汇报工作的肖思仁显得有些手忙脚乱，他感到有些心慌意乱，被晒黑的脸庞霎时泛起红云，很不自在地抬起右手挠起自己头上黑魆魆的如钢丝一般的短发，沉默了一会儿后吞吞吐吐地说：

"我们，这不，对！报纸上说要割资本主义尾巴，批判唯生产力论，大批修正主义。"

刘庚源"嗯"地站了起来，拉长着脸生气地说："你胡扯啥，你知道啥叫生产力，啥叫资本主义，我叫你带领大伙搞集体副业，谁说要单干，要搞资本主义了！"

肖思仁的古铜色的脸黑成了一片，吓得连连吐舌，一时弄不明白领导为啥发这么大的火。停了停，刘庚源又问他："参加四届全国人大会议的感受？"

这下肖思仁来了精神，他又一次挺起胸膛，厚厚的嘴唇开始吧嗒吧嗒说："人民大会堂大得很，天安门广场比咱们县上的体育场大几百倍，天安门城楼，高的比城墙还要高，上面的毛主席画像画的跟真人一模一样。噢！我看见伟大领袖毛主席了，他老人家跟画上画地一模一样。"

年轻人忍俊不禁，小王急忙转过身子，捂住嘴，尽量不让自己笑出声来，不料弄巧成拙，反倒发出"咕咕咕咕"的怪叫声。慌乱中小杨急中生智，立刻弯下腰，装出系鞋带的样子，偷着笑个不停。司机小张早已控制不自己，前仰后合地笑个不停。刘庚源也差点被逗笑了，他努力控制住自己的情绪，锐利的目光紧紧地注视着对方，肖思仁人还在滔滔不绝地说着：

"人民大会堂发的铅笔很粗很粗，有我们用过的铅笔两个那么大，白面馒头白的比雪还要白。"

见肖思仁还在夸夸其谈，刘庚源实在忍不住了，不客气地说："好了，好了，这些我都知道。"

喋喋不休的肖思仁正在兴头上，突然被叫停，显得不知所措，红着脸张着大嘴巴，半天没有合拢，那形象很容易让人联想到被扔上岸的鱼，可怜巴巴张着嘴，吃力地呼吸的样子。他讪讪地站在原地，一脸的尴尬，而刘庚源一行早已大步流星地走出了他家的大门。

# 第十五章

头戴破棉帽

身穿补丁衣

手住文明棍

吃遍百家饭

——宁康童谣

在机关里流行着这样一句顺口溜："跟着组织部天天有进步，跟着宣传部经常犯错误。"一年多了，可刘庚源还是不适应组织部的工作环境，觉得这是一个高深莫测的神秘地方。加上自己和部长也就十来个人，可总觉得经常人头攒动，身子背后被无数的只眼睛牢牢地盯着。他细细观察过，管档案的老张是部长的老乡，一个瘦里吧唧的矮个子的中年人，没啥文化，给人以憨厚老实的印象。老张是地委组织部正县级的地委组员，经常带着抽调的干部到基层和地直各单位考察二部。他虽然很不善言谈，却在干部中很受尊敬和欢迎，甚至比自己这个副部长还要吃香。这不仅仅是由于老张能够在领导面前说上话，而且说话管用，关键还映证了那句古话的正确性，"沉默是金"，少说话威信高。

不过世界上的事根本就没有绝对完美，刘庚源发现一次部务会议结束后，一份拟提拔的人员名单就很快提交到地委委员会议上，不久在地委的人员任命文件里他发现了一个惊人的秘密。他清楚记得一个叫杜元的人根本就没列在被考察的人员名单之中，也就说此人不属于提拔对象，在地委组织部部务会议上，作为负责考察的自己也不可能汇报这个人的情况。可是这个人却被任命成了地区园艺站的副站长。刘庚源曾向地区农业局局长，自己的老乡侧面打问杜元的情况。老乡抱怨说，你们把人都提拔了还装模作样的考察啥。刘庚源被噎了一回，又怕生出麻烦只得说随便问问。

老乡生气地说："杜元和你们组织部的老张关系很铁，真是老乡见老乡啊，一个二球货也能当领导。"

被老乡狠狠地呛了一顿的刘庚源，自觉得无趣，可又不甘心，回来就让人把那天的部务会议记录和原始文件找了出来。他细细的查看部务会议记录，发现里面没有杜元，而在给地委上报的那份文件的原始稿件最后赫然写着杜元，从墨迹的颜色看分明是后来添加上去的，字体明显是老张的。

这天，刘庚源把老张叫到自己的办公室盘问杜元被提拔的来龙去脉。老张鼓着腮帮子，吱呜了半天也没说出个理由，看他真生气了，才小声说：这种小事领导们知道。过了几天，部长回来了，刘庚源就把杜元的事汇报给了领导，部长等他说完后，只是轻描淡写地说：

"组织部提拔的人太多了，事无巨细是不可能的，关键岗位、关键的人员没出问题就不错了。干部考核组有老张把关出不了大错，时间长了你就慢慢习惯了。"

刘庚源想不通，可又再无处刨根问底，更觉得老张能量不容低估。

老张除了回家吃饭外，几乎每时每刻都在单位上，他在档案室里搭了一张床，一年四季住在里面。所以冬天里人们总能看见，组织部的大办公室的灯亮得最早也关得最晚，而且煤炉子的火烧的最早而封的也最迟。刘庚源隐隐约约从他人口中听到老张和妻子一直不和，至于究竟是何原因却不得而知。至于戴着高度近视眼镜，面皮煞白的秘书小刘，他总觉得有些阴森森的。这个年轻人见谁都点头哈腰，可一旦遇上基层办事的人就立马换成了另一副嘴脸，颐指气使，好不威风。

部长是个老胃病，据说先前从不吃早点。小刘到组织部后，听到此事后一个劲地摇头，他说自己家乡的一位很有名气的老中医说，不吃早点得胆结石的可能性很大，这样下去领导的身体会拖垮的！还说治胃病最好用食疗，而烤得焦黄的蒸馍自然是最好的食材。于是除了老张，组织部里小刘总是每天第一个到单位上，然后就把从机关大灶上买来的白面馍切成薄片，在电炉子上细心的炙烤。看见部长一进办公室，就迎上去，捧着烤好的馍，殷勤地说：

"刚刚烤好了，你尝尝。"

当然让刘庚源感到厌恶的人还有一个，那就是干部科的副科长高天才。干部科专管干部任用提拔，自然是地委大院里的第一科。长期在一个有权有势的地方或部门工作，工作熟门熟路是一个方面，更重要的渐渐地就会把公共权力集中在个别人的手中，而这种人就会靠山吃山，借机谋取个人好处，说话办事自然就养成了高高在上、装腔作势的习惯。

其貌不扬的高天才说话总是啃啃叽叽地，常常是半截子话在嘴里，半截子话还在肚子里，装出一副神秘而又不可一世的样子。还有机关里开北京吉普的司机，人到中年的张师也不是饶爷的孙子。他仗着驾驶技术好又能鞍前马后的把部长伺候舒舒服服，深得部长的信赖和喜爱，于是就经常自觉不自觉地在一些县级以下领导干部跟前指指点点的。那些领导们碍于部长的面子只得忍气吞声地任由他在面前指手画脚，甚至装出尊敬的样子假意聆听他的所谓指导，由于一把手部长总是睁一只眼闭一只眼的不闻也不问，甚至是装聋作哑，时间一长人们在私下里给张师起了的响当当的外号——二部长。

地委组织部部长因病去世，副部长刘庚源整天被机关事务忙得不可开交。四月天里终于有了一段空闲时间，安排好日常工作，他就去了宁康县。他觉得只有到那里，自己的身心才能有一些放松和缓解。这天晚饭后，他找姜春生下棋，刚坐下不久，县委办公室的秘书就找来，说是省委组织部的雷副部长来了，刘庚源只得匆忙地离开。

胖乎乎的雷部长是分管二部的副部长，他是专程下来考察地委组织部副部长刘庚源的。也就是说考察合格，刘庚源就极有可能接任地委组织部长一职，这样也就能当上地委委员，顺理成章的进入副地级干部的序列。雷部长在地委大院里没见到人，听说刘庚源到了宁康，他没有采纳地委领导提出的把刘庚源召回地委谈话的意见，决定亲自到县上找刘庚源。

刘庚源不知道这一切，雷部长也没有向任何人告诉过，一见面他就提出要和他下象棋，这让刘庚源既感到新鲜，又觉得很高兴。

一阵简短的寒暄后，两人就对弈起来。刘庚源一出手就来了个当头炮，雷副部长眉头一皱，心里掠过一丝不快，不过很快就烟消云散了。他暗暗规劝自己，这些老干部向来直来直去，大概都是这样吧，他甚至有些好笑，上场就放炮，看来对手的棋艺并不怎么样，这么想着嘴角禁不住流露出一丝笑意。

突然一声"将"！吓了雷部长一跳，定睛一看，原来刘庚源已把底炮放在了底边线上，好个背攻！真是大意失荆州，雷部长提出悔棋，刘庚源头一偏，嚷嚷着："这是君子玩意啊，"那认真样子竟没有一点挽回的余地，雷部长只得重新摆棋，顿时心里有了说出的不快。

第二局雷部长步步设防，招招紧逼，用"铁门栓"把对手一招钉死在城池之下。他瞥了一眼刘庚源，发现他一脸的不服气，一言不发地只顾摆棋，没有一点认输服软的意思。第三局刘庚源还是当头炮，雷部长接着跳马，一个出车另一个就跳马，你攻卒，我出兵，双方咬得死死的，毫不相让。后来，刘庚源剩下了一马，两士，雷部长留有士、象和一炮，都只剩下了招架之功，相互不服，纠缠了好长时间，在雷部长的再三催促下，刘庚源才同意握手言和。

雷部长看看表提醒他，十二点了。刘庚源央求再下一盘，雷部长勉强同意，于是两人又对杀起来。中间雷部长有意卖了个破绽，又一次提出悔棋，而且态度很坚决。刘庚源低着尖修修的脑袋硬是不答应，雷部长心里直骂死脑筋，可脸上依旧一副无所谓的样子。下了一会儿，峰回路转，棋走的顺了，他不由得哼起秦腔《血泪仇》里王仁厚的唱段来：

"我叫一声，狗娃、狗娃，你这不明白的狗娃、狗娃……"

听惯了晋剧的刘庚源，听见秦腔吼就闹心，结果没三两下就败下阵来。他的犟劲上来了，又摆起了棋子，缠着非要分出个胜负不可。雷部长只得强忍着内心的不满和他继续对弈，口口声声说，这是最后一盘，刘庚源高兴的如小孩子一般。雷部长有意不出车，不到三分钟，就被刘庚源将死了。刘庚源觉得意犹未尽，邀他明天再下，雷部长"哼"了一声，不再理会刘庚源，独自回客房睡觉去了。

翌日，吃完早点，刘庚源问领导还要到哪儿检查，雷部长淡淡笑着说"回省城"。刘庚源感到有些可笑，又有些没明其妙，雷部长的小车屁股后面吐出一股青烟转眼就早已消失了茫茫林海里，他还在原地不知所措地傻看着。

刘庚源走后，陈月华就出来洗白瓷茶杯。姜春生坐在竹椅上一言不发，默默地看着妻子在收拾茶具。看孩子们还没回家，陈月华温婉地说：

"我们食堂的许大师提拔了，今天下午宣布的，汪大师没当成领导，哎！徒弟给师傅当领导，也真够别扭的。"

看妻子还要往下说，姜春生有些不耐烦了，气咻咻地说："我是县委办公室主任，早知道这些事了。"

陈月华见丈夫一提这事就烦躁，心充满了委屈和不满，索性大着胆子连讥带讽的说：

"谁不知道你是堂堂的大主任，汪大师片地卤煮猪头肉真是一绝，你知道吗，我们单位的人都说是许大师抢了汪大师的位置！"

姜春生一听觉得又气又好笑，知道妻子出于一片善意，不想使她难堪。就耐着性子说：

"这领导岗位又不是谁家祖上传下来的铁帽子，谁上谁下是组织决定的事，亏你还在县委大院里住了这么多年。"

陈月华听后不服气地说："组织还不是由人组成的，人们都说许大师听领导的话，会溜勾子。汪大师菜炒得好，嘴不饶人，爱说别人，领导不喜欢，再有本事还不是得受别人管！"

姜春生心里也觉得有股子气憋得慌，可他不想就此认输，遂装出无所谓的样子说："业务技术好不等于就有领导能力，况且革命工作，哪来的高低贵贱之分。"

眼看着丈夫不接自己的话茬，陈月华沉不住气了，只得直截了当地说："你们单位的打字员老张，一个老婆娘了还时常到咱家里来帮着我洗衣服，寒冬腊月的在冰冷的水龙头下洗这洗那，人家图个啥？"

姜春生不假思索地说："你别拿你们婆娘女子之间的事来胡搅蛮缠好不好？"

陈月华不依不饶地说："你是君子大人，我们就是小人。你说要不是你给她们俩口子当领导，凭啥人家一个县委的打字员要帮我一个服务公司食堂的小小的售票员缝缝洗洗？听说你们单位在推荐她的男人，难道这世上真有无缘无故的爱不成！"

姜春生一时无语，只顾着施劲地吸烟。见丈夫的脸色变得温和了许多，陈月华进一步壮大胆量趁热打铁般地继续说道："你也玩了半辈子笔杆子了，光县委书记就陪了不少，手底下的秘书通讯员提拔了不少，他们当中有人都成了县级干部。就说那个和你认老乡的姜继高，你当县委办副主任时，他还是宣传部的干事，人家地委宣传部的副部长都当了几年了。你不是常教育孩子们，人往高处走吗，该走动就得走动走动。俗话说'人挪活、树挪死'，可千万别吊死在一棵歪脖子树上。"

妻子说完站在一旁，那双美丽的大眼睛扑闪扑闪地偷偷地瞅着丈夫，做好了挨骂受训的准备。过了一会儿，姜春生深情地看了一眼妻子，自我解嘲道："说真的，当初我让母亲硬拉扯着参加工作，目的就是想给家里挣些打面钱，图个一家人不再受冻挨饿，说不上有远大的理想，更没敢想升官发财，就想这把工作干好，对得起这份工资。说实话这份工资不多，但比起农民一年四季风里来雨里去的在庄稼地里累死累活地挣工分要轻松得多，比起寒冬腊月里，没日没夜的在岷州鲁大昌的马圈里背马粪划来得很。你还记得岷州城里要饭的老阿婆吗？你最多也就只知道她无儿无女，孤独可怜这些表面的现象。我告诉你一个你不知道的事情，她为啥不吃要来的白面馍馍。好些人都说她傻，老糊涂了，分不清好坏。我问过她，她说自己今生今世的遭遇都是上辈子的孽缘，前一世做了许多亏心事才落得今生这样悲惨的遭遇，所以自己不配吃白面馍馍。她说人这一辈子最难的不是吃不饱肚子，最难的是能不能克制住自己吃了五谷还想要吃六谷的念想。她把要来的白面馍馍送给别人吃，就是在时时刻刻提醒自己不要忘记自己的罪过，少些非分之想。

"昨天我和县上的领导刚走进县委大门，就被一个可怜兮兮的老阿婆挡住了，她开口'爸爸长爸爸短'，一听就是岷州人，我赶紧给她手里塞了一元钱，生怕让领导们知道她就是我们岷州老乡。谁想那老婆子眼泪巴巴的就是不肯离开，还想拉书记的手继续讨要。我忙让秘书把她强行拉开，送到县收容所去。当时我的心里很难受，她的年纪和我母亲一样大，看到她，我就想起了自己受苦的母亲。我真不明白，我们的农民还这样苦，连饭都吃不饱，想一想这些穷人，咱家每天白米细面的还有啥不满足。当然，身在机关不可能不想我上他下的一些琐事。这些年看着别人尤其是比自己能力低的人靠溜须拍马上去了，我并不是无动于衷，人非草木谁也无法摆脱，我更不是铁打铜铸的。但是，当老师就要为人师表，从医就得有一颗仁心，做官可不能没了良知。你说我一个大老爷们，在别人面前整天装孙子，低眉折腰，摇尾乞怜，打死我都做不到。让我开口跟领导死皮赖脸的跑官要官，这还像人嘛！"

陈月华觉得丈夫有些不可理喻，尽量克制住心中的不满和愤懑，冷冷地说：

"谁让你厚着脸皮去要官了。我说的是领导也是人，也有七情六欲，猴子还喜欢戴高帽子哩，说些好话能把人挣死累死。你看咱们隔壁邻居老权，整天笑眯眯的，领着自己的家里人隔三岔五地就往书记家里跑，不是提些苹果，就是送些点心饼干，才一年多就从县委组织部的副部长变成一把手了。你没听宁康人说'办事靠茅台，当官靠后台；真理在讲台，包公在舞台。'谁像你这样死脑筋！"

姜春生越听越觉得不像话，高高的印堂开始慢慢发红，渐渐满脸通红，他板起面孔怒吼道：

"你咋蹬鼻子就上脸，越说越离谱了。让我给领导送礼拜年，这么多年我给娘老子都没拜过年哩。古人说'君子谋道，小人谋食。'我们这个贫穷的农业大国，几千来就一直为吃饱肚子在奋斗，我们小人物谈不上谋圣贤之道，但我绝不是那种整天只想着往上爬，一心一意升官发财的无耻之徒！"

陈月华原想着劝丈夫找找刘庚源，眼瞅着丈夫的犟脾气上来了，陈月华知道多说无益，借口去做晚饭向厨房走去。妻子的背影早已消失了，可姜春生的心绪还没有平静下来，一时陷入深深的沉思之中，那种可怕的孤独寂寞很快爬上了他的心头。

省上下派了新部长，刘庚源仍旧留任组织部副部长。一年以后才有熟人告诉刘庚源，雷副部长回去汇报说，刘庚源思想偏执，不懂得回旋和沟通，思路不够敏捷、思想愚昧僵化，缺乏做组织工作的全局意识和协调能力。

# 第十六章

人多的会议不重要
重要的会议人不多
研究小事开大会
研究大事开小会
　　　　——宁康民谣

县武装部长不再兼任县委书记、县革委会主任，也就意味着军管结束了，新来的县委书记是岳阳。和十几年前比岳阳的身材魁梧多了，冷峻的脸盘变得圆润丰满了，脑壳和脸都显得很红润，头发油光发亮朝后整齐地梳理着，一副黑边的近视眼镜架在高高的鼻梁，常人第一次见面，绝对会认为他要不是学识渊博的专家教授，至少也应该是有着深厚家学渊源的学者。

县委常委会上，待常委们发完言后，岳阳整了整身子，声音宏亮地说：

"我在街上转了转，一根纸烟没吃完就转完的小县城，到处是猪粪，老母猪躺在县革委门口晒太阳，大家有没有感受？"

众人在底下"嘿嘿"发笑，他豹眼突起，像要从眼眶里蹦出来似的，语气变得很生硬，气愤地说道：

"更可怕的是卖洋芋觉团、米线的小摊小贩比比皆是，这是什么？同志们啊，这是资本主义复辟！我们的市管会哪里去了？公安局哪里去了？"

面对众人表现出来的麻木不仁的样子岳阳真动怒了，会场霎时静了下来。岳阳端起罩着用细塑料绳编织的网罩的玻璃杯子，"咕嘟、咕嘟"地喝了一气，满满的一杯茶水被喝光后，他的情绪才得到了少许的平复，语气也稍加有了缓和，他继续说：

"为了全面开展理论实践活动，加强社会治安管理工作，上面要求学习上海的先进经验，各县都要成里民兵小分队，大家议一议，看有没有合适的人选？"

会场里"嗡嗡"地的嚷开了。过了一会儿，县委副书记、革委会第一副主任李文斌习惯地用右手扶了扶消瘦的脸上的黑色的宽边眼镜框，闷声闷气、斯斯文文地说："组织部前面已经考察过公安局的马崇崇了。"

岳阳是个派性思想很重的人，他虽然不曾和李文斌共过事，可面对眼前这个和自己不是来自同一个群众组织的县革委会副职，还是心存芥蒂的，对他的说法自然是疑心重重，所以没有马上表态。转身认真地问县委组织部长邬胜利：

"这个人，你们组织部掌握了多少情况？"

邬胜利说："马崇崇出身贫下中农家庭，退伍的革命军人。且表现积极，不怕得罪人。在地区公安处工作期间凭着留下的一个指纹，经过认真仔细分析，侦破了石元元'反革命'案。县委组织部的副部长朱宪带队对他进行了专门的考察。"

接着其他的几个领导也纷纷发言，有人说马崇崇既懂业务又会些武术早该提拔了，也有人说他爱打人好逞能在群众影响很坏，更多人认为马崇崇哥们义气严重，像个流里流气的二杆子，不适合当领导。众说纷纭，议论来议论去，最后大多数人觉得没有更合适的人选，觉得从矮子里面选将军，还是马崇崇当县民兵小分队队长合适。

下班回到家里，姜春生一头倒在床上，只顾长长地嘘气。妻子陈月华爱怜地摸摸他的额头，低着细眉温存地问：

"不舒服？"

姜春生没答话，双眼直直地望着天花板发愣。陈月华看见丈夫右手拿着一封信，扒开他的手指，拿出一看，原来是一份从西安寄来的私信，信是这样写的：

大哥你好：

西安一别，已有十年。十年生死两茫茫，骨肉兄弟自难忘，也不知兄长生活可好？辛亥革命只不过赶走了一个皇帝，五四运动仅仅打倒了一个孔家店，如今的中国不再是秦始皇时候的中国，"普天之下，莫非王土；率土之兵，莫非王臣"的时代，一去不返了。《水浒》不好，并不在只反贪官污吏不反皇帝，鼓吹教唆人投降皇帝，效忠皇帝，它的关键在于揭露了历次农民起义的实质。那些当初默默无闻于乡间田野的所谓英雄，为了唤醒民众跟自己一起造反，喊出许多诸如"有饭同吃、有衣同穿、有田同耕"的口号，打着"替天行道"的幌子揭竿而起。无论是成功的朱元璋还是失败的李自成，以及没成功的陈胜、吴广等大大小小的农民起义军头领，就很快忘记了"苟富贵、勿相忘"的最初誓言。在他们眼里，权力就是一切，马克思主义的照妖镜，让一切白骨精原形毕露！横扫害人虫，全无敌！

信的落款署名是"姜西京"。看完信，陈月华脸色煞白，急切地问姜西京是谁，姜春生紧闭闭着双目，有气无力的撇下一句：应该是老家二叔的小儿子。陈月华心里害怕极了，瘦小的身子在瑟瑟发抖，惊恐万状地说：

"这信有问题，怕有人要害你吧。"

姜春生一听，猛地从床上坐起，疑心重重地说："按理说是亲戚他就不该害我，我很怀疑该不是坏人在作怪，从中搞鬼想置我于死地？"想起昨晚上一家人在电影院里看的朝鲜反特电影《原形毕露》，陈月华的樱桃小嘴变得麻利起来，叫喊道："嗷，该不会是特务捣乱，赶紧让组织上查一下。"

看着妻子一惊一乍的表情显得有些滑稽，姜春生想笑又笑不出来，痛苦的沉思了一会儿，还是不知道怎么办好，只得心中把唯一的希望寄托在马崇崇身上，有气无力的从牙缝里挤出几句："豁出去了，事已如此只能死马当活马医，只有靠马崇崇了。"

没等他说完，陈月华就立即反对，柳眉倒竖、态度坚决地说："马崇崇就是个大二货，成天领着一帮年轻人追追打打的，赶着农民的猪在街上乱跑，看见老阿婆卖鸡蛋，一把夺过就往烂里摔。小县城让他们一帮搞得鸡飞狗上墙的，你没听人们背地里在骂啥哩！"

姜春生满腹狐疑地望着她，像是不认识似的。陈月华也没再顾忌丈夫的感受，倒豆子似的继续说道："夜里有小娃娃闹觉，大人们一说'马崇崇来了'，哭得再凶的娃娃都会吓得不敢再哭了。"

姜春生内心也很纠结，身在异乡为异客，眼下身边没有几个知心朋友，只能无可奈何地、近乎绝望地说：

"在宁康我们人生地不熟的，老马毕竟是熟人，不找他再找谁？"

陈月华也觉得再想不出更好的人，无力地靠在床头上，绝望地瞅着脚下阴暗潮湿的地板发愣，心头像有针扎似的难受，眼圈开始发红，一行泪水慢慢从她那凝滞的眼框里如同泉水一样流了出来。

姜春生在办公室里阅读列宁的《国家与革命》，通讯员敲门进来，说岳书记叫过去。姜春生一听突然紧张起来，以为保卫部门的人找上门来了，脸色变得苍白，心儿"怦、怦"的狂跳着。出门没防顾，一头碰在张开的窗棂上，宽阔的前额上顷刻就生出大大的血包，疼的差点叫出声来。他顾不得痛疼，痛苦地咧着嘴，踉踉跄跄跑过去，气喘吁吁、忐忑不安地走进岳阳的办公室。

岳阳端正襟危坐在办公桌前，见姜春生抚着脑门走进来，和颜悦色的地说：

"孙家院的农田基建上马了，要让燕河穿过白云山，把一千多亩的河滩变成米粮川。河水改道，青山让路，晚上我们去感受一下贫下中农改天换地的壮志豪情。"

姜春生悬着的心"悠"地落了下来，原来是虚惊一场，他激动的一个劲地点头。这让一向不苟言笑的岳阳脸上掠过一丝难以察觉的微笑，他轻轻拍着姜春生宽阔的肩膀说：

"不要激动，革命的新高潮还远远没到哩。"

夜幕下的工地上灯火通明，红旗在猎猎的北风中呼啦啦地响着，山间潮湿的寒流侵袭着每个角落。从吉普车上下来，一股冰凉的寒风就迎面吹来，姜春生打了一个寒战，时令已过大寒，天气确实冷得很。公社书记王福成跑过来接岳阳，边走边给他汇报工作。

王福成是个二十多岁的年轻人，他原名叫和平。他的父亲王明先是个中学教师，和一个叫贾福成的数学老师，是志同道合的朋友，尽管两人在教学上时常发生争执,有时为一个问题难免吵得面红耳赤,甚至连续几日不再来往,但过一段时间两人就又会重归于好。"文化大革命"他们分别参加了不同的群众组织,结果成了势不两立的对头。为了泄恨,王明先把昔日的好友的名字给自己的儿子安上,改王和平为王福成。气愤不过的贾福成,采取以牙还牙的办法,立即把自己儿子的名字瑞麒改成了明先。

一片开阔地上,已经站满了许多人,男男女女的头上大都围着围巾,只有极少数人头上戴着火车头棉帽子。在刺骨的寒风里人们简着双手,不住地跺着脚来驱赶脚下寒冷,闲聊着焦急无奈地等待着大会的开始。等岳阳一行走近了,人们马上安静了下来。广播里反复播放的歌曲戛然而止。身子滚圆的王福成利索地串到到会场中央,站在临时用一张桌子布置的主席台前,扯开嗓门激动地呼喊起来:

"社员们,革命形势一片大好,今晚,县委岳书记在百忙之中亲自参加我们的大会,大家热烈欢迎!"

空旷的原野上回响起稀稀落落的掌声。王福成声嘶力竭地说:"我们一定要把燕河水从山中引过!"

一片掌声后,王福成接着说:"我们县上的形势呀和全国一样大好,为了鼓舞斗志,我们每晚都要组织会。"

话音刚落,会上立刻出现的一阵骚动,人们"嗡嗡"地嚷开了。王福成扯开嗓门喊道:"把坏分子林有财,地主婆刘彩英押上来!"一个花白胡须的老社员站出来气势汹汹地质问:林有财你要低头认罪,他像一头好斗的公牛双目怒视着面前的人,发现他脸上没有丝毫悔过自新的样子,恶狠狠地逼问:

"你要老实把你们一伙投机倒把,还倒卖苞谷,破坏农业生产,不好好参加农田基本建设,彻彻底底的交代出来!"

名叫林有财的男子可怜兮兮地带着哭腔说:"我没干啥啊,就是想卖掉省下的口粮换几块钱为老娘好治病!"听到这些,有人叫骂了起来。这时,一个年轻人突然窜出来,指着林有财乌青的大鼻子,气急败坏地问:"你以为你是美国佬的干儿子,你说生产队牛圈里的草是咋弄脏的?"林有财翻着白眼一时答不上来。那后生狠狠地嘲他啐了一口痰,义正言辞地说:"你在牛圈里搞破鞋,弄脏了草料,牛才病了,这是不是破坏集体生产?"听到这些，许多人嬉笑起来。一个青年女子也冲到主席台前，她狠狠地推了一把刘彩英。刘彩英剜了她一眼，嘴角蠕动着，也听不清在说啥。姑娘生气了，一巴掌打在她脸上，凶巴巴地问："地主婆，你前两天到我们铁姑娘队的实验田干啥坏事去了？"刘彩英右手捂着火辣辣的脸，说："我就拉了一泡屎。"那姑娘不依不挠地说："谁要你们剥削阶级的臭狗屎，我看你是分明在搞破坏。捣乱破坏，再捣乱再失败，你们终将逃不脱失败的命运！"说罢就风风火火地跑回人群当中。王福成抓过麦克风带头呼喊口号，大会才算结束。

回到公社书记王福成的办公室，岳阳洗完脸，打算睡觉。王福成笑盈盈的端上黄焖鸡块，谦虚地说：

"没啥好吃的，让领导们受累了。"

岳阳先前就觉得早早的睡觉有些欠欠的，但又不知从何说起，看到香气扑鼻的鸡肉，心情立马变得愉悦起来，嘴上却淡淡地说："都半夜了还吃个啥。"

他刚坐了下来，几个菜又端了上来，于是就对大家说："恭敬不如从命，都来吃。"

吃了一会儿菜，王福成打开一瓶白酒的瓶盖，满满地斟上两杯酒，躬着身子、双手捧着小酒碟，恭恭敬敬地走到岳阳的跟前。和岳阳硕大的身子相比，矮小的王福成就像个站在大人身边的顽皮的小孩，他谦卑、柔顺地说：

"岳书记，给您敬一杯酒，感谢你来指导我们的工作。"

岳阳左手示意他坐下，右手端起酒盅，王福成却娇情地说："领导喝完了我再坐也不迟。"

岳阳半开玩笑地说："你这是要将我的军啊。"

说话间他还是满满地喝下了面前的两杯酒。王福成又满了两杯酒招呼司机老李，李师："喝两杯！"李师傅看看领导，推辞说我要开车。岳阳瞥了他一眼后说："今晚不走了，你也喝几杯。"

李师傅如获赦令，双手同时取过两只酒杯，"嗞、嗞"地喝尽了杯中的酒。王福成见机奉承道："能喝半斤喝一斤，这样的同志能提拔，能喝一斤喝半斤这样的同志靠不住。"

最后王福成慢条斯理地走到姜春生面前，带着看不起的神情，不太情愿地说："来你也喝一杯。"

姜春生起身礼貌地说："我不喝酒。"

一旁的岳阳说："不喝也好，头脑清醒了好写材料，福成拿过来我喝。"

王福成却傲气十足地说："喝酒不积极思想有问题，年轻人的酒怎么能让老领导代呢，不行，他非喝不可。"

姜春生心里很生气，看大家都在兴头上，不好意思扫众人的兴，硬邦邦地说："我这几天胃疼，实在喝不成。"

王福成听后更是紧追不放，一副不可一世的样子，很是霸气地说："宁叫胃穿个洞，不让感情裂个缝。酒得喝下去，工作才能搞上去。难得岳书记高兴，不行，这酒你当秘书的非喝不可！"

姜春生觉得实在忍无可忍，正要好好教训一下眼前这个鲜廉寡耻的狂徒。岳阳突然开口了：

"福成，你不要为难姜主任了，拿来我喝。"

一旁的李师傅不屑一顾的低声对姜春生说："别理他，巴拉压，溜勾子（屁股）客。"

面色潮红的姜春生没听明白，想问个究竟，却见王福成佯装酒醉，尴尬地撇了撇嘴，不自然地干笑着，不住地晃动着手中酒杯，白嫩的瓜籽脸上堆满歉意，撒娇似地靠近姜春生，伸出右手扭扭捏捏地在自己右脸颊上轻轻一扇，一道红云初起。然后他半是埋怨、又有些委屈似的说：

"领导怎么早没告诉我哩，我还以为是县委办公室的秘书，嗷，大秘书，我，我真是有眼不识泰山。"

说着又重重地给自己掴一记耳光，瞬间白白的脸上红出一大片。姜春生感到一阵恶心，厌恶地说："我没那么大的命，可不敢当你这父母官的丈人。"

众人一时没有明白不过他话里有话，只有岳阳心知肚明，忙打岔道："行了行了，一个战壕里的战友，虚情假意啥，福成你自罚三杯！"

王福成立即端起酒杯，满满的饮了三杯。

岳阳又对姜春生说："你吃菜，吃饱了好搞材料。"

姜春生也不好再理论，坐了下来。草草吃了几口菜和一碗米饭，觉得实在无聊，给岳阳打了个招呼就离开了。

# 第十七章

病来如山倒
病去如抽丝
没钱住南房
时时见阎王
　　——宁康俚语

　　地区医院虽说是全地区最六、最好的医院，也就是比一般的县级医院多占了几十亩地，多修了几十间平房，多了些医务人员而已，医疗设备比起县级医院几乎没有太大的区别。说是卫生机构，从县上到地区，脏乱差最突出的地方就属医院了。一进医院大门就可以闻到夹杂着来苏水味和医院特有的难闻的刺鼻的臭味，随处可见的废弃的药品盒、输液管之类的垃圾。走进病区的过道，两面的墙壁被人们三火做饭的柴火熏的黑乎乎的，病房里更是拥挤不堪，怪味臭气弥漫，让人望而却步。一些以幽默见长的老百姓说，凡是以人民定义的政府、公检法等部门，大都戒备森严，只有各级的人民医院的大门二十四小时对人民开放，可它却是人民最不愿意去的地方。提及医院，人人都内心忐忑不安，可谁也无法保证自己哪天不生个大病小疾的，于是医院在民众心里无疑就是一个与死亡、灾难紧密相连的奇特地方，也是一个让人望而生畏的地方。

　　地委张副书记的老婆做梦也没想到，自己会来到医院，而且一住就是半个月。肥肥胖胖的她很少有个头疼脑热。说来也怪，那天张书记下乡回来，从乡下带回了两只鸡，他老婆就把一只公鸡爆炒了，把母鸡清炖，并放了些人参、枸杞和红芪，她把孩子们都召集到家里吃团圆饭。孩子走后，半夜里，张书记的老婆突然叫唤着肚子胀，后来又说胃疼，折腾了一夜。第二天一大早，张书记就让司机把老婆送到地区医院检查，心想不会有啥大毛病，就匆匆忙忙到一个偏远乡村检查工作去了。

医院内科主治大夫是从医学院毕业的工农兵大学生，他原本是退伍回到农村的普通士兵，因为在部队上当过三年卫生员，回到农村在生产大队的医务室干得还算得心应手，时间不长，正好赶上全国都在落实中央"六·二六"把医疗卫生工作的重点放到农村去的讲话精神，他被推荐到省城的医学院学习了两年。去年年初地委张书记到他们那个村蹲点搞调查时感冒了，是他给治好的。张书记一看小伙子人挺精干的，一句话就把他调到了地区医院，院长是个外行，也是个退伍军人，在部队里是个政工干部，他的特长就是揣摩上级领导的意图，心想这个新兵蛋子被堂堂的地委副书记能看重,肯定有来头，没过三个月，就把这个年轻人提到了内科主任的位置上。

知道眼前的这位病人是大领导的妻子，年轻的内科主任哪敢怠慢，立即派人把夫人送进放射科拍了全套的片子。他顾不上书记夫人痛苦不堪的呻吟，又亲自把她送到化验室做了全套的检查，一个早上的来来去去的检查，把原本就虚弱不堪的书记夫人折腾的更加疲惫不堪。起初她还能哼哼叫骂几声，到后来她几乎连哼哼的力气都没了。在身边的护士的再三提醒下，书记夫人才被推回单独的干部病房，这时她已是满脸煞黄，汗水已经湿透了全身。

年轻人仔细看完所有的 X 片子和化验单，才不紧不慢下了一道医嘱。张书记的老婆输了七天的液体后，炎症是消退了。由于同时服用了大量的泻药，肚子是不胀痛了，可是新的问题又出现了，她吃啥排啥，尤其是排出的屎尿奇臭无比，弄得整个过道都充满这种令人作呕的臭味，人人唯恐避之不及。

俗话说"好汉也经不住三泡稀屎"，书记妇人眼看着一天天消瘦了下去，原来滚圆肥胖的大脸变得干瘪清瘦而毫无了生机，白里透红的光纤不见了，取而代之的是鳘黑色，连说话都显得有气无力。

院长急了，打了好多次电话，就是联系不上张书记，他真怕有个万一，只要一照面就不停地骂眼前这个不争气地年轻的内科主任。

自从地委大院出了损毁画像的事件后，姜继高的精神上遭受了前所未有的打击，虽然这件事后来以他的上级石元元被判刑结束，但他的政治前途也受了很大的影响，他被免去了地委宣传部副部长，改任地区机关工委的副县级组织员，可以说被罢官了。在漫无边际的赋闲岁月里，他的心也渐渐的凉了下来，起初他充满一丝幻想，渴望者有朝一日，能够再一次引起领导们的注意，重新回到重要的工作岗位。可是一晃三年过去了，不见组织部门来人考察，更不要说有哪一位领导提起过自己，尽管身处地委大院，却无缘见到领导，"侯门深似海"这句话他在内心深处有了真真切切的体会。

时间像流水一样一天一天流淌着，年华像树叶一般绿了一春又一春，落了一季又一季，自己似乎成了被整个世界遗忘了的不足挂齿多余的人。多少次他在梦中被惊醒，百肠千结难解，有时候他气愤不过就用头狠狠地撞击床头，甚至有过死了的想法。可他又实在不甘认输，父亲的话回响在耳旁，是啊，不吃苦中苦难为人上人。今天的扫地抹桌子，倒茶伺候人，就为的是日后有别人为自己端茶送水，不再干为他人做嫁衣的事。上善若水，水能够停留在人所厌恶的地方，包容万物，拼的就是有容乃大的气度和胸怀，忍辱才能负重。

他觉得自己会成就一番事业，至少也能做县长书记之类的，没人能够真正了解他的这一抱负，他也决不能暴露自己的雄心壮志。一想起这些，他又狠狠地咬了咬厚厚的嘴唇，重新鼓起了生活的信心。当听到张书记的老婆住院的消息后，他的心里一亮，不由得在心里叫好，机会来了，一定要抓住这个天赐良机。

姜继高到木器厂专门让人做了一把椅子，中间铉了一个屁股大小的洞，这样张书记的妻子就可以坐在上面拉屎，省去了不少麻烦。张书记工作忙，孩子也嫌伺候病人麻烦，正巴望有人来顶替他们。姜继高看到了这一切。他自告奋勇地说自己曾经做过护理工作，家又在外地，有的是时间，主动承担起了照顾病人的所有工作，这让张书记一家都很高兴。

姜继高觉得西医一时治不好书记老婆的病，就建议采用中医，张书记从小就信奉中医，就让他去四处打听。姜继高说他在岷州认识一位老中医，人称"一把抓"，说凡有疑难杂症，经这位老中医看后，保证药到病除。张书记就派他专门去请老中医，姜继高到岷州后把张书记老婆的病情仔仔细细的给老中医叙述了一遍，老中医坐在椅子上沉思了一会儿，径直走到自家后院厕所边的露天粪池旁，抽出一寸长黑乎乎的木棍一样的东西，用纸包好交给姜继高。姜继高接过纸包，屏住气疑惑地问这是什么，老中医认真地说是甘草，给病人煮了喝。姜继高一想这是从污浊，肮脏又臭气熏天的厕所里拿出来的，有些生气地说："大伯，你可不能害我，我是给人看病来的！"

老中医瞥了他一眼，一丝不苟地说：

"我坑你做啥，这是偏方，你尽管照我说的做，肚子止住了后，你再把这三副中药给她煎了喝，里面有补气，开胃，安神的几味中药，记住不要对人说甘草的来历，相信我，就照我说的做，心诚则灵，药到病除。"

姜继高连夜赶回地区医院，决定赌一把。他想老中医不会害自己，自己素来和他无冤无仇，在岷州时经常照顾他，按理他是不会害自己的。他又想人生不就是在赌博嘛，成败就此一举，大不了回家卖红薯去。

说来也神，那粪水里浸泡过的甘草水喝下去后，老夫人的腹泻好了。张书记一家都很高兴，接着病人又喝老中医的中药，三天后病就奇迹般的痊愈了。

这天，地区机关党委工作的同乡对姜春生神秘兮兮地说上级就要给他们派个尿罐子书记，姜春生满脸狐疑，同乡小声说他叫姜继高。姜春生听了有些不悦，埋怨他不该给自己同志起外号，同乡瞥了他一眼，不屑地说：

"你没有勾践卧薪尝胆的本事，就别假正经了，啥时候都需要舔勾子的人。"

姜春生并不以为然，心平气和的说："姜继高人就是爱耍小聪明，人心眼不坏，我们共过事，他祖籍河南，我祖籍陕西。他常说我们是隔着一条河的兄弟，这话一点也不假，三十年河东四十年河西，过去我们两村的人常为黄河边的地在争斗，黄河倒在东面，我们村的地就多了，黄河倒在西面，他们村的地就多了。我知道这个本家的为人。"

同乡见他很自信，严肃地校正道："你知道个屁，画皮难画骨。前些年在宁康当财政局长时，就是这个姜继高把自己的副职送进了班房的，此人可是出了名的笑面虎。哎，你知道猴子为啥老上人的当，几乎被人类赶尽杀绝的原因吗？今后遇到这种人可得多长个心眼，当心有天做了你的领导，把你这个书呆子卖了吃了你还不知道咋死的，说不定还帮着人家数钱呢。"

说着他叹了口气，接着说："提起这种人的发迹史可真让人恶心！"

看姜春生很自信地摇着头，老乡又耐心地说："我给你讲个本家的故事吧。说从前有个人在丛林里迷了路，遇到了一只猴子。这人就告诉猴子：人就是由猿猴变来的，人与猴本是同宗，说不定几百年前我们还是一家呢。末了，他还半是得意半是讥讽地说：老弟现在还留着这根尾巴，我们早就把它文明掉了。很快人就和猴子成了莫逆之交。"

"一天，他们被一只猛虎挡住了去路，猴子迅速带着那人上了一棵大树。猴子可以在树间飞来飞去如履平地，而人不行，于是老虎就在下面耐心地等待着。猴子告诉本家，战胜老虎的唯一办法就坚持，坚持到老虎饥饿难忍时，它就离开了。然而狡猾的老虎早已看出了这一切，他许诺，如果谁能把对方主动交出来，就免一死。人和猴子听后，都表示要誓死保卫对方，同舟共济，坚持到底。入夜，猴子安然睡去，人却很害怕，他不敢打盹，害怕掉下去落入虎口。他越想越害怕，最后也看了看熟睡中的猴子，一下狠心，把猴子踢了下去。就在快要落地的一霎那，猴子醒了，他忽地抓住树枝，爬上了树干。早晨，老虎悻悻而去，人与猴子得救了。人感激地对猴子说：你永远都是我的兄弟，你有要我去做的事吗？猴子严肃地回答：求求你，以后千万别再说我们是本家了！"

看姜春生若有所思的样子，老乡觉得挺有些好玩，就笑嘻嘻地说："知道吗，你的本家还是个老流氓哩。"

姜春生吓了一跳，差点没从椅子上跳起来。他神情严肃地说：

"说笑归说笑，可不能信口雌黄。"老乡吸了口气，脸一沉，有板有眼地说：

"你大概不知道姜继高年轻时候的嗜好吧，告诉你吧，这家伙爱在女人的肚子上面画娃娃，而且画技还挺高的。"

他说着，突然又停住了。姜春生瞪了他一眼，老乡也不再卖关子，滔滔不绝地说：

"他媳妇生孩子，躺在产床上折腾着，本来大夫护士都很紧张，当大夫掀开衣服一看，大伙都乐了，原来姜继高老婆的肚皮上画着一张胖娃娃的大脸，娃娃的嘴就是肚脐眼，产妇一呼一吸，那张小嘴就一张一开似的，像在说怪话，整个一张脸就像在做鬼脸。大夫们笑了一会儿，生气地问产妇是谁画的，产妇也顾不上不上害羞，承认是自己丈夫画的。大夫很生气，那产妇可怜兮兮的说姜继高就爱在她肚皮上画画，一生气、不高兴就爱画，不让画就打人，你看看这不是变态狂嘛。"

姜春生也觉得好奇，追问他还听到啥轶闻趣事。老乡一撇嘴，慢条斯理地说：

"今年春上地委张副书记的老婆生了一种怪病，白天肚子疼，到半夜拉肚子，屎非常臭。张书记的孩子们都在外地，护士们嫌恶心，脸色也不好看。一向雷厉风行的张书记忙地焦头烂额，善于察言观色的姜继高嗅到了这个重要信息，每天抽空来伺候，端屎端尿从不间断。两个月后张书记的老婆出院了，这个向来不把谁放在眼里的贵妇人，红着眼圈，不住地在男人和孩子们面前夸奖姜继高，恨不能用最美好的语言表扬姜继高，这不，我们单位就来了个尿罐子书记！"

夜幕时分，县民兵小分队长马崇崇来到姜春生的家。他坐下后，姜春生给他沏了一杯新采的宁康雀舌茶。他喝了一口茶后说："好事来了，祝贺你！"

姜春生心里一动，欣喜若狂地问啥喜事？马崇崇极力讨好地说：

"查了，你陕西老家真有个表弟叫姜西京。他原在北京卫戍区当兵，据当地公安局的人说，他们那个部队上有很多像他一样的政治疯子。"

姜春生听到这里有些急了，打断他的话，有些不满地问："你咋把这事让单位上知道了？"

马崇崇严肃地反问说外调不是个人随便可以搞得，你还不知道组织原则？看姜春生语噎，马崇崇阴沉着那张狡黠的脸说：

"他们那伙人先是骂这个后又骂那个。"陈月华瞪着美丽的凤眼，骇得嘴巴张得大大的。姜春生急切地问后来呢？

"部队上鉴定出他们都是些精神病人，也就没再处理，打发他们复原了。不过，倒是我们县上的一个人……"说到这里，他忽然觉得失言了，立即打住话头，瞟了一眼站在姜春生身后的陈月华，不好意思地从嘴角挤出一丝不太自然的笑容。

陈月华知趣地说要找孩子们回家睡觉，随手带上门出去了。马崇崇唯恐天机泄露似的，立刻神神秘秘地把嘴挪到姜春生耳根旁，尖声细气地说着话，嘴里的热气喷得姜春生的耳朵湿乎乎热乎乎得难受。姜春生听着、听着，神情变得越来越紧张，禁不住汗毛倒竖起来。心想一个姜西京就让他数日连月如座针毡，几乎天天提心吊胆，如今又冒出一个叫欧阳孙平的人，让他感到世道沧桑变化太快，真有往事越千年的感觉。他在心里暗暗祈祷，但愿这个欧阳不是那个欧阳。

姜春生找了一个理由，在组织部门查阅人事档案，白字黑字写得清清楚楚，一切竟都让老师欧阳文明言中了，他似乎感到冥冥之中的那个东西并非真的子虚乌有。

百无聊赖的姜春生翻出床下小木箱里的《红楼梦》，随手翻了几页，正好翻到甄士隐白日做梦被惊醒的那一段，姜春生反复阅读，细细地品味着癞头和尚看见甄士隐怀抱女儿时说的话："施主，你把这有命无运、累及爹娘之物抱在怀内作甚？"禁不住搀面长叹起来。

姜春生鼓起勇气向东街的县农具厂走去，欧阳孙平就在那里当技术员。还没走到大门口，就见马崇崇也的神情很严肃，仿佛没有看见姜春生一样，狠狠地推了欧阳孙平一把，喝诉着："快走！"

欧阳孙平白皙的脸上没有一丝的惶恐和畏惧，表现出一副不屑一顾样子。竟然朗诵起乐府诗来："十五从军行，八十始得归。道逢乡里人……"

姜春生望着渐行渐远的一行人，脑子里乱混混的一片。

姜春生身心憔悴地回到家里，深深吸了口气。这是他第一次见到欧阳孙平，他没想到孙平长的那般高大英俊，根本不同他父亲一副文弱书生的样子。他觉得自己辜负了老师的嘱托，为自己的懦弱、无能感到惭愧。他努力寻找各种理由企图为自己开脱，越是拼命地思索，越觉得心比刀割的难受，觉得有苦又不能说出来，有恨又不知道该恨谁，更无法找到恨的源头。姜春生想着想着禁不住眼泪又要往出涌，在心里悲愤地呐喊，却一时哭不出声来，独自黯然神伤地站在昏暗的窗前。

前脚元旦刚过，春节紧跟着就到了。报纸上提出要"过一个革命化的春节"，县委书记岳阳在常委会上作着详细的安排，特意强调全体干部职工大年三十日都要到县招待所吃忆苦饭。最后，他严肃的询问公安局长欧阳孙平的情况。于是公安局长开始了简洁的汇报道："欧阳孙平一九四六年出生，大学毕业后应征入伍，在北京某部当连长。'文化大革命'开始后，他在部队里经常串联，只是让他们退伍复原，并适当安排了工作。"岳阳一听，面带威严，发怒道："不要汇报这些了！"

他的脸色很不好看，从威而不露的神情上看得出，此时此刻他的心情非常不好。就在他沉默的间隙里，会场里的领导们纷纷议论起来。他俩说完后全场显得非常安静，几乎所有的人都在屏息凝神之中，整个会场如同空旷辽阔的原野一般死寂。散会了，角落里做记录的姜春生脸色像死人一样苍白。他的身子在不停地战栗，手也不听大脑使唤而不住地颤抖，大脑里更是轰轰作响，眼前有千万道亮光在不停地闪现。

姜春生糊里糊涂的走回了家，妻子陈月华见他阴沉着脸，把抱怨的话连忙收了回去，迎上前悄声说："那人又来了。"

姜春生疲惫无力地抬头看了妻子一眼并没说话，陈月华急了，忙补充说："贺龙的侄儿又来了！"

姜春生眸子一转，眼前突放光亮，急切地追问："啥时来的？"

陈月华不高兴地说："饭都吃了，还没有走的意思，真是的！"

没等妻子说完，姜春生三步并作两步走进屋里。老贺正给孩子们讲故事，看见姜春生走了进来，笑着站了起来，热情地问道：

"吃了没？嫂子的饭做的可好了。"

姜春生看了看面庞润朗的老贺，招手让他坐下。孩子们起身离开后，他关切地问："又有采访任务了？"

老贺乐呵呵地回答："这次是陪曹作家采风的，就是电影《阿夏河的秘密》的编剧。"

姜春生似乎对这些不感兴趣，装着漫不经心的样子说："我记得你有个叔叔在岷州农村，他要是上北京就不至于。"

老贺不等他说完就接住话茬说："我们老贺家都是牛脾气，六〇年他要是能上北京，也就不会长征时待在岷州了。就说我这个叔叔吧，也是宁死也不会给人低头的人，这不我们都倒霉了，哈哈哈。"

姜春生试探性的问："你在北京熟悉的人会很多吧，不会都是些无情无义之人吧？"

老贺一听显现出一副玩世不恭的样子，像一个老玩童似地嘻笑着，没有正形的、大大咧咧地说：

"这年头人心叵测，到处都有丧尽天良、卖主求荣的魏忠贤！不过，说真的只要不牵扯其他的事，别的事还是能办成的。"

姜春生听了，心里感到凉刷刷的，陷入了无尽的沉思之中。一旁的老贺，哪里知道他的心思，一句话撩起了他的兴趣，他把圆乎乎的脸一扬，瞟了姜春生一眼，如数家珍般地说开了：

"别看他们把我贬到了大西北的偏远之地，省城的那帮人又把我赶到山大沟深的宁康县，以为原始森林和刀耕火种就能把人吓死。爷们家祖上就是在山沟沟里生活的，我就喜欢宁康。他们不是喜欢假大空嘛，我就给他们写了一篇'宁康首批金橘上市'的报道。年底回到省城，新华分社的主任把我叫到他办公室，笑嘻嘻的问我要橘子，我说只有两个，早吃完了。他脸一变，恶狠狠地质问'为什么不实事求是，要写假新闻？'言下之意要追查我写假新闻的责任。我才不怕他哩，回敬说，我写的标题叫宁康首批金橘上市，一千斤是首批，一个也是首批，也没有哪个文件规定两个桔子就不是首批的，气的我们主任干瞪眼。"

看着老贺孩子般灿烂的笑脸，姜春生一时无法诉说内心真实的想法，尽管心急如焚，还得忍着揪心的痛楚，强打起精神听他天南地北的神聊胡侃。

# 第十八章

铜绿盅子喝清茶
啥时和你成亲家
只要和你成亲家
肉连骨头心连心
　　　——宁康山歌

农历三十日下午，全体机关干部来到招待所大院里，焦急地等待着和领导们一起吃"忆苦饭"。院里砌好的四个大灶头上，两个上面高高的方形大笼屉正在冒着热气，里面在蒸玉米面糕。旁边支起的两口大锅里正"哳、哳"的煮着金黄色的玉米粥，白色雾气袅袅升起，玉米面独有的香甜味弥漫在空气中。附近时不时传来一两声"噼啪"的爆竹声，仿佛在提醒着忙碌的人们年关已到眼前了。

临近下午四点，岳阳一行在人们的期盼中姗姗而来，喧闹的院落总算安静了下来。姜春生让大家站好队，然后声音洪亮的宣布县直机关吃"忆苦饭"开始，请县委岳书记讲话。带着近视眼镜的岳阳习惯性地把全场迅速扫了一遍，板着国字脸沉稳的说："同志们，我们今天过上了幸福的生活，但不能忘记过去劳动人民所受的苦，更不能忘记世界上还有三分之二的劳动人民。中央要求我们过一个革命化的春节，我们今天吃完忆苦饭，初一日早上就大干，一定要把农田基建搞好，大家有没有信心？"

听到明天连年也过不成，虽然人人满腹牢骚，但谁也不敢公开抱怨，只得强装欢颜，异口同声、有气无力地回答"有"，喜上眉梢的岳阳宣布吃饭。大家嚷着涌向灶头，姜春生拿着一块用苞谷面蒸的糕递给岳阳，岳阳用门牙轻轻地切了一点，含在舌尖上，感到一丝香甜，小心翼翼的咽了下去，觉得软糯好吃，禁不住感慨地说，要是劳动人民都吃上这样的窝窝头就好了。

这时人群里不知谁气势汹汹也咆哮起来，我爷爷说他们连又酸又苦又扎嘴的苞谷面馍也吃不上！接着另一个人也大声抱怨，我外婆喝的拌汤全是烂菜叶，臭的让人恶心，清的能照出人影，哪有这么好的稀饭喝！

岳阳的脸色瞬间就被乌云笼罩，铁青着脸问姜春生："你出身地主剥削阶级，这也叫忆苦饭？"

姜春生没有想到半路上会杀出个程咬金，一时不知所措，站在那里只顾挠头。一旁的县革委副主任李文斌忙过来打圆场："这好办，姜主任让人给锅里加些烂菜叶。"

这时又有人喊，还要掺些沙石！李文斌不紧不慢的扶了扶高鼻梁上的镜框说："对，这样就更像忆苦饭了，不忘阶级苦嘛。"

听到这些话，岳阳冷峻的脸才渐渐有了暖色，看着姜春生们又去忙了，他才欣慰地离去。

先前散发着玉米特有的淡淡的香甜味，被一股烂菜叶独有的刺鼻酸臭味代替了，闻到令人作呕的气味，不少女同志双手捂着鼻子，面露难色。黄澄澄的玉米糕上撒上些煤灰，人的食欲全都被赶到了十万八千里外。趁他人不注意，许多人偷偷地把碗里的汤倒进了沟渠。

回到家里，一家人围在桌旁正等着他一起吃年夜饭，面对比平时饭菜丰盛得多的美味佳肴，姜春生却没有胃口，但他不愿扫妻子儿女的兴，随便支应着孩子的话题，敷衍着夹了几口菜。心细的妻子陈月华觉察到丈夫神情忧郁，猜想为他挨了领导的批评，嬉笑着没话找话的说：

"今天在公安局的墙上又贴了一张新的大字报。"

一旁的儿子姜苇航插嘴说："我知道，是公安局小周叔叔写的，说他要见马克思去了，妈，老师说马克思是革命导师，周叔叔咋能随便见到呢？"

姜春生不敢相信，急切地问："你说啥、小周死了？"

陈月华眨了眨圆溜溜的眼睛，惋惜地说："听说是跳了黑龙潭。"

姜春生再也坐不住了，他吩咐孩们好好吃饭，推说有急事顾不得妻子的再三阻拦就急匆匆地往外走。他知道小周是马崇崇的老乡，是马崇崇介绍自己和小周认识的。他们在公安局里搞刑侦工作，都是业务骨干，小周文化水平高，算是个文人，但他没有马崇崇那样会来事，自然不太招领导喜欢。马崇崇被提拔后，小周想不通，曾不止一次在姜春生跟前发过牢骚，姜春生也借机给领导提过小周的事。领导们也认为小周有些本事，只是觉得他自恃清高，骄傲自满，有些把谁都不放在眼里，一直认为得好好磨炼磨炼。姜春生做过几次工作后，小周思想有了明显的转变，工作比以前明显积极了。

春上，他和马崇崇给他介绍的对象结了婚，正当好好过日子的人，是没有理由自寻短见的。百思不得其解的姜春生来到公安局的大墙下，只见墙上贴满了大小不一花花绿绿的大字报，尽管天色暗淡，寒风刺骨，还是有不少人在仔细看起来。姜春生隔着人群一眼就看见了小周那手漂亮的行书还是那样秀美洒脱，练过书法的人都知道那是典型的松雪体。也许是开始心绪沉闷，字写得有些拘谨，后来因为过于激动和狂躁，字体显得粗犷激荡。姜春生努力使自己心境变得平和下来，认真阅读起来。


尊敬的各位领导：

我生在新社会，长在红旗下，经过无产阶级"文化大革命"的洗礼和锻炼，我经了风雨，也见了世面。我努力使自己做到又红又专，在公安战线上和同志们做了许多有益的工作，为保护人民生命财产安全，做出了自己应有的贡献。为确保红色江山永不变色，就必须培养和造就千千万万的接班人。在革命的队伍里要实行"老中青"三结合的方针，而且应该充分重视培养年轻一代，只有这样才能使革命事业后继有人。"青年人就像八九点钟的太阳，这个世界是你们的，也是我们的，但归根到底还是属于你们的。"我对党的事业无限忠诚，渴望成为党的一分子，更向往自己能有一定的舞台来施展才华和抱负，能够独当一面的为党和人民作出更多的更大的贡献。可现实却使一个有志青年，英雄无用武之地。光阴如箭，面对大好河山，我却在虚度年华，使我觉得自己有愧于这个伟大的时代。尤其一些无耻小人，他们口是心非，沽名钓誉，尸位素餐，甚至拉帮结派，手电筒从不照自己。他们只喜欢在嘴上说为人民服务，心里却打着自己的如意小算盘，整天想着自己的小家庭。他们眼里根本没有看到世界上还有三分之二的人民还在受苦。"君子坦荡荡,小人常戚戚",与其昏昏于阳世,不如昭昭在天国。我不愿苟且偷生,为寻求真理不怕路漫漫其修远兮,要发扬上穷碧落下黄泉,锲而不舍的精神,在革命的征途上永不停步。别了,同志们,别了战友们!英特纳雄奈尔一定要实现。不要找我了,我在遥远的地方为你们祝福,待到山花烂漫时,我在丛中笑,再见!

一个人就这样走了,小周英发的笑脸总是在眼前浮现,挥之不去。姜春生很郁闷,不知不觉走到会计老矢的家门口,真巧碰上往门外泼脏水的老朱。老朱热情地把姜春生拉进屋里,朝里屋的老婆喊:

"姜主任来了,老婆子、整几个下酒菜来。"说着就给姜春生沏茶。

见他不开心的样子,觉得很奇怪,问明原因后,老朱摆出一副司空见惯的样子淡淡地说:

"你才是白吃萝闲操心,不错,小周有本事,可本事再大,还不是连个初级干部也没捞着。朝里有人好做官,当官得有命,没有做官的命就算求了,何必自己和自己过不去,寻死觅活的,要是都像他那样想不开,不知要死多少人。有啥想不通的。这年成准好谁坏,谁横谁软蛋,真是说不清道不明。你没听人说,胆小的怕胆大的,胆大的怕不要脸的,不要脸的怕不要命的。比方说这盘里的螃蟹吧,在河里横行霸道的,让人抓住了,这不,放在油锅里一炸,红红的颜色是比以前好看多了,可命却没了,等于个啥!所以说活着就是真的,其他的都是假的,身外之物啊!"

姜春生不愿和他苟同,较真的说:"你这不是典型的实用主义,我说的是像小周这样有些真本事的人太可惜了,他比马崇崇能力强,可他连个刑警队长也当不上,太屈才了,他死的太不值了。"

老朱却不同意他的说法,固执己见道:"朝里有人好做官,领导说你行你不行也行,领导说你不行你行也是不行,这就是官场上的硬道理。别说马崇崇了,就是做饭的伙夫、开车的司机,掏厕所的清洁工,只要根正苗红,上面有人,弄个一官半职的当当不算啥新鲜事,这就叫英雄不论出处。报纸上天天说的秦始皇,这位号称千古一帝的大人物的祖先不就是周天子的马车夫。因为把周天子伺候得很舒坦,得到了周天子的封赏,在我们这一带养马,逐渐发展壮大起来,直到一统天下。古今中外小小的车夫能量大着呢。许多人知道春秋时代的贤臣晏子，给他赶车的车夫原先就很骄傲，后来被自己的老婆叫训了一顿后变得谦虚多了，晏子知道内情后就把自己的这个车夫提拔了。想想也就是给晏子这位位高权重的齐国大夫当车夫才有机会提拔当官，否则你就是再会知错改错也是白搭。

"你不是常说《西游记》里的故事嘛，那里面谁死得最冤，还不是白骨精。白骨精生前爹娘不爱，娘舅讨厌，死后也是千人恨万人怨，就连伟大领袖也说'妖为鬼蜮必成灾'。为啥别的妖精鬼怪想吃唐僧肉犯了法能保留性命，甚至还能得到好处，而白骨精却只有死路一条，说白了在天界神界她没有靠山。她原本就是白虎岭上的一户普通人家的女儿，十七八岁时被当地的恶绅强暴后扔在了无人出入的荒郊野岭，尸体化成了一堆白骨，从此对人恨之入骨，以吸血为生。白骨精和《西游记》里其他有背景和靠山的妖怪相比，实属微不足道。妖原本就是天上神仙的奴隶，所有修炼到一定果位的神仙，都要回到妖界选一个坐骑，能成为神仙的坐骑是所有妖精最快的上升的通道，修炼很苦，但从时间上看就得成百上千年，谁耐得住寂寞，只有成了神仙才能上升到贵族阶层，然而天界神仙谁愿意选一堆白骨做坐骑。吃了唐僧肉可以立马成仙，妖精们都想采取快捷手法脱胎换骨，白骨精为了摆脱永世为妖的困境只有向金禅子托身的唐僧下手了。"

说话间老朱的妻子端上了用锋利的刀片地菲薄的猪头肉，她为他们斟满酒，温婉地一笑，回了里屋。老朱端起酒杯，催促姜春生：

"干，干了再说。"

一杯酒下了肚，姜春生觉的酒劲往脑门上冲，急忙就了口猪肉皮冻。老朱放下酒杯说：

"其实小周是遭受事业和感情的双重打击支持不住了，才寻的短见，说到底还是缺乏磨炼。释迦牟尼说，世人都想学佛其实并不信佛，只是想求得佛祖保佑。功利心太重，想着赶快成佛，成佛其实就是贪图自己生活过得像神仙一样快活。学佛不但要了断烦恼，更重要的是学会普度众生，所以佛祖说学佛就首先要破除烦恼魔、阴魔、死魔和天魔。然而这第一烦恼魔，我们常人就难以解脱，你看这个'魔'字就有很有意思，古时就用磨石的'磨'字，佛经里翻译过来后，隋唐的人们就把'磨'字下面换成了'鬼'，'磨'

字变成了魔鬼的'魔',少了磨练的意思,'磨'变成了红毛绿眼的魔鬼了,这下就可怕了。古人说得好,'能受天磨真铁汉,不招人嫉是庸才。'有点烦恼就想不开,动辄死呀活呀的,还能有啥大作为? 在官场上混就得拉下脸皮,甚至还得舍下身家性命。你没听人说'男人情面软了一肚子酒,女人情面软了一肚子怂。'没皮没脸才适合厮混啊!"

姜春生觉得有道理,不无感慨地说:"想不到你还有真有一番真知灼见呢! 哎,人活着就有四万八千种烦恼,而要斩断这无穷无尽的烦恼,就得有锋利的刀剑,就像这猪头肉只有刮刀才能片出薄肉片,这才地道有味啊!"

老朱莞尔一笑,谦虚地说:"我没有领导的本事,也不是哲人。小周的妻子是马崇崇的老情人,马前些年在那里下乡,把人家姑娘一直霸占着,骗人家说自己老婆死了,一骗就是七八年。他老婆从老家看他,还拖着个八岁大的儿子,这事让姑娘家里的大人知道了,找了几回马崇崇,马崇崇凭着三寸不烂之舌,连哄带吓摆平此事。为了根除后患,他就把姑娘介绍个了不谙世事的书呆子小周。也不知哪个多嘴的把这事告诉了小周,洁身自好的小周哪能顶得住这顶大绿帽子。"

听老朱这么一说,姜春生气坏了,义愤填膺地骂道:

"朋友之妻不可辱,真他妈猪狗不如!"

老朱劝道:"官场上恩将仇报的事不胜枚举,时下'巴拉压'式的人物最吃香,他们个个都跟《红楼梦》中的贾雨村一样,关键时刻只会葫芦僧乱判葫芦案,那管天地良心。甭说有真本事顶个屁用,唐僧要不是观音菩萨教了几句紧箍咒,就不可能制服可上天入地的孙悟空。他有屁的本事,能控制别人的思想那才是大本事,能文能武只能算雕虫小技。哎闲谈莫议国事,来喝酒就喝酒,不说张四有。"

姜春生还是觉得好生奇怪,穷追不舍地问:"巴娜雅是哪国人? 你咋也知道?"

老朱笑着说:"你连这都不知道还在官场混,巴拉压可是大名人哩,'巴'就是巴结奉承上级,'拉'就是拉拢利用同级,'压'就是压制打击自己的政敌,哈、哈!"

那一夜,姜春生真喝醉了。

# 第十九章

高高山上一面锣

锣头低处有一只鹅

打起锣来惊起鹅

妹给小郎唱山歌

——宁康山歌

  岳阳的大女儿岳娜娜和李文斌的大儿子李向东是同班同学，又同是学校文艺宣传队队员。身材窈窕，留着小辫，长的妩媚动人的岳娜娜不仅老师同学们喜爱，还是父母眼里的乖娃娃，掌上明珠，在县委大院里更是最能招来大人小孩喜欢的好孩子。她不但学习好，能歌善舞，排球打得非常棒，是校队的主力。长跑冠军李向东有着发达的肌肉，强健的身体，对文艺情有独钟。高中毕业前夕，学校在县电影院举办了一场文艺晚会。岳娜娜和李向东的男女声二重唱《逛拉萨》，赢得了一片热烈的掌声，他们表演的革命现代京剧《智取威虎山》中的片段"深山问苦"，更是让许多人为之倾倒。

  晚会结束后，他们两人成了小城的议论中心，认识或不认识他们的都称他们是"小常宝"，"杨子荣"。有关他们的传闻骤然多了起来，说他们就是一对情投意合，相互爱恋着的情侣。当他们若隐若现地听到这些传到后，少男少女的心扉被撩动了，薄如蝉翼的暗恋瞬间被戳开，两颗年轻的心忽然变的敏感起来，一方的一个眼神、一颦一笑，一言一语，甚至一个不经意的咳嗽也会撩拨动另一方的敏感心弦。如电的目光相遇就会引起满脸红霞飞舞，心儿不住的狂跳，浑身阵阵的燥热。

岳娜娜的同桌王小帅长得一点儿也不帅，瘦骨嶙峋的，一副尖嘴猴腮的样。他不爱读书，上课不是说话捣乱就是趴在桌上睡觉。一次他睡得正香，竟然打起了鼾声，引起课堂上一阵躁动，忍无可忍的语文老师，大声点了他的名，在喊第三次时，王小帅被惊醒了。他极不情愿地慢慢腾腾地从座位上站起，细长的脑袋上斜戴着帽子，睡眼惺忪地看着老师。见老师紧闭着双唇两眼紧盯着自己，他到有些生气了，一面晃抖着右腿，一面带着挑衅的口吻问："干啥？"年轻漂亮的女老师生气地问：

"你梦见周公了吗？"他摇摇骏梨似的小脑袋，二里二气的说："我梦见岳娜娜了。"

全班哄堂大笑，岳娜娜差点气哭了，老师也气坏了，半晌才从牙缝里挤出恶狠狠地俩个字"流氓！"

一向吊儿郎当的王小帅急了，跺着脚申辩道："她和许多神仙妹妹们一样，太好看了！"

他的话又引来一阵笑声，教室里乱成一片，女老师给气走了。事后王小帅被教导主任狠狠地批了一顿。考虑到他是老红军的后代，学校没给处分，勒令他在全班做出深刻检讨。

不仅仅是在潇洒英俊的李向东眼里，就是许多师生眼里，猥琐不堪的王小帅竟敢说自己的喜欢岳娜娜，真好比是癞蛤蟆想吃天鹅肉让人恶心！可王小帅却不这么认为，他常想任何人可以看不起我，可我自己不能看不起自己。正因为癞蛤蟆心怀远大的理想和抱负，才成了人们在桌上供奉的财神，而脚踏实地的青蛙却成了人们的盘中餐。他甚至倔强地认为自己就是为喜欢岳娜娜而来到这个世上的。喜欢一个人是没有错的，喜欢一个美丽动人的岳娜娜更是他与生俱来的自由，谁也无权干涉。他从心眼里喜欢岳娜娜，这与任何人无关。

自从发生了那件事情后，王小帅的座位被调到了最后一排，他却更乐了。认为这样他就可以肆无忌惮、一览无余的从背后观看岳娜婀娜多姿的身子，绝不会遭受她的白眼，也不再招来别的同学特别是李向东投过的带有威胁、鄙夷的目光了。

　　岳娜娜白里透红的圆圆地脸蛋，大大的、圆溜溜、亮晶晶的眼睛仿佛会说话，妩媚中夹杂着一股倔强的目光就像磁石一样深深地吸引着他。她的巧笑顾盼，一举一动，既是不经意的一瞥，也会让他心旌摇动，连续几天心驰神往而想入非非。每次在课堂上看到她细嫩、白皙的脖颈，就禁不住的浮想两翩，以致在他的心底里生出一个让他自己也感到下流的欲望来。他多少次骂自己，努力克制这种卑鄙无耻的念头，可总是打压不下去，这就像用油扑火，火势没减小，倒引起了更大的烈焰。又好比抽刀断水，水没断住反激起了更加凶猛的恶浪。

　　这天，王小帅有了一个大胆的计划。看到岳娜娜和几个要好的女同学经常晚饭后去县委上女厕所，极度扭曲的好奇心驱使他铁下心一定要到厕所看个究竟。宁康地处林区，高温多雨，气候潮湿，机关单位的厕所一般建成楼层式的，楼上是木板做的一个个用来方便的蹲坑，底下一层是空间很大的粪坑，留有一个掏粪进出的门，每当稀粪满池时，农民就会套着粪车来舀粪。

　　这天傍晚，王小帅借机上厕所，折身溜进底层的粪坑门口。当岳娜娜几个女孩又说又笑地走进厕所，无所顾忌的解开裤腰带，尽情地放松时，她们根本没想到在她们的身下不远处，一个青春少年正睁着一对充满焦虑、饥渴的小眼睛，直勾勾的，色眯眯，异常兴奋地，充满着好奇地贪婪地张望她们的一举一动。

　　淫邪的眼和欲望的手一样，有了第一次就会有第二次第三次，直到被人逮住以前。王小帅经常在女厕所周围活动，渐渐引起了细心的一位老年妇女的注意。那天岳娜娜一个人上厕所，她刚进去不久，王小帅就紧紧尾随其后，看周围没人迅速钻到了厕所的背后，蹑手蹑脚地来到掏粪的门口。邪恶使一个情窦初开的少年变得忘乎所以，忘掉了整个世界，即使身处污秽不堪臭气熏天的地方。那个经常留心注意王小帅的妇女，在暗中悄然跟了上去，一声断喝："抓流氓！"粪坑边的石基原本就很湿滑，没站稳的王小帅，猛地听到身后晴天霹雳般的喊声，魂都吓飞了，脚底下一乱，"噗通"一下滑进了"咕嘟、咕嘟"冒着气泡、乌黑发臭的粪坑中。机关上的男人们听到喊声，有的操起竹竿，有的提着棍棒，也有人紧握铁锹撅头，纷涌而至。

　　有人拿着手电筒，一束光影里只见粪池里一个身影挣扎着企图站起来，又"噗通"地跌倒在黑乎乎、脏兮兮的散发着恶臭味的屎尿里。经过一番周折，屎尿缠身的王小帅终于抓住人们递进去的竹竿，跟跟跄跄地从污秽的粪坑中连滚带爬地走出来。人们用工具连推带搡，不停地叫骂着把他赶到自来水管旁，一顿冷水从头到脚一连冲了几遍，直冲的王小帅浑身打颤，上下牙齿打架，脸色发紫，嘴唇发青才住手。王小帅紧闭着那双狡黠的贼亮的老鼠眼，面无表情，一声不吭的任人摆布着。一阵热咒活骂后，落汤鸡似的王小帅，被扭送到了县公安局。

王小帅年迈的父亲老年得子，虽说不上对儿子百般宠爱，但也很是娇惯孩子。为了儿子，一辈子不服人他顾不得老脸皮，跟着老伴儿去哀求县委书记岳阳。这是他平生第二次求人，也是他内心深处最痛苦的一次。他的老家在宁康偏远的农村，那年遭了共灾，地里的庄稼颗粒无收，年迈的父母被饿得奄奄一息，但他们一家就是不肯到大户人家去求情借粮，结果没熬到第七天上，他的双亲就连饿带病死在了炕上。

红军来了救下了他，红军北上时他就跟着走了。他和同村子出来的二十几个青年人一起被编入红四方面军，到延安后又被编入了西路军，渡黄河进军河西走廊，进入了茫茫戈壁。在甘肃高台县的四十里铺他们部队与国民党骄横的骑兵血战七昼夜后，终因寡不敌众而战败。他因脸部负了重伤被俘送进了医院救治，出院后编入国民党工兵营，送往湖北的汉口前线作战，途经陕西西安时被八路军办事处营救，随后又被派往太行山区，参加了抗日游击队。

新中国成立后，部队让他当地方军分区的司令员，他死活也不干，含着眼泪对老领导说和他一块出来的伙伴就剩下他一个了，比起那些死去的人，他知足得很。他说自己原本就不是为当官参加革命的，只要有个安稳的日子过生活就成了。在他的再三恳求下，他被安置在山东日照县委机关大灶当了一名伙食管员。由于没有文化，脑筋不灵活在机关食堂经常闹笑话。他害怕出差错，就亲手做了一个木匣子，把它隔成两个格，一格放菜票一格放主食票。有些人忘了买饭票，提出要用现金从他的收票箱里兑换饭票他死活不干，结果为这些小事经常和干部职工闹别扭，没干上一年，他自己也觉得没滋没味，就向领导申请回到宁康老家当了县委机关的门卫。

王小帅年迈的父母颤颤巍巍地走进了岳阳的办公室，一进门，夫妻两就

"扑通"一声跪了下来。这让岳阳有些手忙脚乱，此时此刻他的心绪杂乱无章，又是慌张又是气愤，还隐隐约约有点气急而生恨，脸上的表情更是极为复杂而让人难以捉摸。一旁的姜春生立即把王老汉扶起，可他的老伴说什么也不起来，那张布满皱纹的老脸仰得老高，就像要被砍头的死囚一样紧闭着双眼，任凭涟涟泪水恣意流淌。

王老汉红着脸，努力了半天终于开了口："岳书记，我是从死人堆里爬出来的，过去我真是天不怕地不怕，啥场面也不怵唬，可是，人老惜子。唉，自从养下这孬种，我就没安生过，他娘天天提心吊胆的，你说没有孩儿想孩儿，有了孩儿又觉得还不如没有的好啊！"

说着就泣不成声地痛哭起来。

岳阳望着风烛残年的老人，顿时心生怜悯。起初他觉得很伤面子，恨不能亲手枪毙了王小帅，在第一眼看见王老汉的那一刻就紧锁着眉头，铆足了劲要狠狠的痛骂一顿教子不严的王老汉，还准备了一大堆教子育人道理要给他好好讲一番。不料还没来得及说话，却被王老汉体弱多病的妻子一声撕心裂肺的哭声，吹得直上了九天云霄外。只得转而安慰他：

"孩子是爹娘的心头肉，娇生惯养害死人啊！"

痛哭流涕的王老汉，双手握着岳阳肥厚温暖的手，感激涕零地说："我知道，调戏妇女按军纪国法要严惩的，你就救救我的瓜娃子吧！"

说罢又要下跪，岳阳一把扶住他，动真情地说：

"你二老先回去，我们一定处理好这件事。"王老汉仔细看了看，惊喜地发现岳阳充满诚意的脸上，两道浓密的眉毛早已经舒展开了，悬吊着的心总算安稳了许多，他和妻子相互搀扶着走了。

由于县委书记岳阳出面说情，公安局决定，把王小帅送到县农具厂劳动教养一年。

# 第二十章

四朵莲花开得妍

林妹妹么贾宝玉

恋你没为名和誉

让人传成了一台戏

空背名声好生气

——宁康山歌

中央号召知识青年上山下乡，接受贫下中农的再教育。到农村这个广阔天地去锻炼自然成了莘莘学子必须上的一课。听到自己留城后，岳娜娜哭着闹着非要去下乡插队不可。看着女儿的双眼都哭红了，岳阳夫妇拗不过，只好给县上山下乡办公室主任打招呼，让女儿到离县城近的孙家院知青点插队。

岳阳知道在更边远的南部山区，至今不通电也没有自来水。农民夜间只能摸黑做些事情，条件好的人家还能买些煤油照亮，大多人家只能用从松树上割的松节油照明。像洋瓷脸盆缸子之类的日用品很多人家是没有的，用木盒子洗脸，脸还没洗干净，木盒子里的水早就流光了。李向东在孙家院插队，岳娜娜知道后激动万分，忘情地在父亲胡子拉碴的脸上一连亲了几下，这让岳阳感到异常的兴奋，高兴得一时不知所措。

俗话说，"离城一里就是乡棒。"因为农村毕竟是农村，一切都跟县城呈现出巨大的反差。时间是最好的导师，是最能教育人的，即使最冥顽不化的人都有被月光老人改造过来的可能。随着时光的流失，年轻人三分钟的热情就削减去了一大半,不少人先是对着又酸又硬的苞谷面锅塌塌馍抱怨起来,经常吃的酸菜苞谷面搅团让他们中的绝大多数人感到倒胃口,唯独对罐罐里煮的油面茶还保留着当初的那份热情。

说起罐罐茶,可以说是一道美食,一大早勤劳的主妇就在堂屋的火塘里生起柴火,在鼎锅里倒上少许清油,待油熟后,放入当地产的燕河云雾茶、六月天摘的大红袍花椒、自家做的豆腐丁、少许肉末,炒一会儿,再放面粉以及核桃仁末、芝麻等佐料。炒好后,人们各自分出一些放在小陶罐里,倒入清水一起煮,喝时各人根据各人的口味放盐。一般农家,一日三餐有罐罐茶喝,锅塌塌吃就是上好的生活。

孙家院油面茶的烧制十分考究,更是闻名全县。每天清晨,主妇们洗漱后,首先要在火膛生火备炒调料,当地称之为炒调和,即用炒勺或铁锅以清油、精盐、葱花依次炒鸡蛋、豆腐、核桃仁(切碎去皮)然后是熬小麦面粉。一般要求,鸡蛋要炒嫩、豆腐丁要炒至金黄色、核桃仁要炒脆、麦面要熬熟。炒好的调和及熬熟的麦面需置入四个容器中分别存放备用,不能混合。接着将一大一小两只专用土陶煨罐刷洗干净,在小煨罐中放些清油、盐将茶叶炒熟后加水煮茶;在大煨罐中以红葱皮、花椒叶、茴香杆、生姜片为底料加水煮沸,将炒熟的麦面粉加入一勺,再将小罐内的茶水注入,用竹筷边搅边煮约五分钟后将面茶流汁滤出,盛入三寸口径的细瓷小花盅内(一般一罐只盛两盅),然后依次将备好的油锅渣、豆腐丁、核桃仁、鸡蛋等调料,置入盅内面茶中即可。这样做的油面茶其味浓香可口,老幼都爱,在当地被称之为三层楼,即一盅油面茶上层漂浮着鸡蛋、葱花、油锅渣,中层悬浮着核桃仁,下层沉浮着豆腐丁。

深山里的人们礼数并没减少,非常崇尚传统美德。就拿敬油面茶也有讲究,一般头盅茶必须敬上宾或长辈,然后依次敬奉。

油面茶因其制作工艺精湛、味美酥香,且解渴充饥,人们便年复一年、日复一日地以茶为点,招待客人。每逢新春佳节,亲房邻居还要互敬面茶,以示和睦和祝福。由于经常害怕吃了上顿没下顿,吃饱肚子就是人们心中的头等大事,因此在彼此相遇打招呼时,就会不约而同的问对方"喝了吗",这句话的意思就是你吃饭了没有,在当地吃饭就意味着喝油茶吃晌午。久而久之"吃（喝）了吗"在宁康成了最常用做经典的问候，有时候一个刚出茅房王遇上另一个要入厕，一声"你吃了吗"一时间难免弄得两人都尴尬而脸色泛红。

劳作一天顶多只能挣得八分钱的工分，用来买油盐酱醋都显得捉襟见肘，就更不要说买别的什么日用品了。正青春的小伙们为了解决肚子里的馋虫，也就干起了偷鸡摸狗的事来。老乡们的鸡都栖息在房屋附近的树枝上，夜深人静的时候，他们在灶头上烤热铁锨，把它放在鸡的身下，鸡就稀里糊涂的蹲在铁掀上，这时同伙迅速上前一把掐住鸡头，不等可怜的还在睡梦中的鸡儿叫唤，脖子就被拧断了。飞速把鸡拿回知青点，放血拔毛，开膛破肚，半夜时分，一锅鸡肉就煮熟了，一轮风卷残云般后鸡被吃完了。

憨厚的乡下人起初以为是黄鼠狼干的坏事，也就泛泛地骂一骂，过个嘴瘾了事。可是后来夜夜有人家的鸡丢失，就越觉得有些不对头。细心的孩子们偷偷告诉自家的大人，知青点的周围到处是鸡毛，于是人们开始对知青产生了怀疑，可总是抓不住把柄，只能又气又恨，更多的则是空发一阵于事无补的牢骚。当然也有些大胆村妇照例要站在村口的大核桃树下，热咒活骂一番偷鸡贼会浑身长满鸡毛，不得好死，那一招一式如同从蒲松龄的小说《骂鸭》里学来的一般。

知青们吃不好、住不好，想家又难得回去，怨气冲天，出工不再积极，出工不出力。年终分红，连自己的口粮也挣不够，挨饿受气是家常便饭，他们动辄在村子里滋事打架，这让公社和队干部们都感到很是头疼。

半年后的一天，岳娜娜给妹妹岳丽丽的信让母亲偷看了，她哭着让丈夫把女儿调回城，岳阳不答应。她就一连几天卧床不起，岳阳被闹得实在受不了了，才松了口，答应想想办法。

岳阳和老婆冷战的事传到消息灵通的王福成耳朵里后，他天生的那副白玉般的小脸会心地一笑，连夜召开公社党委会，提出要组建文艺宣传队。不少人不敢公开反对，就拐弯抹角地说公社没钱，农村经济落后，缺少文艺骨干，提出以后再考虑。可王福成认为这是思想的问题，是要不要占领农村思想文化阵地的原则问题。最后在他的坚持下，孙家院公社在全县第一个成立了由下乡知识青年组成的文艺宣传队，能歌善舞的岳娜娜和有文艺才华的知青成了队员。

孙家院公社的开山引水工程还在如火如荼的进行着,五月正是农忙季节,岳阳打算到孙家院下乡,顺便看看多日不见的女儿。

一晃三年了,引水的山洞依然没有打通,这让公社书记王福成心急如焚。看到岳阳来了,他忙从人群里一路奔跑、上气不接下气地跑了过去。岳阳等王福成跑到跟前后瞪着双眼问道:"还有多大的工程量?"

王福成满脸涨得通红,气喘吁吁地说还有百分子五十。岳阳看了一眼对面的青山,露出黄土的洞口黑乎乎的像一张吃人的大嘴巴正狰狞地大张着,明眼人都能看出隧道的进深不过二十来米,照这种进度下去,再有二十年也打不通这座山洞。

岳阳不愿说出自己的想法,他调转话题问:"这几百亩地为啥不种上庄稼?"

王福成说:"我们想等燕河改道后一千亩地一起开种,到那时举办个庆功会,再请你……"

没等他说完话,岳阳眼皮都没抬一下,生气地骂道:"你真是个草包,你说,闲放着这么好的土地可惜不可惜,你说这地有几年没种了?"

王福成面如土色,磕磕巴巴地说:"嗯,大概有一两年。"

岳阳一听火气又上来了,骂道:"光知道场面越大越好,不知道因地制宜地开展工作,死脑筋、一群吃粮不问斗价的东西!"

众人鸦雀无声,人人精神高度紧张。过了一阵,汗流浃背的王福成鼓足勇气对岳阳说我们开了个党委会,嗯,打算让燕河改道绕过山脚流走。岳阳一听不客气地质问他:

"你们想放弃原来的计划,当逃兵、叛徒?这是典型的机会主义,逃跑主义!"

王福成听得心惊肉跳,只觉得全身的汗毛都竖了起来,后背一阵阵地发凉。他脸上毫无血色,紧紧地抿着嘴,不敢再做声。见领导不在讲话了,他凝神屏气地站着,不停地晃动着小脑袋。岳阳瞥了他一眼,突然觉得自己情绪有些失控,不该发这么大的火。于是转过身子,语气有些缓和地说:"走看看你们的文艺宣传队。"

大家这才舒了口气，跟着岳阳句公社驻地走去。

明媚的阳光照在清新的原野上，树上的花开得正热闹，田边一株株玉兰树开满一朵朵冠状花朵。紫色的玉兰花如碧蓝碧蓝的天色，高贵而典雅，雪白的玉兰花洁白如云，显得格外的圣神高洁。郁郁馥香随着微风若有若无的飘入鼻孔，让人感到丝丝清爽。岳阳驻足路边，深深地吸了口气，极目远望，心情非常愉悦。

这时，一个年轻人正挑着一担子迎面走来，就在他越走越近时，隐隐约约传来一股臭味，岳阳不由眉头一皱。他仔细看了看，穿着雪白衬衣的挑担人已来到面前。岳阳和颜悦色地问："你是哪个生产队的？"

年轻人放下担子，挺起胸腔，铿锵有力地回答："报告首长，我是公社的广播员，叫刘产。"

一个毛头小伙子叫这个名字岳阳觉得有些搞笑，望着年轻人挺拔的身子，他饶有兴趣地问："当过兵？"

小伙子精神饱满地回答："当过，今天我值班，反正闲着，我想给生产队的地里送桶粪去。"

岳阳更感兴趣了，随口表扬了他几句。离开时，不经意地说了一句"这粪一定很肥实吧。"血气方刚的刘产一听，放下肩上的担子，麻利地挽起衣袖，两只白生生的胳膊"噗"地插进了粪桶中的稀粪里。众人困惑不解地凝望着他，他却很认真地在粪桶里摸了一会儿，双手很快抓了一把黑乎乎、粘里吧唧的东西出来，异常兴奋地扬起漂亮的额头，气宇轩昂地说：

"报告首长，粪肥实得很。"

岳阳显然被感动了，回头对姜春生说：

"这是个好苗子，你们记下，这样的年轻人要注意培养。"

身后的王福成迫不及待地走上前，极尽能事地对岳阳说："岳书记，他还是个工农兵大学生哩。本来可以留在省城过安逸的生活，可他不贪图享受，非要到农村的山沟沟来，走与贫下中农相结合的道路，为这还跟自己有封建思想的父母决裂了，对吧小刘。"

刘产有些害羞，红着脸反复搓着自己的双手，声情并茂地说：

"我们生长在新社会，成长在红旗下，农村是广阔天地，我不能做小绵羊。

谁阻挡我走与工农相结合的道路,我就和谁势不两立,坚决和他们一刀两断!"

岳阳听后猛地想起了自己的女儿,觉得心口有些发凉,既不愿赞同更不好制止,违心地微笑着说:

"革命者也是人,我们都是父母生的,父母亲的思想认识一时跟不上革命形势,不要太急,要做深入细致的工作,革命事业不是一天两天就能成功的,干革命与父母搞好关系不矛盾。"

王福成不知道领导内心的忌讳,光顾着表现成绩,在一旁急切地说:

"小刘在他落户的生产大队率先成立了全县第一个农民业余大学,他还和大队党支部侯书记的女儿建立了革命的恋爱关系,很快就要结婚了。"

岳阳感到很欣慰,信心满怀地说:"这是涌现出来的新生事物,好人好事,你们要好好宣传,典型开路,无论是对推动全县的'农业学大寨',还是鼓励知识青年到农村来都有十分重要的意义。"

王福成认真的记下了岳阳的指示,表示一定要把领导视察的情况编成简报尽快发,这让岳阳很满意。

# 第二十一章

皂角树长下一身刺
贤妹娃一肚子伤心事
伤心的事情没法说
跑到梁背后唱山歌
——宁康山歌

地委张副书记是岳阳的老乡，因为工作忙，孩子们大都不在身边，平时自然没有时间和老伴去食品公司门市部买肉。他不止一次在岳阳面前抱怨过生活方面的诸多不方便。转眼端午节就到了，岳阳让姜春生到县饲养场买了几十斤五花肉给张副书记送去。老掉牙的美式中吉普，在崎岖的山路上艰难地走了四个多小时后，总算开到地委家属院。姜春生留下会计老朱和司机小屈看车，自己挨家挨户去打探，几近周折总算找到张副书记的家。

敲了一阵门后，从里面终于传来一个妇人硬邦邦的声音，谁？姜春生低声说："我，宁康县委的，是我们岳书记派来的。"

门还是没开，里面半晌又传出一声生硬的问话："做甚？"

没办法姜春生只好红着脸说："我们宁康县的岳书记和地委张书记说好的，我们是给你家送从宁康买的新鲜猪肉来的。"

屋里没有动静，姜春生急得额头上冒出了汗水。他回头瞅瞅四周，幸好没人，又急切地敲了一阵门，里面传出不耐烦的骂声："咋？找死！"

过了好长时间，院里才响起"扑挞、扑挞"的脚步声，门终于打开了。

一个头发花白的矮个老妇人直挺挺地站在门口，她乜斜着眼睛在姜春生浑身上下打量着，脸上没有一丝表情。

姜春生侧身挤进院里，小声说："张书记说地区食品公司供应的猪肉不好吃，我们岳书记让我们替你们买了些新鲜的好肉。"

老夫人瞅也没瞅一眼就扭动着肥胖的身躯，趿着拖鞋只顾往屋里走，随口撂下一句："抬到院里来"，头也没回就径直走进了屋里。

姜春生立刻转身往外跑，看见老朱和小屈就急忙挥手，那二人赶紧从车里抬出猪肉飞快跑过来。三人一眨眼的工夫，把猪肉搬进张书记家的小院。朱会计喘着气，匆忙从上衣口袋里掏出发票递给姜春生。姜春生拿着发票，疾步走进屋子。

老妇人正坐在沙发上，听他走进来的脚步声，头也没抬只顾低头喝茶。姜春生说："这是买猪肉的发票，一共是九十斤。"说着就双手把发票递了过去。

谁知那妇人突然站起，破口大骂起来："老东西，买你妈的这么多死猪肉做甚？我不做，看你吃个屁！"

她看都没看姜春生一眼，扯起嗓子大骂不止，越骂越凶，越骂越难听，好像姜春生根本不存在，又好像他的到来就是专门为听她那粗俗不堪的叫骂的，姜春生实在听不下去，收起发票灰溜溜地走了出来。老朱和小屈正踮着脚，脖颈伸得老长老长，往屋里张望。看他出来了，异口同声地问钱要下了吗？一提钱，姜春生肺都要气炸了，气急败坏地说：

"走，谁受他妈的这窝囊气！"

朱会计揣着发票找了几次姜春生，姜春生也不知怎么处理这张发票好，心里一直很窝火。几次想给岳阳说明情况，又觉得不好开口。这天，正在为这事郁闷时，岳阳来到姜春生的办公室，主动问及给张副书记送猪肉的事来。知道事情办妥了，岳阳满意地点了点头。于是姜春生借机说：

"只是张书记的老婆莫名其妙的骂了半天人，样子很吓人。"

岳阳蹊跷地问她骂谁？姜春生说："好像是张书记，她骂张书记不该买这么多的肉。"

岳阳听后不露声色地说："婆娘娃娃都这样，嘴上骂得越凶，心里就越喜欢，对吧，老姜。"

姜春生很诧异岳阳这样称呼自己，心生的觉得怪怪的，心情自然比先前放松了不少，他顺着岳阳的话茬说："好是好，就是肉钱人家没给。"

岳阳一听，脸一沉，蹙着双眉问："这点鸡毛蒜皮的事还能难倒你这个多年的办公室主任？"说完很不乐意地走了。

碰了软钉子的姜春生，自觉没趣，只得又找到朱会计商量。朱会计出主意，找来小屈，他们两人做个证，先打个收据，等到年终召开全县公社大队、生产小队领导参加的四级干部会议经费中处理。姜春生盘谋着，这年月，一斤面粉卖一毛七分钱，一分钱能买一个生鸡蛋，五毛钱能买只大公鸡。九十斤肉得花科级干部一半个月的工资，谁也垫不起，勉强同意冒险违纪一次。

这天，岳阳到县城南面的南洋公社下乡，北京吉普车沿着高低不平的山路走了两个多小时总算爬上了山顶，正要往下走时突然陷进了路边的沟渠里。司机努力加大油门试图让车从泥坑里爬出来，可是他使出了全身的力气也没成功，眼看天色已晚，乌云密布，车上的人心中个个焦急万分，坐在副驾驶位置上的岳阳，铁青着脸，半晌不痛不痒地说了一句："咋求整的！"

他从车里走出来，随手把门施劲一甩，车门"砰"的一声关上了，吓得司机小何的心"突、突"地一个劲地蹦跳着。

就在万般无奈时，也不知从哪里冒出来了一群人。领头的一个穿着中山装，看穿戴像是一个下乡干部的模样，只见他不用吩咐就熟练地指挥这些人，抬保险杠的抬保险杠，推车轱辘的推车轱辘，随着一声令下，车子"轰"的一声从湿滑的边沟里爬了出来。

司机小何急忙从小车里出来，拉着干部模样的人的手一边不停地摇并连声道谢。路前方站着的岳阳被眼前的这一幕看呆了，他以为是自己这个县委书记的感召力和赫赫威名吸引来了这么多的民工，快步走过去，亲切地问：

"你们怎么知道我们陷在这儿？"

干部打扮的中年人笑着说："领导，我们就在山坡上修路。你们上山的时候没有注意到，我听到吉普车像老牛吼的声音，就觉得不对，过来一看才知道车子陷进泥里了。"

喜出望外的岳阳心存感激地问："你咋知道我是领导？"

中年人说："全县就那么几辆小车，领导不坐谁坐？"

岳阳更觉得有意思，饶有兴趣地问："你是公社干部？"

中年人乐哈哈地说："我是县交通局的技术员，在这里带着领民工修路，我叫吴德兴！"

一听此人就是吴德兴，岳阳脚底一颤，脸色陡然突变，他奋力甩开这个名叫吴德兴的人的长满老茧的粗大的双手，就像遇见了麻风病一样唯恐避之不及，转身立刻钻进车里。吴德兴被吓了一跳，像只绿头大苍蝇，闷头闷脑地急忙追赶过去，还没来急追问原因，就见岳阳摇开车窗玻璃，朝着吴德兴大声说：

"滚远，坏怂，开车！"

吉普车开走了，吴德兴傻傻地站在路旁，他从没有和这位父母官打过照面，这是第一次和他零距离的接触，而且是自己率领众人把他的车子从泥窝里抬出来的，原本想会得到一句表扬的话，没想到却被骂做坏人，而且这个骂人的人竟是县委书记。这让他想不通，更让他感到后怕，于是他下定决心就是死也要找岳阳问个清楚弄个明白。

打听到岳阳正在办公室，吴德兴推开门走了进去。岳阳正在阅读文件，抬头看看面前的不速之客，脸上充满疑感。吴德兴开口说：

"岳书记，真是贵人多忘事，不认识了，我叫吴德兴。"

一听来人自称吴德兴，岳阳身子本能地一晃，他正眼看了吴德兴一眼，很快他镇静了下来，厉声问：

"你不好好上班，到县委来干啥？"

岳阳看人的目光让吴德兴感觉是把他倒过来看似的，他既害怕又生气，满腹委屈地说：

"我的个大书记，我好好的给你抬汽车，一不为升官巴结你，二来不图落个好。我就是不明白，你咋就不识好人心，无缘无敌的骂我是坏怂？"

岳阳一听来了气，毫不客气地说："你在单位干的坏事自己不知道，像你这样的人，按前几年的做法，就是破坏生产，破坏安定团结的大好局面，完全可以把你抓起来，至少应该开除！"

吴德兴越听越糊涂，斜瞪着眼，歪了歪嘴，破口大骂："他娘的皮，我一个小小的技术员，整天忙在工地上，干革命还干不完哩，那个狗日的说老子破坏革命工作？放他妈的狗臭屁，你也不想想要不是老子那天给你抬车，你县委书记算个球，还不是得在毛羽山梁美美地泡一晚上雨！"

工作这么二三十年了，还没人敢在岳阳跟前骂娘。他被彻底激怒了，咆哮着用手指着吴德兴，高声吼道："滚出去！"

吴德兴更是怒不可遏，叫喊着："有球本事你等着，我要到地区告你这个不知好歹的瞎怂狗官。"

几位秘书连忙跑进屋，把双脚乱跳，双手狂舞的吴德兴拉出了房间。

众人走后，岳阳还坐在沙发上生气，脸色苍白，嘴皮发青。他看姜春生正要离开，有气无力地说："这坏人是专门来闹事的，气死人了。"

姜春生试探着问："你们过去认识？"

还在气头上的岳阳恶狠狠地骂道："谁他妈的认识这种下三烂！一个二杆子！"

姜春生不解地问："不认识，他来做啥？"

岳阳这才没好气地说："他们的那个邱局长，说他经常给地区交通局反映县里的问题，弄的上面对咱们县的交通工作很不满意，你看看，这分明就是坏人！"

姜春生对交通局邱局长和施工单位串通一气、虚报冒领资金、粗估冒算的事早有耳闻，试探性地问：

"没有调查就难取得全面的真实的情况，要不要派工作组先调查一下？"

岳阳很不高兴地说："难道邱局长没有他可靠，我们党组织不可能相信这种人的鬼话谎话。"

姜春生认真地说："邱局长是个大老粗，难免认识上有差池，或许他们私人之间有些过节，难免会把个人感情掺杂在工作当中。"

岳阳一听，不以为然地说："老邱虽说是个文盲，但他是县委任命的局长，党组织多年培养的领导，那些技术员也不全是善茬，文化人就爱嚼舌头。说闲话搬弄是非非，他们里面刺头就不少。"

姜春生好心提醒道："兼听则明，多调查有好处。"岳阳心中早已不满，话语戛然而止，姜春生见状只好离开。

　　吴德兴私下里得知,是自己的局长在县委书记岳阳面前说了自己的坏话。他找了岳阳几次,原本打算证明自己是个好人,可每找一次,就和岳阳大吵一次,每次都以谩骂的形式结束,结果两人的怨恨反倒越结越深。无奈之下,吴德兴就踏上了漫漫的上访路。一回到县上就找到县委闹事,岳阳闻讯避而不见,他就在大院里大吵大闹一番,扬言要和岳阳同归于尽。

# 第二十二章

一面扇子两面花
妹子爱你你爱她
哥爱妹子的长辫子
妹子爱你的高个子
　　　　——宁康山歌

县委书记岳阳多次表扬孙家院公社大办文艺宣传的作法，孙家院成了全县的红旗知青点。眼看"七一"快到了，尽管天气越来越炎热，知青点上的男女生们还在认真地排练节目，他们不仅要参加全县的汇演，还要代表宁康县进省城，参加全省上山下乡知识青年庆祝建国二十七周年文艺调演活动。

下午两点刚过，李向东准时吹响了哨子。天热昏昏的，人一旦入睡就很难被叫醒，尽管哨声响了好几遍，可到会议室来练功的人还是不多。他生气地站在院里放开喉咙大喊了好长时间，先是男生们三三两两地走出了宿舍，最后是贪睡的女孩懒洋洋地走了出来。开始报数点名，一连点了三遍，就是不见副队长岳娜娜。李向东心里感到有些不快，他问女同学，就是没人知道岳娜娜去了哪里，李向东合上花名册，毫不客气地说画旷工，扣一天的伙食补助。他再次宣布了纪律后，众人就开始排练起来。大约过了半个小时，岳娜娜涨红着脸回来了，李向东没好气的问："吊儿郎当的，你去哪儿了？"

一层薄汗密密地挤满地美丽的额头上，她用手绢轻轻抹去汗珠，漫不经心地看了他一眼，仿佛没听见他的问话一样。这让他更来气，他想她不该这样傲慢无理地做出一副无所谓的姿态，压着心中的不满又问了一遍。岳娜娜这才，轻慢地回道："天热洗了个澡，不行吗？"

有人在偷偷地笑，他被不硬不软的呛了一句，觉得脸上有些挂不住，一时语塞，怒目对视着岳娜娜。温文尔雅的岳娜娜也丝毫不示弱，细细的柳叶眉微微皱起，美丽的杏眼斜视着面前的这个向来在她心目中彬彬有礼的人，二人如同准备决斗着的牛犊相互对峙，谁也不想率先给对方让半步。

大伙儿都被这突如其来的争斗惊呆了，一时不知如何是好，静静的注视他们俩。正在尴尬之时，门外忽然传来中年男人老气横秋的声音：

"同学们，都过来吃县委岳书记送来的大西瓜！"

大家回头一看，公社书记王福成领着几个男人，每人抱着两个大西瓜，满头大汗地进来。几个机灵鬼跑过去接西瓜，也有人不住地向王福成点头，连连不断地说着感谢的话。王福成把西瓜放在窗户跟前的桌子上，接过秘书递过的刀，一面切西瓜一面传达着岳书记的指示，没有注意到身后还一对仍在较劲的少男少女。

他乐呵呵地拿起最大的那芽西瓜就往岳娜娜手里塞，岳娜娜接过西瓜，赌气地一扭身走了。李向东觉得无趣，走到桌子旁边，取了一牙西瓜狠狠地咬了一口。西瓜真甜，也很凉爽，甜美清爽的汁水顺着他火辣辣的喉管很快流到了胃里，他心中的火气被给压了下去。吃完一芽瓜，李向东过去拿起刀切起西瓜，名叫魏晓萌的女同学过来拿了两块西瓜，看李向东盯了自己一眼，娇嘀嘀地说是给岳娜娜带的。

李向东随口说："还真把自己当成当官做老爷的了。"

魏晓萌调皮地笑着拿起西瓜笑着走了。李向东又切开另一只西瓜，这时岳娜娜径直过来，她温柔地瞅了他一眼，停在他面前，以为他会给她挑一牙大的西瓜。不料他却装着没看见，用劲继续切西瓜，切刀碰在桌面上发出"嘚嘚"响声，岳娜娜听得很烦心，猛地抓起李向东面前的那牙西瓜，故意跺了一下脚，气呼呼地转身离开。

见岳娜娜愤愤离去样子，他心头一颤，又平添了闲气，觉得很憋屈，却又无处排遣，默默地就继续切西瓜。正切着岳娜娜又过来拿西瓜，他就故意找茬，连讽带讥的说："吆，大小姐还挺能吃的。"

岳娜娜柳眉倒竖，生硬地回敬道："你是玉皇大帝，管得闲事宽！"

李向东气恨交加，低声嘟囔着真不要脸，脸皮比城墙还厚。岳娜娜没想到李向东会用脏话骂自己，变了一个人似的，挥舞起右手，带着哭腔大声质问："谁不要脸，你说，你说！"

说着朝李向东扑上去。李向东没有后退，英俊的脸变得异常冷峭，他大步迎上前，一字一句几乎是咬牙切齿地大声回答："就——是——你，不——要——脸！"

岳娜娜哪能受得了这种奇耻大辱，放下惯有的矜持，怒目相视，破口大骂起来："你才不要脸，臭流氓。"

气昏了头的李向东指着岳娜娜恶狠狠地问："谁是流氓，有本事再说一遍！"

岳娜娜仰着红扑扑的小脸，一副咄咄逼人的样子，高声说："你、你，咋哪？"

李向东逼近一步，杀气腾腾地说："再说一遍！"说着已经抬起了胳膊。岳娜娜根本就没把李向东的威胁放在眼里，索性把头一偏，把粉红色的脸蛋撑了过去，骄横十足地叫喊：'你、你、你，咋哪！"

气愤之极的李向东，猛地一个耳光抽到岳娜娜粉嘟嘟的脸上，打得岳娜娜两眼冒金花，火辣辣，钻心地疼。她没想到他真敢打她，又羞又恨，又气又恼，双手握着脸飞快地跑了出去。众人被眼前的这一幕弄蒙了，倒是王福成反应快，他一把拉住李向东的手厉声骂道："狗怂，咋打人，滚你妈的皮！"

李向东此刻也后悔起来，在众目睽睽下心绪很乱地走出闷热得令人窒息的屋子。

宁康的夏天高温湿热，让人感到十分难受。尤其是中午，吃完饭人人大汗淋漓，就像从战场上下来一般，这时日头正悬挂在头顶，大地被烤得如火炉一般，昏昏欲睡的人们都猫在家里，拿着蒲扇扇风，或坐或卧在竹椅凉席上纳凉。岳阳觉得又闷又热，躺在床上就出汗，尽管身体倦乏困顿却又莫名地心烦意乱而睡不着，可又觉得什么也不想做，于是就不知不觉、无精打采地来到县委大院。吃力地爬上二楼，打开办公室房门时，额头已爬满豆大的汗珠，汗水早已湿透了他薄薄的衬衫。他百无聊赖地坐在写字台旁，不一会儿迷迷瞪瞪地进入了梦乡。

岳阳来到水天一色的开阔地，仿佛感到从身后吹来一丝丝凉爽的风，眼前浮现出一条波涛汹涌河流，他走近河边仔细的察看一番，觉得它不像是宁康的燕河，与岷州的洮河倒有些几分的相似。燕河清澈明亮，犹如藏在深闺人未识的小姑娘，而洮河雄厚粗犷，水色泛白更像北方饱经风霜历练的少妇。这条比燕河宽广的多的河流两岸没有郁郁葱葱的树林，清澈的水面上也没有飞来飞去的燕子，却在河心处有一个沙洲，恰似神来之笔画下的一个大大的问号。沙洲上长满了密密麻麻的芦苇，芳草萋萋的景色分明就是洮河之中的栖乐岛。他走过用柳树榆木搭成的曲里拐弯的简易的木桥来到小岛中央。

忽然不知从哪里钻出来一群中学生，青春年少的少男少女有说有笑，只顾嘻嘻打闹着，全然没把他这个走到那里都前呼后拥，令人尊敬的县委书记放在眼里。这让他心里怏怏不乐，认为如今的年轻人缺少家教，疯疯癫癫的有伤风化。正准备大声训斥他们时，就听"轰隆"一声巨响，眼前的桥塌了，那一群在桥上嬉闹的学生们全都掉进水里，随着波涛一起一伏，渐渐的远去。他正在纳闷，心里想着这些孩子们咋像鸭子一样随着水流游走了，连个招呼也不打。

"你这是在造孽啊！"身后传来洪亮声音着实把他吓了一大跳，他忙转身一看，原来是县委老书记牛润。他吃惊地问："老领导咋来了？"

牛润脸色苍白，眼睛里没有一丝光泽，正可怕地盯着他、怒气冲冲地说："岷州是我们省西部的一个贫困山区，人们吃饭问题都没有解决，你倒好非嚷着要发动群众义务投工投劳修公园，打造岷州的颐和园。你和自己的老婆孩子去了一趟栖乐岛，惹得不少人蜂拥而至。我早就给你说过安全问题，你就是当耳旁风，古人说得好'上有所好，下必甚焉'，人命关天。转眼间二十几个学生娃成了冤死鬼，你内心愧不愧！"

岳阳被问得理屈词穷，他又痴痴地问："你不是跳了黄河了吗，怎么又来岷州了？"

牛润轻蔑地一笑，说："人在做天在看，要想天地人不知，除非己莫为。我问你，那年分机关农场的剩余资金，你是不是同意了的？你不要给我翻白眼，装好人。你们个个都得了好处，关键时候却没人替我说一句公道话，更不要说提前给我一个善意的提醒。你们各怀鬼胎，看着瞎子往悬崖下跳无动于衷，良心都让狗吃了。我再问你，岷州鹿仁村的苗支书有啥错，不就是先前我在那里蹲过一年的点吗？你该不是公报私仇，我想你我之间也没有那么大的深仇大恨吧！"

岳阳忙辩解说："你这是用小人之心度君子之腹。他还多吃多占，他是自寻短见！"

牛润浑身战栗，嘴唇气得直发抖，愤愤地喝诉道："欲加之罪何患无辞！你知道吗，羌人可是一个多灾多难的民族。鹿仁村在宋元以前叫松柏城，当初他们的先辈们沿村庄四周划分地段，每一姓氏家族栽一段松柏，就有了最初的鹿仁村。元朝军队多次进巢当地的土著居民，战事平息后，老一辈人留下'六戒忍'的规矩，把村名就改成了'六忍'。明朝时这里来了羌族首领木龙大王，松柏城又被他改名为木龙。木龙大王后来率众造反，明朝派四川籍的将军王玉莲前来讨伐，王玉莲和木龙大王的三女儿相识相恋，木龙大王投降朝廷，化干戈为玉帛后又改叫鹿仁村。一个小村名的演变中包含着多少辛酸和屈辱。谁人不知道这里山清水秀，民风淳朴，苗支书绝对是一个憨厚本分的人，他绝不是一个奸诈之徒。你真是狗咬吕洞宾，更不该逼死一个忠厚善良的老实人啊！"

岳阳心里还是不很服气，正打算极力申辩。突然，天空响起一声惊天的炸雷，他被惊醒，猛地从座位上跳了起来。他睁眼一看窗外的天空已升起乌云，太阳透过云层射下刺眼的亮光。眼看着一场滂沱大雨即将要到来。尽管是一场梦，睡眼惺忪的岳阳还是惊出了一身冷汗，心有余悸地呆坐了好长时间。

燕河在宁康境内围着青山，抱着巨石缠缠绵绵，扯不开，撕难分，硬是弯弯曲曲地走了一百多里地才依依不舍地离开宁康，流入了四川省境内。碧绿的河水稍遇阻拦，就迅速纠集在一起，化成一汪汪深不见底的深潭。鱼是燕河的精灵，孩子们最爱抓的红赤浪就有七八种之多。这种鱼有四五寸长，周身似圆棍，如泥鳅，身上的五彩条纹非常耀眼，它浑身圆滑，常常是捉到手里也会"刺溜"一下滑进河里。搬起河里的石头，还能发现一种叫粑粑鱼的怪鱼，它可以说就是清道夫鱼的缩小版，鱼背呈褐色，肚子是白色，长着一个吸盘，可以牢牢地吸附在光滑的石头上，有的孩子捉到粑粑鱼就把它贴在脸上，或者放在胸口借以炫耀。

燕河里有种长得像鱼雷的会飞的小鱼最难捉，天热时会不时地如闪电一般跃出水面一晃而过。还有叫马刺盖的鱼身子是扁菱形，浑身是草绿色的，一旦被捉住就会用尾部的刺猛扎人的手，迫使捕捉者松手。燕河里不但生活着各种鱼类、青蟹，还有两栖动物娃娃鱼，这为燕河增添了许多迷人的色彩和无限的生机。

燕河围着石崖或巨石形成一个又一个碧波荡漾的水潭，犹如颗颗翡翠碧玉散落在宁康大地上。每到夏日，这里就是孩子的天堂，从早到晚他们在水边玩耍，把绵延不绝的欢声笑语撒落在宁静的山谷里。

那是一个暑假，岳娜娜和伙伴们在离县城三里远的芙蓉潭里嬉戏游泳。累了她就斜卧在岸边的沙石上，仰望着蓝天白，不知不觉、迷迷糊糊地睡着了。也不知过了多长时间，一阵阵青蛙的凄厉叫声把她从梦中叫醒。她惊奇地向四下张望，却没有看见青蛙的影子。观察了好久她才发现，就在不远处的巨大岩石底下，一只大螃蟹在那里静静的趴着，她兴奋地跑过去，伸手去捉螃蟹青色的硬邦邦的壳。说也怪，那家伙两只明亮的米粒似的眼睛在不住地摇动，却并没有舞动它的那两只令人生畏的大螯，身子更是一动不动地待在原地一副坐以待毙的样子，似乎在示威，又好像在等着被她活捉。令她更高兴的是捉走这只螃蟹后，紧接着不远处还一只在坐等着被束手就擒，她顺手一把就掐住螃蟹，她忙喊小妹岳丽丽来帮忙。小妹接住两只螃蟹后，一声青蛙有气无力的叫声又在耳旁响起，她好奇地俯下身子，探头朝石洞口望去。透过一束光线她看见就在洞口不远处，还有条鲤鱼趴在那里一动不动，她敏捷地伸出手一把抓住了它。奇怪的是那条鱼也没有反抗，倒像是自觉自愿地钻进了她的手心。

也就在此时她清清楚楚看见，前面光线昏暗处有只青蛙又绝望地呜叫了一声，同时拼命地扭动着身子试图朝洞口爬去，可任凭青蛙如何努力就是无法前行一步。她蹲下身子睁大眼睛想细细查看究竟，原来青蛙的身后是一条乌黑的大蛇，乌黑的大蛇此时正张着大嘴用力吸吮，大蛇每吸一下，青蛙就凄惨地叫一声，身子往后挪动一下，大蛇吐气的时候青蛙就趁机往前要跳，这时大蛇又赶紧吸气以防青蛙逃跑。岳娜娜吓得往后猛地一退，一下把小妹碰倒在砂石地上。她慌忙站起，拉着不知所措的小妹转身就往回跑，一面高声大喊："石洞里有蛇，快跑！"

在水潭里嬉戏的姑娘们，突然听说有蛇，"稀里哗啦"惊恐万分地串上岸。几个胆大的姑娘问清楚蛇藏身的具体地方后，光着身子拿起石块朝石洞方向一阵乱打。很快黑乌稍蛇从石洞里游出，翘着乌黑的头扑向潭中，伴随着激烈的尖叫声，在姑娘们一阵猛烈的攻击下，让人毛骨悚然的蛇很快游到对岸，迅速消失在茂密的草丛之中。那是岳娜娜有生第一次和蛇近距离的接触，给她留下了深刻的印象。

岳娜娜泪流满面地奔跑着，她觉得心伤透了。父母不止一次反对自己和李向东公开交往，都没有动摇她的决心，可是这个让她感到体贴人、关心人的人竟是这样一个动辄抱以拳脚的，粗鲁不堪的人。作为县城里骄傲的公主，从小就生活在一片溢美声中，别说挨打受骂，就是一句重话也没人敢说过。众目睽睽下，这个让她心仪已久的翩翩少年像一个无赖一般责备、侮辱了自己不算，竟动手扇自己耳光，下手时那样的凶狠，右脸颊火辣钻心的痛把她那颗一向孤高又柔软的心给彻底揉碎了。

她痛苦伤心到了极点，觉得整个世界失去了光明，停止了运转，走到了天塌地陷的绝境。周围的人都向自己投来鄙夷的目光，全世界的人似乎都在看自己的笑话，满耳鼓充满讥讽和嘲笑的声音。一个至高无上的县委书记的千金被人当众抽打，打人者竟是自己暗恋已久的白马王子，这是多么的不可思议！自己不曾伤害过一个人，又比同龄的许多少女有更为娇好的容貌，还有她们没有的优越的家庭，却招来普通少女也没有遭遇的羞辱。

一想到这些她就感到自己要疯了，整个人都要彻底崩溃了。于是昔日一切美好的事物和人，在她的眼里不再是温文尔雅、端庄善良，一切都变的那么丑恶狰狞。现实的世界是那么的黑暗和幽深，地狱就在眼前，天堂从此不复存在，生命的希望之门从此关闭，留下的只是一条坠入无底深渊的死亡之路，这条路在眼前清晰可见，路的尽头就是幽深的黑龙潭。

岳娜娜觉得只有河水才能洗去身上曾经的耻辱，恢复她神圣不可侵犯的尊严，她越想越疯狂，越想越来气愤，只觉得整个身体都要爆炸了。于是就拼命地一路狂奔，义无反顾地狂跑着一头扎进黑龙潭。素日平静的黑龙潭，此时变得是那样的狰狞恐怖，无所顾忌地张开血盆大口，瞬间吞噬了岳娜娜青春曼妙活力四射的身体。

河水褪去了岳娜娜身上的白色连衣裙，露出了光纤照人的身体。明媚皎洁的月光下，岳娜娜宛如油画中的睡美人，静静地趴在白花花的鹅卵石上，有着天仙般的美。王福成命人用白布把岳娜娜裹住抬回公社，派两个民兵把李向东看管起来后，连夜赶到县城向岳阳汇报这意想不到的突发事件。

女儿的突然离世，让岳娜娜的母亲彻底丧失了理智，她不住地用粗俗不堪的语言叫骂着。一个失去爱女母亲的悲苦是常人所无法理解和感受的，她不知道该把这一切的怨与恨向谁倾泻，更无处得到抚慰伤痛的神药，能做的只有在地上一横，披着一头散乱的头发，光着脚丫子漫无目的在冰冷冷的水泥地上乱踢乱蹬，嘴里不停地胡喊乱骂。女儿岳丽丽、岳苗苗、岳红红、岳彤彤凄惨地枯坐在痛苦不已的母亲身旁，努力不让她把头颅往桌子上磕，更怕她们母亲的去寻短见。

听到噩耗的岳阳，脸绷得像块木板，尽管伤心欲绝，却又哭不出来，一对大眼睛发直。他痴痴地坐在沙发上，身子却像在飘忽不定的云彩中，又好像在茫茫大海上颠簸一样。他的怒气像都集中在了嘴巴上，上下嘴唇紧紧地拧在一起，脸色恐怖的吓人。他一言不发，用喷发着火苗的眼睛，怒视着王福成如刀砍斧削般的小脸，就像饥饿的老虎眼里闪烁着可怕的饿狼般的绿色光芒，闪闪发亮地死死盯着前方的猎物一样。

过了好长时间，他才费尽九牛二虎之力，从痛苦的深渊底层爬了上来，歇斯底里地大骂王福成：

"你真他妈的坏怂一个！谁叫你送他妈的狗屁西瓜的，你真是个成事不足，败事有余的丧门星，搅屎棒，狗日的！滚滚滚，滚他妈的。滚！"

这时，几位副书记、副主任和他们的妻子走了进来。王福成脸色苍白，眨着金鱼眼，垂着双手，机械地晃动着圆脑袋，礼貌地点头致意。看望的人渐渐地多了起来，尤其是姜春生领着办公室的秘书干事来了，仿佛见到救兵，他三言两语对姜春生说明情况后，神不知鬼不觉地，悄悄地从门缝里溜走了。

# 第二十三章

我在马路边捡到一分钱
把它交到警察叔叔手里面
叔叔拿着钱、给我把头点
我给叔叔说了声：叔叔再见
　　　　　　——少儿歌曲

　　宁康农村散养的土鸡叫"二斤黄"，肉质鲜美，嚼起来有筋道，口感好。岳娜娜生前最爱吃鸡，尤其爱吃红烧鸡头。县委书记岳阳过去对吃鸡并不太喜欢，自从心爱的女儿去世后，忽然对鸡肉发生了兴趣，尤其是好吃鸡头。做临时工的机关大灶厨师鲜健，发现领导的嗜好后，只要岳阳在机关里，总能按时送去一碗热气腾腾的黄焖鸡，这让岳阳在心里感到一丝的慰藉。

　　又是一个秋高气爽的季节里，岳阳来到大南峪公社下乡。吃晚饭时，上了一盘黄焖鸡，这让岳阳感到高兴，他觉得胃口开了，一面夹着酥软的鸡肉，大口吃着米饭，鼻子发出"哧哧噗噗"的声响，双眼警觉得在盘中搜索着。在宁康乡下有个传统，老百姓用自己散养的土鸡招待尊贵的客人，一般都要把鸡头留给德高望重的长者或者座中地位最高的领导。民间流传的歌谣说"当官要骑高头大马，吃鸡得吃膏头凤凰（鸡头）"。尽管鸡头不易被加工到绵软酥烂的程度，牙齿不好的人享用起来无疑是受罪，可这是特殊礼遇，就像国家元首出访，不管你是年老或是年轻，都得站在检阅台上接受鸣放礼炮待遇一样。

姜春生看见领导心情好多了也觉得很开心。就在此时，公社书记吕维心亲自端上一盘青椒土豆丝，他恭敬地劝领导多吃些菜，岳阳微微点点头，算作应答，仍在认真地用筷子在盘中来回翻拨着。胖乎乎的吕维心是个外乡人，他那双鹰隼般的眼睛准确地看见了鸡翅底下的鸡头，伸出筷子敏捷地夹起鸡头。岳阳眼一亮，露出欣喜的目光。而吕维心不熟悉宁康的风俗误以为领导们不喜欢吃那食之无味弃之可惜的东西，没有把鸡头放进岳阳的碗中，直接送进自己肥大宽厚的嘴里"咯巴、咯巴"的嚼了起来。

岳阳眉头一皱，恼怒地丢下筷子，起身离去。吕维心不明白，嘴里咀嚼着食物，含糊不清地劝说岳书记再吃些。岳阳头也没回，就朝院里的小车走去，姜春生和司机小屈立即放下碗筷，三步并两步跑过去，跟着书记上了车。小车驶出公社大门后，岳阳的粗大的鼻孔"哼"了一声，脸色变得很难看，两片厚厚的嘴唇紧闭着，一路上一言未发。

文化生活的极度贫乏，人们了解外面的世界只能通过报纸广播，随处可见的高音喇叭经常按时播出来自北京的消息，除此以外看一场电影则是非常难得视觉盛宴。电影院里经常上演《红灯记》《智取威虎山》《红色娘子军》等八个样板戏，故事片少得可怜，一年还看不上一两部。隔三岔五就要上演《英雄儿女》《奇袭》《打击侵略者》，偶尔能看上诸如朝鲜、越南、阿尔巴尼亚的电影，也会让人为一张电影票挤得头破血流。《买花姑娘》《山村女教师》《宁死不屈》让人看腻了却又无可奈何。

关于电影，流传着顺口溜：朝鲜的电影哭哭笑笑、越南的电影飞机大炮、阿尔巴尼亚的电影有头没尾、中国的电影是新闻简报。有时候十天半月也没一场电影可看，最寂寞难熬的要属假期里无所事事的孩子们，小伙伴们见面互相打问有没有电影是常事。就是没有电影，调皮的孩子也会说，今晚的电影是"战斗英雄礼堂空"，还真让一些不知情的大人空欢喜过。

夏天里，一部反映农村的故事影片——《欢腾的小凉河》在全国上演了。影片里有句很有名的台词：不管白猫黑猫，抓住老鼠就是好猫！很快成了孩子们的口头禅。

到处传来地震的消息，学校提前了放假，孩子们闲得无聊，可老天爷偏又不作美，不到秋天就阴雨绵绵，下的大人们信心都湿透了，何况生性好动爱热闹的孩子们。唐山大地震死了好多人，小县城也人心惶惶着。县委大院里搭满了大大小小的帐篷，望着淅淅沥沥的雨，大人们的脸上愁云密布，顽皮的孩子却认为不必上学了，整天玩捉迷藏、打扑克，比过年还高兴。

一天，县委大院突然开进七八两北京吉普车，姜春生严肃地对儿子苇航说，省委茅书记要来，让他带好大院里的孩子，不许乱跑，不然会让警察抓去约。那一天大院里的孩子都在帐篷里捉迷藏、玩扑克，显得很老实。

到了吃晚饭的时间，岳阳请领导在帐篷里吃饭，茅书记不高兴了，他正色道："大师傅都不怕死，我们有什么害怕的。"

他让岳阳带路，来到县委隔壁招待所的小餐厅。乌黑发亮的大圆桌可供十人就餐，看到这么好的桌子，茅书记感叹说："这桌子太漂亮了，漆好亮，比省委餐厅的餐桌气派。"

岳阳笑眯眯地说："这是宁康的土漆，漆的家具非常漂亮。"

茅书记很感兴趣地问道："土漆为啥这么好看，乌黑发亮？"

岳阳一时答不上来，扭头望了一眼身后的姜春生。姜春生连忙说："刚从漆树上割下来的生漆经过十道程序加工后就成了品质优良的土漆，用土漆油家具必须在风和日丽的晴天里，光线好、通风阴凉的房子里才行，这样经过至少三道工序后，家具上色才好，表面才能呈现出亮晶晶的光泽。如果阴雨天气油漆家具，家具的表面就会起气泡而且色泽灰暗毫无生机。宁康民间还有烤漆技艺，用土漆在家具上绘制精美绝伦的漆画，那才是不可多得的工艺美术品。土漆漆过的物件，不怕火烤和日晒，具有防水，耐潮湿，虫不蛀的特点，湖南马王堆出土的汉朝漆器现在还光泽鲜艳。"

茅书记满意地说："这真是劳动人民的一大创举啊。"一番感叹后他兴致勃勃地招呼大家坐下共进晚餐。

菜端了上来，先上来的是雪花鸡片，接着是木耳炒肉、素炒三菌、油炸小鲫鱼、素烧猴头菇。茅书记正说菜太多了，大师傅又端上来了酸菜鱼。茅书记看着盆中婴儿般的小手，惊慌失色地问："这是鱼吗？我可从没见过。"

一旁的岳阳很是殷勤地讲解道："这是娃娃鱼，学名叫大鲵，营养价值很高，是天然的滋补佳肴。"

茅书记有些不高兴地说："不要太浪费了。"

岳阳却说："这都是野生的值不了几个钱，还有一个氽汤丸子就齐了。"说话间，清蒸甲鱼上来了。茅书记兴趣盎然地拿起碗和勺子打算自己盛，岳阳见后就要帮忙，茅书记不情愿地说："我们自己都有手，还是自己动手丰衣足食得好。"一句话说得岳阳不好意思了，坐在一边只是"嘿嘿"地傻笑。

吃完炸酱面，茅书记很满意，来到后厨和厨师们一一握手，感谢他们做了一道美味可口的饭菜，这让大师们很感动。姜春生想起了鲁迅的小说《奔月》中主人公的对白，"又是乌鸦的炸酱面"，尽管没有胃口，他还是硬撑着吃了一小碗炸酱面。晚饭后，茅书记提出要看《欢腾的小凉河》，虽说这部电影已经演过，可对于两个多月没有进电影院的孩子们还是高兴得要死。

天色才开始暗淡下来，大院里的孩子就坐在自己搬来的大小不一的凳子上，焦急地盼着天快些黑，电影早早地放映。老天好像有意在和孩子们做对，又稀稀疏疏的下起了小雨。一些性子急的低声诅咒骂着，调皮的几个还干脆站起，小手叉腰，对着天空骂起了脏话。天色昏暗时，领导们来了，全场猛然间一片肃静，电影随之开演了，孩子们激动的鼓起了掌。银幕上出现的演职员表还没完，豆大的雨点就"噼噼啪啪"地打了下来，人群躁动起来，雨越下越大了，领导们只好起身离开，众人迅速四散开，倾盆大雨就铺天盖地地下了起来，一场准备充分的电影晚会就这样泡汤了。

天蒙蒙亮，下了一夜的雨停了，茅书记起来要穿鞋，却怎么也找不见行军床下的那双圆口的军用布鞋。秘书找了半天也找不到，出去问岳阳。岳阳得知原委后，脸颊发烫，浑身冒汗，急得团团转，一个劲地对秘书说我们的社会治安一直是好的，不会有小偷的。秘书只顾翻着白眼，头仰着，根本不听他的解释，这让他心更发虚，汗水不知不觉得顺着宽阔的额头汩汩的流下来。

闻讯的姜春生和公安局局长紧张地跑来，没等他二人站稳，岳阳就大声训斥：

"吃干饭的，快派人找茅书记的鞋。"

看他两人小步跑开后，岳阳谦恭地尾随在秘书后面，小心翼翼的走进茅书记住的帐篷。

大人们拿着木棍、铁锹开始了拉网式的搜查，众人寻觅了一个多小时，还是不见领导的鞋，这可急坏了领寻们，看岳阳急得脸色发绿，有人说孩子们子眼尖，姜春生就让儿子发动所有小孩找鞋。听大人们说昨夜大雨后，从茅书记住的床下突然冒出一股泉水，机灵的姜苇航想，鞋很有可能被这股溪流冲走。于是他循着流水，来到自己素日里常玩的县委大门口的花墙边，果然在污水排放口发现了那双鞋已经被水浸泡的湿漉漉的鞋子。他高兴的提起那双鞋飞速跑去，把鞋子交到姜春生手中。县武装部长手捧一双崭新的布鞋，礼貌的交给领导。茅书记穿上鞋，满意地说："看来你们工作做得很细，连孩子们都发动起来了，可想就是有阶级敌人，他也不敢轻举妄动。"在场的领导们激动的鼓起了掌。

早点的主食是小笼包子、炸油条，佐菜是泡菜、臭豆腐、凉拌黄瓜和冰糖银耳汤。茅书记高兴的吃完饭，愉快地踏上了返程的路。岳阳悬着的心才算放了下来，他长长地舒了口气。在他身后的姜春生心却久久难以平静，古人的诗句又一次涌上心头，他又后悔趁早没做个孩子王。

官场上就是这样，不仅要善于表现，还要表现得恰如其分，更要表现在火候上。姜春生知道这一点，可他就是不知道啥时候才是关键时候，或者关键时刻如何灵活自如地表现自己。有时候别人在肉麻的奉承、讨好、巴结上级，他会感到恶心和厌恶，而给他当过领导人有时候也有些纳闷或者说很生气，人家领导就等着他的嘴里也说出一句赞美的话，高傲的嘴唇边也能绽放出一朵美丽的莲花，可就是不见姜春生有任何的实际行动。于是私下里有人议论，姜春生吝啬得连一句恭维人的好话也舍不得给领导说。

姜苇航上小学一年级时就加入了"红小兵"，姜春生看到戴着红领巾的儿子姜苇航兴高采烈的出去玩耍的身影时，他总以为儿子或多或少沾了自己这个县委办公室主任的光。其实这事跟他没有丝毫的关系，当然姜春生更不知道儿子姜苇航在这方面要比他这位做父亲强得多。学校里掀起学雷锋的高潮，人人争做好人好事。小小年纪的姜苇航却思谋着总跟别人的后面，天天早到抢着打扫卫生，怎么也突出不了自己，永远只会默默无闻。因为他曾不止一次地幻想着做个小英雄。

那次放学，在回家的路上，他和小伙伴看见在学校批斗过的地主婆在割猪草。于是他们走过去，你一言他一句的骂了起来。一个胆小的同学，指了指她手里的镰刀不敢吱声，那模样让姜苇航们不屑一顾。那一刻，幼小的姜苇航的神经末梢兴奋到了极点，他看过一本连环画，讲的是四川小英雄刘文学勇斗偷窃集体辣椒的地主王荣学，最后被地主王荣学杀害的故事。他不断给同学们鼓劲加油，说咱们人多，就是她真敢动手，他一定第一个冲上去，一把夺下他手里的镰刀，做一个勇敢的小英雄。于是大家就扯开嗓子叫骂起来，姜苇航心里"砰砰"的跳得很厉害，他多么希望眼前的这人能扑过来像书里写的那样和自己搏斗，又担心这人真的拿起明晃晃的镰刀疯狂追过来。可是眼前的一切让姜苇航他们彻底失望了，任凭这群顽皮的孩子怎们叫骂，这人只顾低头割猪草，连头也不往上抬一下。一群不谙世事的孩子们骂累了，个个口干舌燥，肚子都"咕咕"地叫了起来，才不得不鸣金收兵，垂头丧气地往回走。

这人杵在原地，始终没有挪动一步，这让姜苇航第一次做英雄的梦完全落空了。每天的报纸电台上天天讲"我们生长在新社会，长在红旗下，是幸福的一代"可姜苇航总有一种生不逢时的感觉，为自己成不了刘胡兰、黄继光、王二小、草原英雄小姐妹、小英雄雨来，刘文学感到遗憾。

这天下午课外活动时间，他独自一个在校园的墙角边溜达，用脚在地上无聊地踢来踢去，突然从土里踢出一枚明晃晃硬币来，他拾起一看，是二分钱。在小县城，二分钱可以买一个生鸡蛋，能买两个柿子、四个核桃、十个算盘子一般大的李子，一个又红又大约苹果，就是在学校的大灶上也能买一碗大米稀饭。他向父母亲要钱，母亲从来不给过一分钱，父亲拗不过他的死缠硬磨最多一次也就偷偷给他一毛钱，平时就给一两分钱就把他打发了。姜苇航本想着用捡来的钱买自己爱吃的果子，可又想做一件好人好事，这样就能得到班主任老师的表扬。当这个新奇古怪的想法在脑海里产生时，他的小脸蛋不由自主地发热发烫起来，他思前想后了好长时间，在快要放学的前几分钟，才捏着二分钱毅然走进了班主任老师的房间。

因为第一次编谎话，他甚至不敢抬头正面看老师，红着脸结巴着说自己在校园边捡到了二分钱。那天班主任老师当着全班同学的面，特意表扬了姜苇航，号召全班都要学习他拾金不昧的精神，争做毛主席的好学生。此后的姜苇航就像吃上了蜜一样上了瘾，总爱在路边墙脚处晃悠，大睁着黑亮的小眼睛，细心观察着周围的一切。可也怪他再也没捡到过一分钱，这让他很失望。

一段时间过后姜苇航就耐不住了寂寞，他最喜欢的就是在公众的场合看到同学们投来羡慕敬佩的目光，觉得没有受到老师的赞扬浑身就不自在，心里有一种说不出的难受，为了过一把被表扬的瘾，只好把从父亲那里讨来的二分钱再次交给老师。

# 第二十四章

柴火两捆捆一捆
我们到死不离分
死了装进一副材
变成蝴蝶一路飞
　　　　——宁康山歌

岳阳正准备去地委参加会议，出门时碰上了县委办公室的打字员林飞燕，她的出现让岳阳眼前一亮，他温存地跟姑娘打招呼，半开玩笑地说，我们可爱的小燕子来了。林飞燕美丽端庄的苹果脸蛋羞得绯红，两只漆黑的毛苏苏的大眼睛扑闪着，含羞带笑着没有说话。岳阳和蔼地问她有事吗？林飞燕狡黠转动着会说话的眼睛、红润的小嘴只顾嘻嘻地笑。

岳阳有些急了，催促道："我要出差，有事的话回来再说。"

见岳阳真要走，林飞燕急了，忙喊："岳书记，我要结婚。"

岳阳一楞，停住脚步，眉头微微一皱，喜出望外地问道："给姜主任汇报了吗？"

林飞燕摇摇头说："我想请您当证婚人！"

岳阳很高兴，佯装生气的样子说："我不同意。"

看林飞燕信以为真，惊讶地张着小嘴，像只受到意外惊吓的小猫一样，岳阳忙笑着解释："因为我还不知道，是哪个俊小伙要娶我们漂亮的小燕子啊，所以我不能随便答应。"

林飞燕撒着娇抱怨道："岳叔叔就会欺负人！"

岳阳专注地看着她，像慈祥宽厚的父亲一般亲切地问："你们认识多长时间了，他是谁？"

喜上眉梢的林飞燕笑逐颜开地回答："我们相识五年多了，他叫高志伟。"

谁？岳阳以为自己的耳朵出了毛病，听错了。林飞燕认真地重复了一遍刚才说过的话继续说："他是大学生，在县木耳种植站工作，叫高志伟。"

岳阳的脸色"唰"的变了，毫不含糊地说："不行，我坚决不同意！"

满怀喜悦的林飞燕被岳阳的话突然一击，仿佛身后被人用棍子猛地一打，身子打了个趔趄。她神情紧张地望着岳阳，惊恐地半晌没说出话来，过了一会儿嗫嚅地、怯怯地问为什么？

岳阳不容质疑地说："一个'右派'分子怎么能和县委办公室的工作人员结婚，组织的纯洁性都不要了。"

林飞燕不服气地喊道："我是和心爱的人结婚，又不是和组织结婚！"

岳阳更来气了，吃惊地呵道："你连党组织都不要了，简直无法无天。我再重申一遍，坚决不同意！"说罢一头钻进吉普车里，狠狠地丢下一句话："开车！"

草绿色的吉普车一溜烟出了县委大院，剩下眼泪水汪汪的林飞燕独自在伤心地哭泣。

两眼红肿的的林飞燕来到姜春生的办公室，她哭得如同泪人一般，才把结婚申请放在桌上，就禁不住放声大哭起来。疑惑重重的姜春生拿起结婚申请，没等他看完，林飞燕哭着说："我要结婚，如果组织不同意，我们就只好在阴间做夫妻了。"

姜春生更糊涂了，他生气地说："结婚就结婚，说啥死不死的，乱弹琴！"

林飞燕歇斯底里地叫喊着："岳书记不同意！"

姜春生觉得很惊奇问，谁？林飞燕悲悲切切地、一字一句的说道："岳书记不同意我和高志伟结婚。"

姜春生还是不明白，又问："高志伟是谁？"

林飞燕脸色发红、神情紧张地说：

"他在木耳种植站当技术员，在上大学时说了错话。"

姜春生盯着她穷追不舍地问："你真喜欢他吗？你知道和他在一起，对你今后的前途的影响吗？"

林飞燕红着脸，也顾上害羞，哭着央求道："他是好人，热爱工作，人老实，让我和他分开，除非让我死了，姜叔叔，求求你了。"

姜春生耐着性子继续问："你的父母同意了？"林飞燕说原先也不同意。

姜春生抓住时机说："这说明你的大人们也不同意你跟一个政治上有问题的人在一起，没有父母亲祝福的婚姻难免会不幸福美满的。"

不过说出这句话的时候姜春生自己也感到有些底气不足，毕竟是新社会了，谁再理会封建社会盛行的"父母之命、媒妁之言"的那一套。哭得泪人似的林飞燕明显没有被驳倒，用手一抹眼泪，倔强地说：

"姜叔叔我说的是我爸我妈原先不同意。因为我妈不知从那个嚼舌头根子的人那里听的闲话，硬说高志伟家里有大耳朵小神。胡说有大耳朵的人家小气得很，陌生人吃了他家里的东西，哪怕是喝了一口水也会肚子莫名其妙的痛的。我就在高志伟他们家吃过喝过，好好的没事。姜叔叔，这些人除了嘴里不养娃，啥坏事都能干出来！"

姜春生没想到一个大姑娘家说出了这么狠的话，心里越发紧张。只好顺着姑娘的话说："大耳朵小神家神爷那都是封建迷信，我们当然不能相信这些牛鬼蛇神。不过在宁康，我可知道凡是说有大耳朵的人家左邻右舍都嫌弃不跟他们来往，他们的女儿都很难嫁出去，男孩大都三四十岁了还娶不上老婆。"

林飞燕一听杏眼圆睁，急得一面跺脚，一面大声疾呼："小高家干净得很，没有大耳朵，姜叔叔！"

眼见姑娘家是铁了心一条道要走到黑，姜春生也很同情却又无能为力，为难地说："只是岳书记的话不能不听。"

林飞燕一甩脑后的小辫决绝地说："那我们就只有去一死！"

看来年轻人是主意已定，真是有九头牛也难以拉回，姜春生语气沉重地说："和他结婚，就得调离办公室到企业去工作。"

一听这话，林飞燕好像看到了希望，立刻破涕为笑，兴奋地点了点头。姜春生不无惋惜地说："你和他结婚肯定是不能留在县委办公室了，就是到县上的招待所当服务员都是个问题。"

林飞燕很恭敬地鞠了一个躬。见姑娘家义无反顾的样子，姜春生痛心地说："你等我们开完会再说。"

姑娘犹豫了一会儿，摇摇晃晃地走了出去。

孩子们吃完晚饭都出去了，姜春生坐在写字台边翻着鲁迅的《而已集》。门帘被"哗"地掀开了，他抬头一看，原来是姜继高，忙招呼他进来坐下。情绪低落的姜继高接过泡好的茶后往茶几上一蹾，灰头土脸地看了看姜春生就接二连三地唉声叹气起来。姜继高一副难以启齿的样子让人感到难受，在姜春生的再三催问下，他才吞吞吐吐地开了口：

"你说这事怎么说哩，真正个的气死人，真他妈的简直就不是个人！"

姜春生还从没见过斯斯文文的姜继高发这么大的火，惊讶好奇却又不知从哪里说起，只好默默地望着眼前这个好长时间不见面的熟人。喝完一杯茶后，姜继高突然抽泣起来，姜春生心里"咯噔"一下，关切地拉起姜继高绵嫩肥厚的手轻轻地捏了一把。姜继高这才带着哭腔说：

"我的小妹不听话，找对象挑三拣四，挑来挑去最后找了个丢人现眼的东西！"

姜春生原以为出了啥人命关天的大事，原来是儿女婚事，一时悬起的心猛地放了下来，他连说带笑地说：

"女大当婚这是好事啊、你干嘛愁得老娘落泪的。"

一句话点起了姜继高心中的怒火，垂头丧气的他愤愤地骂道："屁的好事，他找的那个对象就是你们县招待所管理员老程的小儿子！"

姜春生想了想，有些不太相信的说："我知道，小五子人挺精干的，就是年龄比你妹妹大一两岁吧。再说他们两个不在一个地方，是不是有误会。"

姜继高一听，眼睛立马鼓得圆圆的，短小的身子几乎要跳起来，他咆哮道："不仅仅是大一两岁的问题，我的大主任，是整整大了一个辈分！你看看，这是那个狗货写的情书！"

他这一喊，姜春生忽地想了起来，他们和老程都是年龄相差不大的一辈人，如果姜继高的小妹做了老程的儿媳妇，姜继高的辈份自然降低了。可这又不能怪人家老程拾便宜，怪就只能怪自己的娘老子生养的多。姜春生接过姜继高硬递过来的信，用批评的口气说：

"这不太好，这是别人的隐私。"

姜继高却极为不满，一副无所谓的样子说："中央提出大鸣大放，你就放心看。"

信是写在宁康县委办公室的专用稿纸上的，字写的清秀亮丽。姜春生不太情愿的看了起来。

敬爱的姜玉梅同志：

你好！自从去年在我们县招待所见到你后，我就深深的记住了你的音容笑貌，感谢你的回信。知道你一年来在单位上进步很大，我由衷的高兴！

世界上没有无缘无故的爱，也没有无缘无故的恨。我们生在新社会，长在红旗下，是沐浴着党的温暖阳光下成长的革命后代。我第一次见到你，就觉得你有草原英雄小姐妹的气质，有大寨铁姑娘的精神。我觉得我们的感情是世界上最纯洁，最伟大的感情，有了这种感情我们就无往而不胜，一定能战胜任何艰难险阻。今年我们单位开展"抓革命、促生产"竞赛活动，大家都干得热火朝天，这是一个火红的年代，人人都有使不完的劲，出不完的力。作为基干民兵，我刚刚向党组织递交了入党申请书。由于连续奋战在生产第一线，前天我累倒了，领导看望了我，鼓励我要生命不息，战斗不止。我一定要像珍宝岛英雄那样，永远前进在冲锋的道路上。在病床上，我特别的想你，一想起你，浑身就有了力量。

躺在床上学习《为人民服务》，我不但要读，还要做一个又红又专的革命接班人。

最后祝你学习进步，工作顺利，身体健康！

此致，革命的敬礼！

程小五

姜春生此时已完全明白了姜继高的来意，知道他爱喝酒就拿出多年珍藏的泸州老窖酒说："年轻人的婚事我们把握大框头就成了，只要人品好，就得过且过把，何必那么死认真，跟自己过不去呢。"

姜继高原想让姜春生以办公室主任的身份来阻止这桩他自认为不般配的婚姻，只是苦于说不出口，眼下见姜春生说得这么轻松，心里还是想不通，嘴里嘟嘟囔囔地说：

"我比他老程岁数大，乱了辈分，成何体统，叫我以后咋见人吗？哎，丢人死了！"说着又"呜呜"地哭了起来。

姜春生递给他一杯酒，威严地说："老姜，你大小也是个革命干部，犯不着为这点儿女情长的事哭哭啼啼，来！是男人家就喝了这杯酒！"

泪眼喧哗的姜继高被这句话镇住了，抬起微微发胖的圆脸，踟蹰了一会儿，接过酒杯，头一仰喝了下去。

燕河边的桃树林是一个充满阳光和幸福的地方。春天是多彩的，阳光明媚，莺歌燕舞，花树摇曳，可林飞燕却没有感受到这一切的美好，她觉得这一切都与自己无关，就像断线的风筝在无尽的天空中漫无目的的游荡。她觉得春光迷乱人眼，搅得人心烦意乱，鸟叫声也格外的恼人，就连一向喜欢蜜蜂的嗡嗡叫声也变的死缠难听，失去了往日的韵味。没有狂风暴雨，繁花就纷纷掉落了，望着脚下粉红色的蝉翼似的花瓣，莫名的悲哀从心底生起。她伤心地想着人生太短暂，太不堪一击了，更感叹自古红颜多薄命的宿命。她想起了小时候外婆给他们经常讲的年轻媳妇受折磨的故事。

那是个雪花漫天飞舞的下午，她们几个依偎在外婆的身边，外婆做着针线活，不厌其烦地重复着不知讲了多少遍的故事。可每当耳畔响外婆略带忧伤和忧郁的声音时，她就不知不觉被带进故事的情节之中，心里一次次为受虐待的农村媳妇鸣不平。每当讲到伤心时，外婆红肿着的、布满鱼尾纹的眼角也常常会变得潮红湿润。

故事里说，有一个十七八岁的姑娘，被远嫁到另外遥远的小山村为人妇。在那里人生地不熟，举目无亲的姑娘每天承担婆家繁重的体力劳动。好不容易熬过了一年，思念娘亲的小媳妇对婆婆提出想回娘家看看。婆婆说回娘家可以，必须要到等阴山的蔓菁收到家里才行。于是媳妇就满怀希望的干活，一心盼着八月份高寒阴湿的山坡地的蔓菁收获的季节。秋天终于来了，媳妇可怜兮兮地问婆婆，自己可以回娘家吗，婆婆却说家里农活太多，等你把年猪养得屁股里流出油了再说。小媳妇一听懵了，心想要把圈里的猪养得肥的走不动路，猪屁股里也不可能流出油。于是她伤心地哭了起来，正好被一个好心人看见，就笑着说，这事太简单了，过一段日子你找一疙瘩猪油塞进猪屁股里不就成了，小媳妇听后欣然照办。于是狠心的婆婆就对想回娘家的儿媳妇说：好吧，门背后有把铁扁担，你做完一天的活后，就用铁扁担给大小水缸里担水，啥时候铁扁担担折了，你就可以回娘家了……

打那时起林飞燕幼小的心灵里就种下了天底下只有女人的命比黄连苦的印象。林飞燕清晰地记得也就在细雨蒙蒙的前几日，好友小英曾悲悲切切地向她哭诉爱情婚姻的不幸。她满含着眼泪，伤心欲绝地说要是父母再不同意她的婚事，她就死给他们看。说话的表情是那样的坚决，那种义无反顾的表情让林飞燕既感动又害怕。也就是那个可怕的夜晚，在职工宿舍里，小英和男友不知从哪里弄来了炸药包，随着一声巨大的爆炸声，一对有情人还没有来得及好好品味人生的酸甜苦辣就烟消云散了。

一想到这些，林飞燕就觉得天地昏暗，日月无光，眼前的世界光怪陆离充满了虚伪和丑恶。心中郁结的垒块，压得她喘不过气来，只觉得人生是那样的索然无味，眼前的鸟语花香都不再充满生机，唯有无尽的苦痛和丢也丢不掉的烦恼与自己形影相吊，剪不断理还乱。

连续几天，她一直在偷偷阅读《红楼梦》，企图从书中找出一些让自己心灵得到慰藉的答案。她对宝黛的纯洁爱情羡慕不已，为天下有情人终难成为眷属而伤心落泪。尤其是读到第六十六回，柳湘莲悔婚索要定亲时送的宝剑，尤三姐一面泪如雨下，左手将剑并鞘送与湘莲，右手回肘只往上颈一横时，再也把持不住自己，身心摇动，放声痛哭起来。不知什么时候泪哭干了，她独自一人又冥思苦想起来，她忽然感悟到自己一个人想追求自由和幸福比登天还难！进一步悲观的认为，这种追求的结果只有两个，要么像林妹妹、尤三姐那样香消魂散，要么像贾宝玉、柳湘莲那样那样遁入空门。一想到死她真是不甘心，眼泪又禁不住扑簌簌地掉了下来。

晚饭后，姜春生召开了办公室会议，与会的大多数人很同情这对苦命鸳鸯，同意林飞燕的结婚申请。姜春生让秘书联系在地委开会的岳阳，一个多小时后总算联系上了，一听林飞燕要结婚，电话另一头的岳阳雷霆大发，坚决不同意把一个革命女青年嫁给一个思想反动分子。岳阳的态度是明确的，姜春生不敢在结婚申请上签字，顾虑重重地回到家。

夜很深了，他躺在床上还是睡不着，正在迷糊之际，就听窗外有人在喊。急忙穿好衣裳出去后才知道，林飞燕和未婚夫服了毒，正在医院里抢救，生命垂危。姜春生和秘书倒吸了一口气，急速奔向医院急救室。门口已经挤满了许多人，人群里有林飞燕的父母，他们见姜春生来了，双双跪倒在地，求他救救孩子。姜春生安慰了几句后，拨开门口的人，走了进去。

刚灌完肠的林飞燕和未婚夫已经苏醒了，一对痴情的恋人眼泪汪汪地望着姜春生就像盼到了大救星似的。没有多说话，姜春生默默从上衣兜里拿出那份泪水湿透的结婚申请，趴在小桌旁，提起钢笔，他觉得异常沉重，他吃力地签下了"同意"两字后郑重地交到林飞燕手中。脸色寡白的林飞燕双手颤巍巍地接过结婚申请书，号啕大哭起来，在场的许多人感动地流下了眼泪。

林飞燕结婚了。岳阳表面上看不出任何不快或者不满，然而他的心里却很不是个滋味。原本出于好意，怕一朵鲜花插在牛粪上，没想到一个丫头片子这么不听话！也难怪有人在背后打烂板，而这个人竟然是县委办公室的主任。他觉得这就不再是脸上有没有面子的事了，而是一个原则问题，一个政治思想和组织原则的大问题。你姜春生算什么东西，有何等资历？十几年前就为一个教会门道徒的后生跟自己叫板，我看在山西家刘庚源的面子上，大人不记小人过，放了你一马也就算了。没想到你这种人不适惯，这次竟为一桩与你非亲非故的女孩子的婚事，明知我坚决反对，竟然采取召开职工会的方式，公然挑战县委书记的权威。人善好欺，马善好骑，你竟敢把我一个县委书记逼成了一个毫无人情味，棒打鸳鸯的恶法海，把自己打扮成做尽好事的美红娘，让我一县至尊的面颜丢尽不算，还要恶名远扬。实在是是可忍，孰不可忍！

以往姜春眼里就流露出一种让岳阳感到隐隐不安的眼神，这种眼神一直困惑着他，让他有种说不出的难以忍受的咄咄逼人的感觉，令他百思不得其解。这次岳阳终于悟出来了，他好像看到了这种眼神中所蕴含着的一种不可抗拒的力量，甚至带着一种威胁和挑战。难怪自己第一次见到这种眼神时，心里就莫明其妙的产生起恐慌和焦虑。思前想后一番，他终于痛下决心，断定这种人一旦地位有所变化，就会对自己构成最大的威胁，所以一定要打压控制使用这种人。

姜春生全然不知道岳阳为林飞燕结婚一事到底跟自己结下多大的怨恨，他满以为救下了一对有情人，做了一件功德无量的大好事，堪比佛家说的打造七级佛屠，自然也就没有顾及到自己的顶头上司的感受，更没有想到一对年轻人的婚事会让县委书记的岳阳对自己产生那么深的误会和忌恨。

# 第二十五章

不唱山歌心里愁
唱个山歌送日头
日头出来照西坡
头顶日头唱山歌
　　　——宁康山歌

燕河古时候也叫燕江，燕江以巨大的勇气和毅力冲破重重阻力一路南下，为人们打开了入川的道路，自古以来这里也就成了蜀道的重要组成部分，时至今日这里的悬崖峭壁上还留下古人修栈道时凿下的深深的方形石窝。在当地流传着不少三国故事，距县城二十公里的临江铺乡，据说原本叫淋甲。传说当年蜀国大将军姜维为躲避宦官黄皓的陷害，带兵到沓中种麦，使蜀道关隘疏于防范，才有了魏国大将邓艾剑走偏锋，奇袭蜀国大获全胜的壮举。

老百姓说，邓艾带领的人马进入宁康境内后，整天穿行在遮天蔽日的崇山峻岭之中，常常迷失方句。这天大军行军正赶上月色朦胧的晚上，邓艾的坐骑误入白浪翻滚的燕江，当军士们把他和马从江里拉出来的时候浑身都湿透了，这时天色已渐渐放亮，人马都走得又困又乏，而落入江水中的人个个冻得瑟瑟发抖，实在是难以继续行走，邓艾不得不决定临时休息。旭日东升的时候，邓艾让手下把自己的铠甲搭在路边的石头上晾晒，并给这个杳无人烟的地方起名"淋甲"，后来这里居住的人多了，于是就有了一个的名字——淋甲铺，再后来又被改称临江铺。休整一会儿后，为尽快入川作战，邓艾又让士兵启程开拔，他们一路沿江南下，走到日中时身上的铠甲已全被日头晒干了，邓艾决定让军士们在休息一会儿。心血来潮的邓艾就把新落脚的江边平地命名为"干甲头"，意思是这里是他的铠甲被晒干的地方，后来人们改名为乾江头。沿江再往下走就到了邓桥镇。当年邓艾父子合兵一处来到这里时，只见两岸高耸的石山对峙，江水宛如黑色的巨龙盘桓着从狭窄的山谷里急速的穿过，发出雷霆万钧的呐喊声，震得人心惊肉跳。邓艾父子派人在江上建了一座桥，并留下一部分人马驻扎在这里，建立起一个据点。

两千多年过去后，这里发展了一个几百户人家的小集镇，人们给它起名字叫邓邓桥。尽管人们的生活并不富裕，可这里的人们却继承下来了中原祖先们身上坚韧不拔的精神和骁勇强悍、不屈不挠的品质，始终坚守着靠双手讨生活的祖训，饿死也不出门要饭吃。人多地少一直是个大问题，过去就发生过一觉醒来，自留地里的黄土被人乘着夜色用背篓背起偷走了的笑话。

一晃五年了，孙家院钻山引水的隧道依然没有打通。这年，公社书记王福成又提出新修一万亩水平梯田的宏伟计划，得到了县委书记岳阳的肯定。全公社总共只有四千多人，劳力明显的不够，王福成提出开展男女老少齐上阵，"比、学、赶、帮、超"的活动。他每天坐镇在工地上临时搭建的工棚里的高音喇叭前，不停地在喇叭里叫喊着，反复播讲自己编排的顺口溜来做宣传动员工作。公社副书记、管委会主任李大明带着几个身强力壮的民兵，走东家串西家督促人们出工，遇上不听话的就硬是带到工地上参加劳动，晚上开会批判。

燕河生产队的孙万福一家只有三口人，老汉孙万福和老伴都已年过七旬，膝下只有一个大脑反应迟钝的儿子孙发福，虽然二十好几了，还没有成家，也很少下地干活，是全村出了名的懒人。这天，公社书记王福成派公社管委会主任李大明去孙万福家，让他们把那个全公社有名的懒人捆到工地上来。进了院子，李大明一眼看见孙发福蹲在墙角晒太阳，大半个脸上被一顶脏兮兮的帽檐舌头盖着，右手正伸进胸膛里悠闲地搓着身上厚厚的污垢。一想到全公社老老少少都在农田基建工地上出力流汗，而这个懒怂蹲在这里品嘛地（宁康方言，舒服的意思）享清闲，心中禁不住怒火万丈，他一连大喊三声"孙发福"。

孙发福像没听见似的，只是稍稍挪了挪干瘪的身子，翘着的二郎腿轻微地摇晃了一下，就继续毫无顾忌地享受起属于自己的冬日温暖的阳光。

李大明气坏了，冲上前去一把扯住孙发福的领子，把他猛地拎了起来。孙发福这才懒懒的睁开眼睛，不情愿地说："干啥求哩？"

李大明生气地骂道："干啥，让你狗日的上工！"

孙发福有气无力地说："没看见我有病嘛。"

李大明恶狠狠地问："啥病？我看你狗日的懒病！"

孙发福不紧不慢用食指指指自己的扁脑壳，理直气壮地说："脑壳疼。"

气不打一处出的李大明被彻底激怒了，他张口就骂："你他妈的懒病犯了，今天老子要抽抽你的懒筋！"

没想到孙发福耍赖把头往里一缩，整个身子向下重重的一沉，像一堆烂泥似的瘫在地上。

李大明只觉得一股热血往上涌，宽厚的胸膛剧烈地起伏着，他怒睁着双目，龇牙咧嘴地骂道："狗日的懒求，你他妈的装啥病！"

说着就是狠狠地一脚踢在孙发福的肚子上。孙发福双手捂着肚子在地上来回打滚，不住地叫喊："我活不成了，干部往死打人了！"

另外两个民兵迅速过来打算把孙发福架起，不料他突然睁开蛤蟆眼，头一歪张开大嘴一口咬住其中一个人的手背，被咬疼的民兵发出一声惨叫。李大明怒气冲天，抡起铁榔头一般的拳头狠狠地砸向孙发福的扁脑壳，只听"砰"的一声，孙发福就重重的倒在地上，很快口吐白沫，浑身不住地抽搐。

李大明还觉得不解恨，一面着骂娘一面又狠狠地踢了几脚，像一头发怒的狮子凶狠地说道："看你狗怂再敢给老子装死。"

随行的民兵拉起孙发福手臂正打算往院子外面拖，闻讯赶来的孙发福的父母看自己儿子的脸色苍白，痛苦地蜷曲在地上的样子自知事情不好，就不住地求情下话，替儿子保证明天一定上工。

李大明心中的愤恨这才稍稍消解了一些，骂骂咧咧地带着民兵愤然离去。当晚，孙发福觉得头疼得厉害，被年迈的父母用人力车拉送到公社卫生院，夜半时分他就死了。

省里派了一个电影摄制组来到孙家院，准备以孙家院公社大搞"农业学大寨"的事迹拍摄了一部纪录片，王福成自然是片子的主角。很快这部名为《红日照燕河》的记录片在全省各地上演了，王福成成了远近闻名的劳动模范。

县招待所是座砖混结构的双面楼，分上下三层，每一层中间的大套专门用做接待地区以上的领导干部，房号分别是119、219、319，当然二楼的219房间又是最好的，曾经接待过省委书记。这天下午，岳阳忙完日常公务，就亲自接待从省城下来的年轻记者。两个记者的酒量大得惊人，一顿饭下来倒把岳阳给喝的有些迷糊了。旁晚时分，他嘱咐招待所长把记者安排住好后，正要离开时，所长匆匆跑了过来，悄悄地说：

"地委张书记来了。"

这让岳阳感到很意外，酒醒了一大半，急切地问："领导在哪里？"

所长小心翼翼地回道："和司机在一楼接待室，听张书记说要回省城为老父亲奔丧。"

岳阳听后急急忙忙赶往接待室。一进门，他就看见张书记右臂上套着刺眼的黑纱，他快步走过去，双手握住张书记肥厚的手，满脸忧伤地望着领导，说了声："辛苦了。"

张书记倒显得很轻松，和气地说："又给你们添麻烦了，我想住一晚上，明天一大早走。"

岳阳一听激动地说："冬天路不好走，明天吃了午饭再走。"他一转身对招待所长说："快，让服务员打扫一下219的卫生，让张书记先住下。"

所长为难地说："219，刚才不是安排有记者。"

没等他说完，岳阳就瞪了他一眼，生气地说：

"活人还能叫尿憋死，给他换个房间。"

一旁的张书记轻声说："睡个觉的，别再麻烦了。"

岳阳面带歉意地说："领导稍等一会儿。"他一扭头对所长命令道："你先陪会儿领导，我上去安排。"

说着他敏捷地串上楼梯，很快来到219房间前，敲了几下门，门开了。年轻的记者以为岳阳来聊天，客气的把他让进屋内。岳阳一连说了三声对不起，没等记者缓过神，就拉着记者稚嫩的手说：

"我们地委的张书记来了，他从来没住过219房间，他的老父亲去世了，他为我们贫困县的老百姓没少操劳。"

听到前两句话记者就明白了他的来意，尽管心里多少有些不快，还是装作无所谓的样子，说："没啥，我正嫌着屋子太大了。"

岳阳立刻赔着笑脸，极尽能事地附和道："对对，故宫虽大，住人的卧室并不大，我帮你搬东西。"说着就拎起桌子上的包往外走，生害怕记者变卦似的。

岳阳前后左右不停地忙碌着，在青年记者面前几乎一直是在低三下四讨好。安顿好记者后他赶紧跑回一楼，一面吩咐服务员打扫219房间的卫生，一面笑脸相迎地陪着张书记往楼上走。得知张书记晚饭吃过了想早点休息，他才谦恭地告退。

走出招待所大门时，他有些兴奋了，全无了睡意。一想起前天常委会上的事心里就添堵，可又说不出个子丑寅卯来。年初自己让县委组织部长朱宪考察几个乡的领导班子，半年多了他硬是把那几个不干实事就会耍嘴皮子的人给考察成了优秀，还说是群众反映好。什么群众的意见，那个爱胡说八道的朱威廉明明和他沾亲带故，满身匪气的李宝贵和他是发小，根本就不是公道办事的材料。这个朱宪是宁康当地干部，有浓厚的地方意识，使他觉得很难对付，这是他从政几十年来从没有遇过的事。

于是他装出酒醉的样子对司机小高说："走，到朱部长家喝酒去。"

朱宪的家不在县委家属楼，他住在老丈人原来的老宅里。朱宪当了组织部长把老屋拆了后重新盖起了一座二层的小洋楼，自己和妻子住在楼上，老丈人接来住在一楼。结了婚的女儿住在县医院的家属院，还有一个淘气的宝贝儿子因为不愿意上学，躲在乡下他爷爷家没有回来。

这是县城东面的一块居民区，车子走了几分钟后拐进了一个大巷道，朱宪的家就在二排二号。车子停稳后，岳阳让小高去敲门。小高敲了好一阵门，院子里静悄悄的。小高小心翼翼地提醒道，夜里十一点多了，朱部长怕是睡了。小高说的没错，因为组织部考察过的干部任免名单终于在县委常委会上通过了，一连几天朱宪都非常高兴，今天晚上他和多日不见的妻子聊了一阵就早早的上了床，他的妻子非常兴奋，心中荡起久违的幸福感。

岳阳不知道这一切，不高兴地大声说："这么早的睡啥，你用劲砸！"

小高壮着胆子来到门前，挥起拳头砸的大门"咚咚"地震天响。

过了好一会儿，只听一楼一间房里传出朱宪老丈人充满怨气地问话："谁，半夜三更的乱砸啥门？"

小高一面敲门，一面说："朱部长，县委岳书记来了。"睡在楼上的朱宪从梦中被惊醒，心里好不生气，也没听清楚究竟发生了啥事情，就不分青红皂白地破口大骂起来："死里嘛，谁他妈的不让人睡个安稳觉！"

小高吓得屏住呼吸，不敢吱声。等朱宪停止了叫骂声，小高把嘴搭在大门缝隙中间小声说："朱部长，县委岳书记来了！"

朱宪的丈人一听是县委书记，一时惊慌失措起来，他手忙脚乱地提上裤子，抓起衣服斜披在肩上，趴在门框边，面朝二楼战战兢兢地喊："朱宪、朱宪，快起来，是、是、是、是县委岳书记。"

朱宪自知失言，慌慌张张地拉开电灯开关，一面匆忙穿衣服一面故意抱怨："谁吗，半夜三更也不让人休息，都啥时间了。"

穿好衣服后打开房门，他装出啥事没发生似的问："谁找我？"

这时大门缓缓打开了，小高说："朱部长是我，岳书记在门外哩。"

朱宪趿拉着皮鞋走下了楼，笑脸相迎着说："呦，是岳书记，快进快请进。"

说话间，岳阳已经走了进一楼的客厅，他有些不高兴，怨声怨气地说："想不到你们两口子还跟年轻人一样睡得这么早，打搅了朱部长。"

一句话说得朱宪脸都红了，他忙朝楼上喊老婆的乳名："穗霞下来给岳书记泡茶。"

岳阳装出酒醉的样子说："不不我要和穗霞喝个交杯酒酒。"

看见素日里举止威严的岳阳变得有些猥琐不堪，小高知趣地说他有事，给岳阳打了个招呼出去了。

看小高走了，朱宪的丈人赶忙也从客厅走了出去。岳阳和朱宪坐下来，朱宪的老婆已经为他们泡好了上好的龙井茶，她转身正要离开，被岳阳冷不防一把拉住了手，嚷着非要喝一杯交杯酒。朱宪听着话很刺耳，想发火骂人又不敢，忍着内心的不快，强装笑脸示意妻子端起一杯酒，然后给岳阳递给一杯酒说："来我们共举一杯。"

岳阳瞥了他一眼，也不再强求。喝下杯中酒后佯装酒醉，一屁股摔倒在大沙发上嘴里还在叫喊着，看起来似乎在胡言乱语，又像在一本正经地说事。

妻子穗霞上楼后，朱宪再次把茶几上的酒盅斟满酒后给岳阳劝酒。岳阳喝酒连洒带泼，不一会儿反把原本清醒的朱宪给灌得有些醉眼蒙胧，穗霞忙跑下楼替自己丈夫喝了十几盅酒，后来自觉也招架不住了，借口感冒返回了楼上。夜里一点多钟了，宽敞的大客厅里只剩下了岳阳和朱宪两个人，斜躺在沙发上的岳阳突然坐起来用手指着朱宪说："你就是咱们宁康的太后老佛爷。"

一句话把眯眯盹盹的朱宪惊出了一身冷汗，他正不知如何是好时小高走了进来，岳阳起身说："不喝了，回家！"朱宪假意挽留。

岳阳又说："明天还要送地委张书记，走了。"

说话时他有意把地委二字说得很重，看不出一丝醉意。朱宪急忙起身把他搀扶到门口，恭敬地送到巷口处，岳阳再三劝他留步。看着岳阳坐上车走远了，朱宪才心事重重回到家里。

作为权力中心，许多棘手麻烦的事又常常会在觥筹交错中轻而易举的得到解决。事半功倍这个成语用来评价美酒和美女的作用是再也恰当不过的了。当然与美女相比，美酒更适合充当借口和掩饰品。许多作奸犯科之徒在做完坏事后总爱谎称是喝酒醉了，以达到逃脱法律制裁和社会舆论的谴责。细细品味观察社会，醉翁之意不在酒正是很多人的最爱或者说拿手好戏。

# 第二十六章

三拿镰刀割杨柳

死后莫喝迷魂汤

鬼门关上手拉手

就像阳间这么走

　　　　　——宁康山歌

　　县服务公司理发馆和县委离得不远,隔一条街向前走上一百来米就到了。这是小县城唯一的一个理发馆,也是大多数居民每月必需光顾一回的地方。时光的年轮虽然不知不觉的碾过了公元一千九百七十五年,可小城人们的生活却没有发生根本性的变化,就像波澜不惊的一潭死寂的湖水,没有源头的活水,也没有最终的去处。尽管有时有大风刮过,有时有暴雨突袭过,甚至有野火烧过,有地震摇动过,雨过天晴后湖水依旧是毫无生机宛如一张死去女子苍白的脸。

　　小城人的生活是单调贫乏的,电影院里的那几部样板戏早已看腻了,下棋玩扑克怕被人当作赌博贼抓去,闲聊又常常离不开时事话题,而这又是最危险的,一句话说不好就可能招来万劫不复。理发馆是大人小孩乐意去又安全的地方。女理发师傅高金华人长得美不算,那双修长白皙的手不但优美而且是富有灵性,凡是被这双温柔细腻的手梳理过头发的人,心中都有一种难以名状的,无法用语言表述的甜美、自然、和谐的感受,简单地说能让哼着优美醉人的歌曲的高金华理一次发,简直就是一种莫大的精神抚慰。

高金华虽是两个孩子的母亲，可依旧拥有夜莺般甜美的嗓子，说起话来带有特殊的磁性，能把人心头的冰雪消融。多少年来，从没有顾客和她发生过争执。既使怒气满面的人，一旦坐上她身边那把亮堂堂的椅子，经她纤细修长的手指一点一拨，头发还没理完就会起到拨云见日，雨过天晴的效果。有些人为了多和她接触，恨不能每月多理几次发，不少人即使不理发，也要绕着道儿从理发馆经过，为的是多看几眼明亮的玻璃窗后面的高金华婀娜多姿的身裁，听听高金华天籁般的声音。

有不少人不知做了多少次独自抱得美人归、与花共枕眠的美梦，自然也有些人因为吃不到葡萄而时常在心里怨恨葡萄太酸！玫瑰芬芳刺扎人。美貌的女人有时就是太傻，上天赐给她无限的美貌，却又会多多少少要收取她的一些聪慧，让她变得天真无邪甚至有些傻傻的，就像大兴安岭中的傻狍子一样。

理发馆二楼最里头是高金华的家，一间不大屋子用木板从中间隔开。一双儿女作完作业后，她就催促兄妹俩到里屋睡觉。夜里十一点多了，看孩子们睡熟了，正准备上床时传来急促的敲门声。她急切地打开门，来人是她的中学同学。为了她，年过三十了他还没有结婚。两双热辣辣的眼睛相互凝视着，女人脸上早已尽染红霞，一脸灿烂的笑容。

男人急切的拥上去，紧紧地抱住女人发烫的身体，闻到了那令他无数次销魂的香气，这时的女人就像瘫在他怀里的柔软细长的棉花糖。他爱怜地把她紧紧地搂进自己温暖的怀中，他们就这样长时间的相拥相抱着不愿分开。也不知过了多长时间，还是高金华先开口说："快睡吧，明天早班。"

说罢温柔地躺在双人床上。年轻男子轻轻地熟练地解开了她粉红衬衫的衣扣，高金华幸福地合上毛野野的一对大眼睛。

这时，一阵激烈的砸门声响了，男人急忙起身顺手拉起还沉浸在幸福之中的高金华，突如其来的砸门声吓得不知所措，浑身不住地瑟瑟发抖。踢门声吵醒了梦中的孩子们，他们慌忙从里屋跑出来，像一对受惊吓的野山里的锦鸡，惊恐万分地望着母亲和她身边的不速之客。

儿女们的到来使高金华如梦初醒，他示意男子打开窗子，不料"啪"的一声，窗子被人从外面打开了，破窗而入的正是高金华的同事小李。他敏捷地跳到床上，又从床上一跃到了楼板上，迅速打开房门。几个男人蜂拥而入，他们不由分说，掏出早已准备好的绳子把高金华两人五花大绑起来。

孩子们哭喊着："为啥抓我妈妈？"

小李恶狠狠地说："碎怂娃，我们在抓流氓犯！"

在孩子们凄厉的叫喊声中，高金华和老情人被自己单位的民兵小分队连推带搡的带走了。

中午十二点过了，还不见妻子回来。姜春生只得到厨房去给孩子们做饭，两个菜炒好后，还不见孩子妈回来，他只得招呼四个孩子先吃。正在这时妻子陈月华急匆匆地走了进来，没等他问话，她先怨气冲天地抱怨开来：

"服务公司是营业单位，成天价的开会，真是烦死人了！"

姜春生排遣道："这有啥？阶级斗争得年年讲、月月讲天天讲，不然就会变成封资修，这又不是谁家一个人的事，过来吃饭。"

陈月华坐在丈夫身边，夹了口菜放到嘴里高声表扬："好吃、真香，老姜您不愧是穿锅大娘的后代。"一席话把一家人都给逗乐了。

看孩子们吃得津津有味，陈月华没再多说，等他们快吃完了，低声对丈夫说："今天批的是高金华。"

一旁正要离开饭桌的儿子姜莘航听见了，雀跃着在饭桌旁打转，嘴里不住地叫喊：

"噢，你们批的是流氓犯，我知道，我知道！"

陈月华装作很生气的样子，用指头在儿子的后脑勺上施劲戳了一下，厉声呵斥："就你能，偷听大人说话，上学去！"

儿子不高兴地撅起了小嘴，姜春生过去摸着儿子圆圆的头，对妻子责备儿子故意装着没看见，爱怜地问：

"小滑头，你听见啥了？"

儿子大着胆子说："她女儿就在我们班上，叫高小凤。今天早上没来上学，老师追查原因，我们都知道了，他妈和野男人搞流氓，叫人抓住了，脖子上还挂着大破鞋呢。"

陈月华生气地一把推开儿子，骂道："滚！上学去，没大没小的。"

看孩子们出去了，她转身埋怨丈夫："你真是越来越老不正经了，问儿子这些干啥，羞死人了。"

"我也没别的意思，听人说这个高金华长的挺俊的，你柳叶眉先别竖，也别吃醋。说正经的，听说她是个苦命人，年轻轻的就守活寡。"

听丈夫这么一说，陈月华放下手里的碗筷，坐下来温婉地说："高金华中学毕业后本来想考大学，她父母不同意，硬逼着她参加了工作。她不爱干理发工作，可还是成了女理发师傅，这让她够伤心的了，父母这还不算又给她找了一个开卡车的司机，把她和原来相好硬给拆散了。他们的婚姻是在打打闹闹中度过的，好在他们生有一对漂亮的儿女。一九六六年的冬上她丈夫开着大卡车拉着年轻人去外出，车子走到一个大坡上突然翻了，死了十多个人，就被判了个无期徒刑。一个年轻的女人要拉扯小娃娃，还要照顾双方的父母，真是命比黄连还要苦！"

姜春生觉得很辛酸、感慨地说："世间有多少鸳鸯被无情拆散啊，罗衾不耐五更寒，况且一个年轻美貌的女子。"

陈月华恼怒地说："去去，你们男人就是爱往坏处想。"

姜春生却不以为然地说："不对，这是人性，落花有情，流水无意，只可惜多情反被无情恼，到头来落得个一江春水向东流，唉！圣人说食色，性也，说了你也不懂。"

陈月华更不满了，一面收拾碗筷一面说："就你知道得多，好了，你一个人慢慢地多情去吧，我洗碗去了。"

各单位每天都要抽出时间组织干部职工学习报纸。在职工会上有职工提出，一些干部家属爱占国家的便宜，经常拎着大小水桶到机关水房提开水，用不完的水就倒掉太浪费了。一些单身职工听后更来气，他们说还有家属把外面的人带进来提开水，破坏县委大院的制度。一石激起千层浪，于是人人都争先恐后的发起言来，到后来有人说，个别县委领导的家属也不自觉，喜欢占国家的便宜。一番激烈的争论后，大家一致建议印制专用水票，以福利的形式发给每个职工。姜春生也觉得这个主意好就同意了。

机关单位实行水票制一个月，烧水的老陈说浪费水的问题得到了很好的解决，电费燃料费下降了许多。可是一些经常爱占小便宜的人却不高兴，他们把问题看在了办公室主任姜春生身上，利用各种机会发泄心中的不满，甚至给领导打小报告说姜春生喜欢资产阶级生活方式，声称要割掉姜春生的资本主义尾巴。

姜春生爱花草树木，他儿子姜苇航也喜欢种树养花。年初刚搬进县委大灶旁的新居时，发现门前有一片空地，就和家人决定开垦成菜园子。父亲的一席话让儿子姜苇航兴奋得一夜都没睡好觉，恨不能马上天亮去到地里干活。第二天，天才蒙蒙亮，他就就催促着母亲带领姐妹几个，来到县委大楼后面，在三间小平房前的一块不到二分地的菜地里，先是搬走遗弃在地里的破砖碎石，接着又围好篱笆，临近中午就收拾好了菜地。在母亲陈月华的建议下，孩子们在地里撒上了白菜，胡萝卜，菠菜，小油菜，在园子的四周点上了豆角和向日葵。正当收工时，姜春生乐呵呵地走来，他拿着一棵小桃树对孩子们说："现在是三月份，正是种树的好季节，明年一定能结出大桃子。"

几经周折，他们在园子的右边，通往屋子的走道旁挖了一个坑，总算把这棵树栽下了，这是迁入新家后姜春生和家人种下的第一棵树。

一星期后，小桃树发芽了，在初生的嫩芽上，姜苇航惊奇地发现枝头上还有红红的花蕾，他雀跃着告诉了母亲，没料到他母亲却叹息道："只怕结不下果子。"

她劝儿子摘掉花蕾，儿子坚决不干，倔拗的母亲竟告诉了姜春生，好在姜春生并没听她的，反倒劝她不要多管闲事。花蕾被保留下了，而且一天天在变化着。终于在一个春光明媚的早晨开放了，粉色的桃花犹如天上的彩霞，更像女孩们灿烂的笑脸。可姜苇航母亲看到鲜嫩的花朵后，又担心是空花，会累坏小树的，这也让孩子的心里平添了一丝淡淡的惆怅。一夜春雨，美丽芬芳的桃花被无情地打落了一地，姜苇航心中原有的惆怅演变成了莫名的忧伤，他不忍心目睹落英缤纷，红花偎泥的凄惨景象。

那天清晨，姜苇航鼓起勇气来到院子边上去看桃树，他的心激烈地跳动着，生怕有不测。走近枝头让姜苇航大吃一惊！原来小树枝上已爬满了毛茸茸的小桃子，他高兴坏了，飞奔到屋里，急不可耐的把喜讯告诉给母亲。陈月华并没有欣喜于色，反而又一次摇着头，十分肯定地说小桃子会掉的。果然此后的日子里，每天都有小桃子往下跌，跌得叫人揪心。但姜苇航渐渐发现，没掉下来的桃子正在慢慢地长大。一个月后，树上的桃子变得有鸽子蛋那么大了，也褪去了当初那层白色的绒毛，变得光亮了许多，姜苇航数了数树上的桃子，足足有 98 个，听到这个消息，全家人都开心地笑了。

夏末，姜春生一家收获了 98 个粉红色的可爱的大水蜜桃，这是他们从没有过的收获。

因为有人多次指责姜春生有资产阶级思想，纵容儿女在机关大院开种自留地，姜春生只得和妻子一道把厂前的菜地平了，把给他们全家带来欢乐和甜蜜的小桃树砍掉，仅仅一年时间，一个曾经美丽的梦就这样破灭了。

# 第二十七章

天安门上红灯挂

邓爷到底办法大

敢把土地人人划

耕杠牛马折了价

农民生产干劲大

挨饿受冻再不怕

——宁康山歌

"四人帮"粉碎后，吕维心和一些有问题的干部一起被撤销了职务。不久，新的县委书记上任了，他就是地委组织副部长刘庚源，这一年刘庚源已是五十六七岁的人了。岳阳在地委张书记的极力推荐下当上了地委委员，兼任地委组织部部长。

春天里岳丽丽和她的好同学高彩霞一起考进了本省的著名高校，临行前她瞒着父母，拿着姐姐的日记本，乘车去了河口农场。

头发斑驳的李向东做梦也没想到，岳娜娜的妹妹岳丽丽会来看自己。他半信半疑地来到会见室，一进屋就觉得眼前发晕，他不敢相信，岳娜娜活脱脱地站在那里。漂亮的鸭蛋脸上红云尽染，一双迷人的眼睛正"扑闪扑闪"地瞅着他，玫瑰花苞似的嘴唇渐渐地开放着，奶白色的脸庞上笑靥清晰可见，白瓷似的一排糯米牙还是那样赏心悦目。李向东真切地闻到一股恬淡的少女身上独有的香气，这是他再也熟悉不过的气味，他浑身剧烈地战栗着，激动地迎上前去，深情地喊了一声："岳娜娜！"岳丽丽妩媚地笑着说我是岳丽丽。如梦初醒的李向东不好意思了，感到刚才很失态，木木地傻看着她。岳丽丽从书包里摸出红皮笔记本递给李向东说："这是我姐的日记，记着你们许多往事，我想，还是由你保管为好。"

李向东双手接过日记本，虔诚地按在胸口上，生怕被人夺走似的，眼泪"吧嗒、吧嗒"地落了下来。他吃力地仰起头想要止住即将滑落下来的泪水，无奈四溢的热泪如喷涌的泉水，滋滋不断的流淌了出来，又好比断线的珠子"啪啦啦"地直往下落。

被深深感染了的岳丽丽，此时此刻也觉得鼻间发酸，心里五味杂陈，又难以言表内心的酸楚，她用手捂着脸尽量控制住自己的情绪，低声地告诉他："我就要到金城大学读书去了，还有啥办的事就说。"

李向东扯着衣袖擦了擦眼泪，哽咽着说："谢谢，没有了。"

看岳丽丽转身要走，他突然想起起了什么，急切地喊了一声，等等。双手在自己的内衣口袋里一阵端摸着，终于摸出一张有些发黄的纸片，郑重地交给岳丽丽，强忍着满腹的辛酸，悲凄地说："我写的，麻烦你在给你姐姐上坟时烧了吧。"

岳丽丽收好，说声保重，转身就朝门外走去。李向东看着她远去的身影消失殆尽，还伫立原地一动不动，催促再三他才缓缓转身走向监舍。

坐在班车上的岳丽丽展开李向东给的纸一看，只觉得眼前猛地一亮，漂亮的行书写成的自由诗呈现在面前：

假如有来生，
我就是你门前的合欢树，
春天里为你吐露芬芳，
夏日里为你遮阴送凉，
冬天里为守护站岗。
让夜莺在我身上栖息筑巢，
日夜聆听你甜美的歌唱。

假如有来生，

我就是你门前清澈的小溪，

只要我的爱人快乐地嬉戏，

我就要日夜不停地流淌，

追逐着你美丽的芬芳，

永远回流在你炽热的心上 。

默读着这首沾满泪迹的小诗，岳丽丽的双眼早已变得雨雾濛濛。

在刘庚源的提议下，姜春生终于作为副县级后备干部被报到地委组织部。可是组织部却以姜春生没有大学学历为由没有审批，责成宁康县委在党政干部中挑选几名有大学学历的科级干部作为重点培养对象。县一级的党政机关没有几个大学生，更没有一个既有大学学历又是副科级领导的干部。先前分配到乡下工作的那十八个大学生已陆陆续续调回了省城的科研单位。姜春生真诚地向老领导建议，到文化医疗卫生单位去看看。刘庚源想了想，以为这种总是由少数人在少数人中挑选干部的做法确实不切合实际，但又无法自作主张。眼下为了完成任务，只好把眼界放宽一下，将就将就，只是他觉得有些亏待了眼前的这位老部下，心里隐隐作痛，却又无法说明，再三嘱咐忠厚老实的姜春生要努力工作，不要灰心。姜春生点头称是，一直把老书记送出办公室。

回到座位上，他的心绪坏到了极点。这时，原先县委大灶的厨师鲜健，如今的县委档案馆副馆长蹑手蹑脚走了进来。他笑眉笑脸地讨好地问：

"姜主任忙着哩？"

姜春生白了他一眼，没有作答。他赔着笑脸，把一沓稿纸和一本《小说月报》轻轻地搁在桌上，恭敬地哀求道：

"我仿照这本杂志上的小说《售锦路上》写了一个短篇，你是大文人，我想求你麻烦你改改。"

斜倚在靠背椅上的姜春生忽的坐直身子，越发新奇，以为自己耳朵听错了，冷冷地问："啥？"

他涨红着脸，结结巴巴地回答："叫《售蚕路上》，就是讲农民卖蚕茧的故事。"

姜春生以为太阳真会从西边出来，正打算看个究竟，桌边的电话铃响了，他拿起听筒。

鲜健点头哈腰地说："你忙，麻烦了主任，"说毕转身出去了。

接完电话，姜春生找来秘书小赵，一番安排后又回到办公室。他拿起稿纸一看，鲜健歪歪扭扭的字体让他觉得很倒胃口，一时没有一点读他写的那东西的心情，随手撇下稿件。又无聊的拿起桌上的《小说月报》，一看差点没背过气来。原来鲜健把小说《售棉路上》念成了"售锦路上"，一时间又气又好笑，更感到斯文扫地的悲哀，满腹的心事刹那间涌上心头。

古时候的宁康虽说是蛮荒之地，魏蜀吴三国纷争，在这里上演了一幕幕惊心动魄的故事。在他心里的陇上英雄姜伯约文武双全，和丞相诸葛亮一起勤勤恳恳、热忠于光复汉室大业，可偏偏遇上了昏庸无能的蜀后主刘禅，为躲避宦官黄皓到陇上沓中种麦，最后还是落得个家破国亡，实在是可恨可叹。

一想到这些，年近五十的他就觉得天地灰灰，英雄末路！真想站在苍茫的大地上，面对无边无际的上苍，大声质问：谁说绽放的花儿总离不开春天，飘落的枯叶一定会被秋天遗忘，谁说呼啸的风就肯定是大地寂寞的叹息，缠绵的秋雨没有飞翔就注定是云伤心的哭泣。有道是谋事在人、成事在天，但在他看来所谓的天，并不是一味地听天由命，而是顺势而为。思绪万千的他，心生感慨，拿起笔填了一首律诗：

> 燕河滚滚南流去，
> 古桥渺渺灰飞尽。
> 期期艾艾三国事，
> 冷冷清清沓中地。
>
> 英雄自古出少年，
> 老来功成也欣然。
> 隆中隆中觅无处，
> 放翁放翁老天山！

省委发文明确要求，每个县的领导班子里至少配备一至两名具有大学本科的干部。在县委常委会上，领导们议论了一番后，一致同意在县委政府大院里选。县委组织部派人一排查，发现先前县委办里还有五个大学毕业生，那是县委办公室主任姜春生从基层点上选来的。可是随着"四人帮"被粉碎，国家提倡落实知识分子政策，他们陆陆续续被调回省城。偌大的一个县城选不出一个符合条件的大学生，这让县委书记刘庚源觉得即好笑又郁闷。当他对姜春生说出自己的烦恼时，没想到竟然把自己的下属给逗笑了，这让他感到很意外。姜春生也觉得有些失态，忙收敛笑容，认认真真地说：

"剥削阶级作为一个阶级都不存在了，知识分子早就成了无产阶级的一部分了，我们不必拘泥选少数人的做法，也就是为何非要在县委政府大院里选人，可以把眼光放开些，全县范围内不愁找不到几十个大学生。"

刘庚源说："可是，我想，人熟悉的话，就不容易出偏差，我们可不能在选人用人上出错误。政治路线决定后，干部路线就起着决定性的作用，选人用人可不是一件小事。"

看老书记还是没想开，姜春生耐心地说："现在国家提倡改革开放，积极引进国外的先进技术和资金，事实证明，短短四五年，咱们的国家就发生了巨大的变化。说起开放，咱们的老祖宗可比我们大气得多，唐太宗李世民通过发展丝绸之路，打通了通往西方的道路，当时的首都长安是世界上最大的城市。史书上说，万国朝贡，唐朝成了世界上最强盛的国家。今天，我们学习东面的日本，那个时候日本拜咱们为师哩，先后派了十三批遣唐使学习唐朝的政治、经济、文化和科学技术。唐王朝兴盛强大的一个重要原因就是重用人才，只要有真才实干、愿为朝廷效力，通过科举制度就能被选拔到领导岗位上。即使外国人也没关系，只要肯为朝廷出力，照样可以也可以当官为宦。

"有个叫阿倍仲麻吕的日本人就很受李世民的赏识，在他身边做了个至少是三品的秘书侍从，李世民还给他起了个汉族名字晁衡。清朝人龚自珍说'我劝天公重抖擞，不拘一格见人才。'人才时常有，缺的就是发现和重用人才的伯乐。"

姜春生的一席话，刘庚源虽没有弄清话中的人名诗句，但话里的意思却听得明明白白，让他觉得有种耳目一新的感觉，禁不住感慨道：

"你说的当然好，人之有的是，可我们总不能东摸西揣，乱找一气吧。"

姜春生倒很轻松地说："这有啥难的，县一中那么多的老师中有的是大学生。"刘庚源听后点了点头。

县一中有三四十名教师，除了校领导，竟没有一个中共党员。组织部仔细排摸后，觉得只有政治老师付浩云条件比较好，他虽说不是党员，可在大学里学的是马克思主义哲学，在历次运动中没有问题，政治上是可以信任的，经过县委常委会议研究，付浩云的考察材料被报到地委组织部。

梅园公社距县城八十四公里，大前年一条崎岖蜿蜒的盘山公路终于修通了，刘庚源和姜春生乘着县委唯一的一辆美式中吉普，走了足足五六个小时才踏进梅园的地界。这一路高耸入云的险山奇峰，遮天蔽日、千奇百怪的树木组成的原始森林，尤其那蓊郁的桦林树，肥硕的橡树，苍翠的松柏，挺拔俊俏的云杉冷杉红豆杉，像一个个擎天大柱直刺苍穹，让身临其境的人心灵无不震撼。

山林里沟壑交错，溪流如织，绿潭耀金，飞流争渡，云山林海，令人目不暇接；百转不绝的鸟鸣，此起彼伏各种野兽的奇异叫声，喧嚣躁动的瀑布河流声，仿佛把人带进一个从未涉足过的欲都仙境。人烟稀少是这里的难题，每年山上成熟的核桃、板栗、天然木耳由于缺少足够的劳力，果实没人及时采摘白白的烂掉。一株株被长满刺的灌木包围着樱桃，除了被狗熊吃掉外，大都掉落在山野里。一片片猕猴桃由于无人知晓而任其果熟果落。一角钱可以买十个鸡蛋，五角钱就能买到一只大公鸡，光鲜的红苹果你可敞开肚皮吃，啥时吃够了，再谈买的事。一分钱一个红彤彤的又香又甜的大苹果，还可以多买几个金黄灿灿的黄元帅苹果。

这里常年有木耳竹笋山珍野味，河鳖鱼虾，鸡肥猪壮，常常还有野鸡、狗熊、草鹿等野味补充牙祭。河岔的稻谷、半坡上的小麦苞谷，足可以让人们衣食无忧。可是这里的人们的生育能力极低，婴儿死亡率很高，活下来的孩子里女孩占绝大多数，山那面的四川人就到这里入赘当女婿，就这也难以挡住多年来人口负增长的趋势。久而久之，上门招女婿成了这一带的传统。当地人把吃宴席称作赶酒席，赶酒席那天全村子都很热闹，鼓乐齐鸣，锣鼓喧天，唢呐声声，鞭炮震天。迎娶新人还是采取坐花轿的办法，不同的是花轿里坐的是打扮一新的新郎官。

一路上大大小小的尖尖石颠得人只想把五脏六腑都吐来，好不容易车子开下山梁，行驶在沿河的石头路上，刘庚源提出歇歇脚。司机把车停靠在路边后，拿着水桶到河里提来半桶水，走到车旁，打开引擎盖，衬着抹布把水箱盖拧开，青烟袅袅升起，他喊着，开锅了。一桶水灌了进去，"嘶啦"的一声，随之一股白雾冒了出来。看到这一幕，姜春生顿时感到喉咙干的冒火，就要去取身旁石崖上飞泻下来的山水喝，被司机制止了，说这里的水硬，凉水喝了肚子胀。刘庚源看小河对面树林处有一户人家，乐呵呵地说：

"就到对面老乡家喘口气，要碗热水喝。"

司机不住地摇头。姜春生问原因，他指着前方神秘兮兮地说："你看这附近一两里地，山上山下没有人烟，单家独户的肯定有问题。"

秘书小刘异常兴奋地叫道："除非这家人是特务！"

司机生气地推了他一把，不耐烦地说："去去，娃娃家就知道胡扯！"

姜春生反驳说："这有啥，这里人大都喜欢独居嘛！"

司机很严肃地又说："你再看这家人，门前的小路都让野草埋完了！"

姜春生透过那一丛丛硕大的芭蕉叶细细望去，果然见齐腰深野草埋没了小路。

司机自信地说："这家肯定有癞子，所以没有人家和他来往。"

刘庚源不乐意了："你买啥的关子，啥狗屁癞子？"

"就是麻风病。"司机说。

姜春生感到有些好奇："听说麻风病的女人皮肤像桃花一样漂亮。"

"那是说的，得了那病，根本治不好，还很容易给别人传染上，先是眉毛脱完，接着身上就生满疙瘩疮，手脚骨节一个个烂掉，恶心死了。"

刘庚源生气了："你个捣蛋鬼就会吓唬人，国家修了医院，啥病治不好，既然你们有顾虑那就走到公社里去。"说罢一屁股坐在车位上，于是四人又踏上了行程。

这天，刘庚源被地委张书记叫到了办公室。一见面，张书记就阴沉着脸、态度恶劣地问："你们县的白云镇你去过吗？"

刘庚源感到有些诧异，懵懵懂懂地说："那是我们县有名的大集镇，物产丰富，谁不知道。"

"你知道个屁，官僚主义！都火烧屁股了，你还在热炕上睡大觉，该醒醒了我的革命同志！"

张书记拿着一本书在他的眼前晃动着，情绪显得很是激动。刘庚源更糊涂了，冷峻的双眼直截截地望着领导不知说啥是好。过了一会儿，张书记的情绪稳定了下来，他把手里的书"啪"地扔到桌子上，目光犀利地盯着刘庚源，有板有眼地说：

"《毛泽东选集》第五卷出版了，好好看看，对照一下，你们的白云镇是不是在搞分田单干，破坏集体经济！"

"他们年初试行责任制，秋上苞谷产量翻了一番，家家有了余粮，再也没有人出门要饭了。许多农户除了核桃、板栗、木耳、苹果还有天麻、猪苓等中药材的收入，生活大变样了，群众都很高兴！"

"高兴？你没见报纸上在说什么，包产到户分明是在踢我们的红色江山！"

"报纸上也在争论并没有下结论，只要群众高兴愿意，我们可以试一试。"

"你不要揣着明白装糊涂，你和镇上那个姓王的书记要小心，不要忘了阶级斗争这根弦。"

"我们……"

"这样吧，下去组织人写个检查，态度一定要诚恳，认识要深刻，要深挖错误根源，触及到思想灵魂深处，以县委的名义报上来，听候处理。"

地委领导的态度很坚决，已无回旋的余地，刘庚源觉得辩解已毫无意义，尽管想不通，还是应承了下来。

这天中午，白云镇的王书记打来电话找刘庚源。接上电话，只听那头王书记激动地说：

"省委书记来了，正在镇上的大灶上吃午饭，"刘庚源很吃惊，有些口痴地问："书记是从哪里来的？"

对方说："从省上，是从省城直接下来的。"

刘庚源又问："你知道领导调查啥来的？"

王书记说："他说他要看看我们搞包产到户的情况，"

刘庚源感到不好，叫道："坏了，肯定是领导从地委领导那里知道了一切，看来这次是躲不过了。"

王书记口气轻松地说："老领导，好像书记没生气，他仔细听了我的汇报后一直没表态，看不出生气的样子，看来不会有啥大不了的事。"

刘庚源悬着的心这才稍稍放下一些，他说："但愿如此，嗳，为啥不早说书记来了？"

那头王书记有些等不及了，催促着说："领导不让说，先让我带着他们去农户家里走了一圈，问这问那很详细，两个多小时里，没问我一句话，最后回到镇上才听了我的汇报。这阵子他们在吃酸菜浆水汤的苞谷面搅团，还要了一碟儿苦梗咸菜，吃得可香咧。领导刚刚让我通知你也来，你赶快过来吧。"

刘庚源忙说："好好，我马上就到。"

放下电话，刘庚源带着姜春生立即赶往县城北面的白云镇。

半个多小时后，刘庚源一行乘坐的北京吉普车急匆匆地开进了白云镇镇政府大院。院里早已站满了人，刘庚源在远处就认出了站在人群中间，个头不高，举止儒雅，清瘦白净的瓜子脸上戴着一副近视眼镜的省委书记。他快步走上前，精神矍铄的老领导微笑着伸出双手也朝他迎了过来。刘庚源双手紧握住书记温暖的手，满满的幸福涌上心头，一时高兴地不知说啥好。书记亲切地说："你们辛苦了。"

刘庚源点了点头，又摇了摇头，他想笑又不敢笑，想哭更不敢哭，只觉得心律在加快，浑身上下都在出汗，磨蹭了半晌才艰难地从中山装的上衣口袋里掏出一叠打印好的材料，恭敬地递给书记。立正站端后惭愧地说：

"这是我们县委的检查材料，我的工作没做好，助长了分田单干的歪风，请老首长批评。"

书记感到有些意外，他低头扫了一眼手中的材料，郑重地说："小刘，你们的工作做得很不错，小王书记就很有胆识和魄力。孔子说'劳心者治人'，这说明领导者也是管理者而且是劳动者。我们是共产党的干部，是为人民服务的，不是当官做老爷的。'四人帮'搞的那套假大空害得人民吃不饱穿不暖，这是我们的耻辱啊！执政为民，勤政为民，一切为了人民的利益才是我们工作出发点和落脚点。过去我们只顾着斗私批修，把一个生机勃勃的农村变成了一个大集团军，客观上妨碍了生产力的发展，人们失去了人身自由，私有财产和人身安全都难以得到保证，哪还谈的上真正意义上的自由平等。

个人的自由是以社会其他成员的自由为条件的。社会主义绝不意味着就是贫穷落后，老百姓过不上好日子，那我们的先烈们的血可就白流了。安徽在搞大包干，你们这样偏远的地方也能率先示范，很好！我这次调研没带别的领导，来的都是农业和农村工作的专家，回去省委还要召开专门的座谈会，你们的小王书记也要参加。好了，这个你们拿着。"

说完就把那份检讨塞到刘庚源手里，一转身上了北京吉普车。刘庚源感到喜出望外，愣楞地望着车子缓缓驶出大门，嘴角抽搐着，双眼不知不觉地湿润了，一颗晶莹的泪珠挂在眼角旁，激动的心情久久难以平静下来。

宁康藉人王福成竞选副县长的呼声一直很高。姜春生发现有些苗头不对，提醒过刘庚源，却没有引起他足够的注意，他以为王福成只不过是个陪衬，出不了啥问题。在县人代会上，许多代表根本不认识副县长候选人付浩云，他的票数自然没过半，出乎意料的是王福成的选票却遥遥领先。地委领导很生气，连夜派工作组进驻宁康县，追查选举失败的原因。

刘庚源和几位领导轮流给王福成做工作，可他坚持说自己不能辜负人民的意愿，执意不肯退出选举。谈话陷入僵局，一直沉默的岳阳开口严肃地说：

"听从组织安排是每个共产党员的职责。"看王福成勾着头不说话，他大声说：

"大家都知道阳坝铜矿吧，地委有个干部，不服从安排，想来大家都听说过，他是副县级干部，铜矿矿长也是副县级，组织上就派他当阳坝铜矿的矿长，他还不是在那里干了一年！"

一席话如同一盆凉水，把王福成从头到脚泼得冰凉，一股冷气直逼到他的心头。他何尝不知阳坝是啥地方，离县城八九十里地不算，山林茂密，瘴气很重，大骨节病，克山病流行，最让人毛骨悚然的要属麻风病。外乡人一听，浑身就起鸡皮疙瘩！经过激烈的思想斗争，他最终同意退出竞选宁康县副县长。

# 第二十八章

天安门上旗飘哩
要听中央的话哩
计划生育搞着哩
人口数量减着哩
　　　　——宁康山歌

　　岳丽丽和高彩霞大学毕业后，一同被分配到地区一中工作，岳丽丽热衷于教学，高彩霞喜欢社会活动。校团委很少有人爱去，高彩霞自愿报名到团委上班，这让校长感到欣慰。高彩霞经常到岳丽丽家玩，少不了给她的小姐妹们买些糖果和发卡、丝带、木梳。小妹妹都爱和她玩，时间一长她和岳丽丽一家混得相当熟了，也常被岳丽丽留在家里吃饭。

　　向来挑剔的岳阳的妻子看不惯女儿的这个宽额头、高颧骨，长得黑不溜秋的女朋友。尤其讨厌她有些男性化，大大咧咧的说话走路姿势，只是碍于女儿的面子，不好当面说三道四，就在丈夫前喋喋不休地怨天怨地。尽管岳阳从内心深处也不喜欢女儿这位长得野眉障眼的同学，可他毕竟见多识广，阅历丰富，出于更多的长远考虑，并没有阻止女儿的交往。他说凡事都存在两面性，有好就有坏，有利就有弊，有时候坏事也会变成好事，真所谓塞翁失马，焉知祸福。人高马大的高彩霞长的是很丑，正好衬托出自己女儿的美。你用人家父亲的东西时说好，却嫌弃人家的女儿丑这就有失公允。

　　一提起高彩霞父亲送的漂亮大气的金丝楠木大衣柜，岳阳的妻子心里就乐开了花，经丈夫这么一开导，不由得舒心地笑了。

副书记白聪明主持区地委工作八年多了。早就有小道消息传出，说领导们一直在考察书记的人选，也有不少传言说，白聪明是最合适的人选。论资历、学历，白聪明自我感觉十分良好，工作更加积极努力。

这天，组织部长岳阳对负责考察干部的正县级组织员老张说："这次地委领导对选拔团地委书记非常重视，要求我们要严格按照中央提出的干部选任标准的'革命化、知识化、年轻化、专业化'来选人用人，在地直单位选出一位具有大学本科学历，有从事过青年团工作经历的年轻女干部。"

老张接受任务后领着一名年轻干事马不停蹄地在地直机关转了一圈，发现了几名符合干部"四化"标准的年轻人，可就是没有一名年龄在二十岁左右的女干部。很有绅士风度的岳阳听完汇报后，国字脸阴沉着、很不满意地说：

"你们真是死脑筋，就知道死盯着行政单位，咋不到事业单位走走，地区一中就不是地区直属单位，那里人才聚集，连古人都知道不拘一格选人才。"

被训得脸上黑一处白一处的的老张走出领导的办公室后，很快就投入到工作中去，不到一天就圆满地完成了考察任务。

地委委员会结束后，高彩霞被任命为团地委书记。这在地委院大里引起了一片哗然，最气恼的当然是白聪明，他牢骚满腹，在各中场合说些风言风语、不冷不热的怪话。这天，机关食堂的饭还没熟，年轻人叽叽喳喳地吵着，手不闲的用筷子敲的饭盒"当当"的响。老远看见高彩霞从饭厅门口走过，好朋友韩鹏心怀不满地在白聪明耳畔小声骂道：

"高彩霞长得跟母夜叉似的也能当书记，真他妈的瞎了眼！"

白聪明不阴不阳说："还不是人家上面有人。"韩鹏偏不信这个邪，摇晃着身子鄙夷地说："她有屁的人，一个油漆工的女儿，何德何能，太不公平了。"

白聪明也想不出个子丑寅卯，狠狠地啐了一口，愤愤地说："除非组织部是一只眼！"

韩鹏一听兴奋地雀跃起来，失态地高声叫喊："一只眼，太形象了。不过你也想开些，没看见如今县级干部比街上的驴都多，多了就不值钱了。"

他的一句话把白聪明给逗笑了。

　　"哐"的一声，打饭的窗口开了，领导们的家属们挤着排在最前面，一个接着一个，把热气腾腾的饺子用盆子一盆一盆端走了，眼看吃饺子没有多大希望，韩鹏拉着白聪明往出走。嘴里骂道："此处不留爷，自有留爷处，下馆子走。"

　　地委中心小组学习会在地委三楼会议室召开。早上八点半的会，不到八点与会人员就提前到会场。身材高大的地委张书记端坐在一张三人大沙发上眯着双眼，漫不经心地品着杯子里的新茶。听到对面墙上挂的钟"当"的响过后，他用手习惯性地摸了一下自己的后脑勺，正要宣布开会。门被"砰"地推开了，满屋子清一色的男人们被惊地不免有些不失态，众人都把异样的目光齐刷刷地投向会议室的门口。

　　眼前突然出现了一头披肩发，面颊高耸，身材颀长、胯骨隆起的年轻女子，就像看到了天外来客一样。有人在交头接耳，有人在抓耳挠腮，胆子大些的人微斜着身子偷偷地瞅着张书记，企图从领导饱经沧桑的脸上找出标准答案。面对突然闯进来的不速之客，一堆大男人还企图从对方那里探得一些更有趣的不为人知的闲闻轶事，先前静谧的会场不再安静了，变得有些闹哄哄的。

　　浓眉大眼的张书记慢慢睁开双眼，既纳闷又感到不快，他努力克制住内心极度的不满情绪，面无表情地盯着眼前陌生的女人。没等他开口问话，就见眼前的这个女人摆动着硕大的胯骨，大步流星地走到自己的跟前，张书记误以为她是新来的不懂规矩的临时工，怎么也猜不出她究竟要做什么，吃惊地甚至有些不知所措地注视着这个不懂规矩的女人。只见她不慌不忙地取出夹在咯吱窝底下的黄皮教案本在茶几上"啪、啪"地打了两下，算作打扫了灰尘。张书记急忙拿起自己的喝水杯，还没等他弄明白是怎么回事，她又用教案本子沙发上照旧拍打了三下，而后"啪"地把本子往茶几上一甩，顺势一屁股重重地戳在沙发上，压的沙发弹簧"吱吱"作响。

　　组织部长岳阳急了，一把摘下鼻梁上的眼镜，尽量压低嗓门喊：

　　"高彩霞过来。"

　　一听这就是刚刚提拔的团地委书记，张书记"腾"的站了起来，愤怒地盯着岳阳，怒不可遏地斥责道："这就是你们费心费力选调出来的高材生，一个受过高等教育的大学生，还有丰富的基层工作经验。哼、怪不得有人说你们组织部是一只眼，我看是说轻了，你们就是个瞎子！"

岳阳的脸早已变成了红关公，他感到身子有些飘忽，浑身血液都在涌动，惊慌、羞愧、尴尬、愤恨等各种复杂情绪一起向他袭来，他一时不知说什么好，发青的嘴唇不停地蠕动着，傻傻地望着火气冲天的张书记。张书记一面收拾笔记本和喝水杯，一面怒气冲冲地往外走，边走边责骂："这就是你们选的人才，蠢材，散会！"

第一书记走了，面面相觑的众人也跟着离开了会议室。羞愧难当的岳阳一直端坐在沙发上，直到通讯员过来打扫卫生，才起身离去。

天气酷热，岳阳的妻子上身穿着肥大衬衣，下身一条宽大的花裤衩，烦躁地摇着大蒲扇，看见丈夫走了一进来，就嚷嚷开了："你说这高彩霞，提拔了连个人影也不见了，她爸给咱家做的棕床也不知好了没？"

看岳阳坐在沙发上低着头不说话。她移动着碎步，快步走过去，有些使性子的用右手的无名轻轻指戳了丈夫的后脑勺一下。不料，丈夫岳阳竟恼怒地一巴掌重重打在她肥胖的手背上，打得她得手背钻心的疼，她尖叫着骂道："死老汉，你疯了！"

岳阳"嗯"的站起，怒目直视，怒不可遏地吼叫道："是是，是疯了，真他妈的一个神经病！"说罢，走进卧室，甩手"啪"地关上了门。岳阳的妻子虽然心里很害怕，可嘴里还在不停小声嘀咕着。

下午五点了，心绪杂乱的姜春生从自己的办公室出来，漫无目的地在楼道里走着。不知不觉来到大办公室的窗口，忽然听见里面有人在说话。

"姜主任太屈才了，十几年的办公室主任，还是个初干。"

他不由收住脚步，隔着铁纱窗往里细细一瞅，原来是秘书小王在替自己抱不平，他正要进去制止，小王对面的小周突然开了口，他知道小周是个少言寡语的人，自从进了办公室，他还很少见小周在人前人后发表过个人的意见，姜春生驻足听听这个青年知识分子的高见。小周情绪稍有激动地说：

"你说咱们姜主任为啥总是上不去，不是缺少人脉。主要是他太啬皮，舍不得给领导赔上一张笑脸！你看这选人，竞争原本就很激烈，时间长了，谁也不能保证选人用人的人都是伯乐，没有一点私心，一定会公正无私地为国家选拔任用人才。而用人机制缺乏有效的社会监督和制度约束，长此以往难免会不出问题。如今大力提倡搞商品经济，啥叫商品经济？说白了，就是一切都是商品，劳动力是商品，劳动力创造的产品通过交换变成商品。核桃樱桃是商品，石头土地可以是商品，乌纱帽也可以成为商品，凡是商品就得有价格，你别瞪眼。你想当官，拿钱拿东西来，这叫交换。在众多资源中权力是最奇缺的资源，权力又是最为神奇的东西，谁一旦拥有了权力就拥有了至高无上的发言权，拥有了权力就拥有了一切。人家为了升官发财不惜跑前跑后、忙里忙外地累弯了腰、跑断腿。有些人送吃的，孝敬家用的，恨不能送钱送金银，甚至送上自己的漂亮妻子。咱们的姜主任倒好，连句奉承话都舍不得给领导说。猴子都喜欢戴高帽子何况有血有肉的大活人，新来的马副县长不就和地委周书记是老乡，一个混混、二杆子、二百五就成了县太爷！唉，听说王福成也被列进了副县长候选人，就连给组织部长岳阳做黄焖鸡的鲜大师，一个半文盲也能当县志办主任，真是斯文赶不上娄阿鼠啊！"

听了这番长篇大论，小王丧气地说道："你说球的好像官场上就没有一个好人，都是些贪污行贿受贿犯，和珅南霸天！"

小周来了精神，有理有据地说道："这你这就不懂了，经济学上讲究投入产出。从小恩小惠的感情投资到送钱送物的巨额投资，总的来说投入与产出的比是非常惊人的，甚至可以说一本万利。"

他的一番话听的小王脸红耳赤，胆战心惊，脸色骤变，他怯生生地提醒道："你这家伙太反动了，按你这么说，贪赃枉法就没人管了，你这言论可有问题，当心吃亏挨整。"

小周却没有丝毫胆怯，继续滔滔不绝地说道："你说为啥封建王朝盛行买官卖官，因为旧社会里不仅仅官位是商品，关键是官员内部形成了利益集团，前天看的日本电影《金环蚀》里有个政客说'金钱是政治的润滑剂'，太经典了。尤其难得是谁来监督地区和部门的一把手？报纸上说的让咱们老百姓来监督领导，就更是难上加难。"

小王狡黠地一笑，不服气地讥讽他："你这人，自己官瘾犯了，也不知从哪里搬出这么一大堆歪理论。莫不是替古人担忧，借风月来说自己的惆怅吧。"

小周有些生气了，拧着眉毛气呼呼地说：

"人人不做当官，当官都一般，别把自己说得那么清高，你的眼里又服过几个人，你的官瘾就不大？"

小王有些烦躁了："算了算了，你我瓦窑里争空有啥求意思，侯门深似海，自古都一样！"

小周显然不同意，一本正经地教训道："你这就反动了，可不能把人民政府和封建王朝对比。"

小王看他有些胡搅蛮缠，不屑一顾地说："去告我好了，不和你胡扯了。"说着就动身出去，姜春生忙转身悄然离去。

回到自己的办公室，姜春生陷入的沉思之中，古人说"白首趋幕府，深觉负平生"，一个人来到这个嘈杂的世上，谁不想活出个人样来，尤其作为一个男人最怕默默无闻，无所作为，稀里糊涂地度过一生。历史上但凡胸有才华的人哪个不想做一番匡扶济世的事业？宗悫愿乘长风破万里浪，李白要直挂云帆济沧海，陆游发出"此身合是诗人未"的感慨，谁不想成为力拔山兮气盖世的英雄豪杰！可光阴似箭，岁月不饶人，转眼已是高堂明镜悲白发，出师未捷身先死，怎不使人热泪满襟。

是非成败转头空，想一想，自己虽然不是才高八斗，但却绝非碌碌无为之辈！可叹的是自己勤勤恳恳，任劳任怨地工作，陪了九任书记县长，说大了一心一意为人民服务，说小了是为他们鞍前马后的服务劳作，不管是喜欢自己的还是不喜欢自己的，末了都只是口头赞自己的文章写得好，是个有能力的人，人品又好，可就是提拔不起来。难道今生今世真要为他人做一辈子的嫁衣裳？过去自己并没在这方面多想，反正是做革命工作，对得起组织，对得起那份工作，尤其是对得起那份工资，能过上让一家妻儿老小吃饱穿暖的小日子就行了。可眼看着一个个溜须拍马之徒不但和自己一起共事，甚至纷纷升迁荣升，着实有些不满和生气。

他的心绪在波动着，耳旁有一个挥之不去的声音在呐喊，难到自己的命真的和李广一样苦？冯唐易老苏东坡遭贬怎不叫人寒心。都说屈贾谊非无明主，可贾生终究还是死在了文景之治的盛世。那天老领导刘庚源教训自己的话历历在耳旁：我们山西老家有句话叫'你不理财，财不理你。'说些心里话吧，如今这种形势，不主动接近领导怎么能让领导认识你了解你，也就是说你不理官，官不可能主动找上门来理你，有人抱怨你对地委没有感情，你为什么不把领导跟紧些，多汇报汇报自己的工作思想呢！

自己向来对党怀有深厚的感激之情，对领导说不上毕恭毕敬、唯唯诺诺，但从来都是真心实意的，怎么的就缺乏感情呢？古人说官场诡秘，真是不假。难道自己真就像苏东坡说的那样有满腹的不合时宜？有时真想放手不干了，做个教书匠，做个农夫，甚至想做个卖穿锅的也行，可是现实不可能让自己由着性子去为所欲为的。为了养家糊口，还得默默无闻的工作。年轻时候读《成吉思汗传》，一代天骄在征服了广袤的国土后，曾意气风发地说'男人的事业在马背上'。当时觉得只识弯弓射大雕的草莽英雄就知道盲目的崇尚武力，显得很粗俗不堪。十几年的风风雨雨后，才发现身在官场就犹如逆水行舟，不进则退，而有时后退一步并非海阔天空，却可能坠入身后的万丈悬崖，落入万劫不复的境地。

正当姜春生心绪纷乱的时候，机要员陆子羽又来了。一看见他走了进来，姜春生就觉得头昏脑涨，心情更加郁闷，正头疼他这次会生出个怎样的六趾，又来找什么样的麻烦，他只好闭上眼睛，静静地等待着事态的发展。果然，他一走进门就唉声叹气地说：

"姜主任，你得替我做主啊，那个花心婆娘又背着我和男人要约会，你得管管呐！"

原来，陆子羽不知从哪里打听到自己老婆买了两张今晚八点钟的电影票，于是就断定她要和情人相会，理由当然很简单，因为瞒着自己和儿子私下里去看电影，而且是两张票。姜春生耐着性子帮着他分析了半天，可是眼前的这个书呆子，就是一口认定自己的判断是正确的。于是姜春生就开门见山地说：

"去年你说到你家来补习数学的那个学生的父亲和你妻子有暧昧关系，你妻子说那个同学是数学尖子，她在重点培养，可你死活不相信，硬说自己的老婆是借机和情人拉拉扯扯，害得组织上查了半年，花了不少的人力和精力，最后证明全是你的毫无根据的臆想和瞎猜，你说是不是？"

陆子羽忙摘下眼镜，用手巾擦了擦，一脸羞愧地点了点头。

姜春生继续说："你和妻子是大学同学，可以说是自由恋爱，十分般配吧？

你也不想想，十几年的感情说没有就没有了吗，俗话说一日夫妻还百日恩呢！你调到行政上也工作十年了，数学系系毕业的大学生，又有很高的文学修养，工作也认真负责，这是有目共睹的。但是你也要看到，革命工作只有分工不同，不存在职务不同而出现的高低贵贱，能提拔重用说明党组织和工作的需要，每个革命干部要想通这一点，时时刻刻以工作为主。你瞪啥眼，别人提拔了，自然心里急这是人之常情，谁人不想进步？你不要认为我在转移话题，我知道你是看到了机关大院里有些人做了些苟且的事，有人利用色相取得了一官半职，但别人偷鸡摸狗并不等于你我也是一丘之貉，政府大院不是曹雪芹笔下的荣国府宁国府。事实上人非圣贤，孰能无过，况且饮食男女这是人的本性，我们自己活地堂堂正正，这才是最重要的。

"你不要整天陷入到个人主义的小圈子里而难以自拔，把眼光放开一些，心胸更宽广一些，没有啥过不去的坎，说真的谁也不可能比你自己更了解你自己的妻子。记得你刚来机要室不久，就邀请我到你家里品茶，我看你妻子知书达理，端庄贤惠，给我留下了深刻的印象。我的第一直觉告诉我她是受过良好教育的女人，我当时就很羡慕你，认为你是天底下最幸福的男人！你给我介绍过你的家族，说茶神陆羽是你们的祖先。你说家里还珍藏着祖传的九宫茶壶，还详细述说了每种茶壶的来历和用途，还给我讲了不少茶文化知识'茶要慢慢地品，女人要真心的关爱'，这话是你说的。

"你还告诉我茶壶在西晋以前只有一个进出的直嘴，西晋以后渐渐出现了今天茶壶的雏形，多一个壶嘴就肯定有它的作用，我真想不到你身上祖先的那种飘逸洒脱的气质哪里去了，怎么在你这样一个有文化有修养的男人身上就很难找到先辈们气度非凡的影子。难道官场真把一个受过良好教育的人也污染得粗俗不堪了？"

话说了一大堆，陆子羽还是固执己见，不得已姜春生决定和他一起去电影院看个究竟。

晚上八点半，姜春生、陆子羽和秘书小周一起走进电影院。还是陆子羽眼尖，黑暗处他一眼就认出了自己老婆的背影，他老婆梳着两只长长的大辫子，她的身旁坐着一个带着火车头棉帽子的人，远处看去很像男同志。两人肩并着肩、头挨着头，像是很亲密的样子，这让姜春生也很吃惊，心里以为自己也错了。说时迟那时快，陆子羽三步并作两步冲了过去，一巴掌打掉了妻子旁边的那个人头上的帽子，那人和陆子羽的妻子猛地一回头，一道手电光直直地照在两人的脸上。陆子羽傻眼了，原来他妻子身边坐的人正是门卫老李的妻子，一个长得五短三粗，平常就爱穿一身工作服、戴男人帽子，说话高胡龙大嗓门的乡下女人，见到这情景，姜春生忙拉着小周溜走了。

这天，地委组织部干部科科长高天才找高彩霞谈话。他对高彩霞说："领导让我征求一下你的意见，你愿不愿意去一中工作？"

高彩霞才尝到做领导的滋味，以为要撤自己的职，急了，忙说："我就是一中出来的，我不想回去！"

高天才又问："那你想去哪个单位？"

高彩霞像只离岸的鱼，拼着命挣扎着寻找活路，张着大大的嘴巴，依旧执拗地回答说："我哪儿也不想去！"

高天才早已估计到了这一点，多年的经验告诉他，和这样的女同志谈话必须行事果断，稍有一点拖泥带水就会陷入被动。他决定先声夺人，于是就严肃地说：

"干部交流是组织原则，你是老师，熟悉学校的工作，征求你的意见是尊重你，你可不能辜负了组织的期望。"

高彩霞听话里有话，慌忙辩解忙说："我不敢为难组织，一定听党的话，感谢组织对我的培养。"

高天才见自己的话已奏效，就成乘胜追击，习惯性地用表扬的语气说："这就好，这说明你还是听组织上的话的，希望你不要辜负党组织对你的培养。你还有什么别的要求吗？"

高彩霞大而无神采的眼睛，茫然地看了一眼面前的领导，摇了摇头后又点了点头，自己一时也不知道如何回答是好。

高天才马上合上笔记本，和颜悦色地说："那好，你先回去，我把会你的想法给领导汇报的。"

高彩霞惴惴不安的离开了。

高天才厌恶地望着她一摇一摆，走路姿势很野蛮的样子，从内心深处感到很恶心。将心比心他觉得自己的上级岳阳真是个实足的土包子，没有一丝文化品位和高雅情趣，竟然会看上这么一个缺少女人味疯疯癫癫的女人，实在是太缺乏审美眼光。高彩霞比起自己在岷州下乡时认识的鹿仁村的农村姑娘杨香红，真是天壤之别！每每想到这儿，高天才心里既沾沾自喜，又愤愤不平。喜的是自己能够抱得美人归，恨的是心上人没有被提拔重用，几经周折才当了个地区妇联的科长。要不是高彩霞的出现，团委书记至少副书记应该是杨香红的，真是人生一有八九不如意，这让高天才多少觉得有些伤感和失意。

如今这个长得像垃圾一样的女人下台了，他看到了新的机会，心里充满了从没有过的激动和喜悦。一想起身段婀娜，腰肢软滑顺溜的杨香红，高天才就喜滋滋的，他觉得她是天下最美的美人。一个羌族女人，一点也不显得土里土气，更没有山里女人那种野性难驯和愚昧不化。白白细嫩的肌肤，甜甜净净的声音，善解人意的低眉浅笑，大大方方的言谈举止，无不让人心痴神醉。尤其是躺在自己怀中，杨香红身子软的如面条一般，光滑的胜过泥鳅，千羞百娇，呢喃软语，微微娇喘的一举一动都让他无不销魂，恨不能百爱千宠集一身，把世上的一切都给自己的心上人。

不久，地委一份文件免去了高彩霞的团地委书记，也没有给她安排新的领导岗位。高彩霞想不通，决定找到岳阳问原因，她气呼呼地推开岳阳的办公室的门。一进门就冷冰冰地质问："岳部长，我犯了啥错误，为啥不给我安排工作？"

听高彩霞生巴巴的称呼自己岳部长，岳阳知道来者不善，就和颜悦色地问："咋回事，坐下慢慢说。"

气呼呼的高彩霞鼓起勇气，噼里啪啦一口气说完自己的委屈。

见她不再说了，岳阳歪着头，故装糊涂地说："不是不安排你工作，你是师大毕业的，领导们原来打算让你到一中团委当书记，那天是你对干部科的高天才科长说你不愿去的。"

看高彩霞要申辩，没等她嘴里吐出"我"字，他就打断她的话，不容置疑的接着说：

"地区一中的团委书记也是县级，你不愿去，就错过了一个机会。现在进行机构改革，许多老干部都不得不腾出位子，实在没办法呀，你再等等好不好。"

岳阳见她站着不走，立马板着脸，不软不硬地说："组织可不是任何人的保姆，你年纪轻轻的可不能威胁组织，是吧？"

说完，他瞅了瞅窗外，一对燕子正好从窗前矫健地划过，他的眼前忽地一亮，尔后安详地闭上双眼，就不再说话了。办公室静悄悄的，站了一会儿，高彩霞的脑海不停地翻腾着，也不住的拷问自己，她十分明白自己不就凭着和岳丽丽是同学的关系才一步登天，走上仕途的，成也萧何，败也萧何，自己有啥资本可以要挟领导呢，越想越觉得无趣又无聊，只得黯然离去。

又提拔了一批中级干部，还是没有姜春生。借着开会之机，刘庚源找到岳阳，他顾不上喝岳阳递过的茶，很认真地说：

"小姜你该很熟吧。"

岳阳笑了："姜春生是个人才，工作能力谁不知道。"

"可我就不明白，他没有打砸抢行为，为啥就提拔不起来？"

"他当然不是你说的'三种人'，不过，这个人也有毛病。比方说吧，领导观念就不太强，领导们认为他和地委没有感情。"

"姜春生脾气倔，却对领导没有不尊重，办事有条有理，为人民服务搞得好，怎么能说他和组织没有感情！"

"你也不要生气，我只不过了一些领导们的看法，按照组织原则这是不对的，可咱们是老同事了，也就犯个错误，只当我没说好了，就让我们共同努力好嘛。"

话说到这个份上，再说也没多大意思了，刘庚源生气地一甩手，愤愤不平地离开了。

地区派来的计划生育工作队到了宁康县，城关镇斜崖大队排摸了一批计生户，经过研究，工作队认为要顺利的开展工作，必须从干部职工身上做起。社员王桂菊已经生了四个女孩，春上又怀上了，她的公公是县交通局的干部，工作队就轮流给他们一家做工作，终于一家人同意做人工引流手术。这天，工作队的郭队长亲自上阵，她让护士小刘给孕妇打了催产针，看能不能把胎儿引下来，不成功就实施手术。针是下午一点钟打的，郭队长和七八个医护人员、孕妇家属一直守护着，几个小时过去了，还不见动静，眼看已经天黑了，有人提议明天再做手术，郭队长采纳了，她让护士小刘留下看护病人，其他人休息。县体育场正在公演计划生育故事片《甜蜜的事业》，人们都去看电影了，小刘看大伙儿走了，心里也不再踏实，也想找个机会出去。王桂菊的公公看见年轻女孩子心猿意马的样子，和气地说："看来今晚没啥事，小刘你转去吧。"

小刘又给王桂菊量了量体温，测了测血压，还是有些不放心，一脸的焦虑，是个明眼人都能看得出来。在王桂菊公公的好言相劝下，姑娘兴匆匆的离开医院向体育场跑去。

晚上十一点，电影结束了。郭队长她们回到医院，走进产房时被眼前的一幕惊呆了，只见王桂菊一家老小站满一屋子，她的婆婆怀抱着刚刚出生的婴儿，有说有笑的。众人看她们进来了，表情顿时凝固了，双方全都愣在原地如冰冻住一般。还是老练的郭队长反应快，她紧绷着长吊脸问：

"这孩子是咋回事？"

老婆婆紧抱着孩子浑身上下猛烈地颤抖着，上下牙齿激烈的磕碰着，发出"哒哒"刺耳声，惊恐万状地说不出一句话来。一旁的老汉忙着又是点头又是鞠躬，用几乎祈求的口吻说：

"郭队长，你老人家就行行好，十点多娃生下来了，没有死！是个男孩啊，求求你老人家，我们单传三代了，既然娃活着就让我们抱走吧。"

说着禁不住老泪纵横，泪流满面。郭队长的修长的脸扭曲得几乎变了形，脸色十分难看，就像一头发狂的母狮，表现出一副神圣不可侵犯的样子。她的声音也在发颤，就像一个走上刑场的勇士，临危不惧、一身正气、斩钉截铁地说：

"人工流产是你们全家同意的，你们怎们能出尔反尔，日鬼糊弄组织呢？国家的计划生育政策必须不折不扣地贯彻执行，对抗计划生育政策就是错误的，你可要考虑后果，快把孩子交给我们！"

"老天爷，你就行行好吧！"老人双膝跪地，磕头如捣蒜般地、声泪俱下地哀求着。

郭队长丝毫不留情面，异常坚定地说："不行，小刘把孩子抱走！"

眼看祈求无望，老汉一个健步冲上到前面，双臂张开护住抱着婴儿的老伴。老人的子女们也纷纷合拢在两个老人的周围,护士小刘被猛地碰撞了一下,脚跟向后腿了一步,身子打了个趔趄,差点儿倒在了郭队长的怀里。

郭队长没想他们竟敢反抗,丧失了理智,疯狂的命令工作人员:"你们都死了,快把孩子抢过来!"

身后几个男大夫被郭队长声嘶力竭的声音提醒了,仿佛大梦初醒,他们饿狼似的扑过去,粗暴的抢夺襁褓中的孩子。不足十二平米的房子里,十几个人推来搡去,最后发展到拉扯厮咬,拳打脚踢,整个屋子乱成了一锅粥。当新出生的婴儿终于被工作队抢到手时,已经奄奄一息了。这时县公安局的民警闻讯赶来,他们不由吩说就把王桂菊一家人带进了看守所。

当晚,郭队长就到县委书记刘庚源家里告状,坚决要求逮捕破坏计划生育工作的王桂菊一家人。刘庚源耐心地劝解她,替王桂菊一家向工作队道歉。他认为计划生工作是新鲜事物,群众还有个接受过程,答应好好调查后严肃处理这件事情。可是脾气暴躁的郭队长哪里咽得下这口恶气,连夜带着人撤回到地区。翌日,就到地委找张书记告了一状。

第二天,刘庚源主持县委常委会议,专题研究王桂菊一家破坏计划生育的事情。大多数常委认为,工作队对一个已怀孕九个月的孕妇做人工流产本来就不科学,况且中途工作人员擅离职守,才使孕妇产下了婴儿。奄奄一息的孩子已被工作队处理了,王桂菊家没了孩子,双方在抢夺中虽然发生了厮打都受了些轻伤,也没有给工作队人员造成太大的伤害,所以不同意抓人,主张以批评教育为主。也有人提出必须对王桂菊一家的主要肇事者绳之以法,以起到惩戒作用。

会议室里领导们还在争论着,院子里却已站满了人。原来竟有唯恐天下不乱的好事者,他们出于各自不可告人的目的,悄悄地煽动县城的医务人员到县委大院请愿。刘庚源让常委们先讨论,打算自己下楼去和请愿的人员交涉。看见县委书记来了,人群中有人叫喊着"坚决打击破坏计划生育的坏人坏事!""县委不能包庇坏人王桂菊!""还白衣天使人身安全!"

刘庚源正要对众人讲话,突然秘书小张跑下楼,对他小声说:

"地委张书记让你接电话。"

刘庚源又急忙上楼,朝自己的办公室走去。在电话里张书记十分严厉的指出：

"宁康县在对待计划生育工作上的态度，说明县委一般人在认识上还存在问题。搞计划生育工作就得严肃认真，我下午就带领工作队赶到宁康县，一定要把这件事情处理好。"

电话被挂断了，眼看着事态已发展到无法挽回的地步，刘庚源迈着沉重的脚步走进常委会议室，宣布按照地委的意见立即抓人，会议匆匆结束。

# 第二十九章

瓢子开花把把细
女子偷人娘有意
莫说女子有娘哩
娘给女子帮忙哩

——宁康山歌

这天，刘庚源来到姜春生的办公室，告诉他打算让他去县农委当主任并兼任水利局长。姜春生听了很不乐意，不理解地问：

"是不是我的工作做得不到位？"

刘庚源不以为然地说："不是你工作做得不好，是我的工作没做好。铁打的衙门流水的官，谁能在位子上干一辈子。再说你总不能为他人做一辈子的秘书吧，到政府部门做些实际工作，给老百姓办些实实在在的好事，这样可以更好的发挥你的才能啊！听说农委将来要升格为副县级。"

姜春生的心弦被轻轻地拨动了，低头沉思着，也对啊，老领导来宁康快五年了，世上原本就没有不散的宴席，上面一再提出要废除领导干职务终身制，看来老领导真要走了。见他不说话，刘庚源又说：

"我安排一下，你这几天带几个技术员到乡下跑跑，制定个详细的水利发展规划，今年燕河电站一定要开工，尽快解决县城和部分乡村居民的生活用电问题。"

刘庚源说完正欲离开，突然又转身说；"古人都说官场讳莫如深，我今天才算领悟到了一些，你看乡村一级，吵吵闹闹的，你来我往的有时像个集市。县委大院就不同了，机关大院有那么十几分的政治气味，再往上政治氛围就更浓了。那里面说话办事就夏得小心再小心，不小心谨慎不行啊！"

说完他就低着头带着满满的心事走了。看着刘庚源走远了，姜春生又一次陷入沉重的思考之中，他苦苦思索着，反复问自己莫非官场真是个大染缸……

燕河电站地址选在了观音阁，这里是燕河的中游。两边的高耸的石山犹如刀劈斧削般，又好似利剑直插云端。燕河在这里被过分地挤压后，挣扎着从狭窄的河道里奔腾穿过，河水从高出落下后发雷鸣般的呐喊，好像在声嘶力竭地宣泄压抑已久的愤怒和不满。行走在峡谷中间，顿生"自非亭午夜分，不见曦月"之感。

这天，姜春生领着技术员实地查勘，晚上他们就住在了观音阁村。没有电，村干部点上蜡烛，在昏暗的虫光下，村主任变戏法似的拿出了一瓶地产的"燕河春"酒。姜春生心想老乡们生活都困难，真不舍得喝他们的酒，就一再坚决推辞着。村干部们却不高兴了，他们七嘴八舌的说，你们城里人能到乡下住我们农村人的土炕，吃粗茶淡饭，说明不嫌弃我们，况且你们是为我们办好事来的，说啥也得喝几口才行。姜春生被庄稼汉的憨厚纯朴深深感动了，提出要喝就喝农家自酿的二锅壳酒。可他们说什么也不同意，就听"嘣儿"地一声响，硬瓣开了酒瓶盖。几杯酒下肚后，大家的话匣子都打开了，聊得越来越投机。

姜春生猛地想起白天在观音阁的墙壁上写的诗，问村主任："这个写诗的人该不是个秀才吧？"

村主任沉思了片刻说："咋说里，按过去的话说，既是文人，又是草寇吧。"

这更勾起了姜春生的兴趣，他追问道："就像梁山上的吴用？"

村主任很惬意地呷了一口酒，用手抹了一把嘴，又给姜春生添满杯，接着说："姜主任，'燕河春酒不断，生活准赛过高干。'农村人就图个实惠自在。就说这个写诗的人，他姓黄，老百姓都叫他黄司令。上过几年私塾，1949 年的前两年，咱们省南部遭受了大饥荒，民不聊生，走投无路的农民在他的鼓动下了造反，他给自己封了个司令。起初这些人占领十几个县城，声势大得很，后来都被国民党的军队赶了出来，队伍被打散了，来到我们宁康时，就剩下了一个光杆司令。黄司令的结拜兄弟是我们这个村韩商户的大公子，是韩公子收留了腿上有枪伤的黄司令。一晃一个月过了，黄司令的伤也好多了，能下地走路了，韩公子才出门到县城去做一笔被拖了很长时间的生意。临走时还嘱咐自己的老婆好好照顾老朋友。

"半个月后，韩公子回来了，他发现黄司令的腿脚灵便多了，眼睛里突然多了从没有过贼光，稍有空闲他的眼珠子就在自己老婆身上打转。那天他带人从山上割完崖蜜回来，正赶上结拜兄弟和自己的老婆在炕上交缠在一起。他气坏了，原打算冲进屋里暴打一顿这对野鸳鸯。可转眼一想，人家有枪，虎背熊腰的，知道自己不是对手，他想起了在县城看见的通缉令，二话没说就骑上马往县城里跑，当天晚上黄司令被保安团捉到了县城，不久被枪毙了。新中国成立后镇压反革命，韩公子被人举报了，判了二十年的刑，病死在了狱中。哎，真是世事难料，好人难做啊！"

晚上躺在白杨树做的磨得光亮的床板上，姜春生怎么也睡不着。他想起白天在沟口碰到的放羊娃，他问孩子给谁家放羊，孩子说给村里的一个养羊大户放羊。他又问他为啥不上学，孩子羞涩地说，家里穷，饭都吃不饱。他又问孩子，你将来长大了想干啥？孩子说，想放自己家里的羊，最好能放好多好多的羊。于是他又进一步问，放那么多的羊后再做啥？孩子不假思索地说，娶老婆生孩子！他接着追问，你有了孩子以后再做啥？孩子想了想自豪地说，教娃娃们放更多更多的羊呗！

他感到很悲哀，说不上是欣慰还是悲哀，只觉得人这种动物真是有些不可思议，"贪、嗔、痴"时时缠绕着每一个人，于是就产生了无穷无尽的烦恼和痛苦。没有财富时拼命想拥有财富，而且还想方设法不让他人占有财富，总想着独自一人占尽天下所有财富。自然界的其他动物就没有人类这样太多太多的贪欲，与人类相比它们似乎目光很短浅，只是为了眼前的利益而忙碌。饥饿的虎豹杀死别的动物只是为了一时的充饥，它们填饱肚皮后绝不再去觅食。所以自然界的动物几乎从不贮存多余的食物。成百上千次大大小小的农民起义，起初的倡导者无一不是打着"共同富裕"的旗帜来号召天下的，在取得局部的一些胜利后，领导者就开始唯我独尊，享受其荣华富贵了……

　　这让他不由得联想起中国漫长的两千多年的封建专制历史。表面上看二十四史讲的是朝代的兴亡史，实际上折射出的正是封建皇帝的御人术和权谋术。皇帝在贪官和清官，忠臣和奸臣之间玩游戏，走钢丝。年轻时听说书人讲清官和贪官的故事，天真地认为有了大清官百姓的日子就会好过，后来翻开史书一看，越看越觉得不是那么回事。一个朝代如果出了大清官，自然就伴随着大贪官的出现。海瑞是个大清官，他面对嘉靖皇帝敢说"嘉靖嘉靖，家家皆净"，海瑞时代的明王朝是封建专制统治的一个典型的黑暗时期，同时产生了一个遗臭万年的贪官严嵩。大贪官和大清官同朝为官，这就是嘉靖皇帝的驭人术。早在一千年前的南北朝时期，北周开国皇帝宇文泰，在对人的管理任用上就感到很棘手，于是他求教于名士苏绰。苏绰直截了当地告诉他："用贪官，反贪官。"并解释说，给贪官权力，让他们去大肆搜刮民脂民膏，这样他们就会对皇帝衷心。而贪官日益横行就必然招来天下百姓反对，这时，再举起反腐大旗，不但可以收买民心，还可以把贪官的不义之财趁机收入囊中，名利双收，一举两得。

　　姜春生心头一亮，他忽然明白了，封建王朝奉行的是家天下，一言堂，在用人上自然就会面临两难悖论，最后总也无法逃脱人去政息，王朝覆灭的结局。前几天，刚刚看过一本叫《醉卧长安》历史小说，过去姜春生也曾不止一次的为才华横溢的李白叫屈，埋怨唐明皇迷恋酒色，听信了高力士和杨贵妃的谗言，把李白礼送出皇宫。掩卷深思，觉得李隆基应该有他的用人之道的，不然他也不会开创出开元盛世。李太白才思敏捷，生性狂放不羁，是天生的浪漫诗人，可并一定是治国理政的最好人选。记得西方的文艺评论家说过，诗人和精神病人只有一步之遥。圣人老子也说"治大国如烹小鲜。"试想一个国家由一个喜怒无常，脑子里整天充满离奇幻想的诗人来治国也是一件危险的事。

　　想着想着，他又想起了哲学家，他们可以说是我们这个星球最有思辨能力和富有智慧的人了，他们为普通大众寻找和发现认识客观世界和主观世界的方法和途径。可是西方许多事例证明，哲学家也并不一定是好的政治家。中国人讲究"修身格物齐家治国平天下"，意思是说，要成为好的政治家，首先得加强自身修养，把自己的家务事情处理好。有趣的是古希腊著名的哲学家苏格拉底在治家方面就显得能力有限，或者说毫无办法。他和他的学生柏拉图，以及柏拉图的学生亚里士多德被并称为"古希腊三贤"，更被后人广泛认为是西方哲学的奠基者，可面对自己家里的悍妇却总是束手无策。有一次，苏格拉底在同几位学生讨论某个学术问题时，他的妻子不知何故，忽然叫骂起来，众生大惊。继而，他的妻子就提起一桶凉水冲着苏格拉底泼了出去，致使苏格拉底全身湿透。当学生们感到十分尴尬而又不知所措的时候，只见苏格拉底诙谐地笑了起来，并且幽默地说"我早知道打雷之后一定要跟着下雨的"。

再说让西方世界崇拜的叔本华，由于自幼对强势自私的母亲不满，形成了他厌恶女人，尖酸刻薄的性格。一生总是落落寡欢、神经过敏、乖戾暴躁、爱吵爱闹，活着的时候很不招人待见。要想跳出历史的周期律，就得实行真正的民主。本来科举制度不失为选拔治国理政人才行之有效的方法，只可惜最后走进八股文的死胡同，饱受民主人士的诟病。如果在民主国家里，借助法治手段，这种选拔人才的方法就一定会重获新生。说起容易做起来难，要想实行、如何实施就更是困难重重。这一夜他就这样胡思乱想着，迟迟没能入睡。

王福成在全地区公社书记大会上，声泪俱下的发言不但让个别地委领导紧张的心情多少有了些放松，也让参加会议的一位省委领导非常满意。领导在讲话时非常动情地说，像王福成这样的年轻干部就很好，虽然受了"四人帮"的蒙蔽，做了错误时代的典型，可是他敢于承认错误，勇于决裂。反戈一击，能够从过去自己的那个旧的阵营里冲出来，深刻认识到自己的错误，痛改前非，这就是个好同志，这样的人我们就要重用。

全地区深入的揭批"四人帮"大会结束后，王福成大出众人意料，既没有被抓起来，也没有被撤职，反被提拔到西部地区的一个自然条件远比宁康要好的县当了县委副书记。而和他一起搭档的公社副书记、公社管委会主任李大明却被判处十五年的有期徒刑。人们私下里议论说，《红日照燕河》把一人捧上了天，把另一人打进了地狱。

身陷囹圄的李大明有了闲暇时间好好地思索短暂的人生经历，这些年由于事业的一帆风顺，使他几乎没有时间想这些事情。什么诸如人生道路曲折漫长之类的明理哲言早已丢到了爪哇岛上，在他眼前始终只有鲜花在摇曳，辉煌的前景就在美丽的彼岸世界。记得他当上公社管委会主任（相当于乡长）的那天，他当过私塾先生的老父亲步行十几公里路，到邻近县的一位算命先生跟前求卦。算命瞎子拿着他父亲占的卦，将将小山羊胡子，鼓了鼓腮帮子，故作神秘地说："震，动也。震为雷。雷能惊天地动鬼神，你家公子主动进取，将来必成大事。从卦象上看，有利也有弊。说真的你们家里将来至少能出八品以上的官，说不定还会做戓县太爷。如果有贵人扶持，自己又能把握运呈，审时度势，善于化解凶险，就会有惊无险。如果利令智昏，一意孤行，不善于广纳善言，骄傲自满，就会妻离子散，也就说难免有牢狱之灾。"

李大明的老父亲听得心里有些发怵，央求算命先生说清楚些。那瞎子就直截了当地说："你家里还会出个囚犯。"

李大明父亲原来准备要重重酬谢的，听到瞎子说的后面的判词，心里很不痛快就变了卦，原本打算给他二十元钱的，生气的搁下十元钱，怏怏不快地离开了。李大明听完父亲的诉说并没有生气，心里反倒坦然了不少。他想如今自己已经是个正科级了，也就是说是一个堂堂正正的八品干部，再努力几年弄个副县正县应该是没有问题，说不定还真能当个七品芝麻官，所以当囚犯是根本不可能的。父母就生下他和弟弟李小明俩，弟弟眼下只是县农业银行的普通职员，当囚犯的可能性很大，不过那也是将来的事。一想到这些，他既感到庆幸，又为弟弟将来会遭牢狱之灾而有些于心不忍，莫名其妙的生出兔死狐悲的感觉，禁不住哀戸叹息了一番。

现在回想起这一切仿佛做梦一般，他万万没有想到是这个集囚犯和小官僚于一身的正是自己。年轻时候看电影《地道战》，民兵队长高传宝的父亲组织大伙儿学习《论持久战》的画面又浮现在眼前。高传宝一字一句念道"要消灭敌人，首先要学会有效的保护好自己。"这些年自己只顾打拼，无所顾忌地往前冲，引起了多少人的嫉妒羡慕恨自己全然不知，招来了多少算计更是无从了解。如今落得个锒铛入狱，没有人拉扯一把或帮着说一句公道话，觉得自己有太多太多的委屈无处申诉。自己一个名不见经传的比芝麻还要小的小官小吏。这些年就是在巴掌大的县里出出进进，连个地厅级大官没见上几个。如今摇身一变成了阶下囚。可叹可悲可恨。他既为百思不得其解而痛苦不已，又实在是不愿就此善罢甘休。他的脸色和屋外阴雨绵绵的天色一样难看，枯坐在冰冷的牢房里，垂泪仰望着窗外黑魆魆的天空发愣。

俗话说"家家有本难念的经"，地委张书记也有他的难心事。这天下午，地区新华书店经理林青山不顾工作人员的再三阻拦，硬是冲进了张书记的办公室，他一进门，"啪"把一张请假条放在桌子上，一副挑衅的姿势，口出狂言道："张书记我要请假上北京！"

张书记第一眼看见这个右腿瘸、左眼瞎的个子矮的不速之客就心生厌恶，早已来气，为了保持尊严和身份，他强忍着、很不高兴地说：

"你是干啥的，一点规矩也没有，找分管领导去！"

林青山却不紧不慢地说："他们没人敢签字。"

张书记疑窦重重地问："你到北京干啥？"

林青山一副大义凛然的样子，气呼呼地说："告你这个昏官，这是我写的你的十大罪状，请审阅。"说着就把一叠状子摊在张书记面前。

张书记身子往后猛地一震，惊得目瞪口呆。瞠目结舌地望着桌子对面的陌生人，一副吃惊的样子。事实上作为三百万人口的大地区的地委书记，他手下管的干部成千上万，一个部门领导，自然认识的不多。他在脑海里飞速搜索着，终于记起了林青山这个名字。那还是上一月，地委组织部长岳阳在汇报清理"三种人"工作时，说新华书店的林青山是打砸抢分子，他才略知一二。

没等张书记张口，林青山往地上啐了一口唾沫，接着狗头血喷地骂了起来："像你这种嘴斜眼歪的人也配当领导，也不撒泡尿自己照照，鬼还变成哩就想害人！你听仔细了，我要告你的第一大罪状就是无辜打击革命干部，你凭啥说我是三种人？"

张书记很纳闷突然从哪里冒出这么个马六神，嘴皮气的发青。他理了理思路后，调整了一下情绪后，才气愤地大声质问。林青山把自己的胸堂捶地砰砰直响，雄赳赳、气昂昂地在争辩。一时陷入理亏词穷的张书记早已丧失了惯用的先声夺人的能力，剩下就只有招架之功。面对有如此雄辩能力的对手显得十分狼狈，他语气缓和地说："组织上正在调查，你急什么！"

林青山却不甘示弱，嘴里不干不净地说："你们不要狗眼看人低，专拿软柿子捏，惹急了老子把你们一个个告倒，信不信？"

说罢，挺着胸膛昂首阔步地走了。

一月后，地区突然停止了对林青山的审查。不久林青山被提拔成了地区文化处的处长，据消息灵通人士说他有个远方表叔在中央组织部门工作。

这天下午闲了，姜春生拿起写字台上的报纸随手闲翻着。这时门被轻轻推开了，来人亲切地叫了声"姜主任"就走了进来，把一包东西放在了写字台上。姜春生摘下眼睛，细细观察了一大会儿，惊喜万分地喊了一声"侯支书！"也就半年多没见面，姜春生做梦也没想到孙家院大队党支部的侯支书会变的这样苍老，衰老的几乎让他认不出来。

他让侯支书坐稳当后就要泡茶，侯支书打开纸包说泡这个，今年春上的明前茶。姜春生一看嫩绿的牙片就知道好茶，直接抓了一撮放进白瓷杯子里就冲上开水，茶叶欢快地在水中跳起了芭蕾，伴随的热气袅袅升起，空气里就有了淡淡的茶的特有的清香。姜春生吸吸鼻孔，轻声赞叹好茶啊。

他坐下后问："忙啥着唯，这么长时间也不来转转？"

侯支书叹了口气，双手抱着头说："还不是叫那个二球货给折腾美了。当初刘产到我们那里插队，说得比唱的还要好听。我们那里是个穷山沟，祖祖辈辈也没见过大学生，把他当成了八辈子没见过的稀罕宝贝。我怕人家城里娃受委屈，专门在我家挪腾出一间房子，收拾得干干净净的。我老婆每天变着花样为人家做吃食，社员们也隔三岔五送来自家的好吃的。开始那二球还像个人，说要办农民业余大学。我就把生产队的办公室派人拾掇好给他当教室。原来说要讲农业科技生产知识，上了十几个晚上的课，他除了念报纸就是和几个游手好闲的二杆子谝闲传，白费了不少洋蜡不算，还耽搁的大家晚上的休息。

"后来大家提出不办业余大学了，他坚决不同意，还强词夺理地说我们破坏知识青年上山下乡，不支持新生事物，说要到县上领导跟前告我们。一个好端端的生产大队党支部办公室，就变成了他们一伙胡作非为的地方。最可气的是，这坏人用了啥迷魂术，钩住了我那没见过世面的瓜女子的心，她寻死寻活地非要嫁给那个王八蛋。"四人帮"被粉碎后，刘产没有了活动的市场，也没有人再听他闲扯蛋了。这坏怂整天游手好闲，不务庄稼也不管自己的小娃娃。不知从哪里召集了些流氓二杆子，天天在大队办公室里喝酒吹牛，还教那些二流子学拳耍棍，当起了那些哈怂的师傅。我说他这样下去迟早要吃亏的，那二球竟然当众骂我！这不，前一段公安局开展严打刑事犯罪活动，这帮坏怂进去了。"

姜春生看他悔恨交加的样子，同情地说："这也不能怪某一个人，报纸上说形势一片大好，现在还是一片大好形势。别说他们一些乳臭未干的毛孩子，就是久经风霜、老于世故的人，栽跟头的也不少。人活着，前面的路是黑的，谁也没法事先知道。"

侯支书一听，难过的哽咽住了。过了一会儿，嘴里含糊不清地说："只是丢下我苦命的外孙子今后咋个做人嘛！"

姜春生起身拿过毛巾，递给这个年近七旬的老人，他双手一把接住，像一个受尽委屈的孩子似的蹲在地上，抱头号啕大哭起来。

# 第三十章

砍松树，搭松桥
身子要稳嘴要牢
身子不稳嘴不牢
白砍松树白搭桥
——宁康山歌

　　姜春生跟着县委书记刘庚源到南部下了一个多月的乡，不通公路处刘庚源就让司机小何在当地公社机关等着，他带着姜春生徒步穿行在崎岖蜿蜒的山路上。刘庚源把走山路比作急行军，每天规定不走上四十里路不休息，也不吃不喝，这也是许多人都不愿意跟随刘庚源下乡的重要原因。

　　这天，他们离开了贾安公社，连续翻过了几座大山，才爬上一座大山的顶上。只见眼前馒头型的山峰一个连着一个，映照在如血的残阳之中，周围的千山万水都被涂成了橘红色。在辽阔的天空下，广袤无际的山峰仿佛是海洋里的一个个巨大的波涛，在一片云蒸霞蔚里显得蔚为壮观。当地人说这座大山叫十万大山，走出一个山口必须向右拐，如果向左拐，走来走去就又折回来了，不熟悉情况的外乡人常常是十天半月也走不出迷宫般的大山。

　　茂密的山林间，长着一丛丛藤状的植物，卵状的叶子碧绿青翠，藤条上挂满了褐赭色的像铃铛似的果实。骄阳似火，晒得人口干舌燥，尽管耳朵时时听到清晰的山泉声，可就是找不到汩汩的溪流或者一汪清澈的潭水。姜春生伸手摘下一个粗巴巴的果实，仔细辨认了半天，惊喜地发现，这正是书上说的猕猴桃。

一旁的老乡见惊恐地叫道："这驴粪蛋，不能吃，会毒死人的。"刘庚源也劝他不要冒险，姜春生笑着说他在书上看过介绍，因为猕猴爱吃，所以它的名字就叫猕猴桃，它营养丰富，含的维生素多，可以说是水果之王。说话间他剥开看似丑陋，长着细绒毛毛、粗巴巴的球形果实的外皮，翡翠般的果肉就露了出来。姜春生吸了一口果肉，只觉得一股酸酸甜甜的甘露流进喉管后，有一种无与伦比的甜美的爽滑感，而那冰冰凉凉的美妙的汁液淌到那里，就会把那里熨的舒舒贴贴。

看他吃了没事，刘庚源和老乡也小心翼翼地吃了起来。休息了一会儿，他们又起程了，黄昏时分，他们到了两河公社。四周都是高入云端的大山，两条河流在这里汇合冲出一道狭长的平坝，地里的金黄的水稻就要成熟了，半山的苞谷也离收割不远了，田野里到处呈现着丰收的喜悦。公社驻地在河旁不远的一个山冈上，沿着陡坡斜上走了足足半个小时才到，离公社不远的山石路旁有三两户人家，如果不挂"人民公社"的大牌子，谁也难分不清哪个是民居，哪个是乡一级政权的办公房。刘庚源他们走进公社大门，公社党委李书记就迎了出来，寒暄过后，他们进了书记办公室兼宿舍。

藤椅坐着很解乏，梨花木做的茶几也很考究，这与简陋的木板房显得很不协调。公社李书记为他们泡好了茶，介绍说这是今年清明前采的新茶。果然茶叶碧绿，开水一冲，根根倒竖，一团雾气冉冉升起，清香直扑鼻孔，茶水入胃，沁人心脾。刘庚源喝了一口后，啧啧称赞。姜春生发现他们的窗户都用大木板钉死着，好奇地问其中的缘故。

公社李书记笑着回答："怕半夜里熊瞎子进来。"

你们这里有熊！刘庚源很兴奋。

公社李书记接着说："何止熊，还有金钱豹、鹿、獐、羚牛、羚羊、金丝猴好多野物。最讨厌的是猕猴，经常祸害庄稼，没有那个农户不生气的。"

"你们这里有多少猴子？"

经刘庚源这么一问，公社李书记挠挠头说，少说也有七八千只，每年一半的苞谷要被它们糟蹋掉。

刘庚源担心地问："那你们的群众咋对付这些讨厌的猴子？"

公社李书记没有立即回答，径直走到木床边，蹲下身顺手一摸，摸出一个铜锣来。做了个敲锣的动作后说："猴子野狐子来了，家家户户就敲锣放枪。"

刘庚源听了很有感触地说："你们真不容易啊。"

公社李书记乐呵呵地说："生活是很艰苦，但群众也有自己的娱乐方式，闲了就自编自演打歌舞、唱毛山歌，生活过的到也挺自在的。"

看到县委书记对此很有兴趣，公社李书记情绪高涨起来，如数家珍地说：

"打歌舞主要流传在甘陕川交界地带。我们公社地处宁康南部山区，因为地广人稀，山坡上的农田荒草严重。农民为了除掉荒草，争取农业丰收，在长期的生产生活中把敲锣打鼓，喜庆欢乐的场面与劳动相结合，久而久之形成了这带有浓厚地方特色的歌舞形式。具体讲，就是一人敲锣、一人打鼓，集体唱锣鼓草歌，众人随锣鼓手的指挥边唱歌边薅草。表演形式大概分为牵线，扎盖子，起歌头，安五方，说正方，耍歌子，办交接等步骤。节拍有九拍、十二拍、花拍子几种，唱词分为五字、七字、十字等。比如唱词'一个铜钱滚过街，上场就把话说开。一来不要打呜呼，二来不要撂界子。'就富有诗意且妙趣横生。毛山歌大都是歌唱甜美爱情和幸福生活的，也有反映旧社会老百姓生活苦难的，如'宁叫天打做磨，不给老地主做活。'其叙述简洁明了，爱憎分明。还有许多赞美忠贞爱情的歌谣，像'铜绿盅子喝清茶，啥时候与你成亲家，只要和你成了亲，肉连骨头心连心。'所有这些，在表演形式上主要以单唱和对唱为主。"

闲聊中姜春生忽然发现房间的后窗并没有被钉死，透过窗户可以看见浓得化不开的绿色。他惊讶地问你们就不怕熊瞎子，从后面窗户钻进来抓你们？

李书记语气坚定地说："怕啥子，屋后是高得很的悬崖，底下是深不见底的山涧，甭说瞎熊就是猴子也爬上不来。我们这儿有个笑话说，这条沟深得很，打个比方说，今天你往山下扔一个铜锣，明天还能听到叮叮当当的响声哩。"

晚饭是在紧挨着李书记房间的灶房里做的。一口三足鼎锅吊在从房梁上的悬挂下来的铁绳子上，锅里煮着被烟熏的发黄发黑的肥腊肉和新鲜的豆角，浓香的肉味伴随着清新的菜香扑进人们的鼻孔中，很快就会挑起了人们的食欲。眼看饭熟了却不见县委书记，姜春生让李书记他们先吃，决定自己去找领导。他走出公社大门，走下山坡来到平坝里的几户农家。走进第三户人家时看到了刘庚源，他正坐在火塘（在地面上挖的火坑）边和农家的主妇亲切地拉家常，高高的屋子上空弥漫着浓浓的青烟，烟气熏得初来乍到的人双眼睛一时难以睁开。稍微停留了一会儿，透过门口射进的一道亮光，姜春生才看清缠着黑包头的农妇，微微弯曲着身子站在火塘边，左手端着一把带短柄的木质的舀面搓子，右手正娴熟地往鼎锅里下拨拉子。一尺多长的木搓子中间是一块和好的面饼，农妇右手拿着一把炒菜用的锅铲子，悠娴的从面饼上切出一寸见方的薄面块，飞快地拨进热水沸腾的鼎锅里。面饼是当地产的玉米面和黄豆面加水和成的，颜色金黄诱人，只是这种调和面的缺少面筋，酥脆易断无法用擀杖擀成薄面饼，农妇手里的小锅铲就成了切这种面条的最好刀具。当地人把用这种独特方式做成的面条形象地叫做拨拉子也叫"节节子"，因为它每节一寸长，整齐又好看，吃起来微甜、油油的，有些弹牙，还有大豆特殊的豆香，开胃顺口营养价值还很高，是男女老少都很喜欢的食品。

他们两人又说又笑，全没有注意到姜春生啥时间走了进来，等到姜春生咳了一声后，两人才回头一看。刘庚源嗫巴着嘴唇，笑着瞅着姜春生没有说话。知道姜春生的来意后，他像个从小吃惯了百家饭馋嘴的孩子似的淘气地说：

"我就爱吃杂面饭，求求你们了，我就在这儿吃，别等我了。"

姜春生朝农妇笑着点了点头，圆融的嘴巴凑近刘庚源耳旁悄声说："大灶上准备了炒鸡蛋，还特意炖了只老母鸡。"

刘庚源头摇得像个拨浪鼓似的，倔强地说："不吃不爱吃。"

末了他又说："等阵子你们端一碗鸡肉拿过来，我要换着吃节节子。"

看领导主意已决，姜春生知道再无法劝说，只得应承下来独自一人走出了农家屋子。

晚上房间里又闷又热，躺在床上一时睡不着。姜春生心情激动地对刘庚源说："咱们县南部山大沟深，高温多雨、气候湿润，适合于林木和各种经济作物生长，应重点发展多种经营，建立木耳、茶叶、生漆、桐油、杜仲、天麻、板栗、核桃、柿子、苹果十大生产基地；北部川坝地多，除了种好小麦玉米等粮食作物外，也要大力发展核桃等林果产业，同时搞好畜牧业生产。南部河流落差大，重点上马几个小水电站，就能彻底解决全县生产生活用电问题，同时在西面兴修拦河坝和水库，搞好农田水利灌溉。"

一席话说得刘庚源高兴得不得了，嚷着明天赶快回县里，要姜春生尽快写个报告，提交县委常委会讨论。这一晚，他们聊到深夜才睡。

也不知过了多长时间，蒙胧中他们被一阵激烈的枪声惊醒了，还没明白过是怎么回事，就听见漫山遍野响起了敲锣声，接着就是此起彼伏的呐喊声，直喊的人心惊魄动，六神无主。两人穿好衣服正要出门看个究竟，这时听到了敲门声。姜春生打开房门，只见公社书记李书记走了进来，不好意思的对刘庚源说："刘书记，刚才是社员们在赶山，没把你们吓着吧？都怪我白天没说清楚，猴子们夜里又来拆苞谷，只有放枪敲锣才能把它们吓跑，好了你们睡吧。"说完他就退了出去。

吉普车走出崇山峻岭后一拐弯，终于爬上了平整宽敞的柏油路，走在了毗邻县的地界上。车子的发动机匀速地转动着，跑得轻松又快当，不再像先前那样跟上了年纪的老人似的哼哼哧哧的。接近邻近县的一个村庄时车子停了下来，前面公路上围满了人，司机小何说："不好，可能出了车祸。"

刘庚源和姜春生下车一同走过去，只见许多农民围着一辆县班车在吵吵嚷嚷着，路面躺着一只不大不小的黑猪。班车里坐满了旅客，大概是停的时间太长了耽搁了他们的行程，人人一脸的怨气。就在众人争吵不休的时候，开来了一辆警车，有人叫喊道："交警来了！"

车子停稳后走下来两名警察。走在前面的中年警察，一面喊着一面拨开人群，很快来到肇事地点。刘庚源发现他个头不太高，跟自己一样留着小平头，不同的是他的头发没有自己硬，看上去有些发黄发软。他长着一张丰满的圆脸，圆眼睛、小圆嘴，就连鼻子都很圆融，两面的耳朵也像两只可爱的小元宝。刘庚源很担心来人是个油腔滑调的昆混，会把事情处理砸，引起不必要的麻烦。

只见中年警察突然面露狰狞，气势汹汹地走到班车司机跟前高声问道：

"谁是班车司机？"

司机明显跟他认识，看他装作不认识自己的样子显得有些不自在，嗫着嘴嘟囔着答道："我是。"

中年警察仰望着比自己高出半截身子的司机，用手指着他骂了起来：

"你眼瞎了，把车往人家猪身上开！"

众人轰然大笑，司机难为情地低下了头。

他转过身又问："这是谁家的猪？"

"我的。"一个看上去老实巴交的中年农民低声应答道。

中年警察瞅都没瞅一眼就骂开了："你家的猪不在猪圈里待着，跑出来干啥，要饭来了！"围观的众人又是一阵大笑，红着脸农民结巴着说："它偷着跑出来的。"

中年警察穷追不舍地连连发问："公路是你娘家修的，公路是你家的猪圈，你是不是比别人攒劲？"

等把农民逼得连连后退了几步后，他又迅速一转身，面朝司机大声说道："我看你也是个农家子弟，哎！咱们农民一年辛辛苦苦养一头猪也不容易，你开班车辛苦，都是下苦人是吧。"

说着他又回过头对农民说："你、这也就是养了一年多的猪，杀了也剐不下几斤肉，一斤肉也就卖一块钱，这八九十斤的猪最多卖九十几元。"

说着他又转过身对司机说：

"干脆些，你给他赔上九十元钱，一班车人还要赶路，这死猪我看就留给农民兄弟吧，你拿着也没用。"

司机先前既怕农民漫天要价，更害怕他们达不到目的动手打自己，眼见事情得到了合理解决高兴地连连点头，把数好的钱递到他手中。他又转身对农民说：

"拿好钱，猪肉拿回去煮了吃权当提前过年了。"

年猪被碾死了是很可惜，可现在既多得了钱又有猪肉吃，不能不说是两全其美，农民双手感激地接过钱，一时说不出一句话来。

一场事故被顺利处理了，这大出刘庚源的预料。身后的司机小何说："他就是咱们县交警队有名的苏所长，人称苏婆婆！"

刘庚源不解地说："看他没个正型，我还以为是个二货。他又不是假人，咋就叫'婆婆'呢？"

小何笑着说："他是个老交通了，是个刀子嘴豆腐心的好人，办事公正又照顾到各方的情绪。因为嘴爱好说些笑话，司机们都叫他'苏婆婆'，他也不生气，跟个老顽童似的。"

刘庚源很受感动，坐到车里后还在想，要是我们的各级干部都会这样处理各种矛盾，我们的干群关系肯定会越来越好，政府的形象和威信就一定会得到极大的提高。

一晃就到了年底，姜春生拿着兴修贾安电站和建设燕河水坝的可行性报告，带着技术员驱车三百公里来到了省水利厅。谈完工作，金处长笑着问：

"知道王福成吗？"

姜春生反问："该不是宁康出去的那个王福成？"

金处长瞟了他一眼，故意用批评的口气说："同是一个县里的，差距咋就这么大呢。"

姜春生以为自己的工作没做好，收敛起脸上的笑容，不好意思的站了起来。金处长给逗乐了，笑着说："开个玩笑，就是你们县出去的那个王福成。寒冬腊月的穿着一身破棉袄，背着背篓，拿着锄子，到村里捡粪，这年头就是农民有几个肯下这功夫的。"

这个消息让姜春生感到丈二的和尚一时真摸不到头，微微张大嘴巴，长长的脸上写下大大的问号。金处长接着说："这事别说你听了会大跌眼镜，谁听了都会大吃一惊。人家也真能做出来，粪拾得差不多了，就推开一家的门，也不管人家老农认识不认识，进门就鞠躬，开口就说'我有罪，我是来谢罪的，我叫王福成，过去干了坏事，我是来请罪的，这是我给你们的庄稼拾的粪。'说完，倒下粪就走了。"

听完后，姜春生将信将疑也说这也太夸张了吧！金处长立即争辩道："这就是社会的大舞台，只要是舞台就得有演员，就得有表演。生旦净丑末总要有人演，谁的演技高超把人哄得好谁就吃香。演砸了漏了馅儿，就只有自认倒霉。据说上面的领导表扬了王福成，看来人家才叫前途无量啊。"

# 第三十一章

和尚出门了念弥陀
脚户上路了唱山歌
骡子戴的大挂铃
扯开嗓子唱几声
　　　　——宁康山歌

　　燕河堤坝工程批下来了，这天老书记刘庚源被调到地委任纪律检查委员会书记，县长姜继高接任县委书记，县长候选人真的是王福成。

　　重新回到宁康的王福成进入宁康境内，就把司机小高打发回去，自己带着秘书小刘沿着燕河，走进了不通公路的姚坪乡。

　　一个月后，王福成在召开的县人代会上全票当选宁康县县长。上任伊始，县政府就颁布了由王福成亲自主持修定了《宁康县人民政府议事规则》，接着他向县委提出更换县政府办公室领导班子的意见。曾经在孙家院公社给他当秘书的蒲光明，很快被提拔成了政府办公室分管政务的副主任，鲜链成了主管后勤工作的副主任。

　　一天，县委办主任梁贵峰匆匆来到县委书记姜继高的办公室。汇报完工作后，还站在屋里没有走的意思，姜继高好生奇怪地问还有别的事？半晌他才支支吾吾的说："就是那套向阳的大套，唉，怪我工作没做好工作，那套大套，三楼就只有一套了。"

　　一向说话有条不紊的梁贵峰突然变得语无伦次。沉稳的姜继高也忍不住了，很不满地地问到底啥事吗？梁贵峰宽敞的额头上冒出细密汗珠，红着脸结结巴巴地说："就是去年你看好的家属楼上的大套，王县长硬要住。"

姜继高听后来了气，尽管脸上依然保留笑容，但说话的语气却已十分的生硬，

"不是给县长们留有房子吗？"梁贵峰自感工作没做好，愧疚地说："我说明了情况，他就是不听。"

姜继高皱着眉头，冷冷地说："给点颜色就想染大红，也不掂量掂量自己有几斤几两，不管！明天尔就把我的家具搬进去。"

梁贵峰心里有些不踏实　怯怯地问："那王县长那里咋说？"

姜继高再没吱声，像长朝修炼的大德高僧，纹丝不动的坐在办公桌旁，认真地看着文件，似乎没有发生任事情一样。梁贵峰站了一会儿，只好知趣地离开。

县长王福成对干部的任命和提名特别的重视。他对一些政府组成部门的副职提名没有通过任命，对县委提名的个别正职也做出了不向县人大呈文提名的决定，这让姜继高很是生气。这天下午，他独自一人趴在办公桌前，手拿着几个头发，反复抚弄着，深蹙着双眉，不由得心生感慨，光阴荏苒，一晃竟年过半百，头发都白了。

最近的烦心事一个接一个的向他袭来，有时候他真想撂挑子，认为这样斗来争去的，实在让人心乏得连气都透不过来。人生苦短，去日苦多，随着年龄的增加，许多时候真是深感心有余而力不足，加上身体有病，更让他有了一种心灰意冷的感觉。正在苦苦思考当中，听到有敲门声，他才忙坐端身子。

进来的是县委组织部部长朱宪，他能说会道，精于谋划，办事成稳很受姜继高的欣赏和信赖。他长得不算体格健壮，第一眼看去长得很富态而且官气实足的。但人无完人，唯一美中不足的就是他那张嘴长得太有些夸张了，向前凸出的有些过分，姜继高的大女儿常常背地里把他称为长嘴叔叔，为这女儿们没少受父亲姜继高的斥责。

朱宪坐下后，姜继高语气诚恳地问："朱部长，你看人事安排的事，谁去政府那边沟通？"

"何书记去合适，他是分管组织的副书记，人沉稳老练。"

"好是好，他就是太老到了。说好了是个和事佬，说不好吧就是八面玲珑得过了头。人们常说脚底下踩着西瓜皮，双手抓着稀泥，又奸又滑，堪称顶级泥水匠，只会干些稀泥抹光墙得事，这种人靠得住吗？"

朱宪没想到姜继高对自己的副职有这么深的成见，一时也不知说什么好。

最后，姜继高鹰隼般的眼睛盯着朱宪看了一会儿，充满期待地说："你是老宁康，老将出马一个顶三，就烦劳你走一趟吧。"

望着领导坚定而又充满期待的目光，朱宪觉得再也不好推辞，只得欣然领命。

县委常委会研究全县经济建设问题，并作出决定，凡是当年新开工的项目和财政开支，在只要五万元以上的一律需上常委会讨论。走出会议室的王福成脸色乌青，薄薄的嘴唇紧紧地胶织在一起，没说一句话。一头扎进吉普车里后，他才愤愤地说走！司机吓得没敢吱声，油门一踩，车子急速驶出了县委大院。

全省的贫困地区座谈会要在宁康召开，各县的参会人有县委书记、县长以及农委主任。王福成外出不在家，姜继高决定让主管农村工作的副县长贾文雁参加，梁贵峰联系上了县长王福成，征得了他的同意。事情定下后，姜春生和梁贵峰就分头去忙了。

会议召开的前一天，王福成突然返回了宁康，他提出要参加会议。姜继高说："既然你来了，贾县长就不参加了，你安排吧。"王福成找到副县长贾文雁，用惋惜的口吻说："姜书记让我告诉你，这次省上的会议你就不参加了。"贾文雁一听满脸的不高兴，这时王福成又煽风点火地说："真是的，不让一个分管农业的大学生副县长参加那么重要的会议，这也过分了！"贾文雁被彻底激怒了，他嚷着火急火燎地向县委大院奔去。

听通信员小杨说，姜书记家来了个远房亲戚，先回家了，贾文雁又立马往政府家属院赶去。一进门，他就拉长着脸，操着东北味的普通话彬彬有礼地问姜继高："说让我去开会，决定了的事，为啥又不让我去开会？"

见这架势姜继高多年不来的娘舅忙折身走进里屋。姜继高觉得很意外，但还是和颜悦色地说："贾县，喝口水慢慢说。"

说话间把沏好的龙井茶递了过去。见姜继高不温不火，若无其事的样子，性情暴烈贾文雁扫了一眼茶几上冒热气的茶杯，神情变得激动起来，他抬头怒视着姜继高，用土的掉碴的家乡话放肆地叫喊着："我是副县长，为啥不让我开会去？"

姜继高认为这是工作上的一件小事，便耐着性子解释道："王县长回来了，就不用你再顶替了。"

贾文雁把手狠狠往茶几上拍，短粗的脖颈撑地出一截，肥厚的嘴唇连珠炮似的连连发问：

"姜春生有啥资格参加会议？我一个县长难道是专门替人填补空缺的？"

这么多年来，姜继高还从来没见过有下级敢这样对自己说话，此时的他再也无法压住心里的怒火。站起来大声说："这是县委的决定，贾文雁同志，你别胡搅蛮缠，别忘了你是副县级领导！"

贾文雁听他这一说，不但没有被镇住反而更来气，双手往腰间一扠，唾沫横飞，就像骂街的泼妇一样，高声连喊带骂起来……

王福成和梁贵峰来了，他们忙把又跳又骂的贾文雁连拉带拽的拖出门外。老娘舅坐在沙发上一个劲地吸烟，整个屋子被可怕的寂寞包裹得严严实实的。

人活在世上就有无尽的烦恼，永远也解不尽的心结，这一点组织部长朱宪也不例外。他的儿子朱宝宝就是命里注定的，他今生今世的冤家对头，天生一个冥顽不化的主。朱宝宝长得就像马戏团里的小丑，他没有继承下他父亲的任何优点，不求上进的他整天就知道玩耍恶作剧。还在上小学时就把同桌女娃娃的小脸蛋给咬破过，人像个孙猴子一刻也闲不下来，上别人家的房顶堵人家的烟囱口，打架斗殴更是无所不能，学生家长和老师经常上门告状，自然就成了家常便饭。吃完饭县委大院里的孩子们就与外面大院里的孩子们约好打仗，常常是一场仗打下来，个个鼻青脸肿的，像被马蜂蜇过似的。

说起铁丝枪应该是孩子们独特发明，在生活困难的年代，他们依照弹弓的原理，用老虎钳把铁丝做成左轮枪、盒子枪甚至机关枪、步枪的模样，装上橡皮筋，套上用废作业本叠的子弹，在距离五六米开外对准目标，扳机一扣往往是十打九准。朱宝宝他不但经常拿着铁丝枪欺负女同学，更多的是在公众场合偷偷摸摸的干坏事。

每当放露天电影，小坏蛋朱宝宝就特别兴奋，他总是等电影放映以后才进场，站在人群最后，专门瞄准聚精会神看电影的孩们的头打，有时候那坚硬的子弹打在人的耳朵上出奇的痛，被打的孩子疼得大声哭喊着，又气又恨却找不到作案的凶手，朱宝宝就躲在一旁偷偷地乐个不停。

朱宝宝的父亲朱宪一提起自己的宝贝儿子就显得素手无策，只有唉声叹气的份。那次做完胆结石手术，部里的同事，集体来到县医院住院部看他，众人正在认真地听他诉说做手术的情形时，病房的门"嘭"地被一脚踢开了，惊讶的人们见朱宝宝的稚嫩的小白脸涨得通红。他直接冲到自己父亲的病床前，把身上背的沉重的大书包从肩膀上卸下来，双手举起、狠狠地砸在朱宪身上，骂了句"老子不上屁学了"后就气气哼哼地走了。书包正好落在朱宪的肚子上，打得他的伤口钻心的疼，他正要发怒，却见儿子已经走了，气得他用手拍打床沿。

县人事局招工，朱宪就把初中刚毕业的朱宝宝安排到了一家工厂，后来又把儿子调到县文化馆。让他没想到是自己的儿子，到那里都是个不省油的灯，没上一个月的班，他连招呼也不打就出走了。馆长找朱宪汇报情况，反被朱宪好一阵埋怨。一个多月后，朱宝宝抱着一把破吉他，衣衫褴褛的回来了。一进家门就被朱宪劈头盖脸地一顿痛打，只打得朱宪筋疲力尽，气喘喘嘘嘘才罢手。朱宝宝蜷曲在地上痛苦地抽泣着，却始终没哭出声来，这让朱宪彻底失望了，想到宁康有句俚语说"泼妇顽子不睁眼的天"，他绝望的意识到眼前的儿子，正是油盐不进，软硬不吃的滚刀肉。

县人民代表大会即将在县政府招待所召开,每天都有许多代表前去报到。这天下午，一名乡党委书记来到朱宪的办公室，老熟人见面聊的很开心，临走时乡党委书记殷勤地说："朱部，宝宝最近的变化太大了。"

朱宪很不感兴趣地说："我们父子才三天没见面，变化个啥。"

乡党委书记却蛮认真地说：

"虽说棍棒底下出孝子，但男娃儿也要表扬和奖励。宝宝每天一大早就念英语，这是好现象啊，我的老领导！"

朱宪觉得很蹊跷，略略有些塌陷的鼻子一吸，将信将疑地看着对方。乡党委书记兴高采烈地说：

"许多来开会的代表都碰见，你家宝宝拿着一本书在念英语哩，这男娃儿一旦醒事，将来一定成才，这叫大器晚成，祝贺你！"

这一席话说的朱宪心里暖洋洋、热乎乎的，他一边送客，一边在想，难道真是老天有眼，让他朱家后继有人、中兴有望。他既兴奋不已又不敢相信这一切，决定亲眼目睹一番。

第二天早晨，他顾不上吃早点，来到县招待所大门前的一片树林的隐秘处藏起来。当第一缕曙光出现时，他的心开始激烈地跳起来，他看见儿子宝宝果然拿着一本书从走水泥路东头走了过来，边走边看，一副念念有词的样子很像回事。因为距离远，听不清具体内容，于是他就猫着身子，悄悄地摸到一颗大松树背后，屏住呼吸竖起两只大耳朵仔细地听。听了大半天别的什么也没听出来，就听见儿子嘴里念的最多的就是那句什么什么"特洛夫斯基"。

匆匆回到办公室后，他把去年新分配到部里的大学生叫到跟前，寒暄了一会儿后，谦虚的问大学生英语里特洛夫斯基是啥意思？大学生那几天正在读苏联作家奥斯特洛夫斯基的长篇小说《钢铁是怎样炼成的》。他思考了一会儿后说："英语中好像没有这个单词，这像是个人名字，苏联的一个作家就叫奥斯特洛夫斯基。"

朱宪一听激动地说："对对就是这个奥特洛夫斯基。"一想又觉得不对头，忙问："你说啥？这不是英语，那是啥？"

看朱宪的原本不太大的眼睛，睁得大大的几乎要把眼框挣烂了，大学生心里有些发虚，怯生生地说："大概是俄国人的名字吧。"

朱宪一听彻底崩溃了，犹如一只沉重的大麻袋"嘭"摔倒在座椅上。

# 第三十二章

毛线染了头绳了

山歌当了哭声了

莫把伤心事肚里装

说不出来了唱一场

————宁康山歌

　　各乡镇都在兴办乡镇企业，朱家沟的十个村子都办起了机砖厂。村主任朱玉山的侄子朱正权在县委常委、县委组织部长朱宪的支持下，办起了第十一家机砖厂。朱正权的机砖厂每天把大量的污水直接排到地里，让紧挨着砖厂的朱海忠家的洋芋地变成了沼泽地。洋芋喜欢在半干旱的土壤里生长，经不起长时间在水里浸泡，否则就会根茎腐烂，减产绝收。朱海忠一家六口人就靠这五亩地过生活，地是全家人的命根子，是生活的来源，生活的希望，失去了土地无疑是要了一家老老小小的命。他不止一次找朱正权交涉，起初朱正权总是一副满不在乎的样子，含糊其辞的应付一下，时间一长就烦了，骂他穷疯了，尕三娃的急症上来了，想讹人。朱海忠气不过，嘴又笨，说不过油腔滑舌的朱正权，情急之下拿起铁锨去堵水。朱正权冲过去，就是一拳，把他重重地打在泥滩里。朱海忠爬起来就要拼命，又被砖厂的工人死死地按住，他左右不得动弹，只能高声叫骂，朱正权过去又是一顿耳光，只抽得自己双手发麻，掌心火辣辣的才罢手。

　　挨了打的朱海忠一拐一瘸地找村支书评理，年过半百的老支书也很为难。

半晌，露出黑黄色的大板牙，懒懒地说："你说你惹的这麻烦，叫人左右为难嘛。石头大了你就不会绕着走啊，得饶人处就饶人吧。"

看他没有走的意思，支书索性干脆地说："你不想过舒坦的日子，我还想好好的活呢，你还是找乡里去吧，我可不敢招惹麻烦。"

说完就只顾吸旱烟，死活再也不吭声。

走投无路的朱海忠悲痛欲绝地来到乡政府大院，一溜青砖大瓦房呈一字型排开，门房告诉他书记的房间，他鼓起勇气敲了一阵乡党委书记的门。过了很长一会儿，才从里面传出威严一声"进来"。

朱海忠心里七上八下的，颤巍巍的推开门。

一进门呛人的纸烟味就扑面而来，他慌张地在烟雾缭绕中摸索了半天，才看清胯骨斜搭在桌子的两个人，正在神情专注的下象棋。他踮着脚轻轻走到他们跟前，羞色的用长满老茧的双手，从自己常吃的便宜卷烟盒里摸出两支香烟，诚恐诚惶、恭恭敬敬地捧到两个乡干部的中间低声讨好地说："嘿嘿，领导，抽烟、抽烟。"

这时戴眼镜的中年人，抬头瞄了他一眼，用手拨开朱忠海关节粗壮的大手。他又把烟递给另一个人，那人接过烟一瞅，大概是嫌质量太差，随手向桌上丢去。

朱忠海努力屏住气息，也感到脸颊烫得很厉害，留在手里的另一支香烟仿佛，是自己做贼被暴露在光天化日之下的证据，难堪的无地自容。看他泥塑一般傻站着，戴眼镜的中年人"啪"地很砸棋子，很是威严地问：

"做啥的？"

"我给领导反映问题，"

"哪个村的，干啥的？"

"我是朱家沟的朱海忠，我的洋芋地叫朱正权砖厂的水淹了，没办法，支书叫找乡上的领导。"

"支书为啥不管？"

"他说他管不了。"

"朱正权是谁？"

"就是村主任的侄儿，他还打人，领导你可得给我做主啊！"说着他"扑通"一下跪倒在地上。老成持重的乡党委书记冷不防被吓了一跳，他厉声呵斥：

"跪啥！起来，有事情慢慢说。"

"他仗着有亲戚在县里当大官，开口骂人，动手打人，谁敢惹他！"

一旁戴眼镜的中年人，趴在书记的耳旁说了几句，乡党委书记口气变得温和了许多："老人家你也别哭，国有国法，家有家规，你先回去好不好，我们研究后给你个说法。"

说着拉起朱海忠，扶着他朝门口走去，朱海忠禁不住老泪纵横，一把鼻涕一把眼泪的走出了乡政府大门。

一个月很快过去了，地里的洋芋还泡在水里，眼看着洋芋就要被水泡烂了，还不见乡上派人。朱海忠又跑到乡上找书记，说也怪每次去书记总不在，乡干部见他倒很热情，答应等领导回来后一定汇报。就这样一个月又过去了，他仍没见到书记，没办法他决定去县里找大书记。

坐了两个小时班车，他终于走进四合院式的县委大院。按照门房告诉他的线路，朱海忠迷迷糊糊地穿过二楼幽深昏暗的通道，又拾级而上，踏上一个平台后，前面猛地明亮宽畅多了，他的心情随着也亮豁了不少，想着这大概是个好兆头。透过眼前长满各种绿肥红艳的花卉的椭圆形的花园，果然是一排整齐的平房。按照别人的指教，朱海忠满怀信心的敲了敲正中间房屋的门，门缓缓打开了。

"你找谁？"县委书记姜继高诧异地问。

"姜书记，青天大老爷，我叫朱海忠，我有冤枉要说，"说着他"扑通"一声跪在姜继高面前，

"你是哪个乡的，有事找你们乡上书记去！"

"找了，村支书推给了乡里的书记，乡里的书记避着不见，没办法呀。"

"进来，有事慢慢说。"

"我是朱家沟人，今年村主任侄子朱正权修砖厂，排的水淹了我的洋芋地，找了好多次，没人管，朱正权还打人，请县太爷管管。"

"别胡乱叫，我可不是大老爷。你说说乡上为啥不管？"

"人家的叔叔在县里当大官，乡上不敢管啊。"

"天下还有这样的怪事，毁人良田，还打人骂人，你可以到法院告他。"

"打官司，这成吗？"

"这有啥不成的，如今是法治社会，讲的是法律面前人人平等。我们就是为群众办事的，是人民的公仆，人民法院就是为人民伸冤做主的，你大胆去法院告状。至于我们干部队伍里的事得慢慢调查，查清了我们一定给你一个满意的答复。"听县委书记这么一说，朱海忠的心头一热，眼泪差点流了出来。

朱海忠找到县法院，胖乎乎的院长不耐烦的听完他的陈述后说：

"这打人的事嘛，应该找公安局才对。犯了法得先由公安局抓人，人抓了，县检察院决定起诉了，我们才能受理。至于有罪没罪，我们还要根据事实，依法判案，你说是不是。"

朱海忠被法院院长的这一套有理有据的宣讲弄糊涂了，但他心里清楚自己就是为了解决问题而来的，而绝非来听弯弯绕的，于是执拗地说：

"县委姜书记说……"

院长忙打断他的话，皮笑肉不笑地说："老汉，现在是法治社会，谁说也得依法办事。打架斗殴是一般治安案件，归公安局管，我们这里是专门给人判刑的。"

朱海忠更不明白了："那啥样的事才够判刑呢？"

院长立马板起面孔认真地说："比方他把你打残了或者打死了那才够判刑，那事才归我们法院管，老汉你先去找公安局吧。"

朱海忠又来到县公安局，公安局里的人说单局长出差了，叫他过几天来。

十天后，朱海忠来到公安局，在门口碰到了公安局长单源长。一见面他就双膝跪地，一把抱住单局长粗壮的大腿。单局长给吓了一跳，忙叫身边的民警把他拉起。在门房里，县公安局单局长耐着性子听完朱海忠的哭诉后，用手指下意识地抠了抠上嘴角的黑痣，不疼不痒地说："你说的打人的事情已经过去两个月了，现在你还能找到你说的被告打人的证据吗？况且你们之间的纠纷明明是民事纠纷，说小了就是村里管的琐事，属于人民内部矛盾，说大了最多也就是乡上管的家长里短的鸡毛蒜皮的事情，还挨不上我们县公安局管。"

朱海忠被单局长这一番很有法律韵味的道理绕的更糊涂了，但他不相信他们不听县委书记的。他只认的一个死理，因为他和普天之下的广大的老百姓想法都一样，在他们的眼里县委书记就是戏里说的县太爷，就是能为一方百姓做主、主持公平正义的父母官。朱海忠心想这些人连县委书记的话也不听，真是胆大妄为，于是就愤愤不平地质问："那你们就不管了？天底下就没了就没有王法了！"

单局长没好气地说："不是我们不管，而是没法管！"

说着他伸出双手比划着，你看看，我的手指甲都让人家剪得光光的，没有指甲剥不了蒜皮子。说完一转身钻进警车走了。

公安局单局长这几天正在忙一桩案子，根本就没把朱海忠的事放在心上。

换做一年前，在县委门口不远处开的那家家电维修部，原来并没有引起单局长的注意，作为一个公安局长要管的事太多了，他是不可能把这些靠做小生意的人放在眼里的。也就是前些日子，他无意走进城关派出所，叫了半天没有一个人出来，走进办公室才发现，一大堆干警围在所长的周围在痴迷地看录像。看局长走了进来，众人慌慌张张就往外走，他走过去顺手拨开神色慌张的所长，惊奇地看到他们竟然在看黄色录像。于是雷霆大发，狗头喷血般地大骂一顿。事后觉得自己做得有些过分，就让所长把录像机抱到自己的办公室。所长诚恐诚惶地承认错误，希望得到从轻处理。他一时心软，让所长回去等候处理。

第二天，单局长把派出所长叫到办公室，扫帚眉倒竖，脸色阴沉地批评了他一顿后，又正儿八经对说："加强精神文明建设，对港台过来的录像带一定要人排查，当然打铁就得自身硬，你们可要牢牢筑起思想上的防线吆！"

所长一听局长话里有话，立即心领神会地说："我们一定密切注意这方面的动向，那天就是让大家都来看看，好知道那些是靡靡之音，区分哪些是黄色录像。"

单局长装着不高兴的样子说："这方面不能搞的范围太大，几个骨干就行了。你们查出录像带的来源了吗？"

所长兴奋地说："查了，人叫宋前进，就在县委大门口。"

单局长眉头一皱说："那不是一家电器维修部吗？"

所长说："他是山西人，修家电很在行，人也挺讲义气的，生意做得还行。

也就是这个月从广州采购电气元件，他的朋友给了几盘录像带，我们那天检查，他就把那几盒录像带借给我们。"

单局长觉得有些意思，于是就一本正经地说："看样子是个精明的个体户嘛，哪天带我去看看。"所长高兴得点头答应。

自从和宋前进认识后，单局长下班一有空，就在他的家电维修部转悠，很快他们彼此就成了熟人。这晚单局长的妻子抱怨黑白电视效果不好，埋怨录像里的精彩镜头无法看清楚，吵着要换大彩电，一句话点亮了单局长。第二天他就来到宋前进的铺子里，说家里的电视机出了毛病，装着很不懂行的样子，和颜悦色地问："宋师，彩电哪个国家生产的好？"

宋前进不假思索地说："当然是进口的好，日本的索尼、东芝、日立，再就是荷兰的飞利浦也不错。"

单局长顺手轻轻拍拍桌子上的四十九英寸大彩电，故作吃惊的样子问：
"这是美国的电视机吧？"

"这是日本货，我的大局长。"宋前进不容置疑地说。

单局长酸溜溜地说："我家的黑白电视图像模糊，彩色录像都看成黑白的了。"没等他说完，宋前进殷勤地说：

"单局，你早该换个大彩电，就有一个娃，还修修补补的节约啥。"

单局长谦虚地说："我可不能跟你大老板比，每月就那么几个死工资，进的少出的多，还是先修修再说。"

宋前进急忙说："你大局长也叫穷，这不是寒碜死了我们这些做小买卖的生意人。俗话说'蛇大窟窿大'，我们也就背了个空名声，其实没挣下几个钱。"

单局长见他还在哭穷，就直截了当地说："如今真是瘦猪哼哼，肥猪也哼哼，你就别再哭穷了。还是美国产的质量好，哎，只是买不下大彩电，你嫂子又要叫唤（吵闹的意思）了。"

宋前进见局长把他这个下苦人当做自己人，有些受宠若惊，感恩戴德地说："坏电视机我慢慢修，就把这台日立先拉到你家里让嫂子看，等美国货到了你再来买。"

单局长笑着说："好得很，你嫂子肯定高兴！那就赶快打发人拉过去。"

宋前进笑着满口答应。

一晃两个月过去了，单局长家的黑白电视修好后早给送了过去，可总不见单局长把那台日立彩电送回来，更不见他提及买美国的大电视，这叫宋前进心里煎熬难受，觉得有一肚子冤枉却又无处说，苦不堪言。

这天下午，单局长又来取录像带，临走时宋前进胆怯地问："单局，彩电的效果还行吗？"

单局长一扭头说："你嫂子很喜欢，不错，行。"

宋前进又说："单局，你知道我们是小本生意，利薄得很，光是个空名声。"

单局长同情地说："知道知道，这年头做啥都不容易。"

宋前进眼看着绕弯子没用，就大着胆说："时下日立彩电进价 3000 元，零售价要 5000 元以上，我的意思是，那台日立彩电，给您单局长，出 2000 元就成了。"

单局长听着听着，胖乎乎的圆脸早已拧成了匂匂巴巴的核桃状，没有胡须的嘴唇在瑟瑟的打战。他瞪着愤怒的水泡眼，指着宋前进的鼻尖口爆粗话：

"宋前进，你他妈的别把人看扁了，谁要你的烂电视，老子不会到县百货公司去买新的，滚！"

宋前进吓坏了，带着哭腔说："那台彩电是新的，我的局长。"

单局长"啪"的把录像带扔到地上，嘴里不住地骂着脏话扬长而去。

第二天，单局长就派人把宋前进的那台日立彩电送了回来。下午城关派出所的民警就来搜查宋前进的铺子，以传播黄色录像的罪名拘留了宋前进。宋前进不服，声称公安局的人都在他那里看过黄色录像。派出所长却说，他们是受局里的安排做卧底侦查工作的。由于人证物证确凿，最后县法院以贩售传播黄色录像罪判处宋前进三年有期徒刑。在县看守所里，宋前进还在叫冤，派出所长趁没人，对宋前进说：

"你真是个舍命不舍香的香麝，瓜皮一个。"

宋前进不服气地说："我一个月还赚不下三千元钱，让他出两千元我还折本哩。"

所长生气地说："你真他妈的是笨猪，钱是人挣得，人关进去了，你挣屁的钱。你狗怂进去了，害得爷们家跟着受窝囊气，你就是个冒死烟的生头柴疙瘩！"

朱海忠又去了几趟县委大院，没见到县委书记姜继高。他身心疲惫的回到了小店，细细一盘谋，才发现身上带的盘缠快花光了。庄稼汉一年到头来也就挣下七八百元钱，为了告状前后往县上跑了十几趟，尽管省吃俭用还是花了一百多元钱。手里无刀杀不了人，他忌恨自己没本事，又心疼白白花了一大把钱，觉得羞愧难当，甚至后悔不该不听村支书的衷告，"不听老人言，吃亏在眼前"，在无可奈何中灰溜溜地踏上返乡的路。他没想到心里怕啥就来啥，刚走到村口，就碰上了村主任朱玉山。他像知道他要回来似的，瞪着一对喷着火苗的发红的牛眼睛，朝朱海忠放狠话说："娃们，山不转水转，有本事北京告状去，那才是你老子养的儿子娃哩！"

朱海忠听了觉得伤脸又丢人，又气又愧说道："县上的大书记让我到法院告你的状，你、你、你等着。"

一语未了，只听"啪"的一声，朱海忠脸上被朱玉山打了一巴掌。朱玉山怒气冲天，指着朱海忠恶狠狠地问道："你是啥东西，也敢跟我作对，真是三天不打上房揭瓦，看把你怂能得要巴铃铛了。"

这时，朱玉山的儿子和侄儿朱正权的一大堆亲戚都围了过来，朱海忠自知寡不敌众，怕再吃暗亏，在众人虎视眈眈下匆匆逃离开了。

看见父亲泪流满面的脸还留下一道深深的手指印，他儿子朱家旺坐不住了，嚷着要给朱正权好果子吃。

第二天，朱家旺不顾家人的苦苦相劝，提着撅头来到洋芋地里。他二话没说，只顾埋头在朱正权的砖厂的院墙边挖起来，手里的撅头下雨般落下，很快就挖出了一条两米多长，一尺见宽的水沟。工人们傻看着他不停地疯狂地开挖着，突然有人在他肩上拍了一下。他停下手，回头一看，朱正权像只发疯的金钱豹怒视着他，凶神恶煞般地问：

"你干啥？"

"爷们家在替孙子修水渠！"

"你是谁的爷？"

"你的！"

"你再说一遍，"

"爷们家说了，你敢把爷的球咬去。"说完转身就要离开。

"狗日的反了！"叫骂中向来傲慢无礼的朱正权跑过去，一拳打在朱家旺的后脑勺上。朱家旺跟跄地向前串了一步，转过身子站稳脚跟后抡起撅头，狠狠地朝朱政权油光发亮的大脑门上砸去，只听"砰"地一声，朱正权的脑袋开了花，脑浆白花花的一下蹦了出来，人像只一截木头重重摔在了地上。

听到儿子杀了人，老实巴交的朱海忠双眼瞪得大大的，满脑子乱昏昏的，耳旁一直在响着凄厉的警笛声。他想努力支撑着摇摇欲坠的身子，打算找个地方躺下休息，这时呼吸却急速的加快，他感到气喘吁吁而又力不从心，心脏也开始剧烈的跳动着，像快要从胸腔里蹦出来。他发现自己的眼前一片漆黑，很快又显出光亮，接着就冒出了光怪陆离、五颜六色的异常炫目的光圈。他想大喊一声救命，却终究没喊出声来，脑子里"嗡"地一响，从胡子拉碴的嘴里吐出一堆白沫，头一歪眼一斜就气绝身亡，重重地摔倒在黄土地上。

# 第三十三章

一根香烟一杯茶
一张报纸看半天
从早到晚调闲传
活到老来没出息
　　　　——宁康民谣

　　县水利局是个专业技术单位，缺乏有专业技术的管理型干部，可是县委接二连三派来的却是些万金油式的干部。这天，姜春生的小学同学，技术员老杨当着面发起牢骚。说新来的副局长朱威廉啥都不懂，就会天天跟在设计队屁股后面说三道四的，干扰的啥也干不成，建议不要让朱威廉分管工程设计工作。姜春生看了一眼已是满头花发的小学时候的老同学，同情地说："不懂专业可以慢慢学，我还不是从不懂水利学起的。"

　　老杨听后并不买账，生气地说："领导，我不是说你，我是说朱局不学无术，还爱瞎指挥。"

　　姜春生劝解说："我知道，你看咱们局的干部青黄不接，领导们关心水利建设，才派这么多干部到这里来，别的大单位几年了，别说年轻人，就是老干部也进来不了几个。虽然朱局长不懂水利，可他毕竟还当过医药公司经理，算是懂经济吧。李局长当过小乡的乡长，刘局长做过大镇的党委书记，只要他们不胡乱骂人，暗地里告黑状，能按时上下班就不错了。"

　　老杨较真的说："啥叫懂经营会管理的好领导？好好的医药公司让他不

上三年就给搞垮了，连连亏损，损公肥私，这也算本事。再说李局长在乡上当乡党委书记，天天大吃大喝，老百姓叫他混世魔王。领导去没去他们乡，不管三七二十一，把自己吃喝的帐全都记在别人的头上，人称羊羔书记。去年审计局查账，发现一张白条子上面写着接待王县长开支二百元，边上注明吃煤炉子一个。还有你姜大局长，一顿饭吃了十只铁桶，姜书记吃了五张床。你们领导的消化功能真好，谁不羡慕你们的好胃口，啥都能吃敢吃，啥也都能消化啊！出于气愤，他说每句话的语气都很重，几乎是到了咬牙切齿的地步。姜春生赶紧劝道：

"好了好了，小声些，啥事情坏就坏在你这张得理不饶人的大嘴上，真是蜜蜂没心，尽用屁眼伤人。"

老杨越说越激动："我就是不服，当年在燕河工地上，没日没夜地干。会吹会擂的王福成升了官，凭啥把我一个技术人员打成了搞派性分子。我没有骂人打过人，就是个搞设计的，工程竣工了没有成绩，工程落马了罪过倒有一份，真是天理不公！"

姜春生怕他情绪失控，有意转移话题说："我听宁康人说，胆小的害怕胆大的，胆大的害怕不要脸的，不要脸的更怕不要命的。有时候好人遇上混混，就像秀才遇上了兵，实在是没办法，这也是天意，缘分吧。佛说缘起性空，就只好顺其自然。前两天我忙得脱不开身，分管农口工作的贾县召集农口领导开会，我就派朱威廉去开会。下午贾县不高兴地给我在电话里上了一大堆话，说我官架子大的连他的会都不派人参加了。我给贾县赔完不是，就问老朱为啥没参加会议。你听他咋回答？人家摇晃着大头，唾沫星子飞溅，蛮不讲理的说，开会的事我记混了，忘了没参加。就这种人，你说拿他有啥办法。好了你也别说的太远了，你的提拔材料已经上报了，姜书记前几天还说要开常委会讨论哩，别再给自己添乱了，言多必有失啊。"

正说着，秘书小宋和打字员秋梅敲门走了进来，老杨只好悻悻离开。没等姜春生问，快人快语的秋梅抢先说："姜叔，大办公室成天吵死了，一大堆报告我实在无法打。"

姜春生问道："谁在办公室吵？"

秋梅说："李局长他们天天在办公室里，不是叫人做这就是做那，骂这个说那个，搅得人一天到晚啥也做不成。"

一旁的小宋也怨声载道地说：

"姜主任，我每天给他们几个局长的办公室生了火，可他们偏偏要到大办公室上班，说大家在一起热闹。我也没办法，一连几天，被领导们指挥得团团转，根本没有时间静下心来写材料，能不能给我和秋梅另外腾间办公室？"

姜春生迁怒地说："你看办公条件还有比我们好的单位吗，不要动辄就比这比那，这比解放初期的办公条件好多了。"

小宋见领导的脸色有些不太好看，低着头不服气地辩白："我们不是嫌单位条件不好，实在是没法安心工作。"

"我字打不成，单位上的帐也记不成，"秋梅噘着小嘴说。

姜春生思考了一会儿说："这样吧，你们搬到我这里来，我到大办公室去上班。"

看他们两人发愣，姜春生问："今天就搬，听见了吗？"

这时，桌上的电话铃响了，姜春生示意他们先出去。电话是县长王福成打来的，一张口火药味就实足：

"姜主任，你在上班吗？"

姜春生心生疑窦，认真的说："王县，你打的电话就是单位的座机，我在单位上。"

王福成生硬的说："你该管管你们的老爷局长了。"

姜春生觉得很奇怪："谁又惹你县长大人生气了？"

王福成不满地说道："昨天下午我找你，我问你们单位上接电话的人'你是谁？'一连问了几遍，他不回答，口气生硬得像吃了枪药，不说他的大名，反倒追问我'你是谁？'我让他气得差点没背过气，磨了一阵子后，我说我是王福成，你他妈的是谁？他竟然骂我'狗日的，我是你的爷。我查清了，这个混怂就是你们局的朱威廉。"

姜春生忙说："你也别生气，那都是些几十年的老科级干部，老死皮了，况且你也骂了他。忙完这几天，我开个会好好强调一下单位的纪律，狠狠地批评批评他。"

王福成明显不解恨，生气的说："我真不明白，你们单位真是个坏人云集，藏污纳垢的地方。"

姜春生听他这么说，心里也很不舒服，不客气的说："王县，藏污纳垢，言重了吧，这叫大风把落叶吹在了一起。"

王福成问："怎么，我说错了？"

姜春生说："你说得对，但谁叫你们领导不把好人安排到水电局来？"

王福成生气的说："好了，真是有其上必有其下。"说罢气呼呼地挂断了电话，这头的姜春生也气得够呛。

姜春生刚放下电话，铃声又响了，他以为又是王福成，正打算回敬他两句，没想到话筒里传出的县委书记姜继高低沉温暖的声音：

"姜主任，我姜继高，有个事情商量一下。"

姜春生礼貌地问："姜书记，有啥指示？"

电话那头越发客气了："姜主任，能不能给花城子乡调剂个农电线路的项目，我知道昨天政府常务会议过了，需要的资金不多，就20万元的小项目，把你预留的资金拿出一些成吗？"

"姜书记，今年没有留预留资金，王县长安排得满满的，再说这事得给他汇报才行。"

"姜主任，事情突然，花城子的小李书记是从省卫生厅派下来的挂职干部。他的老父亲是现任省委书记的老上级，毕竟是老领导，这不，临时抱佛脚，就辛苦你通融通融了。"

听县委书记这么一说，姜春生只好应承下来，他放下电话，就往政府大院走去，他知道王福成是个说一不二的人，这类事情电话里是绝对不能说的。

当姜春生气喘吁吁地走进王福成的办公室时，身子有些微微发福的王福成正在批阅文件，见姜春生进来了，他心里吃了一惊，以为这个老犟板颈为刚才电话里的事和自己理论来了，忙站起身打招呼，从嘴角努力挤出一丝笑容来。

姜春生一屁股坐在王福成对面的沙发上，近乎恳求的口吻说：

"王县，有个事情得给你汇报一下。"

这倒让心情紧张的王福成很意外，他习惯地眨了眨眼睛，困惑不解的看着姜春生。

"花城子乡的李书记，你知道吧？"

"知道，不就是老卫生厅长的公子嘛，怎么这就要提拔了？"

"提拔不提拔是组织部门的事，我是说这个乡离县城很近，今年咱们没给安排项目，能不能调剂一下？"

"你这个姜主任，全县小乡都没有安排大项目，这是县委常委会上定的事，你现在说这些有啥意思。"

"你别误会，我是年过半百的人了，只是怕耽搁了年轻人的前程会落下话把把的，你看能不能给他们乡调剂一个20万元的农电线路项目，年轻人干起来也就有精神了。"

"你这个老姜，素日里满清高的，看来也攀上高枝了。"

"你真会挖苦人，我一没文凭，二又过了口（年龄），提拔还有我的份吗？"

"说真的你让人敬佩的就是这一点，我知道你这又是替别人做媒，行善事，办好事，如果换成别人说情我还真不买账哩！"

"你可别指望着我落人情，我可还不起。"

"嘿嘿，我没指望你的人情，就是开了这个口子，以后乡上那些难缠的书记乡长寻麻烦，我可就推给你了，你可别说我推卸责任吆。"

姜春生点头致意，如释重负地走出了王福成的办公室。

第二天一大早，就有三个乡的党委书记就找到了姜春生的办公室，嚷着要给他们的乡增加水电项目。邱书记是从农村党支部书记一步一步干上来的，文化水平不高，但吃苦实干，在群众中声望高；杨书记和马书记都是1949年后参加工作的老书记，中学毕业后就到乡镇工作，对农村工作十分熟悉，也有着丰富的经验。三个人吵吵嚷嚷着，明显在来之前喝了些白酒，脸都红扑扑的，浑身上下散发着浓浓的酒精味。面对想借酒撒气的乡镇的老科级干部，姜春生不得不由着他们三人在办公室里东拉西扯的乱说一气。等他们三人吵闹了足足半个小时后，姜春生方才开口：

"老领导们，你们做了这么多年的领导，应该知道官大一级压死人吧，一定尝过人在房檐下的滋味吧？"

三个原本佯装酒醉的人被姜春生问得一时楞住，他们面面相觑了一会儿，不知如何作答。姜春生趁热打铁，有条不紊地说：

　　"年龄不饶人，咱们不能和年轻人比，人家是八九点钟的太阳，还要奔前程呢，咱们就得本本分分地工作，对得起这份工资才行。你说这么多年过去了，斗来斗去，有死有伤，现在搞经济建设，才算走对了路，好好干也就不到十年的时间了，再争下去有啥意思？"

　　邱书记还是想不通："我们好坏也是个有一万人口的乡，连个大点的项目都没有，丢人啊！"

　　看他们酒劲也散了许多，姜春生耐心地解释："花城子的小李书记上任三个月了，年轻人想搞出点政绩，你们就迁就迁就吧。"

　　邱书记一听不满的说："生命在于运动，反正老子走得端行的正。不过今天真让我看了眼界，县官还真他妈是从他娘胎里养出来的，哈哈哈！"

　　没等他说完，杨书记迫不及待地说："老邱，说话要文明些，古代早就有《官场现形记》，那里面说的无奇不有，古怪得很。"

　　坐在他跟前的马书记也急了，挥舞着双手叫喊着："我看现在人们吃饱了闲得慌，忘了过去吃糠咽菜挨饿的苦日子。人没了精神支柱就和动物没有区别。"

　　眼看着整整一上午都无法办公，姜春生只得静下心来，听这些"老乡党"们说怪话发牢骚。当然他们说的有些话也深深的刺痛着他，使他感到压抑郁闷和忧心忡忡。一时间他觉得人是这个世界上最奇怪最可怕的动物，可以说是既聪明绝顶又愚蠢至极。

　　人可以把人造卫星送上遥远的太空，也能把精密的探测器发往深不可测的深海湖泊，人能够呼风唤雨预知未来，可是一旦头脑发昏，就丧失理智变得疯狂、无知和野蛮起来。他不但不能突破自己设计的思想藩篱而且会盲目地走向另一面，以至于忘记了人活着的第一要务就是吃饱饭，人不吃饭会饿死的，这个天底下最直白最简单的公理。于是他又想起了三十年前大哥姜夏生的话，禁不住感慨万千，是的，一个小人物别说在历史的长河中有所作为，就是在一个贫穷落后的县也只能是顺其自然的接受命运的安排。

# 第三十四章

日头出来照阳坡

两个盘羊来打角

盘羊打角为草场

贤妹娃打捶为小郎

——宁康山歌

刘庚源到宁康县下乡已七八天了姜春生才知道，他找到县招待所去看老领导，决定把老领导请到新开张的大富豪酒楼吃顿饭。

这是临街在一处繁华的地段修建的四层小洋楼，对面是县农行和工商银行，两座大楼的中间是一条大路，沿着大路往里走不远就是县委大院。刘庚源说公款招待他就不去，姜春生再三说是他自己掏腰包，推辞不过，刘庚源才同意领着已是地区监察局局长的付浩云一起去吃饭。大富豪酒楼的一楼大厅不是太大，装修的还算金碧辉煌，西式的大吊灯把不大的大厅照得让人目眩。吧台上站着一位笑容可掬的，身着白色连衣裙的漂亮的女服务员，她微笑着打招呼："欢迎观临，你们几位？"

姜春生说："就我们三个，二楼有小房间吗？"

服务员说有，就身轻如燕的走出吧台，径直把他们往楼上领。进了房间，服务员给他们泡了三杯宁康产的绿茶，转身出门去拿菜单。趁着空挡刘庚源有些不情愿地说：

"本来我是不想出来吃饭的，不过听你说到大富豪，我就想看个究竟，话说回来花公款可不行，那样的话我就自己掏腰包。"

看老领导蛮认真的样子，姜春生问："你来了几天了，咋一个电话也不打？"刘庚源看了一眼身边的付浩云，嘴角一撇，冷冷地说：

"干我们这一行的，除了查案子还能有啥事？因为牵扯的人都很麻缠，怕生出多余的是是非非，这几天我们就没出过你们县招待所的大门。大富豪这名字咋有些耳熟，你认识这家酒楼的老板吗？"

姜春生觉得老领导有些怪怪的，疑惑地问："知道，是个女老板，男人在地直部门工作，这房子是在他们祖上留下的老地身上盖成的，女的是林业局下属站里的职工，停薪留职搞创收经营这家酒楼，难道这有问题？"

刘庚源眯着眼听着，好像入了谜，又好像陷入了沉思，没有直接回答姜春生的问话，过了半晌他才慢腾腾说：

"女老板是不是有个哥哥在省上工作，叫赵立仁，据说是办公室主任。"

姜春生乐了，笑着说："你都快赶上福尔摩斯了，不愧是老领导，啥都知道。"

刘庚源没有笑，清瘦的长脸反显得更加严肃了，他很认真地问："你们县的领导怕没少在这里吃饭吧，吃了人家的嘴软，这是人之常情，神仙也逃不脱这个法则，你说呢？"

一席话说的姜春生不觉汗颜，他有些不好思地说："我们县委姜书记说'跑部才能钱进'，咱们省有那么多的贫困县，项目资金十分有限，这你是知道的，贫困县是吃饭财政，实在是没办法。"

刘庚源没有表现出丝毫同情和理解，刨根问底地追问："你们县工商局原来有个叫吴来的人，你知道吗？"

姜春生听着，越觉得今天老领导很奇怪，心生狐疑。正要作答时服务员走了进来，他点了一个老领导爱吃的红烧牛蹄筋，特意叮嘱要炖的绵烂，又要了一盘香椿炒鸡蛋，一盆清蒸甲鱼。

刘庚源忙阻拦道："我属羊，你是属兔的，我们啥时候变成肉食动物了。"

姜春生说："甲鱼是宁康的特产，补血补气，扶正固本，清新恬淡最适合中老年人。嗷，应该常吃才是。"

刘庚源眄着充满睿智的黑黑发亮的眼睛，机智地说：

"听你话里有话，你该不是给我上话吧，我可是个软硬都不吃的主，就来些粗茶淡饭吧。"

姜春生发现刘庚源的鼻子微微发红，知道他的犟脾气又上来了，只好顺着老领导的性子说：

"那就再来个土鸡炖羊肚菌吧，这可都是野生的东西，不贵。"

见老领导没再反对，服务员写好菜单走了。姜春生接着说："吴来这个人，听我们单位的小宋说过。他原来在我们县工商局工作，和赵立仁是同事，后来赵立仁考上了省工商学院，两人就分开了。听说是赵立仁把他调到省工商局下面的一个稽查分局的，两人关系很铁。如今的年轻人，我们很难想象。"

这时付浩云插话说："姜主任，你是只知其一不知其二。"

刘庚源满腔愤慨地说："真不知道这种二球蛋，是咋混进我们的工商行政管理机关的，纯粹一个地痞流氓加无赖，丧德啊！"

菜端上来了，富有胶原蛋白的牛蹄筋烧得很黄亮，香气喷人。姜春生一面劝老领导趁热吃，一面吩咐服务员做好后菜一起上完后就不要再来打扰。看刘庚源吃的很顺口，姜春生提议喝点酒，刘庚源坚决反对。姜春生就拿出一瓶准备好的宁康县产的燕河春酒，恭敬地说：

"老领导这可是你倡导下越办越红火的酒厂，不喝点怕对不起自己呐！"说着就给他俩斟满酒。

刘庚源接过酒杯有些感慨地说："从一个小作坊变成有一定规模的酒厂，真不容易啊！那就喝上三盅。"

三杯酒下肚后，三人的脸上微微发烫，兴致一下提了起来，一面聊着，一面喝着，心情也开朗了起来。

刘庚源接连称赞："固态发酵，纯粮酿造，只有窖香，没有泥腥，醇香甘冽，余味爽净，回肠荡气，真不错！"

主食燕麦面擀的面条端上来时，他们都觉得吃得饱了，但为了不浪费，他们还是挣着把各自碗里的面食是吃光了。酒足饭饱后，三人回到了招待所的房间里，接着饭桌上的话题聊了起来。一席话听得姜春生目瞪口呆，建国快五十年了，自己的党龄也三十多年了，至于假党员这还是头一次听说，他真想不出啥人有这么大的胆量，敢开这样的证明。尤其这个文书记，这个自己曾经的老部下，在当人民公社秘书时就是以坚持原则出了名，人们私底下叫他是"文固执"。前些年他当县财政局长时，上面派下的工作组住在县招待所，工作组长提出他们吃住在招待所花费大，个人负担过重，特别是年轻的干部工资低，问题更突出，要求县上给些补助。问题反映到县委，县委书记姜继高让组织部长朱宪找了几回，看能不能给上级派的工作组照顾一下生活，每次都被文固执以财政部门没有这种科目为由婉言拒绝了。

这天早上，姜继高派人打电话把他召到县委。一进书记办公室，文固执就把抱着的一大摞财务制度的书籍，摊开在书记的办公桌上，然后翻开一条一条的念了起来。姜继高听着听着，收敛住自己惯有的动人的微笑，心中泛起无明的怒火，脸色变得铁青，命令文固执拿着书滚出去。他却不温不火的说，自己从娘胎里生出来就没学会滚。

第二年，文固执改任机关党委书记，一天他来到县委办，走进主任梁贵峰的办公室说："梁主任，请教一个问题，"

没等梁贵峰反应过来，就咄咄逼人地问："你说说，一个党员半年不交党费如何处理？"

梁贵峰不知他葫芦里卖的什么药，看了他一会儿，讷讷的回答："大概要除名吧？"

他接过话头说："好，你们县委办有党员半年多没按时交党费，作为支部书记你看着办吧。"说完他就走了，

梁贵峰惊出了一身冷汗，不知道哪里又冒犯这位老固执，忙把支部的组织委员叫来一问，才知道文固执说的问题党员正是书记姜继高。原来姜继高的工资一直是由通讯员小江按月代领的，每次他就按规定把党费交给了组织委员。有一段时间忙，小江把这事忘了，组织委员也嫌麻烦，心想年底一次交清省事，没想让文固执抓住了把柄。就这样一个人，才不会给一个不知底细的人开假党员的证明。机关党委只有一个秘书小赵，他一个工作不到十年的年轻人，借给他十个胆量，他也不敢做出这种事来。

刘庚源把头一歪，说："你说错了，世间就没有什么不可能的事情，正是这个老实巴交的小赵开出的证明。"

姜春生不住地摇头，嘴里呢喃着："人没尾巴没出估，真让人开了天眼

啊！"

刘庚源的神情并不显得轻松，他神情忧郁地说："一个小小的办事员哪有这么大的胆子，他和吴来非亲非故，才划不来做这种事呢。"

姜春生问："你是怀疑他背后还有人？"

刘庚源没有理会，继续说："据吴来交代，他对赵立仁提出解决自己入党的问题后，赵立人满口答应，就在省城多次宴请的宁康县的领导，在酒场上他为自己的哥们提出这件事，应该是姜书记在场，还有你们县上其他的领导也在。我们这些天和小赵做过核对，他交代说，是组织部长朱宪找了几次文书记，在没有结果的前提下，命令他直接开的证明。还信誓旦旦地夸口说不会有事，并再三强调这是县委姜书记安排的，他也是在按领导指示办事。现在最难落实的就是口说无凭，无法定案。省纪委苗书记都发火了，放下狠话说，不管是谁，就是县委书记也要一定撤职查办，绝不姑息。"

姜春生忙问："看来省上领导也觉察这种事，不是一个小卒卒一个人敢办的，这样的话姜书记可就倒霉了。"

刘庚源嘴唇紧闭，皱着着眉头没有言语，过了好一会儿，神情凝重地说："我们的党风就这样一天天被败坏了。"

看老领导一脸悲哀的样子，姜春生劝慰说："有你们这些打江山的革命前辈掌舵，不会出啥大问题的。"

刘庚源叹了口气说："人总是要死的，靠一个人或一些人是不行的，从制度和法律上从严治党才是根本。怕就怕官官相护，大事化小，小事化了，最后人心向背，那时候哭都来不及了。"

说罢刘庚源，双手掩面，躺在沙发上像睡着了一样。姜春生望了一眼他满头的花发，似有一种同病相怜的感觉。因为对一些事感到很蹊跷，就缠住问付浩云："说真的光靠你们来监督那么多的党员干部和公职人员，力量是十分有限的。"

付浩云说："官场贪赃枉法，古今中外莫不如此。你看我们老祖宗早就看到这一点了，一个'官'字，看似平常，其实不然，给它头上加根竹棍就成了'管'字，这个'管'字，自然是指的是管理老百姓。反过来去掉竹字头，就是官，官是不受管束的。过去封建专制社会，有权就有一切，一个'官'

字两张口，上面的宝盖头代表的是乌纱帽，下面的两张口寓意就是，上吃朝廷皇粮俸禄，下吃百姓钱财。"

付浩云还想再往下说，看见刘庚源明显困了，躺在沙发上像是睡着了，他和姜春生坐了一会儿，觉得有些无趣，起身默默地走出了领导的房间。

几个月后，传来吴来被以走私罪判处十年有期徒刑的消息，而他的上级则被判处十五年有期徒刑，赵立仁只是给了个党内警告处分，调离了办公室，改任省工商报社的办公室主任。宁康县照猫画虎，把小赵从机关党委调到城关居委会，原县机关党委的文书记被调到县委党校当党支部书记，一切就像没有发生过一样。

# 第三十五章

妹妹门前一树槐
手把槐树望郎来
娘问女儿望什么
妹望槐花几时开

　　　　——宁康山歌

　　在男同志面前，王福成从来都是一本正经的，样子虽说有些做作，甚至有些滑稽。可一旦见了女的尤其是漂亮的大姑娘，王福成的那张薄嘴就不住地翻动着，言谈举止恣意放肆，和女人们总爱开些不三不四的玩笑，对他来讲更是家常便饭。这天在政府大灶刚吃完早点，走出门口就碰上了办公室打字员小孔，办公室副主任蒲光明的妻子。她白皙的脸蛋像磁石一样吸住了他炽热的目光，他盯得小孔满脸绯红还不算，又软绵绵酸兮兮地说小孔脖子上的粉搽的有一寸厚吧。话还没落地就径直把肥胖的手伸过去，要摸她细嫩如同白藕般的勃颈。众目睽睽之下，小孔羞得满脸彩霞飞舞，蹇蹇细细的柳叶眉，薄薄的性感的小嘴一噘，嗔怪地叫了一声，"王——县！"低头一扭身，如同泥鳅般从他的身旁滑过，钻进了餐厅。

　　在办公室副主任蒲光明的陪同下，王福成来到县计划生育委员会。检查完工作，计生委的张主任和他走出办公室时，正遇上副主任李兰兰走了过，张主任对王福成介绍说："这是我们计生委副主任、手术站的李主任，李兰兰。"

　　王福成摇晃着身子，笑嘻嘻的说："知道知道。"

张主任说李主任刚才监督着把几个孕妇送到了手术站。没等他介绍完，王福成迫不及待地一个箭步拥上前去，双手牢牢地握住李兰兰的手，流哩流气的夸赞说：

"英姿飒爽、年轻漂亮能干，真是不爱红装爱武装啊！"说着他那对调情的眼睛死盯着李兰兰的粉嫩的圆脸蛋，左手死死卡住李兰兰的右手，用他肥胖的右手，反复搓摸着李兰兰细腻白嫩的小手背，嘴里不解馋似得说："我知道你们做'清理下水道'的很辛苦。"李兰兰羞得满脸红云飞舞，素日的伶牙利齿全无了踪影。很快，"下水道县长"的外号就在县内外流传开了。

王福成离开了计划生育指导站，他又到了县妇联的办公室。县妇联主任徐爱爱和副主任黄娟娟正在为单位上的琐碎事烦心，坐在办公桌一旁的干事何花花闲着无聊，拿着钢笔在一叠白纸上胡写乱画着。看县长走了进来，徐爱爱迎过去。在王福成脑海里总以为工会妇联这些部门就仅仅是安排闲人的闲单位，完全可以说是可有可无的。早在乡上当书记时他就直言不讳地说过，眼看着已显露几分妩媚的徐爱爱又要说经费一事，他的老毛病又犯了，大嘴随便一张，信口开河道："我知道你们穷得连屁都夹不住。"没等还想继续搔首弄姿的徐爱爱反应过来，掩着一脸的奸笑着溜走了。

打字员小孔的拉面做的好吃，于是她就变着花样做面食，王福成自然是常去她家的食客。斗争妥协，妥协斗争，在斗争妥协中学会了寻求平衡，这是以前只顾横冲直撞的王福成在实践中渐渐认识到的一条实用真理。半年后在王福成的极力推荐下，政府办的老主任，县委组织部长朱宪的朋友，到县粮食局当局长去了，小孔的丈夫蒲光明顺理成章地，转正成了县政府办公室的主任。王福成觉得尽管有得也有失，但这样的人事安排还是利大于弊的。

这天下午，蒲光明到政府办包的村子下乡去了。吃完晚饭，县长王福成悠闲地摆着八字步来到政府老家属院的楼下，三楼的小套是蒲光明的家，他年轻貌美的妻子小孔正在给窗台上的香石竹花浇水。王福成在楼下痴痴地望着小孔的身影，突然一滴水落在了他的脸上，他失声"呔"的叫了一声，楼上的小孔朝下一看是王福成，佯装慌张、娇声娇气地说："对不起、对不起，王县给你浇了一身水，我马上下来给你擦擦。"

王福成一听，心上酥酥的，迫不及待地往楼里跑，气喘吁吁地说："好好，我自己上来擦！"

他三步并做两步，没几下就上到了三楼。小孔手拿洁白的毛巾，笑盈盈的站在门口，迎上前就要用毛巾给王福成擦脸。王福成乐得嘴都合不拢，在小孔的搀扶下走进了屋里。

傍晚时分，下乡回来的蒲光明回到了家属院，他并没有马上上楼，而是夹着公文包，抽着香烟在院子里转悠，时不时地焦急的朝楼上自家的窗口张望一下。

王福成就像一匹难以驯服的马，在领导班子圈子里恣意狂奔乱跑，甚至胡踢乱咬，这让姜继高为难，觉得做事左右为难，同时不少同僚和上级部门的领导也感到不快，只是他们处于种种顾虑谁都不愿首先把此事公开挑明。

这天，姜继高借汇报工作的机会，向地委组织部长岳阳反映县上的问题。本来他们二人都是岳阳看着提拔起来的，手心手背都是肉，岳阳原想着他们应该相互配合把宁康的工作搞上去，没想到的是这对冤家竟闹得如此不可开交，这些矛盾在他心中乱碰，这让岳阳很是生气甚至后悔。尤其是这个不争气的王福成，妄自尊大竟到了不知天高地厚的地步，他早就想教训他一顿，总是没有找到合适的时机。但他不能在姜继高面前表明态度，只得隐忍不发，作出一副公正廉明又明察秋毫的样子，严肃地提醒姜继高要顾全大局，搞好班子团结，在领导班子里发挥好班长的重要作用。姜继高见告状不灵，更顾忌老领导会对自己产生别的想法，即恼恨又有些懊悔，越想越郁闷，只得忧心忡忡地回去。此后的一个月里，王福成就像变了一个人似的，不再像过去那样动辄出言不逊，只是那种傲慢和轻狂并没有多少收敛。

这天，政府办公室主任的蒲光明来到王福成办公室，神情严肃地汇报："姜怀仁购进了一批假五粮液酒，就放在县服务公司仓库。"

王福成淡淡地说了声"知道了"就闭上双眼眼，装着睡着了。等蒲光明离开后，他"腾"地从椅子上弹起一把抓起面前的电话，拨通了县工商局局长毕逢春的电话。接完电话，毕逢春立即派人去追查，果然在县服务公司查获了标价近百万元的假冒五粮液酒。当晚，姜怀仁的妻子哭哭啼啼的找到县委书记姜继高的家里，姜继高的妻子好一阵规劝，才算把来人打发走了。

这一夜，姜继高想起了许多事，很长时间无法入眠。

第二天，姜继高把县政法委书记张志公叫到自己的办公室，说自己要亲自参加县政法领导成员会议，特别指出县信访室的韩健就是机关干部中最坏的一个，聚众赌博必须严惩。张志公说韩健是个赌博贼，但不是大头目。姜继高却不认为，坚持说抓了韩健可以起到杀鸡给猴看的效果，对整顿干部作风能起到很好的效果。张志公看县委书记主意已定，心想这韩健虽然大错不犯却也是小法常犯，况且他仗着自己的妻子有几分姿色，和县长王福成有说不明扯不清的暧昧关系，从来没把领导放在眼里。韩健经常旷工迟到，从卫生局调到了清闲的信访室更是吊儿郎当，不但不收敛反而更是三天打鱼两天晒网，这种人也该整治一下才好，于是他也不再说啥，按领导的安排去通知会议。

县政法会议在县委三楼会议室准时召开，参加会议的除了政法部门的成员单位的领导外，县委常委都出席了会议，这在以往是从没有过的。会议由张志公主持，他首先对县委县政府主要领导关心支持政法工作表示感谢，接着宣读了由政法委起草的两份文件，《关于进一步进加强全县社会治安管理工作的意见》和《关于打击经济犯罪活动，净化县域内经济环境的决定》。文件宣读完毕后开始讨论，见众人都不语，姜继高说：

"这两个文件是按照上级文件精神，结合我们县的实际起草的。领导们都传阅过了，政法委修改了几次了，我看可以原则上通过，下来县委办再在文字上把把关，就以县委县政府的文头印发。张书记你再说下一个议题。"

张志公拘束地瞅了一眼县委书记姜继高，拿起一份打好的材料严肃地念了起来："根据我们一年多的排摸和广大群众的反映，经请示县委领导同意，县政法委建议公安部门对经常聚众赌博、扰乱社会治安的韩建等十人依法收押进行处理。这些人的违法犯罪事实都整理成了材料，现在分发给各位领导，请领导们研究讨论。"

众人拿着一叠材料迅速翻阅着，坐在姜继高对面的王福成不满地把材料往桌上一丢说："现在是以经济建设为中心，大事不抓整天管这些鸡零狗碎的事有啥意思？"

姜继高却针锋相对地说："我们搞的是中国特色的社会主义，必须精神文明和物质文明一起抓，两手都要硬，千万不可顾此失彼。韩健这类害群之马，不绳之以法就会带坏我们的干部队伍。"

王福成轻蔑地瞟了姜继高一眼说:"我看我们这是在避重就轻,放着经济领域的犯罪分子姜怀仁不管不问,那才是严重失职。必须治理整顿才能以正国法!"

看县委书记和县长你来我往、唇枪舌剑、各不相让地争论着,众人的神情各异,几个常委一直旁如无人地窃窃私语。只是苦了几个秘书,他们从没见过这种剑拔弩张的场面,无所适从地紧绷着稚嫩的脸,坐在柔软的沙发上如坐针毡,精神高度紧张、心神不安。姜继高看见公安局长单源长闭着双目在座位上悠闲地晃着圆脑袋,像发现了救命的稻草一般。于是打起精神,清了清有些沙哑的嗓子,大声说:

"单局长,抓人关人是你的职责,你也该发发言了。"

听见书记点自己的将,单源长睁开迷离的双眼,就像在细爵慢咽一道美味似的柔声慢气、拿文诌腔地说:

"打麻将这是中国人的通病,据说明朝时候就有了麻将官,那时候叫马吊牌,应该是咱们的国粹。说娱乐也行,说赌博也成,精神鸦片也不为过。麻将的危害之大,民国时期特别是全民抗战时期,纸醉金迷的国民党达官显贵就喜爱搓麻将,在民族危亡的关键时候仍然麻木不仁而且越演越烈,大有全民皆麻的危险趋势。所以我认为查处黄赌毒得从长计议,不能一蹴而就。下来我们将按照县政法委提供的材料,尽快拿出具体的行动方案,在征得县委同意后立即动手,一定依规依纪依法办事,绝不姑息养奸。再者姜怀仁贩卖假酒的事,得看他造成的社会危害和影响大小才好论罪过,毕竟是要以经济建设为中心,我看先由县工商局处理才稳妥。"

姜继高听了单源长的这席话,心中怒气多少得到了些减弱,他知道这个老滑头说的比唱的还要好,真是做到了里不伤的外不损,两头都不得罪。一阵你来我往的讨价还价后,见刚才还气气哼哼的王福成也不再发表意见,姜继高最后宣布同意由公安局统一查处干部职工赌博一事,责成县工商局处理好姜怀仁贩卖假酒一案,会议才算结束。

由于姜继高及时给毕逢春打了电话,这事也就没再往上捅。县工商局同意不把人交给公安局,条件是给由姜怀仁得给县公安局交足一定数额的罚款,姜怀仁的假酒被全部没收。一个星期后,这批酒被以每瓶五元钱的低价卖光了,一向做投机生意的姜怀仁,几乎赔光了老本,他打算铤而走险一次。他以为姜继高是个文化人,就花了一笔钱把从邻县盗墓贼手里买来的一件青铜器送到姜继高家里。姜继高好奇地摸着锈迹斑斑的簋认真地观赏者,一旁的姜怀仁,一双贼溜溜的眼睛,骨碌碌转动着,急速把整个装饰气派的房间扫了一遍。客厅的墙壁上挂着一幅名为"廉卷乾坤"的书法,那是行署王专员的书法作品,他不懂书法但他根本没看上那肥胖扭捏的字,很快他的目光就落在身旁茶几上的椭圆形的金鱼缸上,他发现大大的玻璃鱼缸底只趴着一条肥硕的红红的耀眼的金鱼。金鱼绸缎般的尾巴在清澈的水里波浪状的摆动着,它鼓着凸起的大眼睛,正张着圆圆的嘴巴贪婪地大口大口地吞噬着食物。他正看地入迷时,就听见姜继高很随便地问了一句:

"这是从古墓里面挖出来吧?"

从县委书记姜继高扑朔迷离的眼神和不冷不热的语气里,姜怀仁明显感到自己先前的如意算盘打得并不怎们精准,他甚至有些后悔不该这样冒失,没有经过认真揣摩就稀里糊涂花钱,买来这个领导并不感兴趣的东西。

姜继高的妻子听到这是一件先秦时候的陪葬品,用手捂着小鼻子,急匆匆地从里屋走出来,嚷着晦气死了!就"呼呼、嗙嗙"把客厅的窗户全打开了,然后带着一脸的矫情,扭动着病快快的身子返回了卧室。

几天后,姜怀仁和几个工人把一台进口电冰箱,以试用的名义送到县委书记姜继高的家里。末了姜怀仁趁人不注意,把一叠人民币硬塞进入姜继高老婆软绵绵的手里,说是将来做冰箱的维修费。假意再三推辞了几下,眉飞色舞的女人笑嘻嘻的全部照单收下。

春上,贾安电站修建资金先期下拨了,王福成提出由外县的一个私营建筑队修建,可在常委会上遭到了组织部长朱宪等几个常委的坚决反对。他们的理由是这么大的工程不能交给私营企业,在重大项目建设上一定要体现社会主义公有制的原则。姜继高明显站在朱宪他们这一方,最后这项提议没能通过,可又没有人提出新的建设单位,事情就暂时搁下了。

一个月后燕河堤坝的建设资金也到位了。这天晚上,姜继高领着一个陌生人敲开了姜春生的家门。姜春生把姜继高让到客厅的沙发上,姜继高客气地说："老领导，这是承包县服务公司的企业家姜怀仁。"

跟在姜继高身后的中年人，不住地点头，姜春生伸出手后，他上前双手赶忙握住，嘴里不住地说："麻烦姜主任了。"

正在姜春生感到有些意外时，反客为主的姜继高笑容可掬地说："来怀仁你坐下，把你的想法好好给姜主任汇报一下，你不要紧张，一笔写不出两个姜字，咱们都是本家。"

姜怀仁掏出烟笑嘻嘻地递给姜继高，姜继高抬手一拨说："姜主任吃烟哩。"

姜怀仁立刻双手把烟捧到姜春生面前，然后才卑微的欠下身子，屁股搭在沙发沿上，有些紧张地说：

"我打算承包贾安水电站和县城的燕河大坝工程，请姜主任研究研究。"

姜春生瞅了一眼姜继高，恳切地说："姜书记，这事得上会，得在县长办公会定，我真没有这个权力。"

一旁的姜继高尽管很不高兴却极力掩饰住内心的不愉快，很有风度地微笑着说："姜老板资金雄厚，主要是他的亲戚，对，就是他四川的大哥，搞建筑的老板，经常在全国各地承包工程。"

姜百怀仁马上附和道："对对，是我大哥。"

姜春生说："那明天你先在局里报个到，把相关的资料领取，手续办全了，会通知你的。至于政府的会上通过通不过，我就无能为力了。"

姜继高立刻说："姜主任是个办事公道的人，怀仁，你可不能忘了姜主任的好处。这样吧，你们以后多联系，今天不早了，我们先回吧。"

说着起身就往门外走，姜春生也不再挽留，把两人一直从三楼送到一楼的院里。在姜继高的再三制止下，姜春生才停下脚步，望着他们消失在浓浓的夜幕之中。

听完姜春生的汇报，王福成白皙的脸庞上眉头紧锁，那双善于煽情的凤眼紧紧地关闭着。他端坐在办公桌旁一声不吭，偶尔用肥胖的手拍一下自己额头，枯坐了好长时间，看他还在那里一言不发，姜春生打算起身离开，他开口说："姜主任，明天开会，你汇报这两个工程的候选建筑队的情况。"

姜春生点了点头。离开王福成的办公室，姜春生又走进姜继高的办公室，听了姜春生的汇报，姜继高嘴角流露出常人难以察觉的笑，一副公事公办的样子，故意板着脸认真地说："你们可要严格按规章制度办事，千万不要出任何差错。"

姜春生认真地作答完毕，如释重负地走出了他的办公室。

一个月后，燕河堤坝和贾安电站同时开工了，这天老领导刘庚源给姜春生打来电话，高兴的表扬了一番，这让姜春生感到欣慰。他觉得自己工作了三十多年了，这次能为群众办些实实在在的事，真正的无愧今生。他知道自己不可能像封建官吏那样，造福一方百姓后刻石留名，只是觉得不再虚度年华，心里感到比以往任何时候都要充实的多。那一夜，他怎么也睡不着，独自一人来到客厅，拿出《古文观止》。翻开苏轼的《喜雨亭记》、欧阳修的《醉翁亭记.》等名家大作读起来，倍感亲切，不由得思绪万千。人这一辈子不就是一个遗憾的过程，就像一个旅人在路旁看到许多盛开的鲜花边走边采，然而沿途的鲜花实在太多了，将近终点时喜出望外的他看到了一朵巨大的奇异的花，当他抛掉手中的花，奔跑过去，来到那巨型朵花前时，看到的却是一片一片花瓣凋落满地的凄美景象，一想到这些就百感交集。

这天，姜春生忙完材料已是中午十二点多了，他想随便吃些再加个班把手中的活干完，于是在秘书小宋的带领下来到县委对面不远的一家牛肉面馆。小宋说这家牛肉面馆是从省城下来的回民开的，味道正宗、价廉物美，吃的人很多。果然，二人走进饭馆时早已坐满了一屋子的食客。两人在门口站了一会儿，还是小宋眼尖，发现门口西面不远的窗子边有一人准备付账，他忙走过去把位置占住，叫姜春生赶紧过去。小宋说今天逢集，人比素日多。

他把外套放在自己的凳子上，就去到里面的窗口买票。不一会儿，他急匆匆的从里面端出一碗冒着香气的牛肉面，看姜春生正要起身，小宋忙劝阻说，别离开座位。说话间放下碗，三步并作两步跑过去，很快就把第二碗饭端了回来。这是姜春生第一次在外边吃牛肉面，以前只是听年轻人说牛肉面如何如何好吃，可没有真真切切地吃过一回。看见面前的这碗牛肉面，面条纤细洁白，面汤清澈明亮，尤其是那一撮青青的小葱蒜苗和芫荽以及周围红的发亮的辣子油，使他想起了家乡陕西的油泼辣子面。他浇了些醋，挑了一筷子面喂进嘴里，只觉得酸辣鲜香非常惬意，把鼻子凑到的碗边嗅了嗅，牛肉的鲜香让他陶醉，他喝了一口碗里的汤，酸爽可口，整个腹腔都被熨帖的非常的舒服，不由得说了声"好吃"。

正在享受美食带来的意想不到的快乐和幸福时，突然熙熙攘攘的饭馆变得安静了。姜春生抬眼望去，只见门口站着三个穿着工商管理制服的年轻人。中间的那个长得臃肿高大，歪戴着大盖帽，斜披着衣服，没有一根胡须的肥厚的嘴唇上叼着半支香烟。他眯着小眼睛向四周横扫着。这时，戴着白帽帽的面馆的老板从后厨小步快跑出来，他一面点头哈腰，一面吩咐伙计给三人找座位。伙计走到门那头几个快吃完饭的乡下人跟前嘀咕了一会儿，那几个人神情紧张的三两下扒拉完自己碗中的面，顾不得喝碗里的汤就匆匆离开了。

伙计赶紧收拾走碗筷，用抹布把桌子仔仔细细的擦了三遍，三人才在老板的陪伴下大摇大摆地走了过去。姜春生疑惑地问："这都是些啥人？"

小宋小声说："这是城关工商所的赵所长，杨选民的亲外甥，外号赵大侠。"

姜春生差点儿就笑了出来，轻蔑地说："我以为是高衙内，原来是输打赢要的宋太祖，怪不得这么大的派头。"

小宋低声说："这家伙从小就被娘老子惯坏了，任性骄横。上小学时候是出了名的鼻吊客，鼻涕胿的让人恶心。他不好好学习，就爱捣乱干坏事，看了香港的武打片后就自封大侠。他后来拜县文化馆的临时工王师为师学了点拳脚功夫。别看他现在爱招惹是非，小时候身子骨瓤欠，常被别人打得鼻青脸肿。说起王师也真是个命苦人，能文能武，文化馆里的大小事他都做，就是因为脾气不好，领导见不得，做了大半辈子零时工也没转正。

"县文化馆里珍藏的三国时期的青铜剑，就是他带领的考古队发现的，他还写了不少有关宁康的历史方面的论文，只可惜都被人借去做了提拔评定职称的依据了。王师爱喝酒，赵大侠就死缠软磨着让他的舅舅杨选民去求情，喝了几回酒后，王师就答应收下了二杆子徒弟。早前赵大侠在县医药公司车队工作，一天吊儿郎当的不好好上班，连修理工的工作都干不好，是个人嫌狗不爱的主。他阿舅进了县委大院，当了机关大灶的管理员后，也不知咋整的，死狗二流子摇身一变调进了县工商局，去年还当上了所长。这家伙干的本身就是吃香的工作，整天威风八面、一副不可一世的样子。赵大侠动手动脚惯了，做生意的都害怕他，他的征收的管理费常常不到年底就超额完成了。"

正说着就听见赵大侠尖声细嗓子地叫骂起来，样子好像宫廷里的太监：

"给老子弄了一身汤。"

原来一个年轻的女服员不小心，端牛肉面的手一抖，面汤从碗里溅了出来，有一点油花溅到了他雪白的衬衫上。男服务员忙走过来，赔情道歉解释说刚来的乡下姑娘，没见过大世面。那姑娘红着脸，嘴里不住地说对不起，用手中的抹布就要在他的衣角上擦。赵大侠生气的用力一推，小姑娘被推倒在地，他还不饶，刻薄地骂道：

"谁让你擦的，把你的狗爪子放远些！"

小姑娘羞得满脸绯红，不觉中眼圈泛红，难过地哭了起来。他却还在不依不饶的破口大骂着。姜春生实在看不惯，正要上前制止，饭馆中间的一个桌子旁坐的老人突然说话了：

"年轻人，得饶人处就饶人吧，姑娘已经给你赔情道歉了。"

赵大侠头一歪，嘴里喘着粗气，不高兴地走了过去，出言不逊道：

"老怂，你他妈的算哪根葱，也敢管爷们家的事！"

姜春生这才发现这个老者声如洪钟，正稳如泰山地站在那里。他面对恶狠狠走过来的赵大侠，没有丝毫的畏惧和害怕，依旧用平和的语调说：

"年轻人随便骂人可不好，你该不会有人养，没人教吧。"

赵大侠一听火了，破口大骂："老不死的杂毛，看打！"说着就对着老者冷峻的脸上重重的一拳，老者身子打了一个趔趄，扭头吐出一口血痰，原来他的门牙被打跌了。

这时他身边的两个年轻人"噌"地站起，以雷鸣电闪般的速度同时出拳，只听"啪"的一声，赵大侠重重的摔倒在一米开外。他们一人赶快搀扶老者，另一位一个箭步上去，飞起一脚把正要挣扎起身的赵大侠重重踢倒在地，接着在腹部狠踹了两脚，抡起巨大的双手照准赵大侠白白胖胖冬瓜似的大脸两边的肥大的耳朵打去。只打的赵大侠两耳如炸雷轰隆隆地响，硕大的脑袋嗡嗡作响，一阵钻心似的疼。他口舌麻木，眼冒金星，一时辨不开东南西北，臃肿的身子一软，像一摊烂泥贴在了地上。

整个屋子的人，都被眼前突然发生的这一幕看得目瞪口呆。过了好一会儿，也不知谁叫来了民警，众人才如梦初醒，叽叽喳喳的议论起来。警察看完老人身边年轻人掏出的证件后，急忙敬了一个礼，让二人把老人扶上他们开来的三轮摩托车，向县医院疾驰而去。然后他们不由分说就给赵大侠三人戴上手铐，把他们推搡着向出门外走去。看完眼前的这一幕，姜春生风趣地对小宋说："赵大侠这回是游龟山撞上了大霉头了。"

宁康县牛肉面馆打人事件，很快传到了上级组织那里，为此地委张书记在电话里狠狠地骂了一顿县委书记姜继高，责令宁康县委要好好整顿社会治安，严厉打击各种刑事犯罪活动。

# 第三十六章

七钱戥子八升斗
没记下山歌难开口
女黄布做了大旗了
少年莫了推辞了

　　　　　——宁康山歌

　　邓桥镇起初看起来山穷水恶，物产很少。河谷地只能亩产七八百斤的小麦或者水稻，山上的卧牛田出产一些玉米或者旱烟、辣椒之类的，产量都很有限，让人难以置信这一方水土能养活一方人。不过漫长炎热的夏季，日照充足，高温干燥，却有利于石榴、花椒、柿子等果木的生长，当地有名的六月椒，俗称"大红袍"，以麻辣鲜香，色泽红亮闻名远近。最令人称奇的是尽管是穷乡僻壤，这里的人却长得很精干，男人体格健壮，吃苦耐劳，女人们长得白白净净，姑娘们更是水灵得不亚于江南水乡的妹子。庄稼不够一家半年的吃喝，男人们就常年外出打工，干的都是些修路筑坝的苦力活，年末挣些钱来贴补家用。地里的活就全靠婆娘女子们艰辛的劳动，常年的日晒风吹雨淋，反倒使她们长得粉嫩娇俏，别样的妩媚可爱。

　　杨选民很不乐意到这样一个穷地方做官，不过他也知道自己没多大本事，能当上镇党委书记全靠县委书记姜继高。这两三年里，他经常有事没事往县委书记家里跑，姜书记的老婆是个病坛子，家务活做得少，他就让自己的老婆长年累月地给书记家干家务，书记家的米面菜油少不得他忙前忙后的去张罗。杨选民服务得越好，姜继高越觉得县委办公室的后勤工作搞得越不到位，为此他不止一次地在县委办公室主任梁贵峰的面前抱怨过。半年后，杨选民从县煤炭公司被调出来，安排在县委管总务，一个工人转瞬间变成了机关干部。他老婆常常劝他该知足了，起初他也觉得很满意，可是一年过后，耳濡目染着官场的出出进进，风风光光，他的野心就开始膨胀了，觉得大小做个官就是比别人活得欢。于是在姜继高面前经常有意无意地流露出来郁郁寡欢的样子，这一切自然被县委书记的姜继高看在了眼里记在了心上，姜继高也想着要多培养提拔一些跟自己亲近的人。

张书记是东北温县人，当副职时默默无闻的，做了地委一把手后，短短的一年间，提拔了近百个温县人。姜继高知道副县长贾文雁，原本就是一个农村里的混混，回乡知识青年。姜继高也在有意培养杨选民，只是他认为用人首先得培养人，培养人就像熬鹰，得慢着性子、静下心来一步一步来。熬鹰的过程是个漫长又几近残酷的过程，那段痛苦的日子里野鹰的双眼被熬得通红通红，它不吃不喝，甚至以死抗争。熬过这段时间后野鹰才可能驯服变成猎人的好帮手，熬不住这段艰难痛苦的鹰就会丧命。磨炼培养对象的毅力和耐心的过程，同样也是对用人者的一种考验。这又像熬粥，火小了不行，火太旺也不行，火候不到更不行，正所谓铁棒磨成针，功到自然成。

姜继高知道，这个世界只有人的欲望是无限的，正所谓欲壑难填。没有实惠谁也不会心甘情愿地甘效犬马之劳，利益诱惑就像悬挂在驴子前头的一束嫩草，让驴儿看得见好处，可又不能让它轻而易举得到它，每次该给多少实惠，啥时候给，都要把握好尺度。除此之外，时机成熟十分关键，姜继高知道仓促行事，不但不利于今后完全掌握杨选民，也会招来领导班子里其他成员的不满甚至反对。所以，他时常暗示杨选民小心做事，不要犯人心不足蛇吞象的错误。

一次杨选民给姜继高搓完澡，精心做按摩时，姜继高忽然问：

"小杨，你听说过常乐的故事吗？"

看杨选民呆头呆脑的样子，姜继高也不想再多卖关子，就直截了当地说："古代有个穷困潦倒的书生叫常乐，年过三十还没结婚，孤身一人，靠卖点字画为生。有年冬天，天寒地冻的，他没能卖出一幅字画，又冻又饿，只好沿街乞讨。漫天大雪，在经过一座石桥时，他发现桥洞里面竟然有一堆剩火，说是火，其实早没了火苗，就是有些热气罢了，他随口说：'知足了，有点热气就知足了。'当时正好有个告老还乡的官员经过，听到桥下有人在说'知足了'就很奇怪。他刚从官场上下来，深感有不少遗憾，心想现在天底下人多和自己一样感到有无限的遗憾，怎么在这里有人喊知足呢？他想看个究竟，就让人把他叫出来。问：'你是读书人？'常乐点头称是，还吟了一首诗'十年寒窗苦读书，家境贫寒亲友无，学生心中无奢望，冷天见灰也满足。'退休官员大为感动，决定聘请他做家庭老师，并答应他要多少钱给多少钱。常乐却说：温饱足矣。这位官员不由赞叹道：知足者，常乐也！"

听完故事，杨选民的脸变得红彤彤的，他舔舔自己的厚嘴唇，很不自在地说："姜书记，俺、我不知道天高地厚，我、俺应该有自知之明才对！"

姜继高只是一笑了之，并没言语。从此后，杨选民再也没有在人面前流露出想要当官的想法，大庭广众里很少说说笑笑，变得十分谦虚谨慎。这年秋天，又到了乡镇班子换届考察的时候，不少人忙着拉关系，找熟人，忙得不亦乐乎，甚至有人找到杨选民跟前企图让他给姜继高说说好话，他都一一回绝了。他不止一次地垂头丧气地想过，以为自己的官路都不通，自然也更没有那份闲心去管别人的闲事了。不过也怪，正当他心如止水时，主任梁贵峰却悄悄地告诉他，说他有好事，别忘了请客！他不冷不热地对梁主任说，别拿他穷开心了。梁贵峰也不辩白，笑嘻嘻的离开了总务室，样子显得神秘兮兮的。

半个月过了，也没见有什么动静，更没见组织部来人考察自己，他觉得梁贵峰是拿自己开涮，尽管很生气，又不好跟自己的上级翻脸，只得把怨气憋在心里。这天，组织部派人来县委办说是搞集体考察，被考察的名单竟然有自己，这让杨选民感到即兴奋又有些意外。不过考察组临走时却说，考察不等于就一定要提拔，要求大家继续努力，不要辜负组织的培养，为人民好好工作。

这以后，机关又恢复了以往的平静，好像什么都没发生一样，日子照旧一天一天地像流水一样平静的流淌着，没有丝毫的波澜。杨选民也就没把此事放在心上，没再为被列上考察名单而心喜若狂，照旧干着他的工作。

这天，他正好在机关餐厅后厨，他看见姜书记和几位领导正在一起吃早餐，模模糊糊听见姜书记在骂什么人，不由得靠近一步，隔着门帘仔细偷听，县委书记姜继高的一席话，犹如一盆冰冷的凉水从空中突然泼下，从头到脚把他浇了个透，让他万念俱焚。原来姜书记对分管文教卫生工作的县委副书记在抱怨：

"真不知道办公室是怎么搞的，杨选民有屁本事，推荐他当乡党委书记，真是瞎了眼，他能把总务工作干好就不错了。"

副书记十分吃惊地看着姜继高一眼，弄不清面前的一把手葫芦里究竟卖的啥药，又不知可否，只好咧着嘴干笑着。里屋的杨选民简直不敢相信自己的耳朵，当时他真想冲上前问个明白，自己把你姜继高像天王老子一样伺候着，你凭啥这样说人！但是他最终还是没有勇气从厨房里走出来。从此以后杨选民可说是恨死了姜继高，可面对高高在上的县委书记，他只得把原本给猪身上撒的气只好往狗身上出，对办公室主任梁贵峰的怨气越来越大，听见他的声音就来气，总以为是他在故意戏弄自己。

这天，梁贵峰亲切地跟他打招呼，他怨恨地瞪了一眼后就不再理睬他。梁贵峰并没有介意，也可能是没察觉杨选民对自己的误解，仍旧语重心长地说："老杨好好干，将来提拔了可要常回娘家看看。"

没等他把话说完，杨选民"呸！"地啐了一口，皱着扫帚眉，凶巴巴地说：

"没求事干了算了，凭啥拿俺穷开心？"

梁贵峰被他噎得一时没反应过来，过了一会缓过神后，黑着脸色，厉声责备："你骄傲屁，还没提拔哩尾巴就翘高了，记住了就是提拔了，我也给你当过领导！"

杨选民觉得有些不对劲，赶紧对梁贵峰赔上笑脸，皮笑肉不笑地迎过去说："前两天，姜书记吃早点时大骂我没本事，说俺不是当干部的材料，说真的俺从心眼里感谢你对俺的培养，嘿嘿，你就大人不计小人过好嘛。"

"你该不是长着张狗脸吧，说变脸就翻脸。行了行了，真是没名没堂，这么多年还不知道。姜书记骂人，这是好事，哪个被提拔的人没让他骂过，这是提拔重用的前兆，亏你还是聪明人！"

说完他转身就走。杨选民待在原地想了一会，忽然他傻笑了起来。一个月后，县委的红头文件出来了，杨选民被正式任命为邓桥镇的党委书记。

这天县委书记姜继高犯愁时，杨选民红敲了敲虚掩着的门，听到姜继高的声音后溜了进去。姜继高一见他，气就不打一处来，虎视眈眈的盯着他。杨选民也顾不了许多，厚着脸皮、哭丧般地说：

"我外甥的事，求求你了，娃还年轻，婚都没结，能不能不判刑，俺们就是砸锅卖铁多陪些钱。"

姜继高越听越来气，禁不住骂道："你有多少钱，这是钱能解决的事吗？平时不管好你的怂羔子，尽惹祸，打这骂那的，你知道吗，他打的是老红军，老将军，就是地委书记也保不了他。今天报纸看了吗，三年前某省的高干子弟杀了人，在中央的过问下都给枪毙了，你外甥算个屁，还免于起诉，真是大白天做美梦。"

杨选民一听早吓得魂不附体，他慌忙捡起姜继高丢在地上的报纸，只觉得眼前模糊啥也看不清楚，能言善辩的嘴巴失去了往日的灵动刁滑，口齿也不再伶俐，半晌后吭吭哧哧地说：

"就打了一巴掌，也、也、也，也不会是死罪吧。"

说到最后他声音小得几乎连他自己也难以听清楚，就像在悲伤地哭诉。姜继高看到这幅情景也不免心生怜悯，不过语气依旧生硬地说：

"这事看来至少得判十年八年的，"

说话当中，他用手向上指了指，神秘的兮兮地说："作为舅舅你也算尽心尽力了，到镇上集中精力把工作干好，可不能再辜负县委对你的期望！"

杨选民一面聆听着，一面不住地点头，惆怅满腹地走出了县委书记的办公室。

地处宁康北面的邓桥镇，人多地少，除了极少的河谷地肥沃些外，斜挂在半山上的土地十分瘠薄，户均耕地大都是被称作"卧牛田"的零零星星的小块山地。这种地实际上是人们在乱石窝里刨出一块一两平米的平地，然后用背篓一背篓一背篓的从远处把土背来，铺垫成的庄稼地。由于山上的原始森林被砍光了，泥石流和暴洪灾害就成了这里的常客，常常是不到半小时的暴雨，就可能把人们一年辛勤劳作冲得一干二净，甚至会把几十年修建的巴掌大所谓的土地，瞬间冲到山下的燕河之中。

　　人畜饮水是个问题，多年来人们一直从河里挑水吃，不但不卫生，关键是一旦发生洪水，一连几天甚至一两个月也吃不上干净的水。当地打井又十分困难，挖上几十米深夜见不了一点水，人们一直幻想着能把一股泉水引到村子里来。杨选民决定在村子的上方的山腰上修一座水库，这样可以解决全镇几千人的饮水问题，省时省工，半年内力争完工。在全乡镇党委书记中间赢得头彩，为姜书记脸上争光添彩。他把自己的想法汇报给了姜继高，得到了县委书记的肯定。他又找到了县水利局长姜春生，姜春生同意修水库，提议派技术人员勘查后再做决定。可好大喜功的杨选民就是不听，坚持要在邓桥村子上方建水库。姜春生坚决不同意，争持不下，杨选民决定找自己的老乡县水土保持局局长李进贤帮忙。很快就得到了县水保局就立项，四个月后，一座容纳上万立方米水的水库在邓桥村正上方建成了。

　　竣工典礼举办得十分阔气，县上四大班子领导都参加了。县委书记姜继高发表了热情洋溢的讲话，多次表扬了杨选民，提出乡党委书记都要向他学习，科部局长也要学习杨选民，做改革开放的排头兵，不能拖基层的后腿，以权谋私，将会受到党纪国法的制裁。姜春生发现杨选民一副洋洋自得的样子，他时不时地用小眼往自己的脸上瞟一瞟，像在示威"俺们是老乡。"尤其是在姜继高讲到有人不遵守党纪国法时，他瞅了他好一会儿，那不怀好意的眼神分明在说县委书记姜继高说的就是你姜春生，这让姜春生感到心里很不愉快，他厌恶地转过身子，一想又觉得犯不着和这种人计较，觉得看人脸色活人还不把人活活给气死。

　　秋天到了，一连一个月没见有效降水，庄稼旱死了不少。这天又是一个艳阳天，忽然从乡下传来消息说邓桥水库坍塌了，听说还淹死了人，姜春生叫上司机就急忙往邓桥镇赶去。

　　到了现场，景象一片狼藉，水顺着山坡狂泄而下，把半山腰以下的民房全部冲塌了。姜春生匆忙往山下走，因为他知道这里已成是非之地，待的时间越长，只会有百害而无一利。

　　县委连夜召开了常委扩大会议，最后决定给邓桥镇邓桥村每户发放救灾面粉两袋。责成民政、水务、财政、交通、林业、农业等部门组成前线救灾工作队进驻村社，在做好生产自救工作的同时，安抚好群众的情绪，千方百计保持社会的稳定。

随着农村政策的进一步的开放搞活，邓桥镇的能工巧匠纷纷走出家门到外地打工包活，然后又回乡领办乡镇企业，带动了乡村经济迅速发展，当地的农民人均收入也一跃登上全县首位，家家户户的生活有了明显的的提高。

一个月后，姜继高陪着省农委的副主任来到邓桥检查工作。杨选民说邓桥的变化不单是党的政策好，关键是镇党委一班人带领大家干得好，归结起来就是他们了发扬县委提出的"部门苦帮、干部苦干、群众苦做"的"三苦"精神，才使邓桥发生翻天覆地的变化。临别时，领导赞口不绝地说：

"我们就得有这样的基层干部，他们对农民有这样深厚的感情，真是太难得了，你们就应该重用这样的农村干部！"

姜继高不住地点头称是。

# 第三十七章

月红纸儿取一张
纸上诉衷肠
纸儿折成行
墨儿磨成浆
砚台放在供桌上
自写自思量
——宁康山歌

姜继高正为机构改革的事左右为难，一个县没有百八十个单位怎么行，那么多的干部尤其是领导干部怎么安排，精简谁都很为难，就像老百姓说的手心手背都是肉，割那一块都难得很。提拔人谁都高兴，裁撤谁都是个得罪人的活，让他深感焦虑，为此曾焦躁不安。

这天正当他陷入无奈的沉思时，他无意扫了一眼办公桌上的一叠文件。一连几天了，除了手头一些急办的文件被他批阅后，邓桥水库塌方的事故一直缠得他心绪不定，他没有再翻过那一摞子文件。此时此刻眼前那份县委政策研究送的《送阅件》深深地吸引住了他，他心头一喜，拿了过来仔细阅读起来。

这是一篇讲如何开源节流，提高政府效能的论文。文章里列举了宁康县机构几次改革的过程，大胆地指出，机构越改越多，人员越裁越多等诸多弊端，县财政由改革开放初期的平衡性财政，变成了保正常运转的吃饭财政，明确地列举出宁康这个远近闻名的贫困县存在的众多问题，深刻地分析了原因和症结，并提出了解决问题的十项措施办法。姜继高粗略地读了一遍后，觉得文章说的很切合实际也有一定的道理。兴致所至他随手又拿起第二份材料看，题目是《试谈党委如何抓好党风廉政建设》，文中说一些地方和部门的领导不是任人为贤而是任人唯亲，特别是不按党的组织原则办事，在干部任命上注重小圈子文化，提拔老乡亲友，违犯干部任免原则。一针见血地指出基层党委没有充分发扬党的民主集中制，更没有让广大群众在干部的选拔、推荐、考察中充分发表意见，严重地影响了党和政府在人民群众的形象，尤其是个别作风霸道，有严重违纪违法行为的干部依然得到重用，更是损害了党组织的声誉。姜继高看着看着觉得脸上有些发烫，越觉得似乎在说自己，他迅速翻到最后一页，看到两篇文章的署名是同一个人——郑毅。他原本还有些欣赏这个政研室主任，觉得此人的文风，一语中的，言辞犀利，刀刀见血。可眼见这个书生气十足的人却含沙射影的对县委工作说三道四，心里就不是滋味，认为他是恃才孤傲，胆大妄为，偏执的他认为这种人留在身边就会有些危险。于是他拿起电话给组织部长朱宪打了过去，询问拟定裁撤单位的名单。对方回答说还差一个单位就凑够数了，他带着责备的口气说：

"朱部长，我们是个小县，又是贫困县，又不在沿海，经济文化落后，我们工作重点在基层农村，和农民群众天天打交道，吃的就是基层这碗饭，能够把中央和上级的精神吃透，认真贯彻落实好就不错了，没有必要白下功夫专门搞调查研究，那是官僚主义形式主义的花架子，坐而论道是农村工作的大忌，有搞文字游戏的闲情逸致还不如多做些实际工作，你说呢、朱部长？"

电话那头，朱宪立刻明白了领导的意图，心领神会地说："政研室就那一两个人，也没啥干的，只是，不过，"

姜继高见对方还在犹豫，语气生硬地提醒道："凡事预则立、不立则废。前怕狼后怕虎，到头来只会几头不讨好，当断不断反受其乱，我的大部长！"

朱宪见书记这么说了，生怕姜继高认为自己无能，急忙辩解说："我是说，郑毅的姨夫虽然退休了，但毕竟当过地委驻地县里的一把手，怕影响不好，背后会有人说咱们是人走茶凉。"

姜继高有些烦躁地说："我们要给青年干部锻炼成长的机会，不是要打击报复谁。你看郑毅年纪不太大，很有理论水平，缺的正是基层锻炼的经历。

邓桥的镇长空了一年了，让郑毅下乡锻炼锻炼，正符合干部能上能下的政策，这不是发配充军，可以带动县委政府机关更多的年轻干部到乡镇创业干事，这样不但解决了机关单位人浮于事的问题，将来还可以为提拔副县级打下坚实的基础，这是两全其美的大好事啊，我的朱部长。"

朱宪还有些犹豫，唯唯诺诺地说："就怕他想不通，不愿意。"

姜继高笑着说："辣椒面子辣，天底下哪有自觉自愿吃辣椒面的猫？知识分子都好面子，先把他的窝端了，凉拌他一阵子，他闲得无聊，就会找你这个组织部长的，到时候你就来个顺水推舟。"朱宪听了，连连称赞。

一个月后郑毅被县委提名为邓桥镇镇长候选人，临行前他对组织部长朱宪说，担心自己会落选。朱宪却蛮有信心地说："你是县委派去的，邓桥你又没有得罪过人，镇人大代表大多数人是村委会主任、党支部书记，他们是多年受党培养教育的基层干部，况且这次选举是等额选举，你就放心去吧。"

一个星期后，邓桥镇七届人民代表大会如期召开了。全镇的五十二名代表分别来自二十个村子，按照县委组织部的安排，镇党委书记杨选民主持召开镇党委会议，把这些代表分成五个代表团，每个代表团的正副团长都上由村党支部书记或村主任担任，代表团成立了临时党支部，在参加正式会议前临时党支部都要召开预备会。作为镇党委书记的杨选民就带着镇长的唯一候选人郑毅，深入每个代表团不厌其烦的给代表们做一番介绍，督促大家认真学习县委的有关文件，提高每个代表的思想认识，确保县委的政治意图都能得到正确理解和贯彻执行。会议开了两天，最后一天的选举大会，除郑毅自己给自己投了一张弃权票外，高票当选为镇长。

在到邓桥工作的头几天，杨选民在欢迎他的饭局上说，等选举完了以后，就把财权交到他的手里。这让郑毅既感到有些意外，又觉得有些过意不去。他感到有些不好意思，腼腆地、红着脸说："我可没有急着想掌权，杨书记做掌柜的稳当，我还是先熟悉一段工作后再介入镇上的具体工作吧。"

杨选民倒显得很大度，梳的油光发亮的分头轻轻一甩，装出一副不高兴的样子。他摇晃着圆圆的脑袋，满嘴喷着酒气，用不容置疑的口气说："这不行，亲兄弟还要明算账哩，乡镇长主管财务，书记管大政方针，你可不能把我一个人往死里累！"

郑毅觉得他的话说尽管不怎么顺耳，但也一时找不出反驳的理由来，只得附和一笑，也没再说啥。

时间过得真快，转眼就到了秋上。可郑毅总觉得自己像个局外人，镇政府里的人虽然表面上对自己客客气气的，可他似乎能感到，人们没有真正把他当作这个大集体的一分子，自己就像掉在水缸里的清油，虽然水和油表面上装在一个容器里，可怎么也无法达到水乳交融的地步。最让他觉得难受的是，他这个一镇之长仿佛就是个形同虚设的稻草人。当初他提出办一个内部小报，用来反映全镇的社会经济情况外，再刊登一些小论文或者散文，不但可以扩大地方影响，更重要的是还能带动农村的文化活动，给机关带来一股新风气。杨选民听了他的想法表示赞同，他就着手去做这件事。第一期《乡镇风采》尽管只有四五页，可真忙坏了他，从约稿到编辑几乎四处求爷爷告奶奶才算完成，可到了打字、油印直到分发装订时，缺少人员不算，还短缺资金。看着素日里人浮于事，一到用人时又找不到一个能顶事的人，大家就像在应付差事，有时候可以说是出工不出力，为这他没少批评人，但效果并不明显。

俗话说万事开头难，可难到最后还是钱的问题。这时候他才意识到主管财务的重要性，于是他拿着几张发票和借条找到杨选民，杨选民显得有些不屑一顾地说："这些芝麻小事你就打发年轻人办，用不着当镇长的跑来跑去，你应该忙大事。"

郑毅听出他话里的弦外之音，不再客气的埋怨起来："我能说动谁，找这个说那个人家都说忙，一提到要花钱，又都说不敢到你这儿签字，说怕挨训，这不我只好厚着脸皮来签字了。"

杨选民不乐意了，张口就骂："谁他妈的尽胡说八道，俺没那么霸道，郑镇长安排的事也不做，太没规矩了，张会计，张会计。"

见没人吱声，他又指着门卫老王骂道："老王，你们不要门缝里看人，尽做些狗眼看人低的事。老郑是县里派来的大主任，不要以为管不住你们。他的水平高得很，当个县长都绰绰有余，不要没事找事，瞎吃萝卜闲操心！"

老王憨巴巴地站在原地，等他骂完了才低着头钻进屋里。郑毅觉得他在指桑骂槐，打断他的话说："杨书记，我就是找你签字的，也没有汇报任何人的想法，你可别把我抬得太高了，那我可就没法和同志们相处了。"

杨选民见他这么说，立刻堆满笑容，有礼有节地说：“你是文化人，俺有些失礼了，对不起。不过你还得耐心再等一等，等把账算清了，我就把财权交给你。”

郑毅的脸一下被臊得通红，他有些结巴的说：“杨书记，你又多心了，我不是那个意思。”

杨选民霸气地说：“没啥，财务一支笔，本来就是镇长的事，你也别有啥想法，我得去趟县里，回来再聊，好了再见。”

说完，提起黑色的手提包，向大门口走去。其他人都散了，郑毅独自一人在偌大院里傻站着，他觉得即蹾屁股又伤脸，憋屈死了，却又说不出口。

郑毅是个闲不住的人，作为镇长没有具体工作，他想不如从最偏远的桃源村跑起，多搞一下调查研究。

桃源在镇政府的北面，郑毅逆燕河向上走了十里地，然后钻进一个小山沟，两边的大山把沟门口夹的十分狭小，初来乍到的人是很难想到这里面有一条深而宽大的深沟。让人更意想不到是，沟门前还是荒山秃岭一副面目狰狞的样子，可一进沟，景色就焕然一新。两岸的山上树木苍翠，沟低的河水清澈见底，越往里走越开阔，全然不同沟外的世界。不过随着海拔的抬升，里面的气候明显的凉爽，呈现出一派深秋的景色。这是一个只有二十来户人家的小村子，人们把房子建在半山上，房前屋后栽满了桃树，山顶上的梯田被桃树等各种树木包围着，让人一眼望不到头。郑毅想，要是在春天，漫山遍野的桃花开了，那景色一定蔚为壮观。

郑毅住在了村支书老于家，他家里收拾得到挺干净整洁的，这让有洁癖的他感到很欣慰。当然美中不足的是，这里的生活让他一时难以适应。早晨喝油茶，里面还放着炒熟的鸡蛋，腻腻呼呼的。他有胆结石，吃了没几顿就觉得不舒服，第三天他实在受不了了，才给老于说自己有病。老于笑嘻嘻的地说：“家里人怕招呼不好你这个大镇长，把准备卖钱的鸡蛋拿出来给你炒了下油茶，真没想到你却没福舔油篓，也好就不再给你放鸡蛋了。”

油茶里少了炒鸡蛋，倒显得清淡，先前的郁香却没了。尤其是每天的午饭和晚饭里少了炒鸡蛋，西红柿酸菜臊子面忽然也变得有些恬淡寡味。说也怪，酸菜被油乎乎的大肉一炒不再像原来那样寡酸寡酸的，加上西红柿炒鸡蛋，别有一番滋味，可如今没了清油炒鸡蛋，一道传统美食的独特风味骤然消失得无影无踪，郑毅觉得人生似乎也是这个道理，只是心里清楚，嘴里说不明白。他不想再麻烦这一家人，打算尽早结束调研工作。临别前的晚上他关切地问：

"你们村生活也不算富裕，可是家家户户计划生育超生，单单每年的计划生育罚款就不是个小数目吧，他们有能力上交罚款吗？"

于支书布满皱纹的额头在郑毅眼前晃动着，他一直低着头默默不语。郑毅觉得这里面一定隐藏这秘密，单刀直入是问不出个究竟的，就转换话题说：

"你们在村子里的墙上写的宣传标语是不是该规范一下？'要想富少生孩子多栽树'就喻理于情之中，很有新意。而'计划生育必须一次平茬'就有些不文明了，是不是？啥叫平茬，庄稼人都知道，就是把留在地里的秸秆都铲掉，人不是庄稼，头可不是韭菜，割了还能再长出来！再说你们村的青壮年不少，我看都很精干，为啥不外出打工？咱们邓桥可是有名的外出务工先进，你们就不怕拖全镇劳务移民工作的后腿？"

老于对他的话有的听懂了，有的不知其所以然，他瞥了郑毅一眼，咧了一咧嘴，脸颊扯了扯，还是没说话。

郑毅并没气馁接着问："你们去年全村少交了多少计划生育罚款？"

老于这才急了，吞吞吐吐地说："一分没少，整整二十来万。"

看他说话的口气很轻松，郑毅更纳闷了，有些怀疑的问："邓桥全镇去年交到县里的计划生育罚款才六万多元，你该不是在说大话吧？"

老于不服气了，扭扭身子，提高嗓门说："龟儿子才说瞎话哩，超生一个收一万元，我带着人一家一户收的，我们不能给杨书记丢脸！"

他这么一说，倒提醒了郑毅，桃源是杨选民包的村。他又问："群众收入来源一定很广了？"

老于倒很干脆，满不在乎地说："就是地里的那些东西，咱们这里的气候很适合生长中药材，这些年药材的价格好，肥实得很！"

郑毅好奇地问："苞谷地里结着圆果子的也是药材？"

老于说："那叫米兰子，浑身都是宝，它开的花好看，就是经不起风吹雨打，我们这的人把爱哭的娃娃比做米兰子花。"

郑毅庄重地问："米兰子，是不是像虞美人？"

老于笑着说："我不知道啥叫虞美人还是驴美人。"

郑毅耐着性子认真解释："古时候汉王刘邦和楚霸王项羽争天下，项羽身边的美人就叫虞姬，项羽眼看兵败了，就让自己心爱的美人先逃走，虞姬誓死不肯离去，趁项羽不备拔出宝剑自杀了。她死后项羽就把她埋了，从她的坟上长出了一种开着非常漂亮的花朵，人们就叫它虞美人。"

老于惊讶地说："怪不的，米兰子花色艳丽，比牡丹芍药还好看！"

郑毅却并不这样认为，他唬着脸说："啥米兰子，我看你们种的分明是罂粟，这可是要坐牢的！"

老于没有惊慌，无所谓的说："没那么严重吧，你可不能吓人。米兰子和大烟是亲戚，不是毒品，药用价值高，经济效益也不错，要不然我们村的大人小孩早穷得连裤子都没得穿了。"说完就开心笑了起来。

郑毅不但高兴不起来，尤虑反倒袭上心头，他决定要说服他："你们这儿山大沟深，夏天高温少雨和全地区的很多地方一样，很适合花椒生长。咱们的六月椒比陕西韩城的大红袍还要好，就像人们说的一颗石头上都有二两油。六月椒不但麻味浓郁，而且油香四溢，色泽红亮，是川菜的主要调味品。现在川菜这么火，都走出国外了，对花椒的需求量一定会大增，你们可发动群众把花椒当摇钱树一样种，脱贫致富是有希望的。早在两千多年前，咱们的先人就认识了花椒的性能，写诗赞叹说'椒聊之实，蕃衍盈升。彼其之子，硕大无朋。'我在县委政策研究室时就写过这方面的文章，得到了地委领导的肯定。全地区提出要打造花椒生产基地，你们村应该率先示范，这样作为包你们村的杨书记，政绩也就有了，你也为乡亲们办了实事，你说是不是？"

于支书对郑毅的一番高论，不感兴趣，碍于面子只得硬着头皮听，好不容易等他说完了，磨蹭了半会儿，才懒懒地说：

"花椒好是好，可一斤才卖几块钱，最高也就十元到天了。再说那东西一直就是土生土长的，不需要人专门伺候它的，几百年来就一直长在地角院子边，谁有闲工夫管它，药材才是致富的宝贝！"

眼前这个背着牛头不认赃的主的思想工作一时无法做通，郑毅以为没有必要再和他纠缠下去，推说自己困了，回里屋休息去了。

那一夜，郑毅无眠。

郑毅回到了镇政府，他找到杨选民正要问桃源村的事。杨选民却递给他一叠材料说，姜书记马上就到，让他好好改一下汇报材料。说完就急急忙忙往大灶奔去，一边走嘴里一边说要看看伙食准备的情况。郑毅拿着稿件，望着杨选民匆匆离去的背影，只好往自己的宿舍走去。

傍晚时分，姜继高和组织部长朱宪同乘一辆越野车来到了邓桥镇。一阵寒暄后，他们来到杨选民的办公室，按照杨选民的安排，郑毅把工作汇报照本宣科式地念了一遍 。姜继高礼节性的问朱宪和杨选民还有啥补充的没有，看二人都摇了摇头后，不紧不慢地说："邓桥镇的工作这一两年搞得不错，这是有目共睹的，我就不再强调什么了。干乡镇工作就要实打实、硬碰硬，不要把机关上的那些花拳绣腿照搬到乡下。坐而论道虽然说得人很轻松，可对实际工作是有百害而无一利的，你说哩郑镇长，"

说到这里，他故意顿了顿，看了郑毅一眼，像怕他与自己争论似的，立即接着自个儿的话茬说 ："人人都有过年轻的时候，年轻真好，精力旺盛，敢想敢干，敢于冒险，不怕出风头。但年轻人要学会尊重前任，不要忙着否定前任的成绩，事物都是有着千丝万缕的联系的，绝不是孤立的，是不是我们的政研室主任？最近你们的工作有些飘浮，希望你们静下心来，沉下身子，走到农户家里，多做些具体有益的工作，不要整天沉迷于机关的那些文字游戏上，心胸要放开些，才能干一番大事。"

几句话说得不谙世事的郑毅白净的脸上红一坨白一坨的，他局促不安地站在原地不知如何是好，凝视着宽大的会议桌，眨巴着那双漂亮的大眼睛，用洁白的牙齿时不时地咬咬自己的嘴唇，一脸的尴尬和无奈。正在这时大师傅敲门进来，问啥时间开饭，姜继高爽快地说："那就吃饭吧，吃了我们就走，杨选民也收拾收拾，明天好去省委党校学习。"

很快菜端上了桌，一盘琵琶大虾、一碟红烧燕河鱼、一盘香酥全鸡，最后是宁康有名的暖锅子。姜继高说：

"就四五个人菜太多了。"

豪爽惯了的杨选民满不在乎地说："不浪费，你和朱部长天天忙工作，为全县人民操心劳神的，难得吃一回清闲饭。这都是你爱吃的，作为一县领导，这点享受不过分。"

一番话让姜继高听着顺耳，他满意地笑着说："就你能说会道，要是把工作的心思也用在这方面就好了。好好，今天就吃一回。"众人恭维着他入了席。

吃了几口菜后，杨选民拧开了姜继高爱喝的茅台酒的瓶盖。姜继高开口要过酒杯，满上一杯酒，端给对杨选民，居高临下地说："这第一杯酒，就先敬给要到省委党校学习的杨书记，希望你学习顺利，取的优异成绩。"

杨选民立马双手接过酒杯，说一声谢谢领导关心，一仰头把酒喝了下去。姜继高一面示意他坐下，一面端起第二杯酒，圆融的脸庞显得和蔼可亲，用贯有的很绅士的微笑看着年轻的郑毅，倍加亲切地说："刚才我对你们的工作表扬的少，批评得多，你可不要有思想顾虑，好好干，将来就会有更大地进步的，来干了这杯酒。"

郑毅本来胆囊就在隐隐作痛，他不想喝这杯酒，又怕领导多心，只好端起酒杯一饮而尽。没想这杯酒下去后，他立刻觉得浑身抽搐，肠胃剧烈的翻滚烧痛起来，屁股刚一落座，豆大的汗珠就从额头滚落下来，白嫩的脸庞变得蜡黄。他不得不用双手捂着腹部，企图减缓疼痛，却适得其反，痛楚从前腹迅速扯到了后背，以致两胁都开始猛烈的疼痛起来，突如其来的剧痛使他的腰都弯了。他只好对正在给朱宪敬酒的县委书记姜继高告辞，大家看他痛得难受，都劝他去休息。杨选民特意喊来门房的老王，让他好好照顾郑毅。姜继高刚被提起的兴趣一下被扫的没了踪影，他和朱宪草草吃了些饭菜就匆匆离去。

送走了领导，杨选民又让厨房里炒了几个菜，和下属吃喝起来，一直喝的酩酊大醉才休息。

第二天，杨选民一大早派秘书找郑毅。秘书发现郑毅房门虚掩着，叫了几声不见回话，秘书返回，毕恭毕敬地说：

"杨书记，昨晚郑镇长出去后好像还没回来。"

杨选民生气地说："啥叫好像没回来，做求啥都这样大而化之！"

秘书的声音有些打缠："听门房老王说，半夜有个电话打到门房上，说找镇长，他就去叫郑镇长，郑镇长接完电话就出了，老王一夜没关门，谁知道镇长一夜没回来。"

杨选民看了一眼手表，目光异样，阴阳怪气地问："是男的还是女的打的电话？"

秘书怯怯地回道："像是个女人的声音，像是有急事情。"

杨选民夹着包就往大门外走，扭头对秘书说："就爱沾花惹草的，我走了，你给郑镇长说，我学习回来就把帐交给他。"秘书连连点头。

都日上三竿了，还不见镇长回来，秘书觉得有些不对头，就去给在家的李副书记作了汇报。李副书记也正要找郑镇长商量事情，于是他和秘书一起推开了郑毅的门，只见堂房正中放着一盆洗脚水，旁边的小椅子上搭着一块擦脚布，盆里飘着几片撕碎的纸片，桌上的台灯还亮着。一本日记本打开着，中间放着一支钢笔，日记记的正是当天的日期。上面写着几行清秀的行书，内容是："来到乡镇工作，英雄有了用武之地。"李副书记觉得问题有些严重，立刻组织人员分头寻找郑毅，一面把情况向县委作了汇报。

第二天下午，在燕河下游距镇政府五里地的一个沙滩上找到了郑毅的尸体。河水脱去了他的外套，由于气温高的原因，他的尸体明显出现了膨胀，原来修长白皙的瓜子脸显得滚圆滚圆的，脸色苍白吓人，就像在水里长时间浸泡过的发涨的面包一样。郑毅的死在小县城立刻引起了巨大的反响。

郑毅的亲属找到县委书记姜继高，他们一直认为是杨选民谋害了郑毅，要求一定要严办凶手。

两个月过了，案子依旧没有进展，人们纷纷指责县公安局都是些吃干饭的无用之辈。有的说杨选民贪污公款，放纵群众种大烟怕郑毅揭发，雇凶把郑毅半夜推进了燕河；也有说郑毅夜间诗兴大发，趁着月色到燕河桥上抒情，因为喝多了酒，把水里的月亮当成了天上的月亮，不小心失足落水，追随诗仙李白去了；也有人说郑毅是唐伯虎式的人物，肯定是和谁家的小娘子偷情，叫人家抓住扔进了河里。种种说法中还有一个说，那晚上郑毅让领导骂得狗头喷血，羞愧难当投河自尽了。

郑毅的死在县城闹得沸沸扬扬，愁坏了姜继高，却意外给县长王福成带来了惊喜。心想着一定好好做一番文章。不久地委的各机关就收了许多告状信，有告姜继搞任人唯亲，独断专行的。也有告姜继高贪污受贿大搞权钱交易，造成大量豆腐渣工程，使人民生命财产遭受重大损失的，更有许多状子直接控告姜继高飞扬跋扈草菅人命，迫害死了人民的好镇长郑毅。

# 第三十八章

郎在高山割竹穰

姐在河坝洗衣裳

听见棒槌梆梆响

蹶起勾子（屁股）走他娘

走到跟前不是的

原来是啄木子啄树的

背上火药拿上枪

叫它啄木子见阎王

——宁康山歌

  南方沿海的许多地方发生了翻天覆地的变化，很快一个个激动人心的口号就传开了。"要致富先修路""想脱贫少生娃娃多栽树"之类的标语刷满了宁康的乡间村落的墙壁上。县南面的枫香等五乡镇的干部群众一直要求县上兴修水电站，解决群众生产生活用电问题。作为水利局长的姜春生带领技术员来到这五个乡镇开展技术勘探，一住就是一个多月。这天，他们来到枫乡香南部的一个叫猴儿坝的村子搞调查。初听村名，姜春生以为要去的村一定不错，应该是地形开阔，地势平坦的川坝地。又听人介绍说村办公室在公路边，心里很高兴。

  第二天他们在乡长的陪同下，坐着一辆手扶拖拉机顺河，沿着高低不平的砂石路走了十多里地才停。出人意料，姜春生嘴上没说，心里却在嘀咕，觉得这是他常年在农村奔波最短最轻松的一次行程。同行的王乡长指着路旁的一院红砖青瓦房说这就是村委会办公室。推开大门，只见中间的花园里的梨树，苹果树、李子树枝繁叶茂，上面结满了红彤彤、黄灿灿的果子。园里的美人蕉、月季玫瑰、栀子话、茉莉花、荞叶花，大丽花随心所欲地开着。王乡长介绍说，村支书住在河对岸的山上，村主任住在山脚腰间，还的过眼前的这条名叫江陵的小河。支书平时不下山，开会才下来一次，一般要在村办公室至少住一星期，办完公事，置办些日用品才上山。

出了院子，沿着羊肠小道往对面的山上走，路中间裸露着的东倒西歪的石头垫的脚板很不舒服。走了一会儿，来到河边，走过独木桥，身上已出汗了。王乡长笑着说："现在才开始走上正路。上山的路更不好走。"

崎岖的山路被骡马踩的高低不平，由于雨水常年冲刷，在路中间形成了一道道弯弯曲曲的小壕沟，再加上镶嵌在泥土里的尖尖的石头，每走一步都不容易。倾斜度很大的山路是个大大的慢上坡，才走了十几分钟，就让每个人感到气喘嘘嘘。脚掌让石头踮的隐隐做疼，使行人想走快又走不快，想停下来又无处驻足。

清晨山野的天空碧蓝，空气格外的清新，给人以清爽的感觉，太阳一露出笑脸，就火辣辣的烤人。尽管有徐徐山风吹来，可走山路的人们还是感到躁热难耐。终于来到一块平坦处，周围有高大的核桃树，罩的郁郁葱葱的。在靠山里头的狭小的平台上隐隐约约有几座房屋，姜春生以为到支书家了，欣喜地坐在大树裸露的粗壮的根部，长长的舒了口气。王乡长笑了着告诉他，这是村学。果然从屋子里传来孩子们朗朗的读书声，这让姜春生感到有些失望。这时，从屋后走来一个背着背篓的中年男子，他笑盈盈地给他们打招呼，王乡长说他就是村主任，回乡高中生，是和我们一起上山的。大概为了不使姜春生太感失望，也是为了驱赶路途的寂寞，村主任不断的给他们讲村里的趣闻轶事，其中有一个笑话就发生在不久前。

他说："也就是七月份，县上召开的全县工业发展大会，要求进一步摸清全县的统计数据。新来的分管工业的陈县长率领的工作组来到我们前面的那个村调研，村支书把全村的男女老少召集到村委会，陈县长把县上的会议文件讲了三个多小时，晚上七八点了还没有休息的意思。支书提醒了他几次，他说就完了。末了，又冷不丁地问：你们村的国民生产总值有多少？老支书摇了摇头，一脸的茫然。小陈县长以为支书没听清自己的话，又有用标准的普通话继续问，去年你们村上的GDP是多少？支书是个粗识字，起初听得稀里糊涂，没反应过来，还算好。可听到后面的问话，皱巴巴的老脸再也挂不住了，心里生着闷气，以为小陈县长耍流氓，却又不敢发火，于是就拉长着脸，不住地说，等会儿再说，等会儿再说。

"陈县长也觉得奇怪，发现众人开始窃窃私语，一些胆子大的男青年借机偷偷地打口哨，婆娘媳妇都羞羞答答的低下了头。他很不乐意，黑着脸问大家，问个统计数字就这么难吗，县里的科部局长、乡镇的书记乡长，在我跟前都要认真回答问题，你们一个小村子的数字就属国家机密问不得。陈县长气得脸色发紫，一言不发，冷冷的盯着年过半百的村支书。老支书赶快站起来气呼呼地大声说，大家都回去先吃晚饭，已婚的男人都留下来，还有话要问。这让正在生闷气的陈县长感到莫名其妙。等众人散尽，支书抱歉地说，县长，你可别生气，你问牛马骡子的家当（宁康土话，指生殖器）好统计，报表上有，可鸡的那玩意儿真没细算过。原来老支书听岔了，啼笑皆非的小陈县长差点儿没被气死，一大早就走了。"

一行人被这个笑话逗得前仰后合，姜春生也被逗笑了。

日头在头顶不停地变换着角度照射着，像是故意和这一行人作对，恨不能把他们身体里的水分都晒干了才罢休。慢慢地姜春生落得越来越远了，他借口欣赏景色，索性停住脚步休息起来。他感到自己的胸膛里像扛着一个大风箱似的在呼呼作响，腹部就好比一个不断地向外喷着热气的小火炉，汗水从头顶流下，整个人就如同在蒸笼里一样。在王乡长的再三催促下，他才不得不又启程。一看表，已近十一点了，从早晨八点算起，已走了快三个小时了，还没有到目的地。

已经是中午了，大家来到一个打麦场，一棵粗大的核桃树下，一群小孩在玩耍，见有陌生来，他们停止了打斗，用惊异的目光注视着不速之客。查看了几户人家的房屋后，仍不见支书的面，村主任说他的家还得往上走。姜春生抬眼望去，发现这里还不是最高处，山巅距这儿至少还有半里地，在山峰下凹陷处有一座碉堡式的建筑，那才是支书家。别说山下，就是爬上山脊上也很难看见那座碉堡似的房子。穿过了一片苞谷地，听到有狗叫声，总算到了目的地。一对朴实的中年夫妇笑着站在大门口等着他们，热情的主妇面带歉意地说，让你们走了这么远的路，真不好意思。一席话，把一路疲劳全吹散了。姜春生拖着僵硬的双腿，踏上二楼，躺在一把竹躺椅上，长长地吐了一口气，说了声舒服死了！他喝了一大口啤酒，一股凉爽渗透到浑身各个角落，精神立马焕发了出来。

来时的路早已看不见了，只见脚下的群山，青翠欲滴，远处天空上洁白云彩在悠闲的飘游，落在青青的山坡上的倩影，仿佛一幅精美绝伦的苏绣，又如张大千笔下的一幅巨大的泼彩山水画。支书家所在的地方就像镶嵌在山坳里的一把硕大的太师椅，而他家的正房正好落在这椅子中间。房前屋后被树木簇拥着，尽管头顶上骄阳似火，坐在宽敞的屋檐下，身边吹来微微的凉风，如沐浴在春风里，真是非常的惬意。在楼沿下吸一口香烟也是那么清爽，令人心旷神怡。

谈完工作已是下午一点多了，羊肉，鸡肉也炖熟了，淹腊肉，凉拌鲜蕨菜也端了上来。野菜的清新，腊肉独有的腊味，羊肉的鲜香，鸡肉的清香，加上苞谷酒透着酸爽气味的醇香，众人吃了一顿惬意而不同凡响的午餐。大家由衷地赞叹主人家的生活像神仙一般，支书笑着说自己很少下山，山路实在太远了。支书叫他的儿子不断地给大家添水斟酒，闲聊中姜春生听出孩子和支书不是一个姓，以为孩子是收养的。身边的王乡长笑着说："孩子是支书的亲生自养的。"这让姜春生很诧异。

王乡长低声说："这里的风俗是姑娘不外嫁，儿子上门到女方家做上门女婿。生的第一个男孩子必须随娘家的姓，以后的孩子才随父亲的姓，这大概是远古氏人的遗风遗俗吧。"

姜春生恍然大悟，兴奋地说："怪不得听人说这边人是结婚和孩子满月一起办，我还以为又是外乡人编的挖苦人的笑话哩。报纸上宣传说这里农村女婿入赘，是响应计划生育政策，移风易俗，看来是有些牵强附会。"

王乡长点了点头说："这里但凡女孩子十七八九岁，就都有对象了。如果一个女孩过了二十五六岁，还没找到意中人的，就得在女流长辈的带领下找个石头或一座山甚至一棵树，并宣布女子与石头或山成亲，不然会遭到村里人耻笑的。初次听到这种风俗，或许你一定会感到很搞笑，但是如果对中国石文化有所了解的话，你就不会认为这种行为无聊和滑稽了。中国人对石头崇拜可以追溯到原始社会前，我们的先民在远古时期就崇拜石头，而且相信石头有生育能力和强大的生命力，并认为石头有道德的力量，预示着一个人的坚贞不屈的品格。从女娲补天到大禹的儿子启从石头中蹦出，再到长江三峡里屹立亿万年的望夫石，古老的中华民族流传下许多的美丽传说。当然石文化也透露出华夏民族对石头的崇拜达到了痴迷的程度。"

王乡长看姜春生听得入迷，就饶有兴趣地接着说："这一带村上的女孩和男孩子好上了，男方就到女方家长提亲，先送小酒和大酒，双方大人同意后，孩子就可以大大方方的公开来往。送了落花酒后，就说明男女双方的关系正式决定了，新人就可以同居，直到新生婴儿出生，孩子的满月和结婚的喜宴一起办。如果两人婚后不和，或者婚后一两年没有子女，经过商量可以协议解除婚姻关系。"

姜春生听了，调侃道，这还真有些西方人试婚的味道。王乡长只是默默地笑，不再言语。

这时，支书走了过来，他乐呵呵地说："现在是卫星上天的时代了，我们这里还是交通靠腿，交流靠吼，安全靠狗。"

山里人的幽默很快把大伙给逗乐了。

该下山了，主人再三挽留住下，姜春生决定住一晚上。

晚上，姜春生和王乡长同住一个屋，他们躺在棕床上闲聊起来。王乡长颇有感慨的说："中央提倡干部年轻化、知识化、革命化、专业化是出于我们国家的实情，可我就是弄不明白，到了基层咋就有这么多的歪嘴和尚，硬是把一部好经给念歪了。你看那小陈县长，二十出头，没有基层工作经验不说，一个学工程机械的大学生，刚出校门没几天，做技术员都欠缺，到咱们这样一个落后的贫困县做行政工作，是不是有些文不对题，大炮打蚊子，光图了形势，忽视了是效果！"

姜春生心里早有感触，不过他也有自己的理解，抱着尽量理解体察上级意图的姿态说："上面也有上面的难处，有时候也是迫不得已。人才紧缺是全国各地存在的实际困难，陈县长是红星机器厂的技术员，也许是当厂长的合适人选。可是省上提出大办工业和乡镇企业，一个县没有懂技术会管理的内行不行。去年白杨乡的赵书记提出要办一个电视机厂，就给人们惹了一大堆笑话。咱们省只有一个春风电视机厂，办得也很不景气，你一个穷得屁也夹不住的小乡村，要钱没钱，要地方找不出一块巴掌大的平地，人才技术就更不要说了，哪有能力办电视机厂？"

王乡长却摇摇头，装出固持己见的样子，故意叫板道："哎！人家可是见过世面的大学生，连县委姜书记也常常表扬哩！去年他说要办个太空杯厂，说全国有十亿多人每天都要喝水，每人每年买一个他们厂的保温杯，一个杯子按十元算，一年就是十几个亿，人家想象力真是太丰富了，不让人佩服得五体投地才怪哩！"

见王乡长说话连讥带讽的，姜春生知道他在有意抬杠捣浆糊，也没打算和他争辩，笑着说："别逗了，你不还知道这个篮球专业出身的工农兵大学生的几斤几两。原本连篮球都打不好，大脑一热非提出要建大型现代化的制药厂，生产黄连素针剂！"

王乡长故作吃惊地说："那可是高科技项目啊，黄连素清热燥湿，泻火解毒，可治疗糖尿病、高血脂、高血压病，建成后一定效益不错。"

姜春生知道他又在打烂板，生气地说："真是风马牛不相及，人家四川等地产的水黄连和我们这里出产的黄连就不是一回事，是多年生无毛草本，液汁红呈黄色。真是一帮白货石（不学无术之徒）。"

一席话，把王乡长惹得在床上翻滚着笑个不停，过了一会儿才他感慨地说："我就很纳闷，领导们难道都是些傻子瓜子，分明看见疯子卵怂在胡说八道，连普通老乡都能看出来，可他们为啥就上当受骗呢？就说邓桥的杨选民，领导们明明知道杨选民树立的那个所谓的养殖大户，就是骗国家贷款的主，还帮这种骗子装神弄鬼。三亩大的水池里才养了七八只鳖，用绳子提前绑好放在水里。姜书记去了，提出来看看，吃一只，地区和省上的领导来了，提出来看看，吃一只。吃完了这一批再到四川买下一批，还吹牛说自己养殖场养的，说谎吹牛脸都不红一下。全县统计报表上说有五千家乡镇企业，我看有一百家有效益的就不错得很了。"

姜春生说："其实领导们都心知肚明，他们只是不愿捅破这个纸做的灯笼罢了。不过有时候坏事也有起好作用的一方面，就说这胡编乱造的统计数字，正因为可以胡改乱填，才与空子可钻。前年我到省农委李主任家。因为我们是陕西老乡，过去就认识　他一面给我泡茶，一面惋惜的告诉我，这次宁康县进不了国家级贫困县的序列，每年损失的项目资金可就多了。我吃惊的追问原因，他说咱们县统计局上报的农民年人均纯收入一百五十元，比国家规定的一百二十元高出了整整三十元。李主任说人家陕南山区比宁康的自然条件好的多，人均收入也没超过一百二十元。看他脸上的表情，分明对我们县的统计数字又既起疑心又无可奈何。我当时听了又急又气，忙找了个借口离开了李主任的家。我在路边找了个电话亭，赶紧把这个重要情况向县委姜书记作了汇报。姜书记一听高兴的在电话那头笑了起来，很轻松的说，活人还能让尿尿憋死，不就是个数字嘛。统计数字还不是人算出来的，他蛮有把握的说没问题，我让县统计局加个夜班，保准明天一早把一套新数据用明传电报传到省农委。"

第二天起来，洗漱完毕，老支书就招呼大伙吃早饭。他们一人喝了一碗油面茶，吃了一块烤的焦黄的苞谷面锅塌塌后就上路了。

出了村子，沿着凌江河注上走，就是茂密的原始森林。里面生长着椴树、橡树、楠木和樟树，里面更有成片成片的白桦林。在无尽的林海里常年栖息着猕猴和金丝猴，也有金钱豹和狗熊时常出没，更有羚羊、羚牛和大熊猫等珍惜动物活动。林中溪流纵横，水潭交错，更有峡谷瀑布，飞流宣泄，给人以惊世骇俗的感觉。走了一个小时的路程后，他们看见前面的林区公路边停着一辆北京吉普车。走到跟前，车旁边站着的司机给姜春生打招呼，姜春生定睛一看，原来是在地区纪委开车的老乡杨师傅。他好奇地问："你在这里干啥？"

杨师笑着说："我送高书记下乡，他和你们县纪委书记杨香红往沟里面去了。"

姜春生一时想不起是谁，就问："哪个高书记？"

杨师笑嘻嘻地说："就是先前组织部干部科的科长高天才，现在提拔成我们的领导了。乡党你老成成的，咋也有闲心和年轻人一样爱转山沟沟，耍起浪漫来了！"

姜春生听他话里有话,忙解释:"我们在搞前期勘察,哪有功夫游山玩水。"

正说着,就见高天才和杨香红各自拿着一个软坐垫从林子里走了出来。高天才老远就给姜春生打招呼,他反客为主,抢先一步说:"老姜也来了,想不到我们的大局长还是个寄情山水的文人骚客哩!"

姜春生没说话,走了过去,轻轻地握住高天才伸过来的软绵绵的手。高天才瞅了一眼姜春生,假惺惺地说:"都说你是个人才,没有提拔起来,是有些屈才了,没有大学文凭,实在没办法啊!"

从他游离不定的眼神和客套话里,姜春生早已感到猫哭耗子的假慈悲,尽管心生厌恶,可又不能一语道破,他摇了摇头,没有说一句话。高天才讲了一通言不由衷的客套话后,钻进了吉普车里。一旁的杨香红早已等得不耐烦了,她年轻漂亮的圆脸上堆满红云,眼神飘移,很不自在的点点头,匆匆上了车。

回到县里,姜春生就被县委书记姜继高叫到办公室谈工作。安排完工作后,在送他出门时,姜继高突然压低嗓门说:"姜局长,我们是老熟人了,有人说你借工作之际游山玩水,当然只是听说,有则改之无则加勉,老领导了,得注意影响,是不是。"

姜春生一听就来气,本想辩解,却又觉得无聊。而此时姜继高已走出了门口,他欲言又止,有些怏怏不快的离开了。

# 第三十九章


天上下雨

满地流

两龙王打架

凡人遭殃

————宁康俚语


　　大南峪乡是个风光秀丽的好地方，那里出产大的大米非常好吃，据说清朝时候就是皇家的贡品。这种米呈圆球形，色泽光亮，煮出的米饭散发出一种淡淡的竹叶的清香，民间俗称香米。县长王福成爱吃这种米做的饭，县委书记姜继高也爱吃。他们总是借各种机会到这里项检查工作，顺便饱饱口福。

　　初夏时节，洁白如玉的大米饭就着嫩蒜苔炒肉丝，真是一种再也好不过的美味，如果再配上一碟凉拌水萝卜、一碟香椿和一盘腌制的腊肉片，一定会给每个食客留下永久的美好回忆。王福成爱吃香米，还有一个不为人知的原因就是，他迷上了一个女人，一个肤色鲜亮、洁白如同香米一般的漂亮的村妇路梅花。

　　在改革开放的大潮推动下，这个宁静的小山村也纷纷办起了大大小小的乡镇企业，米粉厂、洋芋淀粉厂、木耳、茶叶、香菇加工厂更是名目繁多。退伍军人萧仁并没有随大流，独辟蹊径，以妻子路梅花的名义办起了布鞋厂，专做圆口布鞋，产销两旺，一时引起了地县领导的极大关注。作为县农委主任兼水利局长的姜春生跟着王福成到过几次萧仁的鞋厂，在王福成的授意下，他也曾给萧仁给过几万元的扶持资金，萧仁自然很感激他和王福成。姜春生跟着王福成在萧仁的家里吃过几次饭。姜春生发现王福成总和萧仁的妻子路梅花眉来眼去的，趁人不注意还打情骂俏，觉得很恶心，就借故不去了。后来在省农委跑项目时，一个处长向姜春生打问萧仁，说自己给萧仁当过班长。还对姜春生说了一大堆有关萧仁的闲闻趣事。

萧仁还有个孪生的哥哥叫萧忠，哥俩同出一个娘胎，不但长像大相径庭，就是性格也截然不同。萧忠魁梧健壮，说话声音洪亮，为人忠诚老实；萧仁尖嘴猴腮，贼眉鼠眼，说话从不靠谱，是村里远近闻名的二流子。还在当学生的时候，萧仁就不好好学习，上课不是捣乱就是睡觉。作业不会做就抄别人的，考试的时候就往学习好的同学座位跟前蹭，为达目的求爷告奶奶说啥都行。好不容易混到初中毕业，他就不再上学了，好逸恶劳，整天不是在村子里闲逛，尽是干些偷鸡摸狗的坏事，搅得左邻右舍都不安宁。邻居说他是骂不死打不烂的滚刀肉，父母亲恨他是人嫌狗不爱的搅屎棒。那年，赶上冬季招兵，萧仁心血来潮，把母亲用来缝被子里面的白官布撕下一块，把小狗的腿划伤，蘸着狗血写下歪歪扭扭的血书，报名要求参军。村党支部书记听说这个二百五要当兵，虽说心里有一百个不愿意，转眼一想这种混球留在农村谁知还会闯出多大的祸事，还不如趁早把这个害人精送出去，一咬牙就盖上了村里的大印。接兵的人一看，又是血书又是村里的推荐信，就收下了萧仁。

来到部队上，萧仁出操锻炼就等同于学校里的课外活动时间里的打打耍耍，自然是得心应手，如鱼得水，他觉得自己一下钻进了天堂，过起了神仙般的生活。而勤劳能干的哥哥萧忠，从小到大学习好，听大人的话，家务活庄稼活没少做，除了捞到个家长老师街坊邻居的口头表扬外，至今还在村子里劳动，一想这些，他不知暗底里偷偷的笑了多少回！

部队每年都有战士回家探亲，可几年里萧仁一次也没享用过探亲假，甚至还主动把自己的假期让给其他的战友。因为他觉得自己不招人待见，与其回家还不如待在军营里，既能得到班长连长的表扬，更重要的是探亲归队的战友都会感激涕零得给他送上家乡的土特产。很有心机的萧仁就把诸如果脯、蜜饯、糖果饼干之类的美食悄悄收集起来，乘人不注意转手送给班长或者连长。后来在连里的推荐下，萧仁去汽车连学驾驶。这当中正巧赶上师部借调一名驾驶技术好的战士临时给师长开车，萧仁又被选上了。干了一年多，萧仁就提干了，成了汽车连的排长。要不是他嚷着非要转业回原籍当乡上的武装干事，前途可真是无法估量。这萧仁不但善于拉关系，还是个情种，据说是让他村里远近闻名的一枝花迷住了。

萧仁的一个远房表叔在大南峪乡当副乡长，是他把萧仁介绍给县长王福成的。萧仁的表叔是个一问三不知的人，让这种人主管一个乡的乡镇企业工作几乎就等于雇了个稻草人。姜春生接触了几次，就觉得乏味，他真想不通，这种人是怎么混成乡长的。八月份召开全乡镇企业发展促进会，会开完了，还是不见萧仁的表叔来报到。会务组问乡上，回答是他早已出发了。乡上派人问他家里人，她老婆也出说丈夫早去县里开会去了。县委书记姜继高觉得事情有些严重，指示县公安局找人。一星期过去了，还是活不见人死不见尸。据有人说，萧仁的叔叔十天前在农贸商场的二楼出现过。城关派出所的民警说那里有个歌舞厅，好像有南方来的小姐。姜继高嘴里喷着唾沫，生气的对公安局长单源长说："还讲究是人民警察，你们就只会凭着好像来办案，去去！"

被领导训的灰头土脸的单局长和下属走了。组织部长朱宪走了进来，他不阴不阳怪地说："乡上有人说这家伙爱和年轻姑娘跳舞，该不是跟上南方来的相好的下海了。"

姜继高瞪了他一眼，朱宪自觉失言，红着老脸走了出来。

俗话说牙疼不是病，疼起来真要命。这天姜春生猫在家里没有出门，他已被牙疼折磨得几天几夜没休息好，脸色有些浮肿，神情显得很低落。正当他在客厅里烦躁不安地踱来踱去的时候，邮递员敲开门送来一份信。信是萧仁写的，他拆开后才看了几行，就气得七窍生烟，差点被气得晕了过去。说真的他从来没有像今天这样生过这么大的气，那张清瘦的脸涨得通红，大眼睛瞪得圆圆的，猛烈地向外突起，隔着镜片闪烁着愤怒的火苗，四肢不停地抽动，牙齿磨得格笨笨地响。他把信愤愤地扔到地上，紧闭着双目，陷入巨大的痛苦之中。过了半个多时辰，姜春生调整好情绪后才捡起地上的信，耐着性子读了起来。

姜主任：

你好！我是萧仁。

感谢你对我们一家的照顾和爱护。说真的你是我见过的最最最好的人，也是一个大好官，一个大清官，一个真真给老百姓干事的好人。前几天，我们在县武装部参加全县民兵集训，结束那天，武装部的张部长把我留下。他说要和我好好谈谈，还说县上的领导也要接见我。我走进他的办公室，惊奇的看见咱们县委的姜书记，还有常务副县长李过，组织部的朱部长。他们轮流给我做工作，让我揭发你和王县长的经济问题。说真的我不知道这是为什么。他们说王县长和你爱往我家里跑，王县长是看上我老婆了，他们从加油站收集到每次王县的小车加油去大南峪的日期，王县的司机都也交代了你们多次到我家的事情，他们让我要向组织老实交代问题。李县长说，王县长当不了几天县长了。朱部长说，如果我再跟着你们后面跑的话，将来要吃大亏。就不再给我的企业里列新项目，说要取消过去给的扶贫款，还要查我偷税漏税的问题，一旦问题落实还要判刑。如果我揭发了你们，也就是王福成的人，当然主要是王县长的问题，将来不但不追究我的问题，还要给我许多许多的扶贫款……

就说这些。

一个对不起你的人。

萧仁

八月二十号。

# 第四十章

上午交流会，你哄骗我来我哄骗你

中午迎宾会，你灌醉我来我灌醉你

下午表彰会，你吹捧我来我吹捧你

晚上联谊会，你搂着我来我搂着你

——宁康民谣

　　劳动人事局简称人事局，是县上的一级局里面为数不多的重要局。人事局掌管着县内一般干部职工和企事业单位普通员工招考录用调动考核，普通人家子弟只要是想成为公家人，端上国家职工这碗饭自然就要接受人事局的领导管理，权利之大、位置之重要不容小觑。

　　武中华为能够坐上宁康县人事局长这把交椅，可以说是费尽了九牛二虎之力。原任局长李宝贵因为年龄原因进入县人大当了副主任后，围绕着人事局长的人选，各个方面就开始的明里暗里的角逐，半年过后县委组织部副部长武中华以明显的优势脱颖而出。武中华任组织部副部长有十年之久，对干部人事工作相当熟悉，更重要的是他长期和部长朱宪共事而深受其信任，由于部长朱宪的极力推荐，县委书记姜继高也很看好武中华。

　　天长日久自然养成了"敏于行、讷于言"的作风，为人处世做到了里不伤而又外不损，甚至到了滴水不漏的完美地步，这在领导干部层面可以说是得到普遍认可的。就在干部任免事项快要被提到议事日程前，朱宪把武中华叫到办公室，用焦虑的口吻说："在书记办公会议上，县长王福成好像对你的任用不太感兴趣。"

武中华听了有些不敢相信自己的耳朵，尽量用平和的语气说："我给王县长汇报工作，他还劝我多努力，在正职没到岗前把人事局长的工作做好。"

朱宪却不这样认为，一脸的神秘相、语气坚定的提醒他："人心隔肚皮，知人知面不知心，你知道王县和姜书记是貌合神离，你是县委的干部，为了以防万一，你最好再疏通一下上面的关系。"

从朱宪的办公室出来，武中华抚摸着突出的额头，仔细斟酌一番后，也觉得事情并非如自己一厢情愿地想的那样一帆顺利。如果不事先理顺与县长王福成之间关系，既是将来如愿以偿当上了人事局长，也会马上陷入在三个鸡蛋上跳舞难熬又处处有陷阱的危险地步。自己如果没有强劲的后台支持，别说日后会成为风箱里的老鼠两头受气，恐怕想过个舒心的日子也很难。他想了好长时间终于决定去找找同乡，老县委书记岳阳。

在地委组织部长岳阳的家里，武中华不知怎么了说着说着，就声泪俱下得哭了起来。久居官场的岳阳穿着中山装，系着风紧扣正襟危坐地坐在客厅的沙发上，突然见一个大男人为了一顶乌纱帽，像一个受了多大的委屈的孩子似的，不顾体面地如此伤心地痛哭流涕感到很意外。起初他对武中华神神道道的诉说并没放在心上，甚至有些讨厌和反感，对他的哭诉可以说是左耳朵进右耳朵出，后来见他哭得很悲痛欲绝，心中难免产生了一些同病相怜的感觉，同时又滋生出一丝淡淡的恻隐之情，于是就好言规劝了几句，让他先回去，答应过后好好问问情况。

武中华做了人事局长后，借年底招工之际，把朱宪初中没毕业的淘气儿子朱宝宝，招进了县食品加工厂，一年后又以打字员身份把他调进了县文化馆。

政府办主任蒲光明的小姨子虽说是名农村妇女，可人长得水灵，那双眼睛机灵的就像会说话。她在县城开的美容美发屋生意很红火。自从男人意外死亡后她就没心思开发廊了，成天闲着没事干，一有空就找到姐姐家，一把鼻涕一把眼泪一把的吵闹，抱怨姐夫姐姐做了官六亲不认。

说起蒲光明的小妻子还真有不少逸闻趣事，她是县城里率先穿皮衣皮裙的时髦女性。经常把一头飘逸的长发染成各种流行色，瓜子脸淡淡敷了一层粉，口红胭脂点染薄薄的香唇，配上两个浅浅的酒窝很容易挑动情男痴汉的心。

眉笔轻轻描画淡淡似愁似怨非喜非悲的杏眼，黑白分明灵动如水，天生就有勾魂的魔力。丈夫死后她总爱在街头巷尾转悠，动听诱人的夜莺般的声音总是飘荡在人们的耳旁。

夜幕降临的一个夜晚，她和好友徘徊在昏暗的路灯下，正在亲密的窃窃私语时，身后突然传来一声蹩脚的港台腔："小姐，可不可以交个朋友啦？"

两个女人被冷不防的问话吓了一跳。还是蒲光明的小姨子眼尖，一眼就认出眼前这个撇腔拐调的二货，正是自己姐夫的小弟弟、混混蒲瓜瓜。整日嘻嘻哈哈没个正行，就会游手好闲、吃喝玩乐的蒲瓜瓜，眼拙没有认出眼前这个装扮入时、风姿绰约的美女是自己的表姐，误以为是新来的风尘女子，正准备伸出鸡爪似的手，去摸女人丰腴的性感的圆溜溜的屁股蛋。女人慌张地往后一退，气急败坏地叫骂起来："狗吃娃，蒲瓜瓜！"

一听声音很熟悉，蒲瓜瓜撑出头。眯着老鼠眼紧张地张望着，就像异常警觉的老乌龟，晃悠着棒槌似的细长脑袋细细打量着近在咫尺的女人，就在这时女人伸出手，一记响亮的耳光重重地打在了蒲瓜瓜那张干扁无肉的脸上。蒲瓜瓜疼得大叫一声，捂着脸迅速消失在黑黑的夜色之中。

县人事局研究录用了一批干部共有四十名，这里面既有王福成安排的蒲光明的小姨子，也有县委书记姜继高的大女婿——一个从外地亏损的国营小企业转来的锅炉工人，当然这批人中间许多是县里面其他一些有头有脸的人物的七大姑八大姨。姜继高的女婿被分配到县检察院说是当司机，他却不会开车，结果直接当了一名干警，整天闲着无事，天天待在家里带孩子。蒲光明的小姨子第一天去报到，单位的会计以为她来报销发票找错了门，毫不客气地告诉她美容美发的钱绝对不能用公款报销！当看到她手里的工作介绍信后，吃惊地失声尖叫起来。

这天，在人民街开铝合金门窗加工作坊的老板王玉虎来到民政局的会计室。他一改以往唯唯诺诺、粗俗不堪的样子，挺直并不十分宽阔的胸脯，高昂着尖修修的脑袋，迈着豪迈的步伐，走进民政局的办公室，骄傲地问询民政局会计，你们局长在吗？会计当他又来催单位上欠他的修养老院用的门窗钱，冷如冰霜地说了句"没在！"就只顾做手中的毛线活，连头也没再抬。王玉虎生气了，把特意新买的手杖在水泥地上"噔、噔"地连戳几下，装腔作势地说："甭骄傲了！我是来上班的，看看红头文件，从今以后我和你们就是同志，一样都是公家人了。"

这天下午在电影院召开县直部门干部职工参加的先进事迹报告会，地委派出由六名优秀党员组成的宣讲团，在一名副县级干部的带领下走上了大会主席台。大会由县委常务副书记何林主持，原定六名优秀党员做完报告后，县委书记姜继高将作重要讲话。会议开了一半，会场上的听众就走了一大半。由这次会议而引发了一场风波。

清点完人数，姜继高气得脸色发紫，几次想开口骂娘却不知什么原因半晌说不出话来。他狠狠地把名单往眼前的桌子上一拌，从嗓子眼里挤出一句"你们真是！"就没了下文，一行眼泪"咻溜"地顺着眼角滑落下来。见县委书记哭了，会场猛地安静了。王福成抓过话筒痛心疾首地说："拿着国家的工资，连个会都懒得开，进进出出的，比赶自由市场还热闹，太危险了啊！"

一旁的姜继高像打了鸡血似得突然坐端了身子，对着话筒说："我都先进事迹感动得流下了眼泪，难道你们真是麻木不仁的看客吗？会后没参加会议的科局长一律向县委作出深刻检讨，不认真的一律免职，散会！"

开会风波平息后，姜继高心里却一直只怀疑是谁走露了干部招录的风声，他思前想后逐一排摸，最后觉得最值得怀疑对象应该是深藏不露的县委副书记何林。这次安排工作的四十人中间，唯独没有和他粘亲带故的人，而他当了十多年的县委副书记，一直没有得到转正。尽管他表面上不显山露水，遇事从来是不温不火，即使伤着自己的利益，表面上也不会流露出一点不满。不过凭自己多年的观察，这种人肯定是嘴上不说，心底里怨恨满腹，估计十有八九是他泄的密。

这天，姜继高刚进家门，妻子王美群就神色慌张地迎上前，癫癫狂狂地说："外孙子开口说话了！"

姜继高一听不满地瞪了她一眼，生气地说："孩子生下三年了不说话，现在会说话了是好事，你紧张个屁！"

没想到一旁的妻子却"唏唏簌簌"地哭了起来。姜继高觉得很扫兴，心里想着真他妈个丧门星，想骂人可又一想觉得不对劲，就径直朝女儿女婿住的房间走去。匆匆来到门口正看见大女儿在哄外孙。他驻足耐心地聆听着，听着听着心里越加发怵。厡来小外孙嘴里不停地嚷着：

"我要回家，我要回家。"如果你告诉他这就是你的家，他会哭着说："这不是我的家，我的家在朱家沟，我的爸爸叫朱海忠。"

你再问他名字，他就惊恐万分地说："我叫朱家旺，那天那么多的人要抓我，我就跑、跑啊跑，那么多的人把我围得严严实实的，挤得我满身都是汗，跑着跑着总算跑了出来。"

姜继高听得浑身汗毛倒立、冷汗直冒。他知道朱家沟是朱宪的家乡，觉得朱忠海这个人名有些耳熟就是一时想不起来。于是他跑回自己的卧室，拿起电话接通了组织部长朱宪家里的电话。朱宪一听县委书记姜继高问老家朱家沟的事立刻警觉起来，很是纳闷又满腹狐疑，可又不好多问，只得小心翼翼地就如实回答了姜继高的提问。听完电话那头朱宪的回话后，姜继高吓得一时魂不附体，他真不敢相信过去老人们说的来世的事情，竟然真的发生在自己家里。朱海忠的儿子就是在三年前因为打死了朱宪的远房侄子被枪毙的，那天自己的外孙也正好在外地出生。莫非这世间竟有这样巧合的事，难道自己憨态可爱的外孙真是那个死刑犯投胎托生。

可眼前的一切让他匪夷所思，又不敢对外张扬，只得让女儿女婿回河南农村老家避一避，期盼着峰回路转的奇迹出现。

# 第四十一章

天上下雨天又黄
好像天狗吃月亮
天狗吃月无人救
小哥落难无朋友
　　　——宁康山歌

　　七月十七日，吃过晚饭，百无聊赖的王福成不知不觉又来到政府的老家属院里，这是一栋四层楼高的钢筋水泥结构的老建筑。蒲光明下乡去了，心花怒放的王福成来到楼下，朝楼上深情地凝望着，那张小窗户开着却没一丝光亮，看不见小孔熟悉的倩影，心觉得凉刷刷的，没听见妩媚的声音他倍感失望，痴痴地站了好长时间才黯然神伤地转身离去。就在这时，忽听前方不远处传来亲切而又甜蜜的呼唤声："王县长到家里坐坐。"

　　王福成听着耳熟，就是一时间想不起是谁，凑近细细一看，原来是人事局的打字员小刘。由于离得很近，王福成闻到了她身上的浓郁的茉莉花香水味，甚至感到了姑娘身体散发出的肌肤的温度，霎时间他几乎要晕倒了。

　　正在他感到如梦似幻时，突然身后传来一声大喊："你敢来调戏我的对象，打死你这个老嫖客！"说话间，一拳重重地打在王福成的肩上，王福成尖叫一声，顾不上疼痛，撒腿就跑。他身后不断传来此起彼伏的叫骂声。他顾不得许多了，只是没命地奔跑，直到叫骂声消失后，他才放慢脚步。长长地出了口气，胆战心惊地抚摸着剧烈疼痛的肩膀。也不知过了多长时间，大街上一片寂静，他才鬼鬼祟祟的钻出来，蹑手蹑脚地往回走，一路上尽量避开路灯，他觉得今晚的路灯不再昏暗，是那样的耀眼醒目。

地区纪律检查委员会接连不断收到检举揭发王福成乱搞男女关系的各种信件。不久，地委派刘庚源带领工作组进驻宁康县。

刘庚源来到姜春生的家，正赶上陈月华在骂儿子姜苇航。他走进屋子，满面春风、笑呵呵着地说："月华，你可要对我的救命恩人客气些，君子动口不动手嘛。"

姜春生见老书记突然造访，忙起身迎接。身旁的陈月华不好意思的走出来，向刘庚源问好，连忙去沏茶。姜春生把沏好茶递给老书记，自我解嘲道："孩子的教育真是烦死人了，为学习的事天天的和他们淘神。有些人天生下来就不爱学习，非都整到一块学习，真是吃力又不讨好，娃娃们也痛苦。"

刘庚源感慨地说："就是，我们那个年代连饭都吃不上，哪有机会上学。"

姜春生说："其实三百六十行，行行出状元，都去当大学生教授谁来做工种地。过去提倡工农兵推荐上大学，凭着手上的老茧就能上大学，把大学也办得太庸俗了。现在高考虽说公平，可是千军万马都来过独木桥，也有些做得过头了。我这四个孩子，就这老二还是个读书的材料，不知最近怎么了，学习成绩老是往下滑，这不，他妈一着急就骂人，让你见笑了。"

刘庚源很有感触地说："俗话说得好钱难挣、屎难吃。家家都有一本难念的经，不过既然苇航是个读书的种子，就该请个家庭老师专门辅导才好。"

姜春生有些吃惊："啥？请家教，谁有那份闲钱。"

刘庚源耐心地说："这你就做得不好，你知道吧，地区王专员的三个儿子可都是大学生。王专员那么忙，可在培养孩子方面从不含糊，舍得投入，肯花本钱。他不但让老伴把妞们管得严，还在地区一中请了几个好老师，每个星期天给娃娃们开小灶补习数理化，很有效果。为了答谢老师，王专员经常给他们送些水果糕点之类的礼品，经常把办公室给他买的新电影票按时给老师送去，去年他家的小儿子考上了复旦大学，给全地区人民争了光。"

姜春生并不羡慕这些，淡淡地说道："学习是个因材施教，循序渐进的过程，可不能干拔苗助长的事，我听说他的大儿子大学没毕业就疯了，二儿子的神经也不正常。"

刘庚源说："当然这还有别的原因，但是关心一下孩子们的学习总是应该的吧。"

看老书记有些不自在，姜春生借机转移话题，闲聊起了别的事，不知不觉地聊着聊着竟然聊到了王福成身上。

姜春生说："这个王福成是不检点，爱拈花惹草，可这些事得有真凭实据才成，毕竟是男女双方的事。"

从说话的语气里可以听得出姜春生是怒其不争，大有恨铁不成钢的意思。

刘庚源忽然问："你们县人事局长的儿子叫啥名字？"

姜春生想了想说："叫武小虎，在县人事局工作。你认识这个年轻人？"

刘庚源摇摇头，严肃认真地说："不认得。是这样，前一阵子我们接到了武小虎实名举报信，说王福成调戏他的未婚妻。"

姜春生不屑一顾地笑着问："就是传得满城风雨的'7·17'事件，就那捕风捉影不上串的鸡鸣狗盗之事，也轮到你们地区纪委来管？"

刘庚源却不这样认为："党风廉政无小事，你知道多少情况就说说吧。"

姜春生说："咋说呢，武小虎说王福成调戏他的未婚妻小刘，王福成失口否认。那个小刘又什么都不说，见人就哭。这女娃命本来就苦，一个孤儿，又是女孩子，哪里见过这阵势。明眼人一看就知道，这是神仙打架却拿凡人说事！一个县委书记和一个政府一把手就像是针尖对麦芒，搞得水火不相容，就不是一个缸缸里的醋啊。县政府里的王福成伸手想要抓县委的组织人事权，县委大院里的姜继高觉得经济大权实惠，恨不得把所有的项目审批权都掌控在自己的手中。领导层相互争斗，干部们中间形成了明显的两派，互相猜疑，钩心斗角，意见是很难达成一致。常常是你们同意的事他们坚决反对，他们赞成的议题另一方根本无法通不过，就连造福群众的民生工程也时常面临着泡汤的危险。"

听姜春生这么一说，刘庚源深感厌恶，脸绷得紧紧的，喘着粗气不满地说："一个槽里拴不住两头叫驴，也不知领导们咋想的，把他们调开不就完了，三番五次派人查，查来查去，真会折腾人。"

姜春生却笑着说："那你就在这休养休养，让我也陪陪你。"

刘庚源清瘦的脸上没有一丝笑容，脸色阴沉着问："嗷，我记得县委的索副书记是你女婿的亲舅舅吧？"

姜春生回答的倒很干脆："就是，年初女婿娃天天闹着和老索打官司，劝都劝不住。"

刘庚源认真地追问："就为索家老宅子的事？"

姜春生觉得问题并不简单，就娓娓道出实情：

"过去一二十年他们两家住在一个大院里都好好的，也不知是咋球搞的，今年春节刚过完就开始不断地闹纠纷。我女婿说他阿舅不让他们出入走唯一一个大门，逼着他和父母姊妹搬出去。老索说这是索家老先人给他这个索家唯一的儿子留下的老祖业，他不能眼巴巴地看这份祖业让外姓人白白抢占。过去让妹妹她们一家居住是可怜她们，现在自己的三个儿子大了，成家立业需要房子，妹妹一家日子也好过了，就该搬出去。可我女婿的娘却振振有词说，索家的老先人也给她这个小女儿分了一份祖业，说啥就是不搬，他们就为这两间房子大打出手。"

刘庚源听了，心里好一车不快。心想本来县上主要领导互相争斗，两方面都对姜春生抱有很深的成见，偏偏这个节骨眼上，他女婿的亲舅舅一家把姜春生左一状右一状的告个不停，亲戚明摆着不帮忙反倒尽添乱。状子里说姜春生是姜继高的黑高参，一起贪污腐化搞腐败，告县长王福成的状子又说姜春生是王福成死党，王福成的问题都与他有关，要揭开县政府的黑盖子，就得搬开姜春生这块绊脚石。糟糕的是姜春生女婿的阿舅老索也掺和进来，在地区招待所一住就是半个月，整天价吵着要告倒腐败分子姜春生，这更令刘庚源百思不得其解。今天听到姜春生这么一解释，他心里忽然明白了其中的个由，不由的心生感慨。宁康人说"亲戚亲戚，日鬼人的东西"，这话还真有一定的道理。看老领导在埋头沉思，姜春生心里盘谋了一阵子，直接向他吐露出心声：

"年轻时候常思谋着能为老百姓多做些有意义的事，可一晃就是几十年，天天忙着斗来斗去，斗得大家连饭都快没吃的了。细想一想，真是良心有愧！现在提倡以经济建设为中心，就应该抓紧时间，在有生之年多做些造福乡梓的事。可是办一件好事实在太难太难了，方方面面的掣肘不算，还要遭受无端的猜忌、甚至诬告，真让人寒心。"

刘庚源也深有感触地说："你说的有道理，说真的为官一辈子既能得到上级的表扬，又能得到老百姓的口碑更是难上加难。"

姜春生真诚地说："你就是个好人好官！"

刘庚源谦虚地摆摆手说："不不，回想起来至今有两件事让我一直感到揪心。你还记得那年在孙家院公社'农业学大寨'的事吧，我就不该错听王福成的话，偏偏跟一个坐月子农村妇女过不去。你想人家正在哺乳期，不能参加农田基建劳动，发几句牢骚本来很正常。可我偏听偏信，给人家无限的上纲上线。"

姜春生却不这样认为："那主要是王福成在作怪，老百姓心里都明白！"

刘庚源感叹道："你不要给我开脱，我知道，我当时也太左了，现在想起来也后怕，一个好端端的人竟然给逼疯了，我真是良心不安啊！"

姜春生宽慰道："这都是那个时代的错，人非圣贤。"

刘庚源说："对，我们不是神仙皇帝，做官你就得尽量想着为群众多办好事，有时候也会出现好心办坏事的情况，所以用好手中的权力必须慎之又慎，尤其是不能想当然，以为自己官大一级就可胡说胡来，那就要吃大亏、犯大错误。记得我刚当上纪委书记，传达文件时本来我照本宣科也就过了，可我看到有人心不在焉，还有人打瞌睡，就故意停下来，随口问台下'杨贵妃是谁？'下面自然没人回答。我就随心所欲地说'就是秦始皇的老婆'，惹得台下哄堂大笑，一想到这件事，我就两脸发烫，恨不能扇自己几个耳光。"

非常愧疚的刘耿源表面上沉默不语内心里却尽量地责备自己，姜春生似乎悟出了东西，却又说不出什么，两人一时都陷入了沉思之中。

两个月后，地委张书记亲自带领的工作组来了。在全县干部大会上，宣布了王福成停职检查的决定，理由是王福成工作不力，和县委、地委不能保持高度一致，特别是在与女同志相处不检点，待查明问题后再做处理。

新县长还没派来，政府的工作暂由县委代理，具体事务由常务副县长李过经办。姜继高这才感到松了一口气。

宁康县的许多建设项目的资金都是王福成一手把关审批的，地、县联合调查组在追查王福成的男女作风问题的同时，理所当然地把更多的精力投放在追查经济问题上。

姜继高清楚地记得十几年前自己的同事老张的小女儿菊兰，一个天真活泼爱说爱笑，整天就喜欢跳舞唱歌的小姑娘。吃晚饭前她还和小伙伴在地委家属院的院子里跳橡皮筋，画方抓羊拐做游戏，傍晚时分就来了几个民警，他们在菊兰用粉笔画的方块前仔细侦察，最后一致判定那些写在地上歪歪扭扭的一行字就是一条反革命标语。姜继高知道这一切都是他们的政治对手在暗中做手脚，拿一个无辜的孩子开刀。

这天，姜继高提着两瓶茅台酒来到姜春生家。姜春生感到很意外，姜继高笑容可掬地说："你爱喝酒，我有胆结石、胆囊炎，不能喝了，你喝上就等于我享用了，别客气了。"

姜春生也没多推辞，把酒收下后随手放在门口的墙角柜上。姜继高和他闲聊起来，说着说着，他话锋一转，阴险地说：

"这王福成横行霸道惯了，别说县上的科级干部了，就连副县级干部几乎也被他骂到了，骄傲自负。可我听说，他没骂过你？"

心高气傲的姜春生很自信地说："他是没骂过我，你知道吗？那次他刚出口说了句'他妈的'，'妈'字没吐完，我就一把揪住他西装的领子，不客气地说'你敢骂娘，信不信我把你一把从这窗户里撇出去'，他的脸都吓白了，说我连个玩笑也开不起。我严肃地警告他，今后不准再开这种无聊的玩笑，他没敢再吱声，灰溜溜地走了。"

姜继高听后骇得一脸的张惶，很不相信，就问："当时就没别的人？"

这一切太出姜继高的意料，他真不敢相信目空一切的王福成，差点挨了斯斯文文的姜春生的打，狡黠的目光里流露出不可思议的，充满怀疑和不信的神情。姜春生没有看到身后那张阴郁恐怖的脸上早已布满了怀疑和憎恨，依旧真诚地说：

"没有，当时办公室里只有我们两个人。"

姜继高故作吃惊地说："原来只有俩，怪不得只有天知地知，再没有第三个人谁知道这件事了。"

姜春生"嗯"地站了起来大声说："我从不作假，也不会曲意奉承，一就是一，从不说二。"

姜继高用怀疑的眼光看着他，面无表情，过了一会儿，忽然又笑着问："王福成经济上的许多事，查着查着就没有了下文，让人感到有些不正常。"

姜春生白了他一眼，不足为奇地说："假的真不了，真的假不了，这有啥担心的！"

姜继高追问道："可是听工作组说，你可不要多心，我也是一片好心，就是听有人说一些事查到你们农委和水利局就没结果了，你就像一堵挡风的墙。可惜啊，为那种六亲不认的人垫背不值啊！"

姜春生听他话里有话，铁青着脸说："王福成是霸道，但我们不能否认他的工作能力，把人说的一无是处。谁不想给宁康县办些好事，错归错，我们不能墙倒众人推，红口白牙地把没有的事硬说成有，甚至把别人做的事往人家身上栽上吧？"

姜继高见他真生气了，陪着笑脸说："你看你，又误会了，别激动，咱们是老朋友闲谈，不要当真，天黑了，过两天再聊。"说完他起身就走，姜春生也没远送。

一九八九年的夏天来得特别早，天气闷热难熬，昔日奔腾喧嚣的燕河，变成了一股小溪流，农田干裂，庄稼被成片成片的被晒死。新修的燕河大坝成了小城的人们纳凉休闲的好去处。每到黄昏时分，总有许多人，三三两两结伴同行，徜徉在燕河大坝上。这天傍晚，燕河大坝的中端挤满了人，妇女们在跳舞，孩子们在追逐嬉戏，中老年人有的聚在一起下棋，有的闲聊。突然，从人们的脚下传来一声巨大的声响，只见大坝裂开了巨大的口子，有人惊呼地震了，众人没来得及四处逃散，大坝就轰然坍塌了。

裸露的大坝里几乎没有多少水泥，这是明显的工程质量问题，县检察院立即传讯了工程承包人姜怀仁。堤坝存在有严重的偷工减料等问题，县检察院决定要拘捕姜怀仁。姜继高急的一连几天几夜没睡好觉，暗中不停走动、做工作。

姜怀仁被逮捕了，他承认贩假酒案赔了本，想赚暴利，财迷心窍，做下这伤天害理的事的。调查到是谁主持让姜怀仁这样一个没有工程资质的私营企业承包水利工程时，王福成一口咬定是姜春生给他传达县委书记姜继高的旨意。而姜继高却矢口否认，说他根本就不认识姜怀仁，更不可能把姜怀仁介绍给姜春生。姜怀仁口口声声说他不认识县委书记姜继高，是他自己找到姜春生帮的忙。经过一个月的调查，最后县检察院以渎职罪逮捕了姜春生。

丈夫被突然带走，让年过四十五岁的陈月华一下子衰老了许多。一连几天，总有人趁着夜色来到她家，有人抱着看热闹的心态对突发的变故想了解到更多更深的内幕，当然有不少人是真心来安慰着她的。于是，陈月华像《祝福》里的祥林嫂一样，一遍又一遍的对来探望人说："我真不知道老天爷咋就这么不公道，老汉一辈子本本分分，却得到了这种报应，真不知道有天没有天。死老汉就是个犟板筋，连个拐弯的话也不会说，我不知劝过他多少次，不懂工程技术偏要想干些造福后代子孙的工程，说啥苏堤白堤如何如何。呸！你就是个平头老百姓，还要贪图个啥好名声，这下好了、进去了。"

时间稍一长，来陈月华家的人越来越少了，人们似乎也不再太在意那些过了的事情，陈月华如背课文似的诉说，实在引不起人们更大的兴趣，只是偶然会在饭后茶语充作闲谈笑料被人提起，而陈月华一家的却一直在痛苦和不安中饱受着煎熬。

半年后，姜春生被判处有期徒刑一年，缓期执行两年，姜怀仁被判处有期徒刑三年，缓期执行四年。

听到这个消息，气愤不己的刘庚源找到地委张书记理论起来，被领导狠狠的批评了一顿。回到家的刘庚源，晚上突发脑溢血，阖然长逝。

天上下着瓢泼的大雨，预示着宁康已经进入多雨的季节了。屋外的路泥泞难走，院中的花凋零不堪，尘世间的一切喧嚣都被浇灭了。天上和人间都被枯燥单调的雨声死死的统治住了。姜春生觉得自己就是那个孤独行进在雨夜里的人，独自一人心怀一线希望，可倍感孤独无助的夜行者。"夜来风雨声，花落知多少"，他忽然想起了三十年前在内江西林寺的那一幕。那个眉心间长着一个鲜红的肉痣的老尼，就像自己母亲一样慈祥的老人，他细细一算，自己正好是四十九岁，浑身打了个冷战。他想不通，难道世间真有说不清道不明的东西不成？难道这就是谁也逃不脱的命和运？命啊，你看不见摸不着，却真真切切地存在着，你真是不可思议的幽灵和善于千变万化的精灵！夜里雨越下越大了，他望着窗外漆黑的夜，听着如泣如诉的雨声，心潮彭拜。夜雨使他思恋家乡，想得越深就越感到寂寞凄苦，越觉得自己身陷偏远、孤苦的处境，茕茕孑立、形影相吊。身边的那么多的亲友师长一个个默默地走了，有的人活的时候窝窝囊囊，死的时候不明不白，甚至比窦娥还要冤！

苦啊乐啊，悲啊喜啊，愁啊忧啊都像落花一样随流水向东流去，一切都被时间老人用无情的大手埋葬掉。

世间的事事非非就是这样，不是多情反被无情恼，就是风流总被雨打风吹去。自己就是一个平头老百姓的儿子，一个从小在洮河惊涛骇浪里游泳，捞浮柴的穷孩子。赤条条来赤条条去，本来就一无所有，现在又恢复了原形，回到了原点，当初的出发点，也就没啥后悔的。想到这里他忽然想起前些年在湖北大洪山遇到的一个老方丈给自己讲过的故事：

一天，庙里的小和尚砍完柴正往回走，遇上一个人对他说，你的师父得道了。小和尚匆匆回去后就前往老和尚的禅房，高兴地对师父说："恭喜师父、贺喜师父！"老和尚淡淡地一笑，没有言语。小和尚就问："师父，你悟道以后的收获是什么？"老和尚平静地说："我悟道以前，就知道挑水、劈柴、做饭、念经；悟道以后，我知道了每天的生活是，挑水，劈柴，做饭，念经。"小和尚听后笑着说："师父，你这不是前后一个样嘛！"老和尚依旧平静地说："这可大不相同，得道前，我挑水时总想着挑水这一件事，劈柴时想着劈柴这件事，做饭时想着做饭的事情，念经时想着念经的事情，结果是越想越烦恼，心情很不愉快。现在不一样了，挑水，劈柴、做饭，念经的时候我什么也不想，无尽的烦恼自然没有了。我能够停下来，让自己的心好好的静一静，定一定了。"

想到这里，姜春生抬起高傲的头颅仰望长空，在心里默默地对自己说，人生一世，不论是对与错，功成名就还是身败名裂，即使碌碌无为、平平庸庸地度过一生，你都得为自己曾经的所作所为付出你该付出的代价。听着耳旁吼叫着的风雨声，在这一刻他还想起了，历经千难万险的张骞，远行求索的玄奘、云游山水的徐霞客，浪迹江湖的诗仙，风波万里的的郑和，丹田又油然生起了一股豪气。

# 后 记

　　生活是绚丽多姿的，生活又是琐碎平淡的。在纷繁的世界里生活着的人难免平凡庸俗，虽说也不乏高大伟岸、崇高壮美，但更多的则是平平常常，默默无闻地度过一生的普通百姓。他们就像一岁一枯荣的小草，随波逐流、自开自落的小花，空好音的隔叶黄鹂，终年在泥土中耕作的蚯蚓以及河里的鱼湖中的虾，让这个世界充满无限的生机和活力，让平淡无奇的生活色彩斑斓。

　　中国社会是个传统的农业社会，千百年来人们一直在为吃饭问题发愁，历次的农民战争的起因莫不是百姓饥寒交迫。世纪交替之际，国家取消了农业税，这就意味着流传了上千的"皇粮国税"被彻底废除了，这是一个世纪性的进步。2020 年，全中国的贫困农民都将告别贫穷走向小康，这又将是一个历史性的伟大胜利，民族复兴的日子不再遥远。

　　这部小说于 2017 年初，在网络平台《小说作家》上连载。小说播出后得到了许多热心读者的鼓励和呵护。后经多次修改，使这小说更加具备艺术性和思想性。

　　感谢关心支持这部小说出版的亲朋好友，愿好人一生平安。

2019 年春夏